GUSTAVE FLAUBERT

SALAMMBÔ

KT-161-757

Elibron Classics

www.elibron.com

Elibron Classics series.

© 2006 Adamant Media Corporation.

ISBN 0-543-89403-7 (paperback)
ISBN 0-543-89402-9 (hardcover)

Annabel
Clifford.

I. — LE FESTIN

C'était à Mégara, faubourg de Carthage, dans les jardins d'Hamilcar.

Les soldats qu'il avait commandés en Sicile se donnaient un grand festin pour célébrer le jour anniversaire de la bataille d'Eryx, et, comme le maître était absent et qu'ils se trouvaient nombreux, ils mangeaient et ils buvaient en pleine liberté.

Les capitaines, portant des cothurnes de bronze, s'étaient placés dans le chemin du milieu, sous un voile de pourpre à franges d'or, qui s'étendait depuis le mur des écuries jusqu'à la première terrasse du palais; le commun des soldats était répandu sous les arbres, où l'on distinguait quantité de bâtiments à toit plat, pressoirs, celliers, magasins, boulangeries et arsenaux, avec une cour pour les éléphants, des fosses pour les bêtes féroces, une prison pour les esclaves.

Des figuiers entouraient les cuisines; un bois de sycomores se prolongeait jusqu'à des masses de verdure, où des grenades resplendissaient parmi les touffes blanches des cotonniers; des vignes, chargées de grappes, montaient dans le branchage des pins; un champ de roses s'épanouissait sous des platanes; de place en place sur des gazons se balançaient des lis; un sable noir, mêlé à de la poudre de corail, parsemait les sentiers, et, au milieu, l'avenue des cyprès faisait d'un bout à l'autre comme une double colonnade d'obélisques verts.

Le palais, bâti en marbre numidique tacheté de jaune, superposait tout au fond, sur de larges assises, ses quatre étages en terrasses. Avec son grand escalier droit en bois d'ébène, portant aux angles de chaque marche la proue d'une galère vaincue, ses portes rouges écartelées d'une croix noire, ses grillages d'airain qui le défendaient en bas des scorpions, et ses treillis de baguettes dorées qui bouchaient en haut ses ouvertures, il semblait aux soldats, dans son opulence farouche, aussi solennel et impénétrable que le visage d'Hamilcar.

Le Conseil leur avait désigné sa maison pour y tenir ce festin; les convalescents qui couchaient dans le temple d'Eschmoûn, se mettant en marche dès l'aurore, s'y étaient traînés sur leurs béquilles. A chaque minute, d'autres arrivaient. Par tous les sentiers, il en débouchait incessamment, comme des torrents qui se précipitent dans un lac. On voyait entre les arbres courir les esclaves des cuisines, effarés et à demi nus; les gazelles sur les pelouses s'enfuyaient en bêlant; le soleil se couchait, et le parfum des citronniers rendait encore plus lourde l'exhalaison de cette foule en sueur.

Il y avait là des hommes de toutes les nations, des Ligures, des Lusitaniens, des Baléares, des Nègres et des fugitifs de Rome. On entendait, à côté du lourd patois dorien, retentir les syllabes celtiques bruissantes comme des chars de bataille, et les terminaisons ioniennes se heurtaient aux consonnes du désert, âpres comme des cris de chacal. Le Grec se reconnaissait à sa taille mince, l'Egyptien à ses épaules remontées, le Cantabre à ses larges mollets. Des Cariens balançaient orgueilleusement les plumes de leurs casques, des archers de Cappadoce s'étaient peint de larges fleurs sur le corps, et quelques Lydiens portant des robes de femme dînaient en pantoufles et avec des boucles d'oreilles. D'autres, qui s'étaient par pompe barbouillés de vermillon, ressemblaient à des statues de corail.

Ils s'allongeaient sur les coussins, ils mangeaient accroupis autour de grands plateaux, ou bien, couchés sur le ventre, ils tiraient à eux les morceaux de viande, et se rassasiaient appuyés sur les coudes, dans la pose pacifique des lions lorsqu'ils dépècent leur proie. Les derniers venus, debout contre les arbres, regardaient les tables basses disparaissant à moitié sous des tapis d'écarlate, et attendaient leur tour.

Les cuisines d'Hamilcar n'étant pas suffisantes, le Conseil leur avait envoyé des esclaves, de la vaisselle, des lits; et l'on voyait au milieu du jardin, comme sur un champ de bataille quand on brûle les morts, de grands feux clairs où rôtissaient des bœufs. Les pains saupoudrés d'anis alternaient avec les gros fromages plus lourds que des disques, et les cratères pleins de vin, et les canthares pleins d'eau auprès des corbeilles en filigrane d'or qui contenaient des fleurs. La joie de pouvoir enfin se gorger à l'aise dilatait tous les yeux; çà et là, les chansons commençaient.

D'abord on leur servit des oiseaux à la sauce verte, dans des assiettes d'argile rouge rehaussée de dessins noirs, puis toutes les espèces de coquillages que l'on ramasse sur les côtes puniques, des bouillies de froment, de fève et d'orge, et des escargots au cumin, sur des plats d'ambre jaune. Ensuite les tables furent couvertes de viandes: antilopes avec leurs cornes, paons avec leurs plumes, moutons entiers cuits au vin doux, gigots de chamelles et de buffles, hérissons au garum, cigales frites et loirs confits. Dans des gamelles en bois de Tamrapanni flottaient, au milieu du safran, de grands morceaux de graisse. Tout débordait de saumure, de truffes et d'assa fœtida. Les pyramides de fruits s'éboulaient sur les gâteaux de miel, et l'on n'avait pas oublié quelques-uns de ces petits chiens à gros ventre et à soies roses que l'on engraissait avec du marc d'olives, mets carthaginois en abomination aux autres peuples. La surprise des nourritures nouvelles excitait la cupidité des estomacs. Les Gaulois aux longs cheveux retroussés sur le sommet de la tête s'arrachaient les pastèques et les limons qu'ils croquaient avec l'écorce. Des

Nègres n'ayant jamais vu de langoustes se déchiraient le visage à leurs piquants rouges. Les Grecs rasés, plus blancs que des marbres, jetaient derrière eux les épluchures de leur assiette, tandis que des pâtres du Brutium, vêtus de peaux de loup, dévoraient silencieusement, le visage dans leur portion.

La nuit tombait. On retira le vélarium étalé sur l'avenue des cyprès, et l'on apporta des flambeaux.

Les lueurs vacillantes du pétrole qui brûlait dans des vases de porphyre effrayèrent, au haut des cèdres, les singes consacrés à la lune. Ils poussèrent des cris, ce qui mit les soldats en gaieté.

Des flammes oblongues tremblaient sur les cuirasses d'airain. Toutes sortes de scintillements jaillissaient des plats incrustés de pierres précieuses. Les cratères, à bordure de miroirs convexes, multipliaient l'image élargie des choses; les soldats se pressant autour s'y regardaient avec ébahissement et grimaçaient pour se faire rire. Ils se lançaient, par-dessus les tables, les escabeaux d'ivoire et les spatules d'or. Ils avalaient à pleine gorge tous les vins grecs qui sont dans des outres. les vins de Campanie enfermés dans des amphores, les vins des Cantabres que l'on apporte dans des tonneaux, et les vins de jujubier, de cinnamome et de lotus. Il y en avait des flaques par terre où l'on glissait. La fumée des viandes montait dans les feuillages avec la vapeur des baleines. On entendait à la fois le claquement des mâchoires, le bruit des paroles, des chansons, des coupes, le fracas des vases campaniens qui s'écroulaient en mille morceaux, ou le son limpide d'un grand plat d'argent.

A mesure qu'augmentait leur ivresse, ils se rappelaient de plus en plus l'injustice de Carthage.

La République, épuisée par la guerre, avait laissé s'accumuler dans la ville toutes les bandes qui revenaient.

Giscon, leur général, avait eu cependant la prudence de les renvoyer les uns après les autres pour faciliter l'acquittement de leur solde, et le Conseil avait cru qu'ils finiraient par consentir à quelque diminution. Mais on leur en voulait aujourd'hui de ne pouvoir les payer. Cette dette se confondait dans l'esprit du peuple avec les trois mille deux cents talents euboïques exigés par Lutatius; et ils étaient, comme Rome, un ennemi pour Carthage. Les Mercenaires le comprenaient; aussi leur indignation éclatait en menaces et en débordements. Enfin, ils demandèrent à se réunir pour célébrer une de leurs victoires, et le parti de la paix céda, en se vengeant d'Hamilcar qui avait tant soutenu la guerre. Elle s'était terminée contre tous ses efforts, si bien que, désespérant de Carthage, il avait remis à Giscon le gouvernement des Mercenaires. Désigner son palais pour les recevoir, c'était attirer sur lui quelque chose de la haine qu'on leur portait. D'ailleurs la dépense devait être excessive; il la subirait presque toute,

Fiers d'avoir fait plier la République, les Mercenaires croyaient qu'ils allaient enfin s'en retourner chez eux, avec la solde de leur sang dans le capuchon de leur manteau. Mais leurs fatigues, revues à travers les vapeurs de l'ivresse, leur semblaient prodigieuses et trop peu récompensées. Ils se montraient leurs blessures, ils racontaient leurs combats, leurs voyages et les chasses de leur pays. Ils imitaient le cri des bêtes féroces, leurs bonds. Puis vinrent les immondes gageures; ils s'enfonçaient la tête dans les amphores, puis restaient à boire sans s'interrompre comme des dromadaires altérés. Un Lusitanien, de taille gigantesque, portant un homme au bout de chaque bras, parcourait les tables tout en crachant du feu par les narines. Des Lacédémoniens, qui n'avaient point ôté leurs cuirasses, sautaient d'un pas lourd. Quelques-uns s'avançaient comme des femmes en faisant des gestes obscènes; d'autres se mettaient nus pour combattre, au milieu des coupes, à la façon des gladiateurs;

et une compagnie de Grecs dansait autour d'un vase où l'on voyait des nymphes, pendant qu'un nègre tapait avec un os de bœuf sur un bouclier d'airain.

Tout à coup, ils entendirent un chant plaintif, un chant fort et doux, qui s'abaissait et remontait dans les airs comme le battement d'ailes d'un oiseau blessé.

C'était la voix des esclaves dans l'ergastule. Des soldats, pour les délivrer, se levèrent d'un bond et disparurent.

Ils revinrent, chassant au milieu des cris, dans la poussière, une vingtaine d'hommes que l'on distinguait à leur visage plus pâle. Un petit bonnet de forme conique, en feutre noir, couvrait leur tête rasée; ils portaient tous des sandales de bois et faisaient un bruit de ferrailles comme des chariots en marche.

Ils arrivèrent dans l'avenue des cyprès, où ils se perdirent parmi la foule, qui les interrogeait. L'un d'eux était resté à l'écart, debout. A travers les déchirures de sa tunique on apercevait ses épaules rayées par de longues balafres. Baissant le menton, il regardait autour de lui avec méfiance et fermait un peu ses paupières dans l'éblouissement des flambeaux. Quand il vit que personne de ces gens armés ne lui en voulait, un grand soupir s'échappa de sa poitrine; il balbutiait, il ricanait sous les larmes claires qui lavaient sa figure; puis il saisit par les anneaux un canthare tout plein, le leva droit en l'air au bout de ses bras d'où pendaient des chaînes, et regardant le ciel et toujours tenant la coupe, il dit:

— Salut d'abord à toi, Baal-Eschmoûn libérateur, que les gens de ma patrie appellent Esculape! et à vous, génies des fontaines, de la lumière et des bois! et à vous, dieux cachés sous les montagnes et dans les cavernes de la terre!

et à vous, hommes forts aux armures reluisantes, qui m'avez délivré!

Il laissa tomber la coupe et conta son histoire. On le nommait Spendius. Les Carthaginois l'avaient pris à la bataille des Egineuses; et parlant grec, ligure et punique, il remercia encore une fois les Mercenaires; il leur baisait les mains; enfin, il les félicita du banquet, tout en s'étonnant de n'y pas apercevoir les coupes de la Légion sacrée. Ces coupes, portant une vigne en émeraude sur chacune de leurs six faces en or, appartenaient à une milice exclusivement composée de jeunes patriciens, les plus hauts de taille. C'était un privilège, presque un honneur sacerdotal; aussi rien dans les trésors de la République n'était plus convoité des Mercenaires. Ils détestaient la Légion à cause de cela, et on en avait vu qui risquaient leur vie pour l'inconcevable plaisir d'y boire.

Donc ils commandèrent d'aller chercher les coupes. Elles étaient en dépôt chez les Syssites, compagnies de commerçants qui mangeaient en commun. Les esclaves revinrent. A cette heure, tous les membres des Syssites dormaient.

— Qu'on les réveille! répondirent les Mercenaires.

Après une seconde démarche, on leur expliqua qu'elles étaient enfermées dans un temple.

— Qu'on l'ouvre! répliquèrent-ils.

Et quand les esclaves, en tremblant, eurent avoué qu'elles étaient entre les mains du général Giscon, ils s'écrièrent:

— Qu'il les apporte!

Giscon, bientôt, apparut au fond du jardin, dans une escorte de la Légion sacrée. Son ample manteau noir, retenu sur sa tête à une mitre d'or constellée de pierres précieuses, et qui pendait tout à l'entour jusqu'aux sabots de son cheval, se confondait, de loin, avec la couleur de la nuit. On n'apercevait que sa barbe blanche, les rayonnements de sa coiffure et son triple collier à larges plaques bleues qui lui battait sur la poitrine.

Les soldats, quand il entra, le saluèrent d'une grande acclamation, tous criant:

— Les coupes! les coupes!

Il commença par déclarer que, si l'on considérait leur courage, ils en étaient dignes. La foule hurla de joie, en applaudissant.

Il le savait bien, lui qui les avait commandés là-bas et qui était revenu avec la dernière cohorte sur la dernière galère!

— C'est vrai! c'est vrai! disaient-ils.

Cependant, continua Giscon, la République avait respecté leurs divisions par peuples, leurs coutumes, leurs cultes; ils étaient libres dans Carthage! Quant aux vases de la Légion sacrée, c'était une propriété particulière.

Tout à coup, près de Spendius, un Gaulois s'élança par-dessus les tables et courut droit à Giscon, qu'il menaçait en gesticulant avec deux épées nues.

Le général, sans s'interrompre, le frappa sur la tête de son lourd bâton d'ivoire; le Barbare tomba. Les Gaulois hurlaient, et leur fureur, se communiquant aux autres, allait emporter les légionnaires. Giscon haussa les épaules; son courage serait inutile contre ces bêtes brutes, exaspérées.

Mieux valait plus tard s'en venger dans quelque ruse; donc il fit signe à ses soldats et s'éloigna lentement. Puis, sous la porte, se tournant vers les Mercenaires, il leur cria qu'ils s'en repentiraient.

Le festin recommença. Mais Giscon pouvait revenir, et, cernant le faubourg qui touchait aux derniers remparts, les écraser contre les murs. Alors ils se sentirent seuls malgré leur foule; et la grande ville qui dormait sous eux, dans l'ombre, leur fit peur, avec ses entassements d'escaliers, ses hautes maisons noires et ses vagues dieux, encore plus féroces que son peuple. Au loin, quelques fanaux glissaient sur le port, et il y avait des lumières dans le temple de Khamon. Ils se souvinrent d'Hamilcar. Où était-il? Pourquoi les avoir abandonnés, la paix conclue? Ses dissensions avec le Conseil n'étaient sans doute qu'un jeu pour les perdre. Leur haine inassouvie retombait sur lui; et ils le maudissaient, s'exaspérant les uns les autres par leur propre colère. A ce moment-là, il se fit un rassemblement sous les platanes. C'était pour voir un nègre qui se roulait en battant le sol avec ses membres, la prunelle fixe, le cou tordu, l'écume aux lèvres. Quelqu'un cria qu'il était empoisonné. Tous se crurent empoisonnés. Ils tombèrent sur les esclaves; un vertige de destruction tourbillonna sur l'armée ivre. Ils frappaient au hasard autour d'eux; ils brisaient, ils tuaient; quelques-uns lancèrent des flambeaux dans les feuillages; d'autres, s'accoudant sur la balustrade des lions, les massacrèrent à coups de flèches; les plus hardis coururent aux éléphants; ils voulaient leur abattre la trompe et manger de l'ivoire.

Cependant des frondeurs baléares qui, pour piller plus commodément, avaient tourné l'angle du palais, furent arrêtés par une haute barrière faite en jonc des Indes. Ils coupèrent avec leurs poignards les courroies de la serrure et se trouvèrent alors sous la façade qui regardait Carthage, dans un autre jardin rempli de végétations taillées. Des lignes de fleurs blanches, toutes se suivant une à une, décrivaient sur la terre couleur d'azur de longues paraboles, comme des fusées d'étoiles. Les buissons, pleins de ténèbres, exhalaient des odeurs chaudes, mielleuses. Il y

11

avait des troncs d'arbres barbouillés de cinabre qui ressemblaient à des colonnes sanglantes. Au milieu, douze piédestaux de cuivre portaient chacun une grosse boule de verre; et des lueurs rougeâtres emplissaient confusément ces globes creux, comme d'énormes prunelles qui palpiteraient encore. Les soldats s'éclairaient avec des torches, tout en trébuchant sur la pente du terrain, profondément labouré.

Ils aperçurent un petit lac, divisé en plusieurs bassins par des murailles de pierres bleues. L'onde était si limpide que les flammes des torches tremblaient jusqu'au fond, sur un lit de cailloux blancs et de poussière d'or. Elle se mit à bouillonner, des paillettes lumineuses glissèrent, et de gros poissons, qui portaient des pierreries à la gueule, apparurent vers la surface.

Les soldats, en riant beaucoup, leur passèrent les doigts dans les ouïes et les apportèrent sur les tables.

C'étaient les poissons de la famille Barca. Tous descendaient de ces lottes primordiales qui avaient fait éclore l'œuf mystique où se cachait la Déesse. L'idée de commettre un sacrilège ranima la gourmandise des Mercenaires; ils placèrent vite du feu sous des vases d'airain et s'amusèrent à regarder les beaux poissons se débattre dans l'eau bouillante.

La houle des soldats se poussait. Ils n'avaient plus peur. Ils recommençaient à boire. Les parfums qui leur coulaient du front mouillaient de gouttes larges leurs tuniques en lambeaux, et s'appuyant des deux poings sur les tables qui leur semblaient osciller comme des navires, ils promenaient à l'entour leurs gros yeux ivres, pour dévorer par la vue ce qu'ils ne pouvaient prendre. D'autres, marchant tout au milieu des plats sur les nappes de pourpre, cassaient à coup de pied les escabeaux d'ivoire et les fioles tyriennes en verre. Les chansons se mêlaient au râle des esclaves agonisant parmi les coupes brisées. Ils demandaient du vin, des viandes, de l'or. Ils criaient pour avoir des femmes. Ils déliraient en cent langages. Quelques-uns se croyaient aux étuves, à cause de la buée qui flottait autour d'eux, ou bien, apercevant des feuillages, ils s'imaginaient être à la chasse et couraient sur leurs compagnons comme sur des bêtes sauvages. L'incendie de l'un à l'autre gagnait tous les arbres, et les hautes masses de verdure, d'où s'échappaient de longues spirales blanches, semblaient des volcans qui commencent à fumer. La clameur redoublait. Les lions blessés rugissaient dans l'ombre.

Le palais s'éclaira d'un seul coup à sa plus haute terrasse, la porte du milieu s'ouvrit; et une femme, la fille d'Hamilcar elle-même, couverte de vêtements noirs, apparut sur le seuil. Elle descendit le premier escalier qui longeait obliquement le premier étage, puis le second, le troisième, et elle s'arrêta sur la dernière terrasse, au haut de l'escalier des galères. Immobile et la tête basse, elle regardait les soldats.

Derrière elle, de chaque côté, se tenaient deux longues théories d'hommes pâles, vêtus de robes blanches à franges rouges qui tombaient droit sur leurs pieds. Ils n'avaient pas de cheveux, pas de sourcils. Dans leurs mains étincelantes d'anneaux ils portaient d'énormes lyres et chantaient tous, d'une voix aiguë, un hymne à la Divinité de Carthage. C'étaient les prêtres eunuques du temple de Tanit, que Salammbô appelait souvent dans sa maison.

Enfin elle descendit l'escalier des galères. Les prêtres la suivirent. Elle s'avança dans l'avenue des cyprès, et elle marchait lentement entre les tables des capitaines, qui se reculaient un peu en la regardant passer.

Sa chevelure, poudrée d'un sable violet, et réunie en forme de tour selon la mode des vierges chananéennes, la faisait paraître plus grande. Des tresses de perles attachées à ses tempes descendaient jusqu'aux coins de sa bouche, rose comme une grenade entrouverte. Il y avait sur sa poitrine un assemblage de pierres lumineuses, imitant par leur bigarrure les écailles d'une murène. Ses bras, garnis de diamants, sortaient nus de sa tunique sans manches, étoilée de fleurs rouges sur un fond tout noir. Elle portait entre les chevilles une chaînette d'or pour régler sa marche, et son grand manteau de pourpre sombre, taillé dans une étoffe inconnue, traînait derrière elle, faisant à chacun de ses pas comme une large vague qui la suivait.

Les prêtres, de temps à autre, pinçaient sur leurs lyres des accords presque étouffés; et dans les intervalles de la musique, on entendait le petit bruit de la chaînette d'or avec le claquement régulier de ses sandales en papyrus.

Personne encore ne la connaissait. On savait seulement qu'elle vivait retirée dans des pratiques pieuses. Des soldats l'avaient aperçue la nuit, sur le haut de son palais, à genoux devant les étoiles, entre les tourbillons des cassolettes allumées. C'était la lune qui l'avait rendue si pâle, et quelque chose des dieux l'enveloppait comme une vapeur subtile. Ses prunelles semblaient regarder tout au loin au delà des espaces terrestres. Elle marchait en inclinant la tête, et tenait à sa main droite une petite lyre d'ébène.

Ils l'entendaient murmurer:

— Morts! Tous morts! Vous ne viendrez plus obéissant à ma voix, quand, assise sur le bord du lac, je vous jetais dans la gueule des pépins de pastèques! Le mystère de Tanit roulait au fond de vos yeux, plus limpides que les globules des fleuves.

Et elle les appelait par leurs noms, qui étaient les noms des mois.

— Siv! Sivan! Tammouz, Eloul, Tischri, Schebar! Ah! pitié pour moi. Déesse!

Les soldats, sans comprendre ce qu'elle disait, se tassaient autour d'elle; ils s'ébahissaient de sa parure. Elle promena sur eux un long regard épouvanté, puis s'enfonçant la tête dans les épaules en écartant les bras, elle répéta plusieurs fois:

— Qu'avez-vous fait! qu'avez-vous fait! Vous aviez cependant, pour vous réjouir, du pain, des viandes, de l'huile, tout le malobathre des greniers! J'avais fait venir des bœufs d'Hécatompyle, j'avais envoyé des chasseurs dans le désert!

Sa voix s'enflait, ses joues s'empourpraient. Elle ajouta:

— Où êtes-vous donc, ici? Est-ce dans une ville conquise, ou dans le palais d'un maître? Et quel maître? le suffète Hamilcar mon père, serviteur des Baals! Vos armes, rouges du sang de ses esclaves, c'est lui qui les a refusées à Lutatius! En connaissez-vous un dans vos patries qui sache mieux conduire les batailles? Regardez donc! les marches de notre palais sont encombrées par nos victoires! Continuez! brûlez-le! J'emporterai avec moi le génie de ma maison, mon serpent noir qui dort là-haut sur des feuilles de lotus! Je sifflerai, il me suivra; et, si je monte en galère, il courra dans le sillage de mon navire sur l'écume des flots.

Ses narines minces palpitaient. Elle écrasait ses ongles contre les pierreries de sa poitrine. Ses yeux s'alanguirent; elle reprit:

— Ah! pauvre Carthage! lamentable ville! Tu n'as plus pour te défendre les hommes forts d'autrefois, qui allaient au delà des océans bâtir des temples sur les rivages. Tous les pays travaillaient autour de toi, et les plaines de la mer, labourées par tes rames, balançaient tes moissons.

Alors elle se mit à chanter les aventures de Melkarth, dieu des Sidoniens et père de sa famille.

Elle disait l'ascension des montagnes d'Ersiphonie, le voyage de Tartessus, et la guerre contre Masisabal pour venger la Reine des serpents:

— Il poursuivait dans la forêt le monstre femelle dont la queue ondulait sur les feuilles mortes comme un ruisseau d'argent; et il arriva dans une prairie où des femmes, à croupe de dragon, se tenaient autour d'un grand feu, dressées sur la pointe de leur queue. La lune, couleur de sang, resplendissait dans un cercle pâle, et leurs langues écarlates, fendues comme des harpons de pêcheurs, s'allongeaient en se recourbant jusqu'au bord de la flamme.

Puis Salammbô, sans s'arrêter, raconta comment Melkarth, après avoir vaincu Masisabal, mit à la proue du navire sa tête coupée.

— A chaque battement des flots, elle s'enfonçait sous l'écume; le soleil l'embaumait: elle se fit plus dure que l'or; les yeux ne cessaient point de pleurer, et les larmes, continuellement, tombaient dans l'eau.

Elle chantait tout cela dans un vieil idiome chananéen que n'entendaient pas les Barbares. Ils se demandaient ce qu'elle pouvait leur dire avec les gestes effrayants dont elle accompagnait son discours; et montés autour d'elle sur les tables, sur les lits, dans les rameaux des sycomores, la bouche ouverte et allongeant la tête, ils tâchaient de saisir ces vagues histoires qui se balançaient devant leur imagination, à travers l'obscurité des théogonies, comme des fantômes dans les nuages.

Seuls, les prêtres sans barbe comprenaient Salammbô. Leurs mains ridées, pendant sur les cordes des lyres, frémissaient, et de temps à autre en tiraient un accord lugubre: car, plus faibles que des vieilles femmes, ils tremblaient à la fois d'émotion mystique et de la peur que leur faisaient les hommes. Les Barbares ne s'en souciaient; ils écoutaient toujours la vierge chanter.

Aucun ne la regardait comme un jeune chef numide placé aux tables des capitaines, parmi des soldats de sa nation. Sa ceinture était si hérissée de dards, qu'elle faisait une bosse dans son large manteau, noué à ses tempes par un lacet de cuir. L'étoffé, bâillant sur ses épaules, enveloppait d'ombre son visage, et l'on n'apercevait que les flammes de ses deux yeux. C'était par hasard qu'il se trouvait au festin, son père le faisant vivre chez les Barca, selon la coutume des rois qui envoyaient leurs enfants dans les grandes familles pour préparer des alliances. Depuis six mois que Narr'Havas y logeait, il n'avait point encore aperçu Salammbô; et, assis sur les talons, la barbe baissée vers les hampes de ses javelots, il la considérait en écartant les narines, comme un léopard qui est accroupi dans les bambous.

De l'autre côté des tables se tenait un Libyen de taille colossale et à courts cheveux noirs frisés. Il n'avait gardé que sa jaquette militaire, dont les lames d'airain déchiraient la pourpre du lit. Un collier à lunes d'argent s'embarrassait dans les poils de sa poitrine. Des éclaboussures de sang lui tachetaient la face, il s'appuyait sur le coude gauche; et, la bouche grande ouverte, il souriait.

Salammbô n'en était plus au rythme sacré. Elle employait simultanément tous les idiomes des Barbares, délicatesse de femme pour attendrir leur colère. Aux Grecs elle parlait grec, puis elle se tourna vers les Ligures, vers les Campaniens, vers les Nègres; et chacun en l'écoutant retrouvait dans cette voix la douceur de sa patrie. Emportée par les souvenirs de Carthage, elle chantait maintenant les anciennes batailles contre Rome; ils applaudissaient. Elle s'enflammait à la lueur des épées nues; elle criait, les bras ouverts. Sa lyre tomba, elle se tut; et, pressant son cœur à deux mains, elle resta quelques minutes les paupières closes à savourer l'agitation de tous ces hommes.

Mâtho le Libyen se penchait vers elle. Involontairement elle s'en approcha, et, poussée par la reconnaissance de son orgueil, elle lui versa dans une coupe d'or un long jet de vin pour se réconcilier avec l'armée.

— Bois! dit-elle.

Il prit la coupe, et la portait à ses lèvres quand un Gaulois, le même que Giscon avait blessé, le frappa sur l'épaule, tout en débitant d'un air jovial des plaisanteries dans la langue de son pays. Spendius n'était pas loin; il s'offrit à les expliquer.

— Parle! dit Mâtho.

— Les dieux te protègent, tu vas devenir riche. A quand les noces?

— Quelles noces?

— Les tiennes! car chez nous, dit le Gaulois, lorsqu'une femme fait boire un soldat, c'est qu'elle lui offre sa couche.

Il n'avait pas fini que Narr'Havas, en bondissant, tira un javelot de sa ceinture, et appuyé du pied droit sur le bord de la table, il le lança contre Mâtho.

Le javelot siffla entre les coupes, et, traversant le bras du Libyen, le cloua sur la nappe si fortement, que la poignée en tremblait dans l'air.

Mâtho l'arracha vite; mais il n'avait pas d'armes, il était nu; enfin, levant à deux bras la table surchargée, il la jeta contre Narr'Havas tout au milieu de la foule qui se précipitait entre eux. Les soldats et les Numides se serraient à ne pouvoir tirer leurs glaives. Mâtho avançait en donnant de grands coups avec sa tête. Quand il la releva,

Narr'Havas avait disparu. Il le chercha des yeux. Salammbô aussi était partie.

Alors sa vue se tournant vers le palais, il aperçut tout en haut la porte rouge à croix noire qui se refermait. Il s'élança.

On le vit courir entre les proues des galères, puis réapparaître le long des trois escaliers jusqu'à la porte rouge qu'il heurta de tout son corps. En haletant, il s'appuya contre le mur pour ne pas tomber.

Un homme l'avait suivi, et, à travers les ténèbres, car les lueurs du festin étaient cachées par l'angle du palais, il reconnut Spendius.

— Va-t'en! dit-il.

L'esclave, sans répondre, se mit avec ses dents à déchirer sa tunique; puis s'agenouillant auprès de Mâtho il lui prit le bras délicatement, et il le palpait dans l'ombre pour découvrir la blessure.

Sous un rayon de la lune qui glissait entre les nuages, Spendius aperçut au milieu du bras une plaie béante. Il roula tout autour le morceau d'étoffé; mais l'autre, s'irritant, disait:

— Laisse-moi! laisse-moi!

— Non! reprit l'esclave. Tu m'as délivré de l'ergastule. Je suis à toi! tu es mon maître! ordonne!

Mâtho, en frôlant les murs, fit le tour de la terrasse. Il tendait l'oreille à chaque pas, et par l'intervalle des roseaux dorés, plongeait ses regards dans les appartements silencieux. Enfin il s'arrêta d'un air désespéré.

— Ecoute! lui dit l'esclave. Oh! ne me méprise pas
pour ma faiblesse! J'ai vécu dans le palais. Je peux, comme
une vipère, me couler entre les murs. Viens! il y a dans la
Chambre des Ancêtres un lingot d'or sous chaque dalle; une
voie souterraine conduit à leurs tombeaux.

— Eh! qu'importe! dit Mâtho.

Spendius se tut.

Ils étaient sur la terrasse. Une masse d'ombre énorme
s'étalait devant eux, et qui semblait contenir de vagues
amoncellements, pareils aux flots d'un océan noir pétrifié.

Mais une barre lumineuse s'éleva du côté de l'Orient.
A gauche, tout en bas, les canaux de Mégara commençaient
à rayer de leurs sinuosités blanches les verdures des jardins.
Les toits coniques des temples heptagones, les escaliers, les
terrasses, les remparts, peu à peu, se découpaient sur la
pâleur de l'aube; et tout autour de la péninsule carthaginoise
une ceinture d'écume blanche oscillait tandis que la mer
couleur d'émeraude semblait comme figée dans la fraîcheur
du matin. A mesure que le ciel rose allait s'élargissant, les
hautes maisons inclinées sur les pentes du terrain se
haussaient, se tassaient, telles qu'un troupeau de chèvres
noires qui descend des montagnes. Les rues désertes
s'allongeaient; les palmiers, çà et là sortant des murs, ne
bougeaient pas; les citernes remplies avaient l'air de
boucliers d'argent perdus dans les cours; le phare du
promontoire Hermæum commençait à pâlir. Tout au haut
de l'Acropole, dans le bois de cyprès, les chevaux
d'Eschmoûn, sentant venir la lumière, posaient leurs sabots
sur le parapet de marbre et hennissaient du côté du soleil.

Il parut; Spendius, levant les bras, poussa un cri.

Tout s'agitait dans une rougeur épandue, car le dieu,
comme se déchirant, versait à pleins rayons sur Carthage la
pluie d'or de ses veines. Les éperons des galères

étincelaient, le toit de Khamon paraissait tout en flammes, et l'on apercevait des lueurs au fond des temples dont les portes s'ouvraient. Les grands chariots arrivant de la campagne faisaient tourner leurs roues sur les dalles des rues. Des dromadaires chargés de bagages descendaient les rampes. Les changeurs dans les carrefours relevaient les auvents de leurs boutiques. Des cigognes s'envolèrent, des voiles blanches palpitaient. On entendait dans le bois de Tanit le tambourin des courtisanes sacrées, et à la pointe des Mappales, les fourneaux pour cuire les cercueils d'argile commençaient à fumer.

Spendius se penchait en dehors de la terrasse; ses dents claquaient, il répétait:

— Ah! oui... oui... maître! je comprends pourquoi tu dédaignais tout à l'heure le pillage de la maison.

Mâtho fut comme réveillé par le sifflement de sa voix, il semblait ne pas comprendre; Spendius reprit:

— Ah! quelles richesses! et les hommes qui les possèdent n'ont pas même de fer pour les défendre!

Alors, lui faisant voir de sa main droite étendue quelques-uns de la populace qui rampaient en dehors du môle, sur le sable, pour chercher des paillettes d'or:

— Tiens! lui dit-il, la République est comme ces misérables: courbée au bord des océans, elle enfonce dans tous les rivages ses bras avides, et le bruit des flots emplit tellement son oreille qu'elle n'entendrait pas venir par derrière le talon d'un maître!

Il entraîna Mâtho tout à l'autre bout de la terrasse, et lui montrant le jardin où miroitaient au soleil les épées des soldats suspendues dans les arbres:

— Mais ici il y a des hommes forts dont la haine est exaspérée! et rien ne les attache à Carthage, ni leurs familles, ni leurs serments, ni leurs dieux!

Mâtho restait appuyé contre le mur; Spendius, se rapprochant, poursuivit à voix basse:

— Me comprends-tu, soldat? Nous nous promènerions couverts de pourpre comme des satrapes. On nous laverait dans les parfums; j'aurais des esclaves à mon tour! N'es-tu pas las de dormir sur la terre dure, de boire le vinaigre des camps, et toujours d'entendre la trompette? Tu te reposeras plus tard, n'est-ce pas? quand on arrachera ta cuirasse pour jeter ton cadavre aux vautours! ou peut-être, t'appuyant sur un bâton, aveugle, boiteux, débile, tu t'en iras de porte en porte raconter ta jeunesse aux petits enfants et aux vendeurs de saumure. Rappelle-toi toutes les injustices de tes chefs, les campements dans la neige, les courses au soleil, les tyrannies de la discipline et l'éternelle menace de la croix! Après tant de misères on t'a donné un collier d'honneur, comme on suspend au poitrail des ânes une ceinture de grelots pour les étourdir dans la marche, et faire qu'ils ne sentent pas la fatigue. Un homme comme toi, plus brave que Pyrrhus! Si tu l'avais voulu, pourtant! Ah! comme tu seras heureux dans les grandes salles fraîches, au son des lyres, couché sur des fleurs, avec des bouffons et avec des femmes! Ne me dis pas que l'entreprise est impossible! Est-ce que les Mercenaires, déjà, n'ont pas possédé Rheggium et d'autres places fortes en Italie! Qui t'empêche? Hamilcar est absent; le peuple exècre les Riches; Giscon ne peut rien sur les lâches qui l'entourent. Mais tu es brave, toi! ils t'obéiront. Commande-les! Carthage est à nous; jetons-nous-y!

— Non! dit Mâtho, la malédiction de Moloch pèse sur moi. Je l'ai senti à ses yeux, et tout à l'heure j'ai vu dans un temple un bélier noir qui reculait.

Il ajouta, en regardant autour de lui:

— Où est-elle?

Spendius comprit qu'une inquiétude immense l'occupait; il n'osa plus parler.

Les arbres derrière eux fumaient encore; de leurs branches noircies, des carcasses de singes à demi brûlées tombaient de temps à autre au milieu des plats. Les soldats ivres ronflaient la bouche ouverte à côté des cadavres; et ceux qui ne dormaient pas baissaient leur tête, éblouis par le jour. Le sol piétiné disparaissait sous des flaques rouges. Les éléphants balançaient entre les pieux de leurs parcs leurs trompes sanglantes. On apercevait dans les greniers ouverts des sacs de froment répandus, et sous la porte une ligne épaisse de chariots amoncelés par les Barbares; les paons juchés dans les cèdres déployaient leur queue et se mettaient à crier.

L'immobilité de Mâtho étonnait Spendius; il était encore plus pâle que tout à l'heure, et, les prunelles fixes, il suivait quelque chose à l'horizon, appuyé des deux poings sur le bord de la terrasse. Spendius, en se courbant, finit par découvrir ce qu'il contemplait. Un point d'or tournait au loin dans la poussière sur la route d'Utique; c'était le moyeu d'un char attelé de deux mulets; un esclave courait à la tête du timon, en les tenant par la bride. Il y avait dans le char deux femmes assises. Les crinières des bêtes bouffaient entre leurs oreilles à la mode persique, sous un réseau de perles bleues. Spendius les reconnut; il retint un cri.

Un grand voile, par derrière, flottait au vent.

II. — À SICCA

Deux jours après, les Mercenaires sortirent de Carthage.

On leur avait donné à chacun une pièce d'or, sous la condition qu'ils iraient camper à Sicca, et on leur avait dit avec toutes sortes de caresses:

— Vous êtes les sauveurs de Carthage! Mais vous l'affameriez en y restant; elle deviendrait insolvable. Eloignez-vous! La République vous saura gré de cette condescendance. Nous allons immédiatement lever des impôts; votre solde sera complète, et l'on équipera des galères qui vous reconduiront dans vos patries.

Ils ne savaient que répondre à tant de discours. Ces hommes, accoutumés à la guerre, s'ennuyaient dans le séjour d'une ville; on n'eut pas de mal à les convaincre; et le peuple monta sur les murs pour les voir s'en aller.

Ils défilèrent par la rue de Khamon et la porte de Cirta, pêle-mêle, les archers avec les hoplites, les capitaines avec les soldats, les Lusitaniens avec les Grecs. Ils marchaient d'un pas hardi, faisant sonner sur les dalles leurs lourds cothurnes. Leurs armures étaient bosselées par les catapultes et leurs visages noircis par le haie des batailles. Des cris rauques sortaient des bardes épaisses; leurs cottes de mailles déchirées battaient sur les pommeaux des glaives, et l'on apercevait, aux trous de l'airain, leurs membres nus, effrayants comme des machines de guerre. Les sarisses, les haches, les épieux, les bonnets de feutre et les casques de bronze, tout oscillait à la fois d'un seul mouvement. Ils emplissaient la rue à faire craquer les murs, et cette longue masse de soldats en armes s'épanchait entre les hautes maisons à six étages, barbouillées de bitume.

Derrière leurs grilles de fer ou de roseaux, les femmes, la tête couverte d'un voile, regardaient en silence les Barbares passer.

Les terrasses, les fortifications, les murs disparaissaient sous la foule des Carthaginois, habillée de vêtements noirs. Les tuniques des matelots faisaient comme des taches de sang parmi cette sombre multitude; des enfants presque nus gesticulaient dans le feuillage des colonnes ou entre les branches d'un palmier. Des Anciens s'étaient postés sur la plate-forme des tours; et l'on ne savait pas pourquoi se tenait ainsi, de place en place, un personnage à barbe longue, dans une attitude rêveuse. De loin il semblait vague comme un fantôme, et immobile comme les pierres.

Tous étaient oppressés par la même inquiétude; on avait peur que les Barbares, en se voyant si forts, n'eussent la fantaisie de vouloir rester. Mais ils partaient avec tant de confiance que les Carthaginois s'enhardirent et se mêlèrent aux soldats. On les accablait de serments, d'étreintes. On leur jetait des parfums, des fleurs et des pièces d'argent. On leur donnait des amulettes contre les maladies; mais on avait craché dessus trois fois pour attirer la mort, ou enfermé dedans des poils de chacal qui rendent le cœur lâche. On invoquait tout haut la faveur de Melkarth et tout bas sa malédiction.

Puis vint la cohue des bagages, des bêtes de somme et des traînards.

Des malades gémissaient sur des dromadaires; d'autres s'appuyaient, en boitant, sur le tronçon d'une pique. Les ivrognes emportaient des outres, les voraces des quartiers de viande, des gâteaux, des fruits, du beurre dans des feuilles de figuier, de la neige dans des sacs de toile. On en voyait avec des parasols à la main, avec des perroquets sur l'épaule. Ils se faisaient suivre par des dogues, par des gazelles ou des panthères. Des femmes de race libyque, montées sur des ânes, invectivaient les négresses qui avaient abandonné pour les soldats les lupanars de Malqua; plusieurs allaitaient des enfants suspendus à leur poitrine dans une lanière de cuir. Les mulets, que l'on aiguillonnait avec la pointe des glaives, pliaient l'échine sous le fardeau des tentes; et il y avait une quantité de valets et de porteurs d'eau, hâves, jaunis par les fièvres et tout sales de vermine, écume de la plèbe carthaginoise, qui s'attachait aux Barbares.

Quand ils furent passés, on ferma les portes derrière eux, le peuple ne descendit pas des murs; l'armée se répandit bientôt sur la largeur de l'isthme.

Elle se divisait par masses inégales. Puis les lances apparurent comme de hauts brins d'herbe, enfin tout se perdit dans une traînée de poussière; ceux des soldats qui se retournaient vers Carthage n'apercevaient plus que ses longues murailles, découpant au bord du ciel leurs créneaux vides.

Les Barbares entendirent un grand cri. Ils crurent que quelques-uns d'entre eux, restés dans la ville (car ils ne savaient pas leur nombre), s'amusaient à piller un temple. Ils rirent beaucoup à cette idée, puis continuèrent leur chemin.

Ils étaient joyeux de se retrouver, comme autrefois, marchant tous ensemble dans la pleine campagne; et des Grecs chantaient la vieille chanson des Mamertins:

— Avec ma lance et mon épée, je laboure et je moissonne; c'est moi qui suis le maître de la maison! L'homme désarmé tombe à mes genoux et m'appelle Seigneur et Grand-Roi.

Ils criaient, sautaient, les plus gais commençaient des histoires; le temps des misères était fini. En arrivant à Tunis, quelques-uns remarquèrent qu'il manquait une troupe de frondeurs baléares. Ils n'étaient pas loin, sans doute; on n'y pensa plus.

Les uns allèrent loger dans les maisons, les autres campèrent au pied des murs, et les gens de la ville vinrent causer avec les soldats.

Pendant toute la nuit, on aperçut des feux qui brûlaient à l'horizon, du côté de Carthage; ces lueurs, comme des torches géantes, s'allongeaient sur le lac immobile. Personne, dans l'armée, ne pouvait dire quelle fête on célébrait.

Les Barbares, le lendemain, traversèrent une campagne toute couverte de cultures. Les métairies des patriciens se succédaient sur le bord de la route; des rigoles coulaient dans des bois de palmiers; les oliviers faisaient de longues lignes vertes; des vapeurs roses flottaient dans les gorges des collines; des montagnes bleues se dressaient par derrière. Un vent chaud soufflait. Des caméléons rampaient sur les feuilles larges des cactus.

Les Barbares se ralentirent.

Ils s'en allaient par détachements isolés, ou se traînaient les uns après les autres à de longs intervalles. Ils mangeaient des raisins au bord des vignes. Ils se couchaient dans les herbes, et ils regardaient avec stupéfaction les grandes cornes des bœufs artificiellement tordues, les brebis revêtues de peaux pour protéger leur laine, les sillons qui s'entrecroisaient de manière à former des losanges, et les socs de charrues pareils à des ancres de navire, avec les grenadiers que l'on arrosait de silphium. Cette opulence de la terre et ces inventions de la sagesse les éblouissaient.

Le soir, ils s'étendirent sur les tentes sans les déplier; et, tout en s'endormant la figure aux étoiles, ils regrettaient le festin d'Hamilcar.

Au milieu du jour suivant, on fit halte sur le bord d'une rivière, dans des touffes de lauriers-roses. Ils jetèrent vite leurs lances, leurs boucliers, leurs ceintures. Ils se lavaient en criant, ils puisaient dans leur casque, et d'autres buvaient à plat ventre, tout au milieu des bêtes de somme, dont les bagages tombaient.

Spendius, assis sur un dromadaire volé dans les parcs d'Hamilcar, aperçut de loin Mâtho, qui, le bras suspendu contre la poitrine, nu-tête et la figure basse, laissait boire son mulet, tout en regardant l'eau couler. Aussitôt il courut à travers la foule, en l'appelant:

— Maître! maître!

A peine si Mâtho le remercia de ses bénédictions. Spendius, n'y prenant garde, se mit à marcher derrière lui, et, de temps à autre, il tournait des yeux inquiets du côté de Carthage.

C'était le fils d'un rhéteur grec et d'une prostituée campanienne. Il s'était d'abord enrichi à vendre des femmes; puis, ruiné par un naufrage, il avait fait la guerre contre les Romains avec les bergers du Samnium. On l'avait pris, il s'était échappé; on l'avait repris, et il avait travaillé dans les carrières, haleté dans les étuves, crié dans les supplices, passé par bien des maîtres, connu toutes les fureurs. Un jour, par désespoir, il s'était lancé à la mer du haut de la trirème où il poussait l'aviron. Des matelots l'avaient recueilli mourant et amené à Carthage dans l'ergastule de Mégara. Comme on devait rendre aux Romains leurs transfuges, il avait profité du désordre pour s'enfuir avec les soldats.

Pendant toute la route, il resta près de Mâtho; il lui apportait à manger, il le soutenait pour descendre, il étendait un tapis, le soir, sous sa tête. Mâtho finit par s'émouvoir de ces prévenances, et peu à peu il desserra les lèvres.

Il était né dans le golfe des Syrtes. Son père l'avait conduit en pèlerinage au temple d'Ammon. Puis il avait chassé les éléphants dans les forêts des Garamantes. Ensuite, il s'était engagé au service de Carthage. On l'avait nommé tétrarque à la prise de Drépanum. La République lui devait quatre chevaux, vingt-trois médines de froment et la solde d'un hiver. Il craignait les dieux et souhaitait mourir dans sa patrie.

Spendius lui parla de ses voyages, des peuples et des temples qu'il avait visités, et il connaissait beaucoup de choses: il savait faire des sandales, des épieux, des filets, apprivoiser les bêtes farouches et cuire des poisons.

Parfois s'interrompant, il tirait du fond de sa gorge un cri rauque; le mulet de Mâtho pressait son allure; les autres se hâtaient pour le suivre, puis Spendius recommençait, toujours agité par son angoisse. Elle se calma, le soir du quatrième jour.

Ils marchaient côte à côte, à la droite de l'armée, sur le flanc d'une colline; la plaine, en bas, se prolongeait, perdue dans les vapeurs de la nuit. Les lignes des soldats défilant au-dessous d'eux faisaient dans l'ombre des ondulations. De temps à autre elles passaient sur les éminences éclairées par la lune; alors une étoile tremblait à la pointe des piques, les casques un instant miroitaient, tout disparaissait, et il en survenait d'autres, continuellement. Au loin, des troupeaux réveillés bêlaient, et quelque chose d'une douceur infinie semblait s'abattre sur la terre.

Spendius, la tête renversée et les yeux à demi clos, aspirait avec de grands soupirs la fraîcheur du vent; il écartait les bras en remuant ses doigts pour mieux sentir cette caresse qui lui coulait sur le corps. Des espoirs de vengeance, revenus, le transportaient. Il colla sa main contre sa bouche afin d'arrêter ses sanglots; et à demi pâmé d'ivresse, il abandonnait le licol de son dromadaire qui avançait à grands pas réguliers. Mâtho était retombé dans sa tristesse; ses jambes pendaient jusqu'à terre, et les herbes, en fouettant ses cothurnes, faisaient un sifflement continu.

La route s'allongeait sans jamais en finir. A l'extrémité d'une plaine, toujours on arrivait sur un plateau de forme ronde; puis on redescendait dans une vallée, et les montagnes qui semblaient boucher l'horizon, à mesure que l'on approchait d'elles, se déplaçaient comme en glissant. De temps à autre, une rivière apparaissait dans la verdure des tamarix, pour se perdre au tournant des collines. Parfois, se dressait un énorme rocher, pareil à la proue d'un vaisseau ou au piédestal de quelque colosse disparu.

On rencontrait, à des intervalles réguliers, de petits temples quadrangulaires, servant aux pèlerins qui se rendaient à Sicca. Ils étaient fermés comme des tombeaux. Les Libyens, pour se faire ouvrir, frappaient de grands coups contre la porte. Personne de l'intérieur ne répondait.

Puis les cultures se firent plus rares. On entrait tout à coup sur des bandes de sable hérissées de bouquets épineux. Des troupeaux de moutons broutaient parmi les pierres: une femme, la taille ceinte d'une toison bleue, les gardait. Elle s'enfuyait en poussant des cris, dès qu'elle apercevait entre les rochers les piques des soldats.

Ils marchaient dans une sorte de grand couloir bordé par deux chaînes de monticules rougeâtres, quand une odeur nauséabonde vint les frapper aux narines, et ils crurent voir au haut d'un caroubier quelque chose d'extraordinaire: une tête de lion se dressait au-dessus des feuilles.

Ils y coururent. C'était un lion, attaché à une croix par les quatre membres comme un criminel. Son mufle énorme lui retombait sur la poitrine, et ses deux pattes antérieures, disparaissant à demi sous l'abondance de sa crinière, étaient largement écartées comme les deux ailes d'un oiseau. Ses côtes, une à une, saillissaient sous sa peau tendue; ses jambes de derrière, clouées l'une contre l'autre, remontaient un peu; et du sang noir, coulant parmi ses poils, avait amassé des stalactites au bas de sa queue qui pendait, toute droite, le long de la croix. Les soldats se divertirent autour; ils l'appelaient consul et citoyen de Rome et lui jetèrent des cailloux dans les yeux, pour faire envoler les moucherons.

Cent pas plus loin ils en virent deux autres; puis, tout à coup, parut une longue file de croix supportant des lions. Les uns étaient morts depuis si longtemps qu'il ne restait plus contre le bois que les débris de leurs squelettes; d'autres à moitié rongés tordaient la gueule en faisant une horrible grimace; il y en avait d'énormes; l'arbre de la croix pliait sous eux; et ils se balançaient au vent, tandis que sur leur tête des bandes de corbeaux tournoyaient dans l'air, sans jamais s'arrêter. Ainsi se vengeaient les paysans carthaginois quand ils avaient pris quelque bête féroce; ils espéraient par cet exemple terrifier les autres. Les Barbares, cessant de rire, tombèrent dans un long étonnement. « Quel est ce peuple, pensaient-ils, qui s'amuse à crucifier des lions! »

Ils étaient, d'ailleurs, les hommes du Nord surtout, vaguement inquiets, troublés, malades déjà. Ils se déchiraient les mains aux dards des aloès; de grands moustiques bourdonnaient à leurs oreilles, et les dysenteries commençaient dans l'armée. Ils s'ennuyaient de ne pas voir Sicca. Ils avaient peur de se perdre et d'atteindre le désert, la contrée des sables et des épouvantements. Beaucoup même ne voulaient plus avancer. D'autres reprirent le chemin de Carthage.

Enfin le septième jour, après avoir suivi pendant longtemps la base d'une montagne, on tourna brusquement à droite; alors apparut une ligne de murailles posée sur des roches blanches et se confondant avec elles. Soudain la ville entière se dressa; des voiles bleus, jaunes et blancs s'agitaient sut les murs, dans la rougeur du soir. C'étaient les prêtresses de Tanit, accourues pour recevoir les hommes. Elles se tenaient rangées sur le long du rempart, en frappant des tambourins, en pinçant des lyres, en secouant des crotales, et les rayons du soleil, qui se couchait par derrière, dans les montagnes de la Numidie, passaient entre les cordes des harpes où s'allongeaient leurs bras nus. Les instruments, par intervalles, se taisaient tout à coup, et un cri strident éclatait, précipité, furieux, continu, sorte d'aboiement qu'elles faisaient en se frappant avec la langue les deux coins de la bouche. D'autres restaient accoudées, le menton dans la main, et plus immobiles que des sphinx, elles dardaient leurs grands yeux noirs sur l'armée qui montait.

Bien que Sicca fût une ville sacrée, elle ne pouvait contenir une telle multitude; le temple avec ses dépendances en occupait, seul, la moitié. Aussi les Barbares s'établirent dans la plaine tout à leur aise, ceux qui étaient disciplinés par troupes régulières, et les autres, par nations ou d'après leur fantaisie.

Les Crées alignèrent sur des rangs parallèles leurs tentes de peaux; les Ibériens disposèrent en cercle leurs pavillons de toile; les Gaulois se firent des baraques de planches; les Libyens des cabanes de pierres sèches, et les Nègres creusèrent dans le sable avec leurs ongles des fosses pour dormir. Beaucoup, ne sachant où se mettre, erraient au milieu des bagages, et la nuit couchaient par terre dans leurs manteaux troués.

La plaine se développait autour d'eux, toute bordée de montagnes. Ça et là un palmier se penchait sur une colline de sable, des sapins et des chênes tachetaient les flancs des précipices. Quelquefois la pluie d'un orage, telle qu'une longue écharpe, pendait du ciel, tandis que la campagne restait partout couverte d'azur et de sérénité; puis un vent tiède chassait des tourbillons de poussière; et un ruisseau descendait en cascades des hauteurs de Sicca où se dressait, avec sa toiture d'or sur des colonnes d'airain, le temple de la Vénus Carthaginoise, dominatrice de la contrée. Elle semblait l'emplir de son âme. Par ces convulsions des terrains, ces alternatives de la température et ces jeux de la lumière, elle manifestait l'extravagance de sa force avec la beauté de son éternel sourire. Les montagnes, à leur sommet, avaient la forme d'un croissant; d'autres ressemblaient à des poitrines de femme tendant leurs seins gonflés, et les Barbares sentaient peser par-dessus leurs fatigues un accablement qui était plein de délices.

Spendius, avec l'argent de son dromadaire, s'était acheté un esclave. Tout le long du jour il dormit étendu devant la tente de Mâtho. Souvent il se réveillait, croyant dans son rêve entendre siffler les lanières; alors il se passait les mains sur les cicatrices de ses jambes, à la place où les fers avaient longtemps porté; puis il se rendormait.

Mâtho acceptait sa compagnie; Spendius, avec un long glaive sur la cuisse, l'escortait comme un licteur; ou bien Mâtho nonchalamment s'appuyait du bras sur son épaule, car Spendius était petit.

Un soir qu'ils traversaient ensemble les rues du camp, ils aperçurent des hommes couverts de manteaux blancs; parmi eux se trouvait Narr'Havas, le prince des Numides. Mâtho tressaillit.

— Ton épée! s'écria-t-il; je veux le tuer!

— Pas encore! fit Spendius en l'arrêtant. Déjà Narr'Havas s'avançait vers lui. Il baisa ses deux pouces en signe d'alliance, rejetant la colère qu'il avait eue sur l'ivresse du festin; puis il parla longuement contre Carthage, mais il ne dit pas ce qui l'amenait chez les Barbares.

Était-ce pour les trahir, ou bien la République? se demandait Spendius; et comme il comptait faire son profit de tous les désordres, il savait gré à Narr'Havas des futures perfidies dont il le soupçonnait.

Le chef des Numides resta parmi les Mercenaires. Il paraissait vouloir s'attacher Mâtho. Il lui envoyait des chèvres grasses, de la poudre d'or et des plumes d'autruche. Le Libyen, ébahi de ces caresses, hésitait à y répondre ou à s'en exaspérer. Mais Spendius l'apaisait, et Mâtho se laissait gouverner par l'esclave, toujours irrésolu et dans une invincible torpeur, comme ceux qui ont pris autrefois quelque breuvage dont ils doivent mourir.

Un matin qu'ils partaient tous les trois pour la chasse au lion, Narr'Havas cacha un poignard dans son manteau. Spendius marcha continuellement derrière lui; et ils revinrent sans qu'on eût tiré le poignard.

Une autre fois, Narr'Havas les entraîna fort loin, jusqu'aux limites de son royaume. Ils arrivèrent dans une gorge étroite; Narr'Havas sourit en leur déclarant qu'il ne connaissait plus la route; Spendius la retrouva.

Mais le plus souvent Mâtho, mélancolique comme un augure, s'en allait dès le soleil levant pour vagabonder dans la campagne. Il s'étendait sur le sable, et jusqu'au soir y restait immobile.

Il consulta l'un après l'autre tous les devins de l'armée, ceux qui observent la marche des serpents, ceux qui lisent dans les étoiles, ceux qui soufflent sur la cendre des morts. Il avala du galbanum, du seseli et du venin de vipère qui glace le cœur; des femmes nègres, en chantant au clair de lune des paroles barbares, lui piquèrent la peau du front avec des stylets d'or; il se chargeait de colliers et d'amulettes: il invoqua tour à tour Baal-Khamon, Moloch, les sept Cabires, Tanit et la Vénus des Grecs. Il grava un nom sur une plaque de cuivre, et il l'enfouit dans le sable au seuil de sa tente. Spendius l'entendait gémir et parler tout seul. Une nuit, il entra.

Mâtho, nu comme un cadavre, était couché à plat ventre sur une peau de lion, la face dans les deux mains; une lampe suspendue éclairait ses armes, accrochées contre le mât de la tente.

— Tu souffres? lui dit l'esclave. Que te faut-il? réponds-moi!

Et il le secoua par l'épaule en l'appelant plusieurs fois:

— Maître! maître!...

Mâtho leva vers lui de grands yeux troubles.

— Écoute! fit-il à voix basse, avec un doigt sur les lèvres. C'est une colère des dieux! la fille d'Hamilcar me poursuit! J'en ai peur, Spendius!

Il se serrait contre sa poitrine, comme un enfant épouvanté par un fantôme.

— Parle-moi! je suis malade! je veux guérir! j'ai tout essayé! Mais toi, tu sais peut-être des dieux plus forts ou quelque invocation irrésistible?

— Pourquoi faire? demanda Spendius. Il répondit en se frappant la tête avec ses deux poings:

— Pour m'en débarrasser! Puis il disait, se parlant à lui-même, avec de longs intervalles:

— Je suis sans doute la victime de quelque holocauste qu'elle aura promis aux dieux?... Elle me tient attaché par une chaîne que l'on n'aperçoit pas. Si je marche, c'est qu'elle s'avance; quand je m'arrête, elle se repose! Ses yeux me brûlent, j'entends sa voix. Elle m'environne, elle me pénètre. Il me semble qu'elle est devenue mon âme! Et pourtant, il y a entre nous deux comme les flots invisibles d'un océan sans bornes! Elle est lointaine et tout inaccessible! La splendeur de sa beauté fait autour d'elle un nuage de lumière; et je crois, par moments, ne l'avoir jamais vue... qu'elle n'existe pas... et que tout cela est un songe!...

Mâtho pleurait ainsi dans les ténèbres; les Barbares dormaient. Spendius, en le regardant, se rappelait les jeunes hommes qui, avec des vases d'or dans les mains, le suppliaient autrefois, quand il promenait par les villes son troupeau de courtisanes; une pitié l'émut, et il dit:

— Sois fort, mon maître! Appelle ta volonté et n'implore plus les dieux; ils ne se détournent pas aux cris des hommes! Te voilà pleurant comme un lâche! Tu n'es donc pas humilié qu'une femme te fasse tant souffrir!

— Suis-je un enfant? dit Mâtho. Crois-tu que je m'attendrisse encore à leur visage et à leurs chansons? Nous en avions à Drépanum pour balayer nos écuries. J'en ai possédé au milieu des assauts, sous les plafonds qui croulaient et quand la catapulte vibrait encore!... Mais celle-là, Spendius, celle-là!...

L'esclave l'interrompit:

— Si elle n'était pas la fille d'Hamilcar...

— Non! s'écria Mâtho. Elle n'a rien d'une autre fille des hommes! As-tu vu ses grands yeux sous ses grands sourcils, comme des soleils sous des arcs de triomphe? Rappelle-toi: quand elle a paru, tous les flambeaux ont pâli.

Entre les diamants de son collier, des places sur sa poitrine resplendissaient; on sentait derrière elle comme l'odeur d'un temple, et quelque chose s'échappait de tout son être qui était plus suave que le vin et plus terrible que la mort. Elle marchait cependant, et puis elle s'est arrêtée.

Il resta béant, la tête basse, les prunelles fixes.

— Mais je la veux! Il me la faut! j'en meurs! A l'idée de l'étreindre dans mes bras, une fureur de joie m'emporte, et cependant je la hais, Spendius! je voudrais la battre! Que faire? J'ai envie de me vendre pour devenir son esclave. Tu l'as été, toi! Tu pouvais l'apercevoir; parle-moi d'elle! Toutes les nuits, n'est-ce pas, elle monte sur la terrasse de son palais? Ah! les pierres doivent frémir sous ses sandales et les étoiles se pencher pour la voir!

Il retomba tout en fureur, et râlant comme un taureau blessé.

Puis Mâtho chanta:

— Il poursuivait dans la forêt le monstre femelle dont la queue ondulait sur les feuilles mortes, comme un ruisseau d'argent.

Et en traînant sa voix, il imitait la voix de Salammbô, tandis que ses mains étendues faisaient comme deux mains légères sur les cordes d'une lyre.

A toutes les consolations de Spendius, il lui répétait les mêmes discours; leurs nuits se passaient dans ces gémissements et ces exhortations.

Mâtho voulut s'étourdir avec du vin. Après ses ivresses il était plus triste encore. Il essaya de se distraire aux osselets, et il perdit une à une les plaques d'or de son collier. Il se laissa conduire chez les servantes de la Déesse; mais il descendit la colline en sanglotant, comme ceux qui s'en reviennent des funérailles.

Spendius, au contraire, devenait plus hardi et plus gai. On le voyait, dans les cabarets de feuillages, discourant au milieu des soldats. Il raccommodait les vieilles cuirasses. Il jonglait avec des poignards. Il allait, pour les malades, cueillir des herbes dans les champs. Il était facétieux, subtil, plein d'inventions et de paroles; les Barbares s'accoutumaient à ses services; il s'en faisait aimer.

Cependant ils attendaient un ambassadeur de Carthage qui leur apporterait, sur des mulets, des corbeilles chargées d'or; et toujours recommençant le même calcul, ils dessinaient avec leurs doigts des chiffres sur le sable. Chacun, d'avance, arrangeait sa vie; ils auraient des concubines, des esclaves, des terres; d'autres voulaient enfouir leur trésor ou le risquer sur un vaisseau. Mais dans ce désœuvrement les caractères s'irritaient; il y avait de continuelles disputes entre les cavaliers et les fantassins, les Barbares et les Grecs, et l'on était sans cesse étourdi par la voix aigre des femmes.

Tous les jours, il survenait des troupeaux d'hommes presque nus, avec des herbes sur la tête pour se garantir du soleil; c'étaient les débiteurs des riches Carthaginois, contraints de labourer leurs terres, et qui s'étaient échappés. Des Libyens affluaient, des paysans ruinés par les impôts, des bannis, des malfaiteurs. Puis la horde des marchands, tous les vendeurs de vin et d'huile, furieux de n'être pas payés, s'en prenaient à la République; Spendius déclamait contre elle. Bientôt les vivres diminuèrent. On parlait de se porter en Masse sur Carthage et d'appeler les Romains.

Un soir, à l'heure du souper, on entendit des sons lourds et fêlés qui se rapprochaient, et au loin, quelque chose de rouge apparut dans les ondulations du terrain.

C'était une grande litière de pourpre, ornée aux angles par des bouquets de plumes d'autruche. Des chaînes de cristal, avec des guirlandes de perles, battaient sur sa tenture fermée. Des chameaux la suivaient en faisant sonner la grosse cloche suspendue à leur poitrail, et l'on apercevait autour d'eux des cavaliers ayant une armure en écailles d'or depuis les talons jusqu'aux épaules.

Ils s'arrêtèrent à trois cents pas du camp, pour retirer des étuis qu'ils portaient en croupe leur bouclier rond, leur large glaive et leur casque à la béotienne. Quelques-uns restèrent avec les chameaux; les autres se remirent en marche. Enfin les enseignes de la République parurent, c'est-à-dire des bâtons de bois bleu, terminés par des têtes de cheval ou des pommes de pin. Les Barbares se levèrent tous, en applaudissant; les femmes se précipitaient vers les gardes de la Légion et leur baisaient les pieds.

La litière s'avançait sur les épaules de douze nègres, qui marchaient d'accord à petits pas rapides. Ils allaient de droite et de gauche, au hasard, embarrassés par les cordes des tentes, par les bestiaux qui erraient et les trépieds où cuisaient les viandes. Quelquefois une main grasse, chargée de bagues, entrouvrait la litière; une voix rauque criait des injures; alors les porteurs s'arrêtaient, puis ils prenaient une autre route à travers le camp.

Les courtines de pourpre se relevèrent; et l'on découvrit sur un large oreiller une tête humaine tout impassible et boursouflée; les sourcils formaient comme deux arcs d'ébène se rejoignant par les pointes; des paillettes d'or étincelaient dans les cheveux crépus, et la face était si blême qu'elle semblait saupoudrée avec de la râpure de marbre. Le reste du corps disparaissait sous les toisons qui emplissaient la litière.

Les soldats reconnurent dans cet homme ainsi couché le suffète Hannon, celui qui avait contribué par sa lenteur à faire perdre la bataille des îles Ægates; et, quant a sa victoire d'Hécatompyle sur les Libyens, s'il s'était conduit avec clémence, c'était par cupidité, pensaient les Barbares, car il avait vendu à son compte tous les captifs, bien qu'il eût déclaré leur mort à la République.

Lorsqu'il eut, pendant quelque temps, cherché une place commode pour haranguer les soldats, il fit un signe; la litière s'arrêta, et Hannon, soutenu par deux esclaves, posa ses pieds par terre, en chancelant.

Il avait des bottines en feutre noir, semées de lunes d'argent. Des bandelettes, comme autour d'une momie, s'enroulaient à ses jambes, et la chair passait entre les linges croisés. Son ventre débordait sur la jaquette écarlate qui lui couvrait les cuisses; les plis de son cou retombaient jusqu'à sa poitrine comme des fanons de bœuf; sa tunique, où des fleurs étaient peintes, craquait aux aisselles; il portait une écharpe, une ceinture et un large manteau noir à doubles manches lacées. L'abondance de ses vêtements, son grand collier de pierres bleues, ses agrafes d'or et ses lourds pendants d'oreilles ne rendaient que plus hideuse sa difformité. On aurait dit quelque grosse idole ébauchée dans un bloc de pierre; car une lèpre pâle, étendue sur tout son corps, lui donnait l'apparence d'une chose inerte. Cependant son nez, crochu comme un bec de vautour, se dilatait violemment, afin d'aspirer l'air, et ses petits yeux, aux cils collés, brillaient d'un éclat dur et métallique. Il tenait à la main une spatule d'aloès, pour se gratter la peau.

Enfin deux hérauts sonnèrent dans leurs cornes d'argent; le tumulte s'apaisa, et Hannon se mit à parler.

Il commença par faire l'éloge des dieux et de la République; les Barbares devaient se féliciter de l'avoir servie. Mais il fallait se montrer plus raisonnables, les temps étaient durs,— « et si un maître n'a que trois olives, n'est-il pas juste qu'il en garde deux pour lui? »

Ainsi le vieux Suffète entremêlait son discours de proverbes et d'apologues, tout en faisant des signes de tête pour solliciter quelque approbation.

Il parlait punique, et ceux qui l'entouraient (les plus alertes accourus sans leurs armes) étaient des Campaniens, des Gaulois et des Grecs, si bien que personne dans cette foule ne le comprenait. Hannon s'en aperçut, il s'arrêta, et il se balançait lourdement, d'une jambe sur l'autre, en réfléchissant.

L'idée lui vint de convoquer les capitaines; alors ses hérauts crièrent cet ordre en grec, langage qui, depuis Xantippe, servait aux commandements dans les armées carthaginoises.

Les gardes, à coups de fouet, écartèrent la tourbe des soldats; et bientôt les capitaines des phalanges à la Spartiate et les chefs des cohortes barbares arrivèrent, avec les insignes de leur grade et l'armure de leur nation. La nuit était tombée, une grande rumeur circulait par la plaine; çà et là des feux brûlaient; on allait de l'un à l'autre, on se demandait: « Qu'y a-t-il? » et pourquoi le Suffète ne distribuait pas l'argent?

Il exposait aux capitaines les charges infinies de la République. Son trésor était vide. Le tribut des Romains l'accablait.

— Nous ne savons plus que faire!... Elle est bien à plaindre!

De temps à autre, il se frottait les membres avec sa spatule d'aloès, ou bien il s'interrompait pour boire, dans une coupe d'argent que lui tendait un esclave, une tisane faite avec de la cendre de belette et des asperges bouillies dans du vinaigre; puis il s'essuyait les lèvres à une serviette d'écarlate, et reprenait:

— Ce qui valait un sicle d'argent vaut aujourd'hui trois shekels d'or, et les cultures abandonnées pendant la guerre ne rapportent rien! Nos pêcheries de pourpre sont à peu près perdues, les perles mêmes deviennent exorbitantes; à peine si nous avons assez d'onguents pour le service des dieux! Quant aux choses de la table, je n'en parle pas, c'est une calamité! Faute de galères, nous manquons d'épices, et l'on a bien du mal à se fournir de silphium, à cause des rébellions sur la frontière de Cyrène. La Sicile, où l'on trouvait tant d'esclaves, nous est maintenant fermée! Hier encore, pour un baigneur et quatre valets de cuisine, j'ai donné plus d'argent qu'autrefois pour une paire d'éléphants!

Il déroula un long morceau de papyrus; et il lut, sans passer un seul chiffre, toutes les dépenses que le Gouvernement avait faites: tant pour les réparations des temples, pour le dallage des rues, pour la construction des vaisseaux, pour les pêcheries de corail, pour l'agrandissement des Syssites, et pour des engins dans les mines, au pays des Cantabres.

Mais les capitaines, pas plus que les soldats, n'entendaient le punique, bien que les Mercenaires se saluassent en cette langue. On plaçait ordinairement dans les armées des Barbares quelques officiers carthaginois pour servir d'interprètes; après la guerre ils s'étaient cachés de peur des vengeances; Hannon n'avait pas songé à les prendre avec lui; d'ailleurs sa voix trop sourde se perdait au vent.

Les Grecs, sanglés dans leur ceinturon de fer, tendaient l'oreille, en s'efforçant à deviner ses paroles, tandis que des montagnards, couverts de fourrures comme des ours, le regardaient avec défiance ou bâillaient, appuyés sur leur massue à clous d'airain. Les Gaulois, inattentifs, secouaient en ricanant leur haute chevelure, et les hommes du désert écoutaient immobiles, tout encapuchonnés dans leurs vêtements de laine grise; d'autres arrivaient par derrière; les gardes, que la cohue poussait, chancelaient sur leurs chevaux, les Nègres tenaient au bout de leurs bras des branches de sapin enflammées; et le gros Carthaginois continuait sa harangue, monté sur un tertre de gazon.

Cependant les Barbares s'impatientaient, des murmures s'élevèrent, chacun l'apostropha. Hannon gesticulait avec sa spatule; ceux qui voulaient faire taire les autres, criant plus fort, ajoutaient au tapage.

Tout à coup, un homme d'apparence chétive bondit aux pieds d'Hannon, arracha la trompette d'un héraut, souffla dedans, et Spendius (car c'était lui) annonça qu'il allait dire quelque chose d'important. A cette déclaration, rapidement débitée en cinq langues diverses, grec, latin, gaulois, libyque et baléare, les capitaines, moitié riant, moitié surpris, répondirent:

— Parle! parle!

Spendius hésita; il tremblait; enfin s'adressant aux Libyens, qui étaient les plus nombreux, il leur dit:

— Vous avez tous entendu les horribles menaces de cet homme!

Hannon ne se récria pas, donc il ne comprenait point le libyque; et, pour continuer l'expérience, Spendius répéta la même phrase dans les autres idiomes des Barbares.

Ils se regardèrent étonnés; puis tous, comme d'un accord tacite, croyant peut-être avoir compris, baissèrent la tête en signe d'assentiment.

Alors Spendius commença d'une voix véhémente:

— Il a d'abord dit que tous les dieux des autres peuples n'étaient que des songes près des dieux de Carthage! Il vous a appelés lâches, voleurs, menteurs, chiens et fils de chiennes! La République, sans vous (il a dit cela!), ne serait pas contrainte à payer le tribut des Romains, et par vos débordements vous l'avez épuisée de parfums, d'aromates, d'esclaves et de silphium, car vous vous entendez avec les Nomades sur la frontière de Cyrène! Mais les coupables seront punis! Il a lu l'énumération de leurs supplices; on les fera travailler au dallage des rues, à l'armement des vaisseaux, à l'embellissement des Syssites, et l'on enverra les autres gratter la terre dans les mines, au pays des Cantabres.

Spendius redit les mêmes choses aux Gaulois, aux Grecs, aux Campaniens, aux Baléares. En reconnaissant plusieurs des noms propres qui avaient frappé leurs oreilles, les Mercenaires furent convaincus qu'il rapportait exactement le discours du Suffète. Quelques-uns lui crièrent:

— Tu mens!

Leurs voix se perdirent dans le tumulte des autres; Spendius ajouta:

— N'avez-vous pas vu qu'il a laissé en dehors du camp une réserve de ses cavaliers? A un signal ils vont accourir pour vous égorger tous.

Les Barbares se tournèrent de ce côté, et comme la foule s'écartait, il apparut au milieu d'elle, s'avançant avec la lenteur d'un fantôme, un être humain tout courbé, maigre, entièrement nu et caché jusqu'aux flancs par de longs cheveux hérissés de feuilles sèches, de poussière et d'épines. Il avait autour des reins et autour des genoux des torchis de paille, des lambeaux de toile; sa peau molle et terreuse pendait à ses membres décharnés, comme des haillons sur des branches sèches; ses mains tremblaient d'un frémissement continu, et il marchait en s'appuyant sur un bâton d'olivier.

Il arriva auprès des Nègres qui portaient les flambeaux. Une sorte de ricanement idiot découvrait ses gencives pâles; ses grands yeux effarés considéraient la foule des Barbares autour de lui.

Mais, poussant un cri d'effroi, il se jeta derrière eux, et il s'abritait de leurs corps; il bégayait:

— Les voilà! les voilà! en montrant les gardes du Suffète, immobiles dans leurs armures luisantes.

Leurs chevaux piaffaient, éblouis par la lueur des torches: elles pétillaient dans les ténèbres;

le spectre humain se débattait et hurlait:

— Ils les ont tués!

A ces mots qu'il criait en baléare, des Baléares arrivèrent et le reconnurent; sans leur répondre il répétait:

— Oui, tués tous, tous! écrasés comme des raisins! Les beaux jeunes hommes! les frondeurs! mes compagnons, les vôtres!

On lui fit boire du vin, et il pleura; puis il se répandit en paroles.

Spendius avait peine à contenir sa joie, tout en expliquant aux Grecs et aux Libyens les choses horribles que racontait Zarxas; il n'y pouvait croire, tant elles survenaient à propos. Les Baléares pâlissaient, en apprenant comment avaient péri leurs compagnons.

C'était une troupe de trois cents frondeurs débarqués la veille, et qui, ce jour-là, avaient dormi trop tard. Quand ils arrivèrent sur la place de Khamon, les Barbares étaient partis et ils se trouvaient sans défense, leurs balles d'argile ayant été mises sur les chameaux avec le reste des bagages. On les laissa s'engager dans la rue de Satheb, jusqu'à la porte de chêne doublée de plaques d'airain; et le peuple, d'un seul mouvement, s'était poussé contre eux.

En effet, les soldats se rappelèrent un grand cri; Spendius, qui fuyait en tête des colonnes, ne l'avait pas entendu.

Puis les cadavres furent placés dans les bras des Dieux Patseques qui bordaient le temple de Khamon. On leur reprocha tous les crimes des Mercenaires: leur gourmandise, leurs vols, leurs impiétés, leurs dédains, et le meurtre des poissons dans le jardin de Salammbô. On fit à leurs corps d'infâmes mutilations; les prêtres brûlèrent leurs cheveux pour tourmenter leur âme; on les suspendit par morceaux chez les marchands de viandes; quelques-uns même y enfoncèrent les dents, et le soir, pour en finir, on alluma des bûchers dans les carrefours.

C'étaient là ces flammes qui luisaient de loin sur le lac. Quelques maisons ayant pris feu, on avait jeté vite par-dessus les murs ce qui restait de cadavres et d'agonisants; Zarxas jusqu'au lendemain s'était tenu dans les roseaux, au bord du lac; puis il avait erré dans la campagne, cherchant l'armée d'après les traces des pas sur la poussière. Le matin, il se cachait dans les cavernes; le soir, il se remettait en marche, avec ses plaies saignantes, affamé, malade, vivant de racines et de charognes; un jour enfin, il aperçut les lances à l'horizon et il les avait suivies. Sa raison était troublée à force de terreurs et de misères.

L'indignation des soldats, contenue tant qu'il parlait, éclata comme un orage; ils voulaient massacrer les Gardes avec le Suffète. Quelques-uns s'interposèrent, disant qu'il fallait l'entendre et savoir au moins s'ils seraient payés. Alors tous crièrent:

— Notre argent!

Hannon leur répondit qu'il l'avait apporté. On courut aux avant-postes, et les bagages du Suffète arrivèrent au milieu des tentes, poussés par les Barbares. Sans attendre les esclaves, ils dénouèrent les corbeilles; ils y trouvèrent des robes d'hyacinthe, des éponges, des grattoirs, des brosses, des parfums, et des poinçons en antimoine pour se peindre les yeux; le tout appartenant aux Gardes, hommes riches accoutumés à ces délicatesses. Ensuite on découvrit sur un chameau une grande cuve de bronze: c'était au Suffète pour se donner des bains pendant la route; car il avait pris toutes sortes de précautions, jusqu'à emporter, dans des cages, des belettes d'Hécatompyle que l'on brûlait vivantes pour faire sa tisane. Comme sa maladie lui donnait un grand appétit, il y avait, de plus, force comestibles et force vins, de la saumure, des viandes et des poissons au miel, avec des petits pots de comagène, graisse d'oie fondue recouverte de neige et de paille hachée. La provision en était considérable: à mesure que l'on ouvrait les corbeilles, il en apparaissait, et des rires s'élevaient comme des flots qui s'entrechoquent.

Quant à la solde des Mercenaires, elle emplissait, à peu près, deux couffes de sparterie; on voyait même, dans l'une, de ces rondelles en cuir dont la République se servait pour ménager le numéraire; et, comme les Barbares paraissaient fort surpris, Hannon leur déclara que, leurs comptes étant trop difficiles, les Anciens n'avaient pas eu le loisir de les examiner. On leur envoyait cela, en attendant.

Alors tout fut renversé, bouleversé: les mulets, les valets, la litière, les provisions, les bagages. Les soldats prirent la monnaie dans les sacs pour lapider Hannon. A grand-peine il put monter sur un âne; il s'enfuyait en se cramponnant aux poils, hurlant, pleurant, secoué, meurtri, et appelant sur l'armée la malédiction de tous les dieux. Son large collier de pierreries rebondissait jusqu'à ses oreilles. Il retenait avec ses dents son manteau trop long qui traînait, et de loin les Barbares lui criaient:

— Va-t'en, lâche! pourceau, égout de Moloch! sue ton or et ta peste! plus vite! plus vite!

L'escorte en déroute galopait à ses côtés.

La fureur des Barbares ne s'apaisa pas. Ils se rappelèrent que plusieurs d'entre eux, partis pour Carthage, n'en étaient pas revenus; on les avait tués sans doute? Tant d'injustice les exaspéra, et ils se mirent à arracher les piquets des tentes, à rouler leurs manteaux, à brider leurs chevaux; chacun prit son casque et son épée, en un instant tout fut prêt. Ceux qui n'avaient pas d'armes, s'élancèrent dans les bois pour se couper des bâtons.

Le jour se levait; les gens de Sicca réveillés s'agitaient dans les rues. « Ils vont à Carthage », disait-on, et cette rumeur bientôt s'étendit par la contrée.

De chaque sentier, de chaque ravin, il surgissait des hommes. On apercevait les pasteurs qui descendaient les montagnes en courant.

Quand les Barbares furent partis, Spendius fit le tour de la plaine, monté sur un étalon punique et avec son esclave qui menait un troisième cheval.

Une seule tente était restée, Spendius y entra.

— Debout, maître! lève-toi! nous partons!

— Où donc allez-vous? demanda Mâtho.

— A Carthage! cria Spendius. Mâtho bondit sur le cheval que l'esclave tenait à la porte.

III. — SALAMMBÔ

La lune se levait à ras des flots, et, sur la ville encore couverte de ténèbres, des points lumineux, des blancheurs brillaient: le timon d'un char dans une cour, quelque haillon de toile suspendu, l'angle d'un mur, un collier d'or à la poitrine d'un dieu. Les boules de verre sur les toits des temples rayonnaient, çà et là, comme de gros diamants. Mais de vagues ruines, des tas de terre noire, des jardins faisaient des masses plus sombres dans l'obscurité; et au bas de Malqua des filets de pêcheurs s'étendaient d'une maison à l'autre, comme de gigantesques chauves-souris déployant leurs ailes. On n'entendait plus le grincement des roues hydrauliques qui apportaient l'eau au dernier étage des palais; et au milieu des terrasses les chameaux reposaient tranquillement, couchés sur le ventre, à la manière des autruches. Les portiers dormaient dans les rues contre le seuil des maisons; l'ombre des colosses s'allongeait sur les places désertes; au loin quelquefois la fumée d'un sacrifice brûlant encore s'échappait par les tuiles de bronze, et la brise lourde apportait avec des parfums d'aromates les senteurs de la marine et l'exhalaison des murailles, chauffées par le soleil. Autour de Carthage les ondes immobiles resplendissaient, car la lune étalait sa lueur tout à la fois sur le golfe environné de montagnes et sur le lac de Tunis, où des phénicoptères parmi les bancs de sable formaient de longues lignes roses, tandis qu'au-delà, sous les catacombes, la grande lagune salée miroitait comme un morceau d'argent. La voûte du ciel bleu s'enfonçait à l'horizon, d'un côté dans le poudroiement des plaines, de l'autre dans les brumes de la mer, et sur le sommet de l'Acropole les cyprès pyramidaux bordant le temple d'Eschmoûn se balançaient et faisaient un murmure, comme les flots réguliers qui battaient lentement le long du môle, au bas des remparts.

Salammbô monta sur la terrasse de son palais, soutenue par une esclave qui portait dans un plat de fer des charbons enflammés.

Il y avait au milieu de la terrasse un petit lit d'ivoire, couvert de peaux de lynx avec des coussins en plumes de perroquet, animal fatidique consacré aux dieux, et dans les quatre coins s'élevaient quatre longues cassolettes remplies de nard, d'encens, de cinnamome et de myrrhe. L'esclave alluma les parfums. Salammbô regarda l'étoile polaire; elle salua lentement les quatre points du ciel et s'agenouilla sur le sol parmi la poudre d'azur qui était semée d'étoiles d'or à l'imitation du firmament. Puis, les deux coudes contre les flancs, les avant-bras tout droits et les mains ouvertes, en se renversant la tête sous les rayons de la lune, elle dit:

— O Rabbet!... Baalet!... Tanit! Et sa voix se traînait d'une façon plaintive, comme pour appeler quelqu'un.

— Anaitis! Astarté! Derceto! Astoreth! Mylitta! Athara! Elissa! Tiratha!... Par les symboles cachés,— par les cistres résonnants,— par les sillons de la terre,— par l'éternel silence et par l'éternelle fécondité,— dominatrice de la mer ténébreuse et des plages azurées, ô Reine des choses humides, salut!

Elle se balança tout le corps deux ou trois fois, puis se jeta le front dans la poussière, les bras allongés.

Son esclave la releva lestement, car il fallait, d'après les rites, que quelqu'un vînt arracher le suppliant à sa prosternation; c'était lui dire que les dieux l'agréaient, et la nourrice de Salammbô ne manquait jamais à ce devoir de piété.

Des marchands de la Gétulie Darytienne l'avaient toute petite apportée à Carthage, et après son affranchissement elle n'avait pas voulu abandonner ses maîtres, comme le prouvait son oreille droite, percée d'un large trou. Un jupon à raies multicolores, en lui serrant les hanches, descendait sur ses chevilles, où s'entrechoquaient deux cercles d'étam. Sa figure, un peu plate, était jaune comme sa tunique. Des aiguilles d'argent très longues faisaient un soleil derrière sa tête. Elle portait sur la narine un bouton de corail, et elle se tenait auprès du lit, plus droite qu'un hermès et les paupières baissées.

Salammbô s'avança jusqu'au bord de la terrasse. Ses yeux, un instant, parcoururent l'horizon, puis ils s'abaissèrent sur la ville endormie, et le soupir qu'elle poussa, en lui soulevant les seins, fit onduler d'un bout à l'autre la longue simarre blanche qui pendait autour d'elle, sans agrafe ni ceinture. Ses sandales à pointes recourbées disparaissaient sous un amas d'émeraudes, ses cheveux à l'abandon emplissaient un réseau en fils de pourpre.

Elle releva la tête pour contempler la lune, et, mêlant à ses paroles des fragments d'hymne, elle murmura:

— Que tu tournes légèrement, soutenue par l'éther impalpable! Il se polit autour de toi, et c'est le mouvement de ton agitation qui distribue les vents et les rosees fécondes. Selon que tu croîs et décroîs, s'allongent ou se rapetissent les yeux des chats et les taches des panthères. Les épouses hurlent ton nom dans la douleur des enfantements! Tu gonfles les coquillages! Tu fais bouillonner les vins! Tu putréfies les cadavres! Tu formes les perles au fond de la mer!

« Et tous les germes, ô Déesse! fermentent dans les obscures profondeurs de ton humidité.

« Quand tu parais, il s'épand une quiétude sur la terre; les fleurs se ferment, les flots s'apaisent, les hommes fatigués s'étendent la poitrine vers toi, et le monde avec ses océans et ses montagnes, comme en un miroir, se regarde dans ta figure.

Tu es blanche, douce, lumineuse, immaculée, auxiliatrice, purifiante, sereine! »

Le croissant de la lune était alors sur la montagne des Eaux-Chaudes, dans l'échancrure de ses deux sommets, de l'autre côté du golfe. Il y avait en dessous une petite étoile, et, tout autour un cercle pâle. Salammbô reprit:

— Mais tu es terrible, maîtresse!... C'est par toi que se produisent les monstres, les fantômes effrayants, les songes menteurs; tes yeux dévorent les pierres des édifices, et les singes sont malades toutes les fois que tu rajeunis.

« Où donc vas-tu? Pourquoi changer tes formes, perpétuellement? Tantôt mince et recourbée, tu glisses dans les espaces comme une galère sans mâture, ou bien au milieu des étoiles tu ressembles à un pasteur qui garde son troupeau. Luisante et ronde, tu frôles la cime des monts comme la roue d'un char.

« O Tanit! tu m'aimes, n'est-ce pas? Je t'ai tant regardée! Mais non! tu cours dans ton azur, et moi je reste sur la terre immobile.

« Taanach, prends ton nebal et joue tout bas sur la corde d'argent, car mon cœur est triste! »

L'esclave souleva une sorte de harpe en bois d'ébène plus haute qu'elle, et triangulaire comme un delta; elle en fixa la pointe dans un globe de cristal, et des deux bras se mit à jouer.

Les sons se succédaient, sourds et précipités comme un bourdonnement d'abeilles, et de plus en plus sonores, ils s'envolaient dans la nuit avec la plainte des flots et le frémissement des grands arbres au sommet de l'Acropole.

— Tais-toi! s'écria Salammbô.

— Qu'as-tu donc, maîtresse? La brise qui souffle, un nuage qui passe, tout à présent t'inquiète et t'agite!

— Je ne sais, dit-elle.

— Tu te fatigues à des prières trop longues!

— Oh! Taanach, je voudrais m'y dissoudre comme une fleur dans du vin!

— C'est peut-être la fumée de tes parfums?

— Non! dit Salammbô; l'esprit des dieux habite dans les bonnes odeurs.

Alors l'esclave lui parla de son père. On le croyait parti vers la contrée de l'ambre, derrière les colonnes de Melkarth.

— Mais s'il ne revient pas, disait-elle, il te faudra, puisque c'était sa volonté, choisir un époux parmi les fils des Anciens; et ton chagrin s'en ira dans les bras d'un homme.

— Pourquoi? demanda la jeune fille. Tous ceux qu'elle avait aperçus lui faisaient horreur avec leurs rires de bête fauve et leurs membres grossiers.

— Quelquefois, Taanach, il s'exhale du fond de mon être comme de chaudes bouffées, plus lourdes que les vapeurs d'un volcan. Des voix m'appellent, un globe de feu roule et monte dans ma poitrine; il m'étouffe, je vais mourir; et puis, quelque chose de suave, coulant de mon front jusqu'à mes pieds, passe dans ma chair... C'est une caresse qui m'enveloppe, et je me sens écrasée comme si un dieu s'étendait sur moi. Oh! je voudrais me perdre dans la brume des nuits, dans le flot des fontaines, dans la sève des arbres, sortir de mon corps, n'être qu'un souffle, qu'un rayon, et glisser, monter jusqu'à toi, ô Mère!

Elle leva ses bras le plus haut possible, en se cambrant la taille, pâle et légère comme la lune avec son blanc vêtement. Puis elle retomba sur la couche d'ivoire, haletante; mais Taanach lui passa autour du cou un collier d'ambre avec des dents de dauphin pour bannir les terreurs, et Salammbô dit d'une voix presque éteinte:

— Va me chercher Schahabarim. Son père n'avait pas voulu qu'elle entrât dans le collège des prêtresses, ni même qu'on lui fît rien connaître de la Tanit populaire. Il la réservait pour quelque alliance pouvant servir sa politique, si bien que Salammbô vivait seule au milieu de ce palais; sa mère depuis longtemps était morte.

Elle avait grandi dans les abstinences, les jeûnes et les purifications, toujours entourée de choses exquises et graves, le corps saturé de parfums, l'âme pleine de prières. Jamais elle n'avait goûté de vin, ni mangé de viandes, ni touché à une bête immonde, ni posé ses talons dans la maison d'un mort.

Elle ignorait les simulacres obscènes, car chaque dieu se manifestant par des formes différentes, des cultes souvent contradictoires témoignaient à la fois du même principe, et Salammbô adorait la Déesse en sa figuration sidérale. Une influence était descendue de la lune sur la vierge; quand l'astre allait en diminuant, Salammbô s'affaiblissait. Languissante toute la journée, elle se ranimait le soir. Pendant une éclipse, elle avait manqué mourir.

Mais la Rabbet jalouse se vengeait de cette virginité soustraite à ses sacrifices, et elle tourmentait Salammbô d'obsessions d'autant plus fortes qu'elles étaient vagues, épandues dans cette croyance et avivées par elle.

Sans cesse la fille d'Hamilcar s'inquiétait de Tanit. Elle avait appris ses aventures, ses voyages et tous ses noms, qu'elle répétait sans qu'ils eussent pour elle de signification distincte. Afin de pénétrer dans les profondeurs de son dogme, elle voulait connaître au plus secret du temple la vieille idole avec le manteau magnifique d'où dépendaient les destinées de Carthage, car l'idée d'un dieu ne se dégageait pas nettement de sa représentation, et tenir ou même voir son simulacre, c'était lui prendre une part de sa vertu, et, en quelque sorte, le dominer.

Salammbô se détourna. Elle avait reconnu le bruit des clochettes d'or que Schahabarim portait au bas de son vêtement.

Il monta les escaliers; puis, dès le seuil de la terrasse, il s'arrêta en croisant les bras.

Ses yeux enfoncés brillaient comme les lampes d'un sépulcre; son long corps maigre flottait dans sa robe de lin, alourdie par les grelots qui alternaient sur ses talons avec des pommes d'émeraude. Il avait les membres débiles, le crâne oblique, le menton pointu; sa peau semblait froide à toucher, et sa face jaune, que des rides profondes labouraient, comme contractée dans un désir, dans un chagrin éternel.

C'était le grand-prêtre de Tanit, celui qui avait élevé Salammbô.

— Parle! dit-il. Que veux-tu?

— J'espérais... tu m'avais presque promis... Elle balbutiait, elle se troubla; puis tout à coup:

— Pourquoi me méprises-tu? qu'ai-je donc oublié dans les rites? Tu es mon maître, et tu m'as dit que personne comme moi ne s'entendait aux choses de la

Déesse; mais il y en a que tu ne veux pas dire. Est-ce vrai, ô père?

Schahabarim se rappela les ordres d'Hamilcar; il répondit:

— Non, je n'ai plus rien à t'apprendre!

— Un Génie, reprit-elle, me pousse à cet amour. J'ai gravi les marches d'Eschmoûn, dieu des planètes et des intelligences; j'ai dormi sous l'olivier d'or de Melkarth, patron des colonies tyriennes; j'ai poussé les portes de Baal-Khamon, éclaireur et fertilisateur; j'ai sacrifié aux Cabires souterrains, aux dieux des bois, des vents, des fleuves et des montagnes; mais tous sont trop loin, trop haut, trop insensibles, comprends-tu? Tandis qu'Elle, je la sens mêlée à ma vie; elle emplit mon âme, et je tressaille à des élancements intérieurs comme si elle bondissait pour s'échapper. Il me semble que je vais entendre sa voix, apercevoir sa figure, des éclairs m'éblouissent, puis je retombe dans les ténèbres.

Schahabarim se taisait. Elle le sollicitait de son regard suppliant.

Enfin, il fit signe d'écarter l'esclave, qui n'était pas de race chananéenne. Taanach disparut, et Schahabarim, levant un bras dans l'air, commença:

— Avant les dieux, les ténèbres étaient seules, et un souffle flottait, lourd et indistinct comme la conscience d'un homme dans un rêve. Il se contracta, créant le Désir et la Nue, et du Désir et de la Nue sortit la Matière primitive. C'était une eau bourbeuse, noire, glacée, profonde. Elle enfermait des monstres insensibles, parties incohérentes des formes à naître et qui sont peintes sur la paroi des sanctuaires.

« Puis la Matière se condensa. Elle devint un œuf. Il se rompit. Une moitié forma la terre, l'autre le firmament. Le soleil, la lune, les vents, les nuages parurent; et, au fracas de la foudre, les animaux intelligents s'éveillèrent. Alors Eschmoûn se déroula dans la sphère étoilée; Khamon rayonna dans le soleil; Melkarth, avec ses bras, le poussa derrière Gadès; les Kabyrim descendirent sous les volcans, et Rabbet, telle qu'une nourrice, se pencha sur le monde, versant sa lumière comme un lait et sa nuit comme un manteau. »

— Et après? dit-elle.

Il lui avait conté le secret des origines pour la distraire par des perspectives plus hautes; mais le désir de la vierge se ralluma sous ces dernières paroles, et Schahabarim, cédant à moitié, reprit:

— Elle inspire et gouverne les amours des hommes.

— Les amours des hommes! répéta Salammbô, rêvant.

— Elle est l'âme de Carthage, continua le prêtre; et bien qu'elle soit partout épandue, c'est ici qu'elle demeure sous le voile sacré.

— O père! s'écria Salammbô, je la verrai, n'est-ce pas? tu m'y conduiras! Depuis longtemps j'hésitais; la curiosité de sa forme me dévore. Pitié! secours-moi! partons!

Il la repoussa d'un geste véhément et plein d'orgueil.

— Jamais! Ne sais-tu pas qu'on en meurt? Les Baals hermaphrodites ne se dévoilent que pour nous seuls, hommes par l'esprit, femmes par la faiblesse. Ton désir est un sacrilège; satisfais-toi avec la science que tu possèdes!

Elle tomba sur les genoux, mettant ses deux doigts contre ses oreilles en signe de repentir; et elle sanglotait, écrasée par la parole du prêtre, pleine à la fois de colère contre lui, de terreur et d'humiliation. Schahabarim, debout, restait insensible. Il la regardait de haut en bas frémissante à ses pieds, et il éprouvait une sorte de joie en la voyant souffrir pour sa Divinité, qu'il ne pouvait, lui non plus, étreindre tout entière. Déjà les oiseaux chantaient, un vent froid soufflait, de petits nuages couraient dans le ciel plus pâle.

Tout à coup il aperçut à l'horizon, derrière Tunis, comme des brouillards légers, qui se traînaient contre le sol; puis ce fut un grand rideau de poudre grise perpendiculairement étalé, et, dans les tourbillons de cette masse nombreuse, des têtes de dromadaires, des lances, des boucliers parurent. C'était l'armée des Barbares qui s'avançait sur Carthage.

IV. — SOUS LES MURS DE CARTHAGE

Des gens de la campagne, montés sur des ânes ou courant à pied, pâles, essoufflés, fous de peur, arrivèrent dans la ville. Ils fuyaient devant l'armée. En trois jours, elle avait fait le chemin de Sicca pour venir à Carthage et tout exterminer.

On ferma les portes. Les Barbares presque aussitôt parurent; mais ils s'arrêtèrent au milieu de l'isthme, sur le bord du lac.

D'abord ils n'annoncèrent rien d'hostile. Plusieurs s'approchèrent avec des palmes à la main. Ils furent repoussés à coups de flèches, tant la terreur était grande.

Le matin et à la tombée du jour, des rôdeurs quelquefois erraient le long des murs. On remarquait surtout un petit homme, enveloppé soigneusement d'un manteau et dont la figure disparaissait sous une visière très basse. Il restait pendant des heures à regarder l'aqueduc, et avec une telle persistance, qu'il voulait sans doute égarer les Carthaginois sur ses véritables desseins. Un autre homme l'accompagnait, une sorte de géant qui marchait tête nue.

Mais Carthage était défendue dans toute la largeur de l'isthme: d'abord par un fossé, ensuite par un rempart de gazon, enfin par un mur, haut de trente coudées, en pierres de taille, et à double étage. Il contenait des écuries pour trois cents éléphants avec des magasins pour leurs caparaçons, leurs entraves et leur nourriture, puis d'autres écuries pour quatre mille chevaux avec les provisions d'orge et les harnachements, et des casernes pour vingt mille soldats avec les armures et tout le matériel de guerre. Des tours s'élevaient sur le second étage, toutes garnies de créneaux, et qui portaient en dehors des boucliers de bronze, suspendus à des crampons.

Cette première ligne de murailles abritait immédiatement Malqua, le quartier des gens de la marine et des teinturiers. On apercevait des mâts où séchaient des voiles de pourpre, et sur les dernières terrasses des fourneaux d'argile pour cuire la saumure.

Par derrière, la ville étageait en amphithéâtre ses hautes maisons de forme cubique. Elles étaient en pierres, en planches, en galets, en roseaux, en coquillages, en terre battue. Les bois des temples faisaient comme des lacs de verdure dans cette montagne de blocs, diversement coloriés. Les places publiques la nivelaient à des distances inégales; d'innombrables ruelles, s'entrecroisant, la coupaient du haut en bas. On distinguait les enceintes des trois vieux quartiers, maintenant confondues; elles se levaient çà et là comme de grands écueils, ou allongeaient des pans énormes, à demi couverts de fleurs, noircis, largement rayés par le jet des immondices, et des rues passaient dans leurs ouvertures béantes, comme des fleuves sous des ponts.

La colline de l'Acropole, au centre de Byrsa, disparaissait sous un désordre de monuments. C'étaient des temples à colonnes torses avec des chapiteaux de bronze et des chaînes de métal, des cônes en pierres sèches à bandes d'azur, des coupoles de cuivre, des architraves de marbre, des contreforts babyloniens, des obélisques posant sur leur pointe comme des flambeaux renversés. Les péristyles atteignaient aux frontons; les volutes se déroulaient entre les colonnades; des murailles de granit supportaient des cloisons de tuile; tout cela montait l'un sur l'autre en se cachant à demi, d'une façon merveilleuse et incompréhensible. On y sentait la succession des âges et comme des souvenirs de patries oubliées.

Derrière l'Acropole, dans des terrains rouges, le chemin des Mappales, bordé de tombeaux, s'allongeait en ligne droite du rivage aux catacombes; de larges habitations s'espaçaient ensuite dans des jardins, et ce troisième quartier, Mégara, la ville neuve, allait jusqu'au bord de la falaise, où se dressait un phare géant qui flambait toutes les nuits.

Carthage se déployait ainsi devant les soldats établis dans la plaine.

De loin ils reconnaissaient les marchés, les carrefours; ils se disputaient sur l'emplacement des temples. Celui de Khamon, en face des Syssites, avait des tuiles d'or; Melkarth, à la gauche d'Eschmoûn, portait sur sa toiture des branches de corail; Tanit, au delà, arrondissait dans les palmiers sa coupole de cuivre; le noir Moloch était au bas des citernes, du côté du phare. L'on voyait à l'angle des frontons, sur le sommet des murs, au coin des places, partout, des divinités à tête hideuse, colossales ou trapues, avec des ventres énormes, ou démesurément aplaties, ouvrant la gueule, écartant les bras, tenant à la main des fourches, des chaînes ou des javelots; et le bleu de la mer s'étalait au fond des rues, que la perspective rendait encore plus escarpées.

Un peuple tumultueux du matin au soir les emplissait; de jeunes garçons, agitant des sonnettes, criaient à la porte des bains: les boutiques de boissons chaudes fumaient, l'air retentissait du tapage des enclumes, les coqs blancs consacrés au Soleil chantaient sur les terrasses, les bœufs que l'on égorgeait mugissaient dans les temples, des esclaves couraient avec des corbeilles sur leur tête; et, dans l'enfoncement des portiques, quelque prêtre apparaissait, drapé d'un manteau sombre, nu-pieds et en bonnet pointu.

Ce spectacle de Carthage irritait les Barbares Ils l'admiraient, ils l'exécraient, ils auraient voulu tout à la fois l'anéantir et l'habiter. Mais qu'y avait-il dans le Port Militaire, défendu par une triple muraille? Puis, derrière la ville, au fond de Mégara, plus haut que l'Acropole, apparaissait le palais d'Hamilcar.

Les yeux de Mâtho à chaque instant s'y portaient. Il montait dans les oliviers, et il se penchait, la main étendue au bord des sourcils. Les Jardins étaient vides, et la porte rouge à croix noire restait constamment fermée.

Plus de vingt fois il fit le tour des remparts, cherchant quelque brèche pour entrer. Une nuit, il se jeta dans le golfe, et, pendant trois heures, il nagea tout d'une baleine. Il arriva au bas des Mappales, voulut grimper contre la falaise. Il ensanglanta ses genoux, brisa ses ongles, puis retomba dans les flots et s'en revint.

Son impuissance l'exaspérait. Il était jaloux de cette Carthage enfermant Salammbô, comme de quelqu'un qui l'aurait possédée. Ses énervements l'abandonnèrent et ce fut une ardeur d'action folle et continuelle. La joue en feu, les yeux irrités, la voix rauque, il se promenait d'un pas rapide à travers le camp; ou bien, assis sur le rivage, il frottait avec du sable sa grande épée. Il lançait des flèches aux vautours qui passaient. Son cœur débordait en paroles furieuses.

— Laisse aller ta colère comme un char qui s'emporte, disait Spendius. Crie, blasphème, ravage et tue. La douleur s'apaise avec du sang, et puisque tu ne peux assouvir ton amour, gorge ta haine; elle te soutiendra!

Mâtho reprit le commandement de ses soldats. Il les faisait impitoyablement manœuvrer. On le respectait pour son courage, pour sa force surtout D'ailleurs il inspirait comme une crainte mystique; on croyait qu'il parlait, la nuit, à des fantômes. Les autres capitaines s'animèrent de son exemple. L'armée, bientôt, se disciplina. Les Carthaginois entendaient de leurs maisons la fanfare des buccines qui réglait les exercices. Enfin les Barbares se rapprochèrent.

Il aurait fallu pour les écraser dans l'isthme que deux armées pussent les prendre à la fois par derrière, l'une débarquant au fond du golfe d'Utique, la seconde à la montagne des Eaux-Chaudes. Mais que faire avec la seule Légion sacrée, grosse de six mille hommes tout au plus? S'ils inclinaient vers l'orient ils allaient se joindre aux Nomades, intercepter la route de Cyrène et le commerce du désert. S'ils se repliaient sur l'occident, la Numidie se soulèverait. Enfin le manque de vivres les ferait tôt ou tard dévaster, comme des sauterelles, les campagnes environnantes; les Riches tremblaient pour leurs beaux châteaux, pour leurs vignobles, pour leurs cultures.

Hannon proposa des mesures atroces et impraticables, comme de promettre une forte somme pour chaque tête de Barbare, ou, qu'avec des vaisseaux et des machines, on incendiât leur camp. Son collègue Giscon voulait, au contraire, qu'ils fussent payés A cause de sa popularité, les Anciens le détestaient; car ils redoutaient le hasard d'un maître, et, par terreur de la monarchie, s'efforçaient d'atténuer ce qui en subsistait ou la pouvait rétablir.

Il y avait en dehors des fortifications des gens d'une autre race et d'une origine inconnue, tous chasseurs de porcs-épics, mangeurs de mollusques et de serpents. Ils allaient dans les cavernes prendre des hyènes vivantes, qu'ils s'amusaient à faire courir le soir sur les sables de Mégara, entre les stèles des tombeaux. Leurs cabanes, de fange et de varech, s'accrochaient contre la falaise comme des nids d'hirondelles. Ils vivaient là, sans gouvernement et sans dieux, pêle-mêle, complètement nus, à la fois débiles et farouches, et depuis des siècles exécrés par le peuple, à cause de leurs nourritures immondes. Les sentinelles s'aperçurent un matin qu'ils étaient tous partis.

Enfin des membres du Grand Conseil se décidèrent. Ils vinrent au camp, sans colliers ni ceintures, en sandales découvertes, comme des voisins. Ils s'avançaient d'un pas tranquille, jetant des saluts aux capitaines, ou bien ils s'arrêtaient pour parler aux soldats, disant que tout était fini et qu'on allait faire justice à leurs réclamations.

Beaucoup d'entre eux voyaient pour la première fois un camp de Mercenaires. Au lieu de la confusion qu'ils avaient imaginée, c'était un ordre et un silence effrayants. Un rempart de gazon enfermait l'armée dans une haute muraille, inébranlable au choc des catapultes. Le sol des rues était aspergé d'eau fraîche; par les trous des tentes, ils apercevaient des prunelles fauves qui luisaient dans l'ombre. Les faisceaux de piques et les panoplies suspendues les éblouissaient comme des miroirs. Ils se parlaient à voix basse. Ils avaient peur avec leurs longues robes de renverser quelque chose.

Les soldats demandèrent des vivres, en s'engageant à les payer sur l'argent qu'on leur devait.

On leur envoya des bœufs, des moutons, des pintades, des fruits secs et des lupins, avec des scombres fumés, de ces scombres excellents que Carthage expédiait dans tous les ports. Mais ils tournaient dédaigneusement autour des bestiaux magnifiques; et, dénigrant ce qu'ils convoitaient, offraient pour un bélier la valeur d'un pigeon, pour trois chèvres le prix d'une grenade. Les Mangeurs de choses immondes, se portant pour arbitres, affirmaient qu'on les dupait. Alors ils tiraient leur glaive, menaçaient de tuer.

Des commissaires du Grand Conseil écrivirent le nombre d'années que l'on devait à chaque soldat. Mais il était impossible maintenant de savoir combien on avait engagé de Mercenaires, et les Anciens furent effrayés de la somme exorbitante qu'ils auraient à payer. Il fallait vendre la réserve du silphium, imposer les villes marchandes; les

Mercenaires s'impatienteraient, déjà Tunis était avec eux; et les Riches, étourdis par les fureurs d'Hannon et les reproches de son collègue, recommandèrent aux citoyens qui pouvaient connaître quelque Barbare d'aller le voir immédiatement pour reconquérir son amitié, lui dire de bonnes paroles. Cette confiance les calmerait.

Des marchands, des scribes, des ouvriers de l'arsenal, des familles entières se rendirent chez les Barbares.

Les soldats laissaient entrer chez eux tous les Carthaginois, mais par un seul passage tellement étroit que quatre hommes de front s'y coudoyaient. Spendius, debout contre la barrière, les faisait attentivement fouiller; Mâtho, en face de lui, examinait cette multitude, cherchant à retrouver quelqu'un qu'il pouvait avoir vu chez Salammbô.

Le camp ressemblait à une ville, tant il était rempli de monde et d'agitation. Les deux foules distinctes se mêlaient sans se confondre, l'une habillée de toile ou de laine avec des bonnets de feutre pareils à des pommes de pin, l'autre vêtue de fer et portant des casques. Au milieu des valets et des vendeurs ambulants circulaient des femmes de toutes nations, brunes comme des dattes mûres, verdâtres comme des olives, jaunes comme des oranges, vendues par des matelots, choisies dans les bouges, volées à des caravanes, prises dans le sac des villes, que l'on fatiguait d'amour tant qu'elles étaient jeunes, qu'on accablait de coups lorsqu'elles étaient vieilles, et qui mouraient dans les déroutes au bord des chemins, parmi les bagages, avec les bêtes de somme abandonnées. Les épouses des Nomades balançaient sur leurs talons des robes en.poil de dromadaire, carrées, et de couleur fauve; des musiciennes de la Cyrénaïque, enveloppées de gazes violettes et les sourcils peints, chantaient accroupies sur des nattes; de vieilles négresses aux mamelles pendantes ramassaient, pour faire du feu, des fientes d'animal que l'on desséchait au soleil; les

Syracusaines avaient des plaques d'or dans la chevelure, les femmes des Lusitaniens des colliers de coquillages, les Gauloises des peaux de loup sur leur poitrine blanche; et des enfants robustes, couverts de vermine, nus, incirconcis, donnaient aux passants des coups dans le ventre avec leur tête, ou venaient par derrière, comme de jeunes tigres, les mordre aux mains.

Les Carthaginois se promenaient à travers le camp, surpris par la quantité de choses dont il regorgeait. Les plus misérables étaient tristes, et les autres dissimulaient leur inquiétude.

Les soldats leur frappaient sur l'épaule, en les excitant à la gaieté. Dès qu'ils apercevaient quelque personnage, ils l'invitaient à leurs divertissements. Quand on jouait au disque, ils s'arrangeaient pour lui écraser les pieds, et au pugilat, dès la première passe, lui fracassaient la mâchoire. Les frondeurs effrayaient les Carthaginois avec leurs frondes, les Psylles avec des vipères, les cavaliers avec leurs chevaux. Ces gens d'occupations paisibles, à tous les outrages, baissaient la tête et s'efforçaient de sourire. Quelques-uns, pour se montrer braves, faisaient signe qu'ils voulaient devenir des soldats. On leur donnait à fendre du bois et à étriller des mulets. On les bouclait dans une armure et on les roulait comme des tonneaux par les rues du camp. Puis, quand ils se disposaient à partir, les Mercenaires s'arrachaient les cheveux avec des contorsions grotesques.

Beaucoup, par sottise ou préjugé, croyaient naïvement tous les Carthaginois très riches, et ils marchaient derrière eux en les suppliant de leur accorder quelque chose. Ils demandaient tout ce qui leur semblait beau: une bague, une ceinture, des sandales, la frange d'une robe, et, quand le Carthaginois dépouillé s'écriait:

— Mais je n'ai plus rien. Que veux-tu? Ils répondaient:

— Ta femme! D'autres disaient:

— Ta vie!

Les comptes militaires furent remis aux capitaines, lus aux soldats, définitivement approuvés. Alors ils réclamèrent des tentes; on leur donna des tentes. Les polémarques des Grecs demandèrent quelques-unes de ces belles armures que l'on fabriquait à Carthage; le Grand Conseil vota des sommes pour cette acquisition. Mais il était juste, prétendaient les cavaliers, que la République les indemnisât de leurs chevaux; l'un affirmait en avoir perdu trois à tel siège, un autre cinq dans telle marche, un autre quatorze dans les précipices. On leur offrit des étalons d'Hécatompyle; ils aimèrent mieux de l'argent.

Puis ils demandèrent qu'on leur payât en argent (en pièces d'argent et non en monnaie de cuir) tout le blé qu'on leur devait, et au plus haut prix où il s'était vendu pendant la guerre, si bien qu'ils exigeaient pour une mesure de farine quatre cents fois plus qu'ils n'avaient donné pour un sac de froment. Cette injustice exaspéra; il fallut céder, pourtant.

Alors les délégués des soldats et ceux du Grand Conseil se réconcilièrent, en jurant par le Génie de Carthage et par les dieux des Barbares. Avec les démonstrations et la verbosité orientales, ils se firent des excuses et des caresses. Puis les soldats réclamèrent, comme une preuve d'amitié, la punition des traîtres qui les avaient indisposés contre la République.

On feignit de ne pas les comprendre. Ils s'expliquèrent plus nettement, disant qu'il leur fallait la tête d'Hannon.

Plusieurs fois par jour ils sortaient de leur camp. Ils se promenaient au pied des murs. Ils criaient qu'on leur jetât la tête du Suffète, et ils tendaient leurs robes pour la recevoir.

Le Grand Conseil aurait faibli, peut-être, sans une dernière exigence plus injurieuse que les autres: ils demandèrent en mariage, pour leurs chefs, des vierges choisies dans les grandes familles. C'était une idée de Spendius, que plusieurs trouvaient toute simple et fort exécutable. Cette prétention de vouloir se mêler au sang punique indigna le peuple; on leur signifia brutalement qu'ils n'avaient plus rien à recevoir. Alors ils s'écrièrent qu'on les avait trompés; si avant trois jours leur solde n'arrivait pas, ils iraient eux-mêmes la prendre dans Carthage.

La mauvaise foi des Mercenaires n'était point aussi complète que le pensaient leurs ennemis. Hamilcar leur avait fait des promesses exorbitantes, vagues il est vrai, mais solennelles et réitérées. Ils avaient pu croire, en débarquant à Carthage, qu'on leur abandonnerait la ville, qu'ils se partageraient des trésors; et quand ils virent que leur solde à peine serait payée, ce fut une désillusion pour leur orgueil comme pour leur cupidité.

Denys, Pyrrhus, Agathoclès et les généraux d'Alexandre n'avaient-ils pas fourni l'exemple de merveilleuses fortunes? L'idéal d'Hercule, que les Chananéens confondaient avec le soleil, resplendissait à l'horizon des armées. On savait que de simples soldats avaient porté des diadèmes, et le retentissement des empires qui s'écroulaient faisait rêver le Gaulois dans sa forêt de chênes, l'Ethiopien dans ses sables. Mais il y avait un peuple toujours prêt à utiliser les courages; et le voleur chassé de sa tribu, le parricide errant sur les chemins, le sacrilège poursuivi par les dieux, tous les affamés, tous les désespérés tâchaient d'atteindre au port où le courtier de Carthage recrutait des soldats. Ordinairement elle tenait ses promesses. Cette fois pourtant, l'ardeur de son avarice l'avait entraînée dans une infamie périlleuse. Les Numides, les Libyens, l'Afrique entière s'allait jeter sur Carthage. La mer seule était libre. Elle y rencontrerait les Romains; et, comme un homme assailli par des meurtriers, elle sentait la mort tout autour d'elle.

Il fallut bien recourir à Giscon; les Barbares acceptèrent son entremise. Un matin, ils virent les chaînes du port s'abaisser, et trois bateaux plats, passant par le canal de la Tœnia, entrèrent dans le lac.

Sur le premier, à la proue, on apercevait Giscon. Derrière lui, et plus haute qu'un catafalque, s'élevait une caisse énorme, garnie d'anneaux pareils à des couronnes qui pendaient. Apparaissait ensuite la légion des Interprètes, coiffés comme des sphinx, et portant un perroquet tatoué sur la poitrine. Des amis et des esclaves suivaient, tous sans armes, et si nombreux qu'ils se touchaient des épaules. Les trois longues barques, pleines à sombrer, s'avançaient aux acclamations de l'armée, qui les regardait.

Dès que Giscon débarqua, les soldats coururent à sa rencontre. Avec des sacs il fit dresser une sorte de tribune et déclara qu'il ne s'en irait pas avant de les avoir tous intégralement payés.

Des applaudissements éclatèrent; il fut longtemps sans pouvoir parler.

Puis il blâma les torts de la République et ceux des Barbares; la faute en était à quelques mutins, qui par leur violence avaient effrayé Carthage. La meilleure preuve de ses bonnes intentions, c'était qu'on l'envoyait vers eux, lui, l'éternel adversaire du suffète Hannon. Ils ne devaient point supposer au peuple l'ineptie de vouloir irriter des braves, ni assez d'ingratitude pour méconnaître leurs services; et Giscon se mit à la paye des soldats en commençant par les Libyens. Comme ils avaient déclaré les listes mensongères, il ne s'en servit point.

Ils défilaient devant lui, par nations, en ouvrant leurs doigts pour dire le nombre des années; on les marquait successivement au bras gauche avec de la peinture verte; les scribes puisaient dans le coffre béant, et d'autres, avec un stylet, faisaient des trous sur une lame de plomb.

Un homme passa, qui marchait lourdement, à la manière des bœufs.

— Monte près de moi, dit le Suffète, suspectant quelque fraude, combien d'années as-tu servi?

— Douze ans, répondit le Libyen.

Giscon lui glissa les doigts sous la mâchoire, car la mentonnière du casque y produisait à la longue deux callosités; on les appelait des caroubes, et avoir les caroubes était une locution pour dire un vétéran.

— Voleur! s'écria le Suffète, ce qui te manque au visage tu dois le porter sur les épaules!

Et lui déchirant sa tunique, il découvrit son dos couvert de gales saignantes; c'était un laboureur d'Hippo-Zaryte. Des huées s'élevèrent; on le décapita.

Dès qu'il fut nuit, Spendius alla réveiller les Libyens. Il leur dit:

— Quand les Ligures, les Grecs, les Baléares et les hommes d'Italie seront payés, ils s'en retourneront. Mais vous autres, vous resterez en Afrique, épars dans vos tribus et sans aucune défense! C'est alors que la République se vengera! Méfiez-vous du voyage! Allez-vous croire à toutes les paroles? Les deux Suffètes sont d'accord! Celui-là vous abuse! Rappelez-vous l'Ile-des-Ossements et Xantippe qu'ils ont renvoyé à Sparte sur une galère pourrie!

— Comment nous y prendre? demandaient-ils.

— Réfléchissez! disait Spendius.

Les deux jours suivants se passèrent à payer les gens de Magdala, de Leptis, d'Hécatompyle;

Spendius se répandait chez les Gaulois.

— On solde les Libyens, ensuite on payera les Grecs, puis les Baléares, les Asiatiques, et tous les autres! Mais vous qui n'êtes pas nombreux, on ne vous donnera rien! Vous ne reverrez plus vos patries! Vous n'aurez point de vaisseaux! Ils vous tueront pour épargner la nourriture.

Les Gaulois vinrent trouver le Suffète. Autharite, celui qu'il avait blessé chez Hamilcar, l'interpella. Il disparut, repoussé par les esclaves, mais en jurant qu'il se vengerait.

Les réclamations, les plaintes se multiplièrent. Les plus obstinés pénétraient dans la tente du Suffète; pour l'attendrir ils prenaient ses mains, lui faisaient palper leurs bouches sans dents, leurs bras tout maigres et les cicatrices de leurs blessures. Ceux qui n'étaient point encore payés s'irritaient, ceux qui avaient reçu leur solde en demandaient une autre pour leurs chevaux; et les vagabonds, les bannis, prenant les armes des soldats, affirmaient qu'on les oubliait. A chaque minute, il arrivait comme des tourbillons d'hommes; les tentes craquaient, s'abattaient; la multitude serrée entre les remparts du camp oscillait à grands cris depuis les portes jusqu'au centre. Quand le tumulte se faisait trop fort, Giscon posait un coude sur son sceptre d'ivoire, et, regardant la mer, il restait immobile, les doigts enfoncés dans sa barbe.

Souvent Mâtho s'écartait pour s'entretenir avec Spendius; puis il se replaçait en face du Suffète, et Giscon sentait perpétuellement ses prunelles comme deux phalariques en flammes dardées vers lui. Par-dessus la foule, plusieurs fois, ils se lancèrent des injures, mais qu'ils n'entendirent pas.

Cependant la distribution continuait, et le Suffète à tous les obstacles trouvait des expédients.

Les Grecs voulurent élever des chicanes sur la différence des monnaies. Il leur fournit de telles explications qu'ils se retirèrent sans murmures. Les Nègres réclamèrent de ces coquilles blanches usitées pour le commerce dans l'intérieur de l'Afrique. Il leur offrit d'en envoyer prendre à Carthage; alors, comme les autres, ils acceptèrent de l'argent.

On avait promis aux Baléares quelque chose de meilleur, à savoir des femmes. Le Suffète répondit que l'on attendait pour eux toute une caravane de vierges; la route était longue, il fallait encore six lunes. Quand elles seraient grasses et bien frottées de benjoin, on les enverrait sur des vaisseaux, dans les ports des Baléares.

Tout à coup, Zarxas, beau maintenant et vigoureux, sauta comme un bateleur sur les épaules de ses amis et il cria:

— En as-tu réservé pour les cadavres?

Tandis qu'il montrait dans Carthage la porte de Khamon.

Aux derniers feux du soleil, les plaques d'airain la garnissant de haut en bas resplendissaient;

les Barbares crurent apercevoir sur elle une traînée sanglante. Chaque fois que Giscon voulait parler, leurs cris recommençaient. Enfin, il descendit à pas graves et s'enferma dans sa tente.

Quand il en sortit, au lever du soleil, ses interprètes, qui couchaient en dehors, ne bougèrent point; ils se tenaient sur le dos, les yeux fixes, la langue au bord des dents et la face bleuâtre. Des mucosités blanches coulaient de leurs narines, et leurs membres étaient raides, comme si le froid pendant la nuit les eût tous gelés. Chacun portait autour du cou un petit lacet de joncs.

La rébellion dès lors ne s'arrêta plus. Ce meurtre des Baléares rappelé par Zarxas confirmait les défiances de Spendius. Ils s'imaginaient que la République cherchait toujours à les tromper. Il fallait en finir! On se passerait des interprètes! Zarxas, avec une fronde autour de la tête, chantait des chansons de guerre; Autharite brandissait sa grande épée; Spendius soufflait à l'un quelque parole, fournissait à l'autre un poignard. Les plus forts tâchaient de se payer eux-mêmes, les moins furieux demandaient que la distribution continuât. Personne maintenant ne quittait ses armes, et toutes les colères se réunissaient contre Giscon dans une haine tumultueuse.

Quelques-uns montaient à ses côtés. Tant qu'ils vociféraient des injures on les écoutait avec patience; mais s'ils tentaient pour lui le moindre mot, ils étaient immédiatement lapidés, ou par derrière d'un coup de sabre on leur abattait la tête. L'amoncellement des sacs était plus rouge qu'un autel.

Ils devenaient terribles après le repas, quand ils avaient bu du vin! C'était une joie défendue sous peine de mort dans les armées puniques, et ils levaient leur coupe du côté de Carthage par dérision pour sa discipline. Puis ils revenaient vers les esclaves des finances et ils recommençaient à tuer. Le mot frappe, différent dans chaque langue, était compris de tous.

Giscon savait bien que la patrie l'abandonnait; mais il ne voulait point la déshonorer. Quand ils lui rappelèrent qu'on leur avait promis des vaisseaux, il jura par Moloch de leur en fournir lui-même, à ses frais, et, arrachant son collier de perles bleues, il le jeta dans la foule en gage de serment.

Alors les Africains réclamèrent le blé, d'après les engagements du Grand Conseil. Giscon étala les comptes des Syssites, tracés avec de la peinture violette sur des peaux de brebis; il lisait tout ce qui était entré dans Carthage, mois par mois et jour par jour.

Soudain il s'arrêta, les yeux béants, comme s'il eût découvert entre les chiffres sa sentence de mort.

Les Anciens les avaient frauduleusement réduits, et le blé, vendu pendant l'époque la plus calamiteuse de la guerre, se trouvait à un taux si bas, qu'à moins d'aveuglement on n'y pouvait croire.

— Parle! crièrent-ils, plus haut! Ah! c'est qu'il cherche à mentir, le lâche! méfions-nous.

Pendant quelque temps il hésita. Enfin il reprit sa besogne.

Les soldats, sans se douter qu'on les trompait, acceptèrent comme vrais les comptes des Syssites. L'abondance où s'était trouvée Carthage les jeta dans une jalousie furieuse. Ils brisèrent la caisse de sycomore; elle était vide aux trois quarts. Ils avaient vu de telles sommes en sortir qu'ils la jugeaient inépuisable; Giscon en avait enfoui dans sa tente. Ils escaladèrent les sacs. Mâtho les conduisait, et comme ils criaient: « L'argent! l'argent! » Giscon à la fin répondit:

— Que votre général vous en donne! Il les regardait en face, sans parler, avec ses grands yeux jaunes et sa longue figure plus pâle que sa barbe. Une flèche, arrêtée par les plumes, se tenait à son oreille dans son large anneau d'or, et un filet de sang coulait de sa tiare sur son épaule.

A un geste de Mâtho, tous s'avancèrent. Il écarta les bras; Spendius, avec un nœud coulant, l'étreignit aux poignets; un autre le renversa, et il disparut dans le désordre de la foule qui s'écroulait sur les sacs.

Ils saccagèrent sa tente. On n'y trouva que les choses indispensables à la vie; puis, en cherchant mieux, trois images de Tanit, et dans une peau de singe, une pierre noire tombée de la lune. Beaucoup de Carthaginois avaient voulu l'accompagner; c'étaient des hommes considérables et tous du parti de la guerre.

On les entraîna en dehors des tentes, et on les précipita dans la fosse aux immondices. Avec des chaînes de fer ils furent attachés par le ventre à des pieux solides, et on leur tendait la nourriture à la pointe d'un javelot.

Autharite, tout en les surveillant, les accablait d'invectives; comme ils ne comprenaient point sa langue, ils ne répondaient pas; le Gaulois, de temps à autre, leur jetait des cailloux au visage pour les faire crier.

Dès le lendemain, une sorte de langueur envahit l'armée. A présent que leur colère était finie, des inquiétudes les prenaient. Mâtho souffrait d'une tristesse vague. Il lui semblait avoir indirectement outragé Salammbô. Ces Riches étaient comme une dépendance de sa personne. Il s'asseyait la nuit au bord de leur fosse, et il retrouvait dans leurs gémissements quelque chose de la voix dont son cœur était plein.

Cependant ils accusaient, tous, les Libyens, qui seuls étaient payés. Mais, en même temps que se ravivaient les antipathies nationales avec les haines particulières, on sentait le péril de s'y abandonner. Les représailles, après un attentat pareil, seraient formidables. Donc il fallait prévenir la vengeance de Carthage. Les conciliabules, les harangues n'en finissaient pas. Chacun parlait, on n'écoutait personne, et Spendius, ordinairement si loquace, à toutes les propositions secouait la tête.

Un soir, il demanda négligemment à Mâtho s'il n'y avait pas de sources dans l'intérieur de la ville.

— Pas une! répondit Mâtho. Le lendemain, Spendius l'entraîna sur la berge du lac.

— Maître! dit l'ancien esclave, si ton cœur est intrépide, je te conduirai dans Carthage.

— Comment? répétait l'autre en haletant.

— Jure d'exécuter tous mes ordres, de me suivre comme une ombre!

Mâtho, levant son bras vers la planète de Chabar, s'écria:

— Par Tanit, je le jure! Spendius reprit:

— Demain, après le coucher du soleil, tu m'attendras au pied de l'aqueduc, entre la neuvième et la dixième arcade. Emporte avec toi un pic de fer, un casque sans aigrette et des sandales de cuir.

L'aqueduc dont il parlait traversait obliquement l'isthme entier, ouvrage considérable agrandi plus tard par les Romains. Malgré son dédain des autres peuples, Carthage leur avait pris gauchement cette invention nouvelle, comme Rome elle-même avait fait de la galère punique; et cinq rangs d'arcs superposés, d'une architecture trapue, avec des contreforts à la base et des têtes de lion au sommet, aboutissaient à la partie occidentale de l'Acropole, où ils s'enfonçaient sous la ville pour déverser presque une rivière dans les citernes de Mégara.

A l'heure convenue, Spendius y trouva Mâtho. Il attacha une sorte de harpon au bout d'une corde, le fit tourner rapidement comme une fronde, l'engin de fer s'accrocha; et ils se mirent, l'un derrière l'autre, à grimper le long du mur.

Mais quand ils furent montés sur le premier étage, le crampon, chaque fois qu'ils le jetaient, retombait; il leur fallait, pour découvrir quelque fissure, marcher sur le bord de la corniche; à chaque rang des arcs, ils la trouvaient plus étroite. Puis la corde se relâcha. Plusieurs fois, elle faillit se rompre.

Enfin ils arrivèrent à la plate-forme supérieure. Spendius, de temps à autre, se penchait pour tâter les pierres avec sa main.

— C'est là, dit-il, commençons!

Et pesant sur l'épieu qu'avait apporté Mâtho, ils parvinrent à disjoindre une des dalles.

Ils aperçurent, au loin, une troupe de cavaliers galopant sur des chevaux sans bride. Leurs bracelets d'or sautaient dans les vagues draperies de leurs manteaux. On distinguait en avant un homme couronné de plumes d'autruche et qui galopait avec une lance à chaque main.

— Narr'Havas! s'écria Mâtho.

— Qu'importe! reprit Spendius.

Et il sauta dans le trou qu'ils venaient de faire en découvrant la dalle.

Mâtho, par son ordre, essaya de pousser un des blocs. Mais, faute de place, il ne pouvait remuer les coudes.

— Nous reviendrons, dit Spendius; mets-toi devant.

Alors ils s'aventurèrent dans le conduit des eaux.

Ils en avaient jusqu'au ventre. Bientôt ils chancelèrent et il leur fallut nager. Leurs membres se heurtaient contre les parois du canal trop étroit. L'eau coulait presque immédiatement sous la dalle supérieure; ils se déchiraient le visage. Puis le courant les entraîna. Un air plus lourd qu'un sépulcre leur écrasait la poitrine; et la tête sous les bras, les genoux l'un contre l'autre, allongés tant qu'ils pouvaient, ils passaient comme des flèches dans l'obscurité, étouffant, râlant, presque morts. Soudain, tout fut noir devant eux, et la vélocité des eaux redoublait. Ils tombèrent.

Quand ils furent remontés à la surface, ils se tinrent pendant quelques minutes étendus sur le dos, à humer l'air, délicieusement. Des arcades, les unes derrière les autres, s'ouvraient au milieu de larges murailles séparant des bassins. Tous étaient remplis, et l'eau se continuait en une seule nappe dans la longueur des citernes. Les coupoles du plafond laissaient descendre par leur soupirail une clarté pâle qui étalait sur les ondes comme des disques de lumière; les ténèbres à l'entour, s'épaississant vers les murs, les reculaient indéfiniment. Le moindre bruit faisait un grand écho.

Spendius et Mâtho se remirent à nager, et passant par l'ouverture des arcs, ils traversèrent plusieurs chambres à la file. Deux autres rangs de bassins plus petits s'étendaient parallèlement de chaque côté. Ils se perdirent; ils tournaient, ils revenaient. Quelque chose résista sous leurs talons. C'était le pavé de la galerie qui longeait les citernes.

Alors, s'avançant avec de grandes précautions, ils palpèrent la muraille pour trouver une issue. Mais leurs pieds glissaient; ils tombaient dans les vasques profondes. Ils avaient à remonter, puis ils retombaient encore; et ils sentaient une épouvantable fatigue, comme si leurs membres en nageant se fussent dissous dans l'eau. Leurs yeux se fermèrent; ils agonisaient.

Spendius se frappa la main contre les barreaux d'une grille. Ils la secouèrent, elle céda, et ils se trouvèrent sur les marches d'un escalier. Une porte de bronze le fermait en haut. Avec la pointe d'un poignard, ils écartèrent la barre que l'on ouvrait du dehors; tout à coup le grand air pur les enveloppa.

La nuit était pleine de silence, et le ciel avait une hauteur démesurée. Des bouquets d'arbres débordaient sur les longues lignes des murs. La ville entière dormait. Les feux des avant-postes brillaient comme des étoiles perdues.

Spendius, qui avait passé trois ans dans l'ergastule, connaissait imparfaitement les quartiers. Mâtho conjectura que, pour se rendre au palais d'Hamilcar, ils devaient prendre sur la gauche, en traversant les Mappales.

— Non, dit Spendius; conduis-moi au temple de Tanit.

Mâtho voulut parler.

— Rappelle-toi! fit l'ancien esclave.

Et, levant son bras, il lui montra la planète de Chabar qui resplendissait.

Mâtho se tourna silencieusement vers l'Acropole.

Ils rampaient le long des clôtures de nopals qui bordaient les sentiers. L'eau coulait de leurs membres sur la poussière. Leurs sandales humides ne faisaient aucun bruit; Spendius, avec ses yeux plus flamboyants que des torches, à chaque pas fouillait les buissons; et il marchait derrière Mâtho, les mains posées sur les deux poignards qu'il portait aux bras, tenus au-dessous de l'aisselle par un cercle de cuir.

V. — TANIT

Quand ils furent sortis des jardins, ils se trouvèrent arrêtés par l'enceinte de Mégara. Mais ils découvrirent une brèche dans la haute muraille, et passèrent.

Le terrain descendait, formant une sorte de vallon très large. C'était une place découverte.

— Écoute, dit Spendius, et d'abord ne crains rien!... j'exécuterai ma promesse...

Il s'interrompit; il avait l'air de réfléchir, comme pour chercher ses paroles.

— Te rappelles-tu cette fois, au soleil levant, où, sur la terrasse de Salammbô, je t'ai montré Carthage? Nous étions forts ce jour-là, mais tu n'as voulu rien entendre!

Puis d'une voix grave:

— Maître, il y a dans le sanctuaire de Tanit un voile mystérieux tombé du ciel, et qui recouvre la Déesse.

— Je le sais, dit Mâtho. Spendius reprit:

— Il est divin lui-même, car il fait partie d'elle. Les dieux résident où se trouvent leurs simulacres. C'est parce que Carthage le possède, que Carthage est puissante.

Alors se penchant à son oreille:

— Je t'ai emmené avec moi pour le ravir! Mâtho recula d'horreur.

— Va-t'en! cherche quelque autre! Je ne veux pas t'aider dans cet exécrable forfait.

— Mais Tanit est ton ennemie, répliqua Spendius, elle te persécute, et tu meurs de sa colère. Tu t'en vengeras. Elle t'obéira. Tu deviendras presque immortel et invincible.

Mâtho baissa la tête. Il continua:

— Nous succomberions; l'armée d'elle-même s'anéantirait. Nous n'avons ni fuite à espérer, ni secours, ni pardon! Quel châtiment des dieux peux-tu craindre, puisque tu vas avoir leur force dans les mains? Aimes-tu mieux périr le soir d'une défaite, misérablement, à l'abri d'un buisson, ou parmi l'outrage de la populace, dans la flamme des bûchers? Maître, un jour tu entreras à Carthage, entre les collèges des pontifes, qui baiseront tes sandales; et si le voile de Tanit te pèse encore, tu le rétabliras dans son temple. Suis-moi! viens le prendre.

Une envie terrible dévorait Mâtho. Il aurait voulu, en s'abstenant du sacrilège, posséder le voile. Il se disait que peut-être on n'aurait pas besoin de le prendre pour en accaparer la vertu. Il n'allait pas jusqu'au fond de sa pensée, s'arrêtant sur la limite où elle l'épouvantait.

— Marchons! dit-il.

Et ils s'éloignèrent d'un pas rapide, côte à côte, sans parler.

Le terrain remonta, et les habitations se rapprochèrent. Ils tournaient dans les rues étroites, au milieu des ténèbres. Des lambeaux de sparterie fermant les portes battaient contre les murs. Sur une place, des chameaux ruminaient devant des tas d'herbes coupées. Puis ils passèrent sous une galerie que recouvraient des feuillages. Un troupeau de chiens aboya. L'espace tout à coup s'élargit, et ils reconnurent la face occidentale de l'Acropole. Au bas de Byrsa s'étalait une longue masse noire: c'était le temple de Tanit, ensemble de monuments et de jardins, de cours et d'avant-cours, bordé par un petit mur de pierres sèches. Spendius et Mâtho le franchirent.

Cette première enceinte renfermait un bois de platanes, par précaution contre la peste et l'infection de l'air.

Ça et là étaient disséminées des tentes où l'on vendait pendant le jour des pâtes épilatoires, des parfums, des vêtements, des gâteaux en forme de lune, et des images de la Déesse avec des représentations du temple, creusées dans un bloc d'albâtre.

Ils n'avaient rien à craindre, car les nuits où l'astre ne paraissait pas on suspendait tous les rites; cependant Mâtho se ralentissait; il s'arrêta devant les trois marches d'ébène qui conduisaient à la seconde enceinte.

— Avance! dit Spendius.

Des grenadiers, des amandiers, des cyprès et des myrtes, immobiles comme des feuillages de bronze, alternaient régulièrement; le chemin, pavé de cailloux bleus, craquait sous les pas, et des roses épanouies pendaient en berceau sur toute la longueur de l'allée. Ils arrivèrent devant un trou ovale, abrité par une grille. Mâtho, que ce silence effrayait, dit à Spendius:

— C'est ici qu'on mélange les Eaux douées avec les Eaux amères.

— J'ai vu tout cela, reprit l'ancien esclave, en Syrie, dans la ville de Maphug.

Et, par un escalier de six marches d'argent, ils montèrent dans la troisième enceinte.

Un cèdre énorme en occupait le milieu. Ses branches les plus basses disparaissaient sous des bribes d'étoffés et des colliers qu'y avaient appendus les fidèles. Ils firent encore quelques pas, et la façade du temple se déploya.

Deux longs portiques, dont les architraves reposaient sur des piliers trapus, flanquaient une tour quadrangulaire, ornée à sa plate-forme par un croissant de lune. Sur les angles des portiques et aux quatre coins de la tour s'élevaient des vases pleins d'aromates allumés. Des grenades et des coloquintes chargeaient les chapiteaux. Des entrelacs, des losanges, des lignes de perles s'alternaient sur les murs, et une haie en filigrane d'argent formait un large demi-cercle devant l'escalier d'airain qui descendait du vestibule.

Il y avait à l'entrée, entre une stèle d'or et une stèle d'émeraude, un cône de pierre; Mâtho, en passant à côté, se baisa la main droite.

La première chambre était très haute; d'innombrables ouvertures perçaient sa voûte; en levant la tête on pouvait voir les étoiles. Tout autour de la muraille, dans des corbeilles de roseau, s'amoncelaient des barbes et des chevelures, prémices des adolescences; et, au milieu de l'appartement circulaire, le corps d'une femme sortait d'une gaine couverte de mamelles. Grasse, barbue et les paupières baissées, elle avait l'air de sourire, en croisant ses mains sur le bas de son gros ventre, poli par les baisers de la foule.

Puis ils se retrouvèrent à l'air libre, dans un corridor transversal, où un autel de proportions exiguës s'appuyait contre une porte d'ivoire. On n'allait point au delà; les prêtres seuls pouvaient l'ouvrir; car un temple n'était pas un lieu de réunion pour la multitude, mais la demeure particulière de la Divinité.

— L'entreprise est impossible, disait Mâtho. Tu n'y avais pas songé! Retournons! Spendius examinait les murs. Il voulait le voile, non qu'il eût confiance en sa vertu (Spendius ne croyait qu'à l'Oracle), mais persuadé que les Carthaginois, s'en voyant privés, tomberaient dans un grand abattement. Pour trouver quelque issue, ils firent le tour par derrière.

On apercevait, sous des bosquets de térébinthe, des édicules de forme différente. Ça et là un phallus de pierre se dressait, et de grands cerfs erraient tranquillement, poussant de leurs pieds fourchus des pommes de pin tombées.

Ils revinrent sur leurs pas entre deux longues galeries qui s'avançaient parallèlement. De petites cellules s'ouvraient au bord. Des tambourins et des cymbales étaient accrochés à leurs colonnes de cèdre. Des femmes dormaient en dehors des cellules, étendues sur des nattes. Leurs corps, tout gras d'onguents, exhalaient une odeur d'épices et de cassolettes éteintes; elles étaient si couvertes de tatouages, de colliers, d'anneaux, de vermillon et d'antimoine, qu'on les eût prises, sans le mouvement de leur poitrine, pour des idoles ainsi couchées par terre. Des lotus entouraient une fontaine, où nageaient des poissons pareils à ceux de Salammbô; puis au fond, contre la muraille du temple, s'étalait une vigne dont les sarments étaient de verre et les grappes d'émeraude; les rayons des pierres précieuses faisaient des jeux de lumière, entre les colonnes peintes, sur les visages endormis.

Mâtho suffoquait dans la chaude atmosphère que rabattaient sur lui les cloisons de cèdre. Tous ces symboles de la fécondation, ces parfums, ces rayonnements, ces baleines l'accablaient. A travers les éblouissements mystiques, il songeait à Salammbô. Elle se confondait avec la Déesse elle-même, et son amour s'en dégageait plus fort, comme les grands lotus qui s'épanouissaient sur la profondeur des eaux.

Spendius calculait quelle somme d'argent il aurait autrefois gagnée à vendre ces femmes; et, d'un coup d'œil rapide, en passant, il pesait les colliers d'or.

Le temple était, de ce côté comme de l'autre, impénétrable. Ils revinrent derrière la première chambre. Pendant que Spendius cherchait, furetait, Mâtho, prosterné devant la porte, implorait Tanit. Il la suppliait de ne point permettre ce sacrilège. Il tâchait de l'adoucir avec des mots caressants, comme on fait à une personne irritée.

Spendius remarqua au-dessus de la porte une ouverture étroite.

— Lève-toi! dit-il à Mâtho.

Et il le fit s'adosser contre le mur, tout debout.

Alors, posant un pied dans ses mains, puis un autre sur sa tête, il parvint jusqu'à la hauteur du soupirail, s'y engagea et disparut. Puis Mâtho sentit tomber sur ses épaules une corde à nœuds, celle que Spendius avait enroulée autour de son corps avant de s'engager dans les citernes; et, s'y appuyant des deux mains, bientôt il se trouva près de lui dans une grande salle pleine d'ombre.

De pareils attentats étaient une chose extraordinaire. L'insuffisance des moyens pour les prévenir témoignait assez qu'on les jugeait impossibles. La terreur, plus que les murs, défendait les sanctuaires. Mâtho, à chaque pas, s'attendait à mourir.

Une lueur vacillait au fond des ténèbres; ils s'en rapprochèrent. C'était une lampe qui brûlait dans une coquille sur le piédestal d'une statue, coiffée du bonnet des Cabires. Des disques en diamant parsemaient sa longue robe bleue, et des chaînes, qui s'enfonçaient sous les dalles, l'attachaient au sol par les talons. Mâtho retint un cri. Il balbutiait:

— Ah! la voilà! la voilà!...

Spendius prit la lampe, afin de s'éclairer.

— Quel impie tu es! murmura Mâtho.

Il le suivait pourtant.

L'appartement où ils entrèrent n'avait rien qu'une peinture noire représentant une autre femme. Ses jambes montaient jusqu'au haut de la muraille. Son corps occupait le plafond tout entier. De son nombril pendait à un fil un œuf énorme, et elle retombait sur l'autre mur, la tête en bas, jusqu'au niveau des dalles, où atteignaient ses doigts pointus.

Pour passer plus loin, ils écartèrent une tapisserie; mais le vent souffla, et la lumière s'éteignit.

Alors ils errèrent, perdus dans les complications de l'architecture. Tout à coup, ils sentirent sous leurs pieds quelque chose d'une douceur étrange. Des étincelles pétillaient, jaillissaient; ils marchaient dans du feu. Spendius tâta le sol et reconnut qu'il était soigneusement tapissé avec des peaux de lynx; puis il leur sembla qu'une grosse corde mouillée, froide et visqueuse, glissait entre leurs jambes. Des fissures, taillées dans la muraille, laissaient tomber de minces rayons blancs. Ils s'avançaient à ces lueurs incertaines.

Enfin ils distinguèrent un grand serpent noir. Il s'élança vite et disparut.

— Fuyons! s'écria Mâtho. C'est elle! je la sens; elle vient.

— Eh non! répondit Spendius, le temple est vide.

Une lumière éblouissante leur fit baisser les yeux. Puis ils aperçurent tout à l'entour une infinité de bêtes, efflanquées, haletantes, hérissant leurs griffes, et confondues les unes par-dessus les autres dans un désordre mystérieux qui épouvantait. Des serpents avaient des pieds, des taureaux avaient des ailes, des poissons à têtes d'homme dévoraient des fruits, des fleurs s'épanouissaient dans la mâchoire des crocodiles, et des éléphants, la trompe levée, passaient en plein azur, orgueilleusement, comme des aigles. Un effort terrible distendait leurs membres incomplets ou multipliés. Ils avaient l'air, en tirant la langue, de vouloir faire sortir leur âme; et toutes les formes se trouvaient là, comme si le réceptacle des germes, crevant dans une éclosion soudaine, se fût vidé sur les murs de la salle.

Douze globes de cristal bleu la bordaient circulairement, supportés par des monstres qui ressemblaient à des tigres. Leurs prunelles saillissaient comme les yeux des escargots; et, courbant leurs reins trapus, ils se tournaient vers le fond, où resplendissait, sur un char d'ivoire, la Rabbet suprême, l'Omniféconde, la dernière inventée.

Des écailles, des plumes, des fleurs et des oiseaux lui montaient jusqu'au ventre. Pour pendants d'oreilles elle avait des cymbales d'argent qui lui battaient sur les joues. Ses grands yeux fixes vous regardaient; une pierre lumineuse, enchâssée à son front dans un symbole obscène, éclairait toute la salle, en se reflétant au-dessus de la porte, sur des miroirs de cuivre rouge.

Mâtho fit un pas; une dalle fléchit sous ses talons, et voilà que les sphères se mirent à tourner, les monstres à rugir; une musique s'éleva, mélodieuse et ronflante comme l'harmonie des planètes; l'âme tumultueuse de Tanit ruisselait épandue. Elle allait se lever, grande comme la salle, avec les bras ouverts. Tout à coup les monstres fermèrent la gueule; les globes de cristal ne tournaient plus.

Puis une modulation lugubre pendant quelque temps se traîna dans l'air, et s'éteignit enfin.

— Le voile? dit Spendius.

Nulle part on ne l'apercevait. Où donc se trouvait-il? Comment le découvrir? Et si les prêtres l'avaient caché? Mâtho éprouvait un déchirement au cœur et comme une déception dans sa foi.

— Par ici! chuchota Spendius.

Une inspiration le guidait. Il entraîna Mâtho derrière le char de Tanit, où une fente, large d'une coudée, coupait la muraille du haut en bas.

Alors ils pénétrèrent dans une petite salle ronde, et si élevée qu'elle ressemblait à l'intérieur d'une colonne. Il y avait au milieu une grosse pierre noire à demi sphérique, comme un tambourin; des flammes brûlaient dessus; un cône d'ébène se dressait par derrière, portant une tête et deux bras.

Au delà on aurait dit un nuage où étincelaient des étoiles; des figures apparaissaient dans les profondeurs de ses plis: Eschmoûn avec les Kabyres, quelques-uns des monstres déjà vus, les bêtes sacrées des Babyloniens, puis d'autres qu'ils ne connaissaient pas. Cela passait comme un manteau sous le visage de l'idole, et remontant étalé sur le mur, s'accrochait par les angles, tout à la fois bleuâtre comme la nuit, jaune comme l'aurore, pourpre comme le soleil, nombreux, diaphane, étincelant, léger. C'était le manteau de la Déesse, le zaïmph saint que l'on ne pouvait voir.

Ils pâlirent l'un et l'autre.

— Prends-le! dit enfin Mâtho.

Spendius n'hésita pas; et, s'appuyant sur l'idole, il décrocha le voile, qui s'affaissa par terre. Mâtho posa la main dessus; puis il entra sa tête par l'ouverture, puis il s'en enveloppa le corps, et il écartait les bras pour le mieux contempler.

— Partons! dit Spendius.

Mâtho, en haletant, restait les yeux fixés sur les dalles.

Tout à coup il s'écria:

— Mais si j'allais chez elle? Je n'ai plus peur de sa beauté! Que pourrait-elle faire contre moi? Me voilà plus qu'un homme, maintenant. Je traverserais les flammes, je marcherais dans la mer! Un élan m'emporte! Salammbô! Salammbô! je suis ton maître!

Sa voix tonnait. Il semblait à Spendius de taille plus haute et transfiguré.

Un bruit de pas se rapprocha, une porte s'ouvrit et un homme apparut, un prêtre, avec son haut bonnet et les yeux écarquillés. Avant qu'il eût fait un geste, Spendius s'était précipité, et l'étreignant à pleins bras, lui avait enfoncé dans les flancs ses deux poignards. La tête sonna sur les dalles.

Puis, immobiles comme le cadavre, ils restèrent pendant quelque temps à écouter. On n'entendait que le murmure du vent par la porte entrouverte.

Elle donnait sur un passage resserré. Spendius s'y engagea, Mâtho le suivit, et ils se trouvèrent presque immédiatement dans la troisième enceinte, entre les portiques latéraux où étaient les habitations des prêtres.

Derrière les cellules il devait y avoir pour sortir un chemin plus court. Ils se hâtèrent.

Spendius, s'accroupissant au bord de la fontaine, lava ses mains sanglantes. Les femmes dormaient. La vigne d'émeraude brillait. Ils se remirent en marche.

Quelqu'un, sous les arbres, courait derrière eux; et Mâtho, qui portait le voile, sentit plusieurs fois qu'on le tirait par en bas, tout doucement. C'était un grand cynocéphale, un de ceux qui vivaient libres dans l'enceinte de la Déesse. Comme s'il avait eu conscience du vol, il se cramponnait au manteau. Cependant ils n'osaient le battre, dans la peur de faire redoubler ses cris; soudain sa colère s'apaisa et il trottait près d'eux, côte à côte, en balançant son corps, avec ses longs bras qui pendaient. Puis, à la barrière, d'un bond, il s'élança dans un palmier.

Quand ils furent sortis de la dernière enceinte, ils se dirigèrent vers le palais d'Hamilcar, Spendius comprenant qu'il était inutile de vouloir en détourner Mâtho.

Ils prirent par la rue des Tanneurs, la place de Muthumbal, le Marché aux herbes et le carrefour de Cynasyn. A l'angle d'un mur, un homme se recula, effrayé par cette chose étincelante qui traversait les ténèbres.

— Cache le zaïmph! dit Spendius. D'autres gens les croisèrent; mais ils n'en furent pas aperçus.

Enfin ils reconnurent les maisons de Mégara. Le phare, bâti par derrière, au sommet de la falaise, illuminait le ciel d'une grande clarté rouge, et l'ombre du palais, avec ses terrasses superposées, se projetait sur les jardins comme une monstrueuse pyramide. Ils entrèrent par la haie de jujubiers, en abattant les branches à coups de poignard.

Tout gardait les traces du festin des Mercenaires. Les parcs étaient rompus, les rigoles taries, les portes de l'ergastule ouvertes. Personne n'apparaissait autour des cuisines ni des celliers. Ils s'étonnaient de ce silence, interrompu quelquefois par le souffle rauque des éléphants qui s'agitaient dans leurs entraves, et la crépitation du phare où flambait un bûcher d'aloès.

Mâtho, cependant, répétait:

— Où est-elle? je veux la voir! Conduis-moi!

— C'est une démence! disait Spendius. Elle appellera, ses esclaves accourront, et malgré ta force, tu mourras!

Ils atteignirent ainsi l'escalier des galères. Mâtho leva la tête, et il crut apercevoir, tout en haut, une vague clarté rayonnante et douce. Spendius voulut le retenir. Il s'élança sur les marches.

En se retrouvant aux places où il l'avait déjà vue, l'intervalle des jours écoulés s'effaça dans sa mémoire. Tout à l'heure elle chantait entre les tables; elle avait disparu, et depuis lors il montait continuellement cet escalier. Le ciel, sur sa tête, était couvert de feux; la mer emplissait l'horizon; à chacun de ses pas une immensité plus large l'entourait, et il continuait à gravir avec l'étrange facilité que l'on éprouve dans les rêves.

Le bruissement du voile frôlant contre les pierres lui rappela son pouvoir nouveau; dans l'excès de son espérance, il ne savait plus ce qu'il devait faire; cette incertitude l'intimida.

De temps à autre, il collait son visage contre les baies quadrangulaires des appartements fermés, et il crut voir dans plusieurs des personnes endormies.

Le dernier étage, plus étroit, formait comme un dé sur le sommet des terrasses. Mâtho en fit le tour, lentement.

Une lumière laiteuse emplissait les feuilles de talc qui bouchaient les petites ouvertures de la muraille; et, symétriquement disposées, elles ressemblaient dans les ténèbres à des rangs de perles fines. Il reconnut la porte rouge à croix noire. Les battements de son cœur redoublèrent. Il aurait voulu s'enfuir. Il poussa la porte; elle s'ouvrit.

Une lampe en forme de galère brûlait suspendue dans le lointain de la chambre; et trois rayons, qui s'échappaient de sa carène d'argent, tremblaient sur les hauts lambris, couverts d'une peinture rouge à bandes noires. Le plafond était un assemblage de poutrelles, portant au milieu de leur dorure des améthystes et des topazes dans les nœuds du bois. Sur les deux grands côtés de l'appartement, s'allongeait un lit très bas fait de courroies blanches; et des cintres, pareils à des coquilles, s'ouvraient au-dessus, dans l'épaisseur de la muraille, laissant déborder quelque vêtement qui pendait jusqu'à terre.

Une marche d'onyx entourait un bassin ovale; de fines pantoufles en peau de serpent étaient restées sur le bord avec une buire d'albâtre. La trace d'un pas humide s'apercevait au delà. Des senteurs exquises s'évaporaient.

Mâtho effleurait les dalles incrustées d'or, de nacre et de verre; et malgré la polissure du sol, il lui semblait que ses pieds enfonçaient comme s'il eût marché dans des sables.

Il avait aperçu derrière la lampe d'argent un grand carré d'azur se tenant en l'air par quatre cordes qui remontaient, et il s'avançait, les reins courbés, la bouche ouverte.

Des ailes de phénicoptères, emmanchées à des branches de corail noir, traînaient parmi les coussins de pourpre et les étrilles d'écaillé, les coffrets de cèdre, les spatules d'ivoire. A des cornes d'antilope étaient enfilés des bagues, des bracelets; et des vases d'argile rafraîchissaient au vent, dans la fente du mur, sur un treillage de roseaux. Plusieurs fois il se heurta les pieds, car le sol avait des niveaux de hauteur inégale qui faisaient dans la chambre comme une succession d'appartements. Au fond, des balustres d'argent entouraient un tapis semé de fleurs peintes. Enfin il arriva contre le lit suspendu, près d'un escabeau d'ébène servant à y monter.

La lumière s'arrêtait au bord; et l'ombre, telle qu'un grand rideau, ne découvrait qu'un angle du matelas rouge avec le bout d'un petit pied nu posant sur la cheville. Mâtho tira la lampe, tout doucement.

Elle donnait, la joue dans une main et l'autre bras déplié. Les anneaux de sa chevelure se répandaient autour d'elle si abondamment, qu'elle paraissait couchée sur des plumes noires, et sa large tunique blanche se courbait en molles draperies, jusqu'à ses pieds, suivant les inflexions de sa taille. On apercevait un peu ses yeux, sous ses paupières entre-closes. Les courtines, perpendiculairement tendues, l'enveloppaient d'une atmosphère bleuâtre, et le mouvement de sa respiration, en se communiquant aux cordes, semblait la balancer dans l'air. Un long moustique bourdonnait.

Mâtho, immobile, tenait au bout de son bras la galère d'argent; la moustiquaire s'enflamma d'un seul coup, disparut, et Salammbô se réveilla.

Le feu s'était de soi-même éteint. Elle ne parlait pas. La lampe faisait osciller sur les lambris de grandes moires lumineuses.

— Qu'est-ce donc? dit-elle. Il répondit:

— C'est le voile de la Déesse!

— Le voile de la Déesse! s'écria Salammbô. Et appuyée sur les deux poings, elle se penchait en dehors toute frémissante. Il reprit:

— J'ai été le chercher pour toi dans les profondeurs du sanctuaire! Regarde!

Le zaïmph étincelait tout couvert de rayons.

— T'en souviens-tu? disait Mâtho. La nuit, tu apparaissais dans mes songes; mais je ne devinais pas l'ordre muet de tes yeux!

Elle avança un pied sur l'escabeau d'ébène.

— Si j'avais compris, je serais accouru; j'aurais abandonné l'armée; je ne serais pas sorti de Carthage. Pour t'obéir, je descendrais par la caverne d'Hadrumète dans le royaume des Ombres!... Pardonne! c'étaient comme des montagnes qui pesaient sur mes jours; et pourtant quelque chose m'entraînait! Je tâchais de venir jusqu'à toi! Sans les dieux, est-ce que jamais j'aurais osé!... Partons! il faut me suivre! ou, si tu ne veux pas, je vais rester. Que m'importe... Noie mon âme dans le souffle de ton baleine! Que mes lèvres s'écrasent à baiser tes mains!

— Laisse-moi voir! disait-elle. Plus près! plus près!

L'aube se levait, et une couleur vineuse emplissait les feuilles de talc dans les murs. Salammbô s'appuyait en défaillant contre les coussins du lit.

— Je faune! criait Mâtho. Elle balbutia:

— Donne-le!

Et ils se rapprochaient.

Elle s'avançait toujours, vêtue de sa simarre blanche qui traînait, avec ses grands yeux attachés sur le voile.

Mâtho la contemplait, ébloui par les splendeurs de sa tête, et, tendant vers elle le zaïmph, il allait l'envelopper dans une étreinte. Elle écartait les bras. Tout à coup elle s'arrêta, et ils restèrent béants à se regarder.

Sans comprendre ce qu'il sollicitait, une horreur la saisit. Ses sourcils minces remontèrent, ses lèvres s'ouvraient; elle tremblait. Enfin, elle frappa dans une des patères d'airain qui pendaient aux coins du matelas rouge, en criant:

— Au secours! au secours! Arrière, sacrilège! infâme! maudit! A moi, Taanach, Kroûm, Ewa, Micipsa, Schaoûl!

Et la figure de Spendius effarée, apparaissant dans la muraille entre les buires d'argile, jeta ces mots:

— Fuis donc! ils accourent!

Un grand tumulte monta en ébranlant les escaliers, et un flot de monde, des femmes, des valets, des esclaves, s'élancèrent dans la chambre avec des épieux, des casse-tête, des coutelas, des poignards. Ils furent comme paralysés d'indignation en apercevant un homme; les servantes poussaient le hurlement des funérailles, et les eunuques pâlissaient sous leur peau noire.

Mâtho se tenait derrière les balustres. Avec le zaïmph qui l'enveloppait, il semblait un dieu sidéral tout environné du firmament. Les esclaves s'allaient jeter sur lui. Elle les arrêta.

— N'y touchez pas! C'est le manteau de la Déesse!

Elle s'était reculée dans un angle; mais elle fit un pas vers lui, et, allongeant son bras nu:

— Malédiction sur toi qui as dérobé Tanit! Haine, vengeance, massacre et douleur! Que Gurzil, dieu des batailles, te déchire! que Mastiman, dieu des morts, t'étouffe! et que l'Autre,— celui qu'il ne faut pas nommer,— te brûle!

Mâtho poussa un cri comme à la blessure d'une épée. Elle répéta plusieurs fois:

— Va-t'en! va-t'en!

La foule des serviteurs s'écarta, et Mâtho, baissant la tête, passa lentement au milieu d'eux; à la porte il s'arrêta, car la frange du zaïmph s'était accrochée à une des étoiles d'or qui pavaient les dalles. Il le tira brusquement d'un coup d'épaule, et descendit les escaliers.

Spendius, bondissant de terrasse en terrasse et sautant par-dessus les haies, les rigoles, s'était échappé des jardins. Il arriva au pied du phare. Le mur en cet endroit se trouvait abandonné, tant la falaise était inaccessible. Il s'avança jusqu'au bord, se coucha sur le dos, et, les pieds en avant, se laissa glisser tout le long jusqu'en bas; puis il atteignit à la nage le cap des Tombeaux, fit un grand détour par la lagune salée, et, le soir, rentra au camp des Barbares.

Le soleil s'était levé; et, comme un lion qui s'éloigne, Mâtho descendait les chemins, en jetant autour de lui des yeux terribles.

Une rumeur indécise arrivait à ses oreilles. Elle était partie du palais et elle recommençait au loin, du côté de l'Acropole. Les uns disaient qu'on avait pris le trésor de la République dans le temple de Moloch; d'autres parlaient d'un prêtre assassiné. On s'imaginait ailleurs que les Barbares étaient entrés dans la ville.

Mâtho, qui ne savait comment sortir des enceintes, marchait droit devant lui. On l'aperçut; une clameur s'éleva. Tous avaient compris; ce fut une consternation, puis une immense colère.

Du fond des Mappales, des hauteurs de l'Acropole, des catacombes, des bords du lac, la multitude accourut. Les patriciens sortaient de leurs palais, les vendeurs de leurs boutiques; les femmes abandonnaient leurs enfants; on saisit des épées, des haches, des bâtons; mais l'obstacle qui avait empêché Salammbô les arrêta. Comment reprendre le voile? Sa vue seule était un crime; il était de la nature des dieux, et son contact faisait mourir.

Sur le péristyle des temples, les prêtres désespérés se tordaient les bras. Les gardes de la Légion galopaient au hasard; on montait sur les maisons, sur les terrasses, sur l'épaule des colosses et dans la mâture des navires. Il s'avançait cependant, et à chacun de ses pas la rage augmentait, mais la terreur aussi. Les rues se vidaient à son approche, et ce torrent d'hommes qui fuyaient rejaillissait des deux côtés jusqu'au sommet des murailles. Il ne distinguait partout que des yeux grands ouverts comme pour le dévorer, des dents qui claquaient, des poings tendus; et les imprécations de Salammbô retentissaient en se multipliant.

Tout à coup, une longue flèche siffla, puis une autre, et des pierres ronflaient; mais les coups, mal dirigés (car on avait peur d'atteindre le zaïmph), passaient au-dessus de sa tête. D'ailleurs, se faisant du voile un bouclier, il le tendait à droite, à gauche, devant lui, par derrière; et ils n'imaginaient aucun expédient. Il marchait de plus en plus vite, s'engageant par les rues ouvertes. Elles étaient barrées avec des cordes, des chariots, des pièges; à chaque détour il revenait en arrière. Enfin il entra sur la place de Khamon, où les Baléares avaient péri; Mâtho s'arrêta, pâlissant comme quelqu'un qui va mourir. Il était bien perdu, cette fois; la multitude battait des mains.

Il courut jusqu'à la grande porte fermée. Elle était très haute, toute en cœur de chêne, avec des clous de fer et doublée d'airain. Mâtho se jeta contre. Le peuple trépignait de joie, voyant l'impuissance de sa fureur; alors il prit sa sandale, cracha dessus et en souffleta les panneaux immobiles. La ville entière hurla. On oubliait le voile maintenant, et ils allaient l'écraser. Mâtho promena sur la foule de grands yeux vagues. Ses tempes battaient à l'étourdir; il se sentait envahi par l'engourdissement des gens ivres. Tout à coup il aperçut la longue chaîne que l'on tirait pour manœuvrer la bascule de la porte. D'un bond il s'y cramponna, en raidissant ses bras, en s'arc-boutant des pieds; et, a la fin, les battants énormes s'entrouvrirent.

Quand il fut dehors, il retira de son cou le grand zaïmph et l'éleva sur sa tête le plus haut possible. L'étoffé, soutenue par le vent de la mer, resplendissait au soleil avec ses couleurs, ses pierreries et la figure de ses dieux. Mâtho, le portant ainsi, traversa toute la plaine jusqu'aux tentes des soldats, et le peuple, sur les murs, regardait s'en aller la fortune de Carthage.

VI. — HANNON

— J'aurais dû l'enlever! disait-il le soir à Spendius. Il fallait la saisir, l'arracher de sa maison. Personne n'eût osé rien contre moi!

Spendius ne l'écoutait pas. Etendu sur le dos, il se reposait avec délices, près d'une grande jarre pleine d'eau miellée, où de temps à autre il se plongeait la tête pour boire plus abondamment.

Mâtho reprit:

— Que faire?... Comment rentrer dans Carthage?

— Je ne sais, lui dit Spendius.

Cette impassibilité l'exaspérait; il s'écria:

— Eh! la faute vient de toi! Tu m'entraînes, puis tu m'abandonnes, lâche que tu es! Pourquoi donc t'obéirais-je? Te crois-tu mon maître? Ah! prostitueur, esclave, fils d'esclave!

Il grinçait des dents et levait sur Spendius sa large main.

Le Grec ne répondit pas. Un lampadaire d'argile brûlait doucement contre le mât de la tente, où le zaïmph rayonnait dans la panoplie suspendue.

Tout à coup, Mâtho chaussa ses cothurnes, boucla sa jaquette à lames d'airain, prit son casque.

— Où vas-tu! demanda Spendius.

— J'y retourne! Laisse-moi! Je la ramènerai! Et s'ils se présentent, je les écrase comme des vipères! Je la ferai mourir, Spendius!

Il répéta:

— Oui! je la tuerai! tu verras, je la tuerai!

Spendius, qui tendait l'oreille, arracha brusquement le zaïmph et le jeta dans un coin, en accumulant par-dessus des toisons. On entendit un murmure de voix, des torches brillèrent, et Narr'Havas entra, suivi d'une vingtaine d'hommes environ.

Ils portaient des manteaux de laine blanche, de longs poignards, des colliers de cuir, des pendants d'oreilles en bois, des chaussures en peau d'hyène; et, restés sur le seuil, ils s'appuyaient contre leurs lances comme des pasteurs qui se reposent. Narr'Havas était le plus beau de tous; des courroies garnies de perles serraient ses bras minces; le cercle d'or attachant autour de sa tête son large vêtement retenait une plume d'autruche qui lui pendait par derrière l'épaule; un continuel sourire découvrait ses dents; ses yeux semblaient aiguisés comme des flèches, et il y avait dans toute sa personne quelque chose d'attentif et de léger.

Il déclara qu'il venait se joindre aux Mercenaires, car la République menaçait depuis longtemps son royaume. Donc il avait intérêt à secourir les Barbares, et il pouvait aussi leur être utile.

— Je vous fournirai des éléphants (mes forêts en sont pleines), du vin, de l'huile, de l'orge, des dattes, de la poix et du soufre pour les sièges, vingt mille fantassins et dix mille chevaux. Si je m'adresse à toi, Mâtho, c'est que la possession du zaïmph t'a rendu le premier de l'armée.

Il ajouta:

— Nous sommes d'anciens amis, d'ailleurs.

Mâtho considérait Spendius, qui écoutait assis sur les peaux de mouton, tout en faisant avec la tête de petits signes d'assentiment. Narr'Havas parlait. Il attestait les dieux, il maudissait Carthage. Dans ses imprécations, il brisa un javelot. Tous ses hommes à la fois poussèrent un grand hurlement, et Mâtho, emporté par cette colère, s'écria qu'il acceptait l'alliance.

On amena un taureau blanc avec une brebis noire, symbole du jour et symbole de la nuit. On les égorgea au bord d'une fosse. Quand elle fut pleine de sang, ils y plongèrent leurs bras. Puis Narr'Havas étala sa main sur la poitrine de Mâtho, et Mâtho la sienne sur la poitrine de Narr'Havas. Ils répétèrent ce stigmate sur la toile de leurs tentes. Ensuite ils passèrent la nuit à manger, et on brûla le reste des viandes avec la peau, les ossements, les cornes et les ongles.

Une immense acclamation avait salué Mâtho lorsqu'il était revenu portant le voile de la Déesse; ceux mêmes qui n'étaient pas de religion chananéenne sentirent à leur vague enthousiasme qu'un Génie survenait. Quant à chercher à s'emparer du zaïmph, aucun n'y songea; la manière mystérieuse dont il l'avait acquis suffisait, dans l'esprit des Barbares, à en légitimer la possession. Ainsi pensaient les soldats de race africaine. Les autres, dont la haine était moins vieille, ne savaient que résoudre. S'ils avaient eu des navires, ils se seraient immédiatement en allés.

Spendius, Narr'Havas et Mâtho expédièrent des hommes à toutes les tribus du territoire punique.

Carthage exténuait ces peuples. Elle en tirait des impôts exorbitants; et les fers, la hache ou la croix punissaient les retards et jusqu'aux murmures. Il fallait cultiver ce qui convenait à la République, fournir ce qu'elle demandait; personne n'avait le droit de posséder une arme; quand les villages se révoltaient, on vendait les habitants; les gouverneurs étaient estimés comme des pressoirs, d'après la quantité qu'ils faisaient rendre. Puis, au delà des régions directement soumises à Carthage, s'étendaient les alliés ne payant qu'un très médiocre tribut; derrière les alliés vagabondaient les Nomades, qu'on pouvait lâcher sur eux. Par ce système les récoltes étaient toujours abondantes, les haras savamment conduits, les plantations superbes. Le vieux Caton, un maître en fait de labours et d'esclaves, quatre-vingt-douze ans plus tard en fut ébahi, et le cri de mort qu'il répétait dans Rome n'était que l'exclamation d'une jalousie cupide.

Durant la dernière guerre, les exactions avaient redoublé, si bien que les villes de la Libye, presque toutes, s'étaient livrées à Régulus. Pour les punir, on avait exigé d'elles mille talents, vingt mille bœufs, trois cents sacs de poudre d'or, des avances de grains considérables, et les chefs des tribus avaient été mis en croix ou jetés aux lions.

Tunis surtout exécrait Carthage! Plus vieille que la métropole, elle ne lui pardonnait point sa grandeur; elle se tenait en face de ses murs, accroupie dans la fange, au bord de l'eau, comme une bête venimeuse qui la regardait. Les déportations, les massacres et les épidémies ne l'affaiblissaient pas. Elle avait soutenu Archagate, fils d'Agathoclès. Les Mangeurs de choses immondes, tout de suite, y trouvèrent des armes.

Les courriers n'étaient pas encore partis, que dans les provinces une joie universelle éclata. Sans rien attendre, on étrangla dans les bains les intendants des maisons et les fonctionnaires de la République; on retira des cavernes les vieilles armes que l'on cachait; avec le fer des charrues on forgea des épées; les enfants sur les portes aiguisaient des javelots, et les femmes donnèrent leurs colliers, leurs bagues, leurs pendants d'oreilles, tout ce qui pouvait servir à la destruction de Carthage. Chacun y voulait contribuer. Les paquets de lances s'amoncelaient dans les bourgs, comme des gerbes de maïs. On expédia des bestiaux et de l'argent. Mâtho paya vite aux Mercenaires l'arrérage de leur solde; et cette idée de

Spendius le fit nommer général en chef, schalischim des Barbares.

En même temps, les secours d'hommes affluaient. D'abord parurent les gens de la race autochtone, puis les esclaves des campagnes. Des caravanes de Nègres furent saisies, on les arma, et des marchands qui venaient à Carthage, dans l'espoir d'un profit plus certain, se mêlèrent aux Barbares. Il arrivait incessamment des bandes nombreuses. Des hauteurs de l'Acropole on voyait l'armée qui grossissait.

Sur la plate-forme de l'aqueduc les gardes de la Légion étaient postés en sentinelles; et près d'eux, de distance en distance, s'élevaient des cuves en airain où bouillonnaient des flots d'asphalte. En bas, dans la plaine, la grande foule s'agitait tumultueusement. Ils étaient incertains, éprouvant cet embarras que la rencontre des murailles inspire toujours aux Barbares.

Utique et Hippo-Zaryte refusèrent leur alliance. Colonies phéniciennes comme Carthage, elles se gouvernaient elles-mêmes, et, dans les traités que concluait la République, faisaient chaque fois admettre des clauses pour les en distinguer. Cependant elles respectaient cette sœur plus forte, qui les protégeait, et elles ne croyaient point qu'un amas de Barbares fût capable de la vaincre; ils seraient au contraire exterminés. Elles désiraient rester neutres et vivre tranquilles.

Mais leur position les rendait indispensables.

Utique, au fond d'un golfe, était commode pour amener dans Carthage les secours du dehors. Si Utique seule était prise, Hippo-Zaryte, à six heures plus loin sur la côte, la remplacerait, et la métropole, ainsi ravitaillée, se trouverait inexpugnable.

Spendius voulait qu'on entreprît le siège immédiatement. Narr'Havas s'y opposa; il fallait d'abord se porter sur la frontière. C'était l'opinion des vétérans, celle de Mâtho lui-même, et il fut décidé que Spendius irait attaquer Utique, Mâtho Hippo-Zaryte; le troisième corps d'armée, s'appuyant à Tunis, occuperait la plaine de Carthage;

Autharite s'en chargea. Quant à Narr'Havas, il devait retourner dans son royaume pour y prendre des éléphants, et avec sa cavalerie battre les routes.

Les femmes crièrent bien fort à cette décision; elles convoitaient les bijoux des dames puniques. Les Libyens aussi réclamèrent. On les avait appelés contre Carthage, et voilà qu'on s'en allait. Les soldats presque seuls partirent. Mâtho commandait ses compagnons avec les Ibériens, les Lusitaniens, les hommes de l'Occident et des îles, et tous ceux qui parlaient grec avaient demandé Spendius, à cause de son esprit.

La stupéfaction fut grande quand on vit l'armée se mouvoir tout à coup; puis elle s'allongea sous la montagne de l'Ariane, par le chemin d'Utique, du côté de la mer. Un tronçon demeura devant Tunis, le reste disparut, et il reparut sur l'autre bord du golfe, à la lisière du bois, où il s'enfonça.

Ils étaient quatre-vingt mille hommes, peut-être. Les deux cités tyriennes ne résisteraient pas; ils reviendraient sur Carthage. Déjà une armée considérable l'entamait, en occupant l'isthme par la base, et bientôt elle périrait affamée, car on ne pouvait vivre sans l'auxiliaire des provinces, les citoyens ne payant pas, comme à Rome, des contributions. Le génie politique manquait à Carthage. Son étemel souci du gain l'empêchait d'avoir cette prudence que donnent les ambitions plus hautes. Galère ancrée sur le sable libyque, elle s'y maintenait à force de travail. Les nations, comme des flots, mugissaient autour d'elle, et la moindre tempête ébranlait cette formidable machine.

Le trésor se trouvait épuisé par la guerre romaine et par tout ce qu'on avait gaspillé, perdu, tandis qu'on marchandait les Barbares. Cependant il fallait des soldats, et pas un gouvernement ne se fiait à la République! Ptolémée naguère lui avait refusé deux mille talents. D'ailleurs, le rapt du voile les décourageait. Spendius l'avait bien prévu.

Mais ce peuple, qui se sentait haï, étreignait sur son cœur son argent et ses dieux; et son patriotisme était entretenu par la constitution même de son gouvernement.

D'abord, le pouvoir dépendait de tous sans qu'aucun fût assez fort pour l'accaparer. Les dettes particulières étaient considérées comme dettes publiques, les hommes de race chananéenne avaient le monopole du commerce; en multipliant les bénéfices de la piraterie par ceux de l'usure, en exploitant rudement les terres, les esclaves et les pauvres, quelquefois on arrivait à la richesse. Seule, elle ouvrait toutes les magistratures; et bien que la puissance et l'argent se perpétuassent dans les mêmes familles, on tolérait l'oligarchie, parce qu'on avait l'espoir d'y atteindre.

Les sociétés de commerçants, où l'on élaborait les lois, choisissaient les inspecteurs des finances, qui, au sortir de leur charge, nommaient les cent membres du Conseil des Anciens, dépendant eux-mêmes de la Grande Assemblée, réunion générale de tous les Riches. Quant aux deux suffètes, à ces restes de rois, moindres que des consuls, ils étaient pris le même jour dans deux familles distinctes. On les divisait par toutes sortes de haines, pour qu'ils s'affaiblissent réciproquement. Ils ne pouvaient délibérer sur la guerre; et, quand ils étaient vaincus, le Grand Conseil les crucifiait.

Donc la force de Carthage émanait des Syssites, c'est-à-dire d'une grande cour au centre de Malqua, à l'endroit, disait-on, où avait abordé la première barque de matelots phéniciens, la mer depuis lors s'étant beaucoup retirée. C'était un assemblage de petites chambres d'une architecture archaïque, en troncs de palmier, avec des encoignures de pierre, et séparées les unes des autres pour recevoir isolément les différentes compagnies. Les Riches se tassaient là tout le jour pour débattre leurs intérêts et ceux du gouvernement, depuis la recherche du poivre jusqu'à l'extermination de Rome. Trois fois par lune ils faisaient monter leurs lits sur la haute terrasse bordant le mur de la cour; et d'en bas on les apercevait attablés dans les airs, sans cothurnes et sans manteaux, avec les diamants de leurs doigts qui se promenaient sur les viandes et leurs grandes boucles d'oreilles qui se penchaient entre les buires, tous forts et gras, à moitié nus, heureux, riant et mangeant en plein azur, comme de gros requins qui s'ébattent dans la mer.

Mais à présent ils ne pouvaient dissimuler leurs inquiétudes, ils étaient trop pâles; la foule qui les attendait aux portes, les escortait jusqu'à leurs palais pour en tirer quelque nouvelle. Comme par les temps de peste, toutes les maisons étaient fermées; les rues s'emplissaient, se vidaient soudain; on montait à l'Acropole; on courait vers le port; chaque nuit le Grand Conseil délibérait. Enfin le peuple fut convoqué sur la place de Khamon, et l'on décida de s'en remettre à Hannon, le vainqueur d'Hécatompyle.

C'était un homme dévot, rusé, impitoyable aux gens d'Afrique, un vrai Carthaginois. Ses revenus égalaient ceux des Barca. Personne n'avait une telle expérience dans les choses de l'administration.

Il décréta l'enrôlement de tous les citoyens valides, il plaça des catapultes sur les tours, il exigea des provisions d'armes exorbitantes, il ordonna même la construction de quatorze galères dont on n'avait pas besoin; et il voulut que tout fût enregistré, soigneusement écrit. Il se faisait transporter à l'arsenal, au phare, dans le trésor des temples; on apercevait toujours sa grande litière qui, en se balançant de gradin en gradin, montait les escaliers de l'Acropole. Dans son palais, la nuit, comme il ne pouvait dormir, pour se préparer à la bataille, il hurlait, d'une voix terrible, des manœuvres de guerre.

Tout le monde, par excès de terreur, devenait brave. Les Riches, dès le chant des coqs, s'alignaient le long des Mappales; et, retroussant leurs robes, ils s'exerçaient à manier la pique. Mais, faute d'instructeur, on se disputait. Ils s'asseyaient essoufflés sur les tombes, puis recommençaient. Plusieurs même s'imposèrent un régime. Les uns, s'imaginant qu'il fallait beaucoup manger pour acquérir des forces, se gorgeaient, et d'autres, incommodés par leur corpulence, s'exténuaient de jeûnes pour se faire maigrir.

Utique avait déjà réclamé plusieurs fois les secours de Carthage. Mais Hannon ne voulait point partir tant que le dernier écrou manquait aux machines de guerre. Il perdit encore trois lunes à équiper les cent douze éléphants qui logeaient dans les remparts: c'étaient les vainqueurs de Régulus; le peuple les chérissait; on ne pouvait trop bien agir envers ces vieux amis.

Hannon fit refondre les plaques d'airain dont on garnissait leur poitrail, dorer leurs défenses, élargir leurs tours, et tailler dans la pourpre la plus belle des caparaçons bordés de franges très lourdes. Enfin, comme on appelait leurs conducteurs des Indiens (d'après les premiers, sans doute, venus des Indes), il ordonna que tous fussent costumés à la mode indienne, c'est-à-dire avec bourrelet blanc autour des tempes et un petit caleçon de byssus qui formait, par ses plis transversaux, comme les deux valves d'une coquille appliquée sur les hanches.

L'armée d'Autharite restait toujours devant Tunis. Elle se cachait derrière un mur fait avec la boue du lac et défendu au sommet par des broussailles épineuses. Des Nègres y avaient planté çà et là, sur de grands bâtons, d'effroyables figures, masques humains composés avec des plumes d'oiseaux, des têtes de chacals ou de serpents, qui bâillaient vers l'ennemi pour l'épouvanter; et, par ce moyen, s'estimant invincibles, les Barbares dansaient, luttaient, jonglaient, convaincus que Carthage ne tarderait pas à périr. Un autre qu'Hannon eût écrasé facilement cette multitude qu'embarrassaient des bestiaux et des femmes. D'ailleurs, ils ne comprenaient aucune manœuvre, et Autharite découragé n'en exigeait plus rien.

Ils s'écartaient, quand il passait en roulant ses gros yeux bleus. Puis, arrivé au bord du lac, il retirait son sayon en peau de phoque, dénouait la corde qui attachait ses longs cheveux rouges et les trempait dans l'eau. Il regrettait de n'avoir pas déserté chez les Romains avec les deux mille Gaulois du temple d'Eryx.

Souvent, au milieu du jour, le soleil perdait ses rayons tout à coup. Alors le golfe et la pleine mer semblaient immobiles comme du plomb fondu. Un nuage de poussière brune, perpendiculairement étalé, accourait en tourbillonnant; les palmiers se courbaient, le ciel disparaissait, on entendait rebondir des pierres sur la croupe des animaux; et le Gaulois, les lèvres collées contre les trous de sa tente, râlait d'épuisement et de mélancolie. Il songeait à la senteur des pâturages par les matins d'automne, à des flocons de neige, aux beuglements des aurochs perdus dans le brouillard; et, fermant ses paupières, il croyait apercevoir les feux des longues cabanes, couvertes de paille, trembler sur les marais, au fond des bois.

D'autres que lui regrettaient la patrie, bien qu'elle ne fût pas aussi lointaine. Les Carthaginois captifs pouvaient distinguer au delà du golfe, sur les pentes de Byrsa, les vélariums de leurs maisons, étendus dans les cours. Mais des sentinelles marchaient autour d'eux, perpétuellement. On les avait tous attachés à une chaîne commune. Chacun portait un carcan de fer, et la foule ne se fatiguait pas de venir les regarder. Les femmes montraient aux petits enfants leurs belles robes en lambeaux qui pendaient sur leurs membres amaigris.

Toutes les fois qu'Autharite considérait Giscon, une fureur le prenait au souvenir de son injure; il l'eût tué sans le serment qu'il avait fait à Narr'Havas. Alors il rentrait dans sa tente, buvait un mélange d'orge et de cumin jusqu'à s'évanouir d'ivresse, puis se réveillait au grand soleil, dévoré par une soif horrible.

Mâtho cependant assiégeait Hippo-Zaryte. Mais la ville était protégée par un lac communiquant avec la mer. Elle avait trois enceintes, et sur les hauteurs qui la dominaient se développait un mur fortifié de tours. Jamais il n'avait commandé de pareilles entreprises. Puis la pensée de Salammbô l'obsédait, et il rêvait dans les plaisirs de sa beauté, comme les délices d'une vengeance qui le transportait d'orgueil. C'était un besoin de la revoir âcre, furieux, permanent. Il songea même à s'offrir comme parlementaire, espérant qu'une fois dans Carthage, il parviendrait jusqu'à elle. Souvent il faisait sonner l'assaut, et, sans rien attendre, s'élançait sur le môle qu'on tâchait d'établir dans la mer. Il arrachait les pierres avec ses mains, bouleversait, frappait, enfonçait partout son épée. Les Barbares se précipitaient pêle-mêle; les échelles rompaient avec un grand fracas, et des masses d'hommes s'écroulaient dans l'eau qui rejaillissait en flots rouges contre les murs; le tumulte s'affaiblissait, et les soldats s'éloignaient pour recommencer.

Mâtho allait s'asseoir en dehors des tentes; il essuyait avec son bras sa figure éclaboussée de sang, et, tourné vers Carthage, il regardait l'horizon.

En face de lui, dans les oliviers, les palmiers, les myrtes et les platanes, s'étalaient deux larges étangs qui rejoignaient un autre lac dont on n'apercevait pas les contours. Derrière une montagne surgissaient d'autres montagnes, et, au milieu du lac immense, se dressait une île toute noire et de forme pyramidale. Sur la gauche, à l'extrémité du golfe, des tas de sables semblaient de grandes vagues blondes arrêtées, tandis que la mer, plate comme un dallage de lapis-lazuli, montait insensiblement jusqu'au bord du ciel. La verdure de la campagne disparaissait par endroits sous de longues plaques jaunes; des caroubes brillaient comme des boutons de corail; des pampres retombaient du sommet des sycomores; on entendait le murmure de l'eau; des alouettes huppées sautaient, et les derniers feux du soleil doraient la carapace des tortues, sortant des joncs pour aspirer la brise.

Mâtho poussait de grands soupirs. Il se couchait à plat ventre; il enfonçait ses ongles dans la terre et il pleurait; il se sentait misérable, chétif, abandonné. Jamais il ne la posséderait. Il ne pouvait même s'emparer d'une ville.

La nuit, seul, dans sa tente, il contemplait le zaïmph. A quoi cette chose des dieux lui servait-elle? et des doutes survenaient dans la pensée du Barbare. Puis il lui semblait au contraire que le vêtement de la Déesse dépendait de Salammbô, et qu'une partie de son âme y flottait plus subtile qu'une baleine; et il le palpait, le humait, s'y plongeait le visage, le baisait en sanglotant. Il s'en recouvrait les épaules pour se faire illusion et se croire auprès d'elle.

Quelquefois il s'échappait tout à coup, enjambait les soldats qui dormaient, roulés dans leurs manteaux, s'élançait sur un cheval, et, deux heures après, se trouvait à Utique dans la tente de Spendius.

D'abord, il parlait du siège; mais il n'était venu que pour soulager sa douleur en causant de Salammbô; Spendius l'exhortait à la sagesse.

— Repousse de ton âme ces misères qui la dégradent! Tu obéissais autrefois; à présent tu commandes une armée, et, si Carthage n'est pas conquise, du moins on nous accordera des provinces, nous deviendrons des rois!

Mais comment la possession du zaïmph ne leur donnait-elle pas la victore? D'après Spendius, il fallait attendre.

Mâtho s'imagina que le voile concernait exclusivement les hommes de race chananéenne, et, dans sa subtilité de Barbare, il se disait: « Donc le zaïmph ne fera rien pour moi; mais, puisqu'ils l'ont perdu, il ne fera rien pour eux. »

Ensuite, un scrupule le troubla. Il avait peur, en adorant Aptouknos, le dieu des Libyens, d'offenser Moloch; et il demanda timidement à Spendius auquel des deux il serait bon de sacrifier un homme.

— Sacrifie toujours! dit Spendius, en riant.

Mâtho, qui ne comprenait point cette indifférence, soupçonna le Grec d'avoir un génie dont il ne voulait pas parler.

Tous les cultes, comme toutes les races, se rencontraient dans ces armées de Barbares, et l'on considérait les dieux des autres, car ils effrayaient aussi.

Plusieurs mêlaient à leur religion natale des pratiques étrangères. On avait beau ne pas adorer les étoiles, telle constellation étant funeste ou secourable, on lui faisait des sacrifices; une amulette inconnue, trouvée par hasard dans un péril, devenait une divinité; ou bien c'était un nom, rien qu'un nom, et que l'on répétait sans même chercher à comprendre ce qu'il pouvait dire. Mais, à force d'avoir pillé des temples, vu quantité de nations et d'égorgements, beaucoup finissaient par ne plus croire qu'au destin et à la mort; et chaque soir ils s'endormaient dans la placidité des bêtes féroces. Spendius aurait craché sur les images de Jupiter Olympien; cependant il redoutait de parler haut dans les ténèbres, et il ne manquait pas, tous les jours, de se chausser d'abord du pied droit.

Il élevait, en face d'Utique, une longue terrasse quadrangulaire. Mais, à mesure qu'elle montait, le rempart grandissait aussi; ce qui était abattu par les uns, presque immédiatement se trouvait relevé par les autres. Spendius ménageait ses hommes, rêvait des plans; il tâchait de se rappeler les stratagèmes qu'il avait entendu raconter dans ses voyages. Pourquoi Narr'Havas ne revenait-il pas? On était plein d'inquiétudes.

Hannon avait terminé ses apprêts. Par une nuit sans lune, il fit, sur des radeaux, traverser à ses éléphants et à ses soldats le golfe de Carthage. Puis ils tournèrent la montagne des Eaux-Chaudes pour éviter Autharite, et continuèrent avec tant de lenteur qu'au lieu de surprendre les Barbares un matin, comme avait calculé le Suffète, on n'arriva qu'en plein soleil, dans la troisième journée.

Utique avait, du côté de l'orient, une plaine qui s'étendait jusqu'à la grande lagune de Carthage; derrière elle débouchait à angle droit une vallée comprise entre deux basses montagnes s'interrompant tout à coup; les Barbares s'étaient campés plus loin sur la gauche, de manière à bloquer le port; et ils dormaient dans leurs tentes (car ce jour-là les deux partis, trop las pour combattre, se reposaient), lorsque, au tournant des collines, l'armée carthaginoise parut.

Des goujats munis de frondes étaient espacés sur les ailes. Les gardes de la Légion, sous leurs armures en écailles d'or, formaient la première ligne, avec leurs gros chevaux sans crinière, sans poil, sans oreilles, et qui avaient au milieu du front une corne d'argent pour les faire ressembler à des rhinocéros. Entre leurs escadrons, des jeunes gens, coiffés d'un petit casque, balançaient dans chaque main un javelot de frêne; les longues piques de la lourde infanterie s'avançaient par derrière. Tous ces marchands avaient accumulé sur leurs corps le plus d'armes possible: on en voyait qui portaient à la fois une lance, une hache, une massue, deux glaives; d'autres, comme des porcs-épics, étaient hérissés de dards, et leurs bras s'écartaient de leurs cuirasses en lames de corne ou en plaques de fer. Enfin apparurent les échafaudages des hautes machines: carrobalistes, onagres, catapultes et scorpions, oscillant sur des chariots tirés par des mulets et des quadriges de bœufs; et à mesure que l'armée se développait, les capitaines, en haletant, couraient de droite et de gauche pour communiquer des ordres, faire joindre les files et maintenir les intervalles. Ceux des Anciens qui commandaient étaient venus avec des casaques de pourpre dont les franges magnifiques s'embarrassaient dans les courroies de leurs cothurnes. Leurs visages, tout barbouillés de vermillon, reluisaient sous des casques énormes surmontés de dieux; et, comme ils avaient des boucliers à bordure d'ivoire couverte de pierreries, on aurait dit des soleils qui passaient sur des murs d'airain.

Les Carthaginois manœuvraient si lourdement que les soldats, par dérision, les engagèrent à s'asseoir. Ils criaient qu'ils allaient tout à l'heure vider leurs gros ventres, épousseter la dorure de leur peau et leur faire boire du fer.

Au haut du mât planté devant la tente de Spendius, un lambeau de toile verte apparut: c'était le signal. L'armée carthaginoise y répondit par un grand tapage de trompettes, de cymbales, de flûtes en os d'âne et de tympanons. Déjà les Barbares avaient sauté en dehors des palissades. On était à portée de javelot, face à face.

Un frondeur baléare s'avança d'un pas, posa dans sa lanière une de ses balles d'argile, tourna son bras; un bouclier d'ivoire éclata, et les deux armées se mêlèrent.

Avec la pointe des lances, les Grecs, en piquant les chevaux aux naseaux, les firent se renverser sur leurs maîtres. Les esclaves qui devaient lancer des pierres les avaient prises trop grosses; elles retombèrent près d'eux. Les fantassins puniques, en frappant de taille avec leurs longues épées, se découvraient le flanc droit. Les Barbares enfoncèrent leurs lignes; ils les égorgeaient à plein glaive; ils trébuchaient sur les moribonds et les cadavres, tout aveuglés par le sang qui leur jaillissait au visage. Ce tas de piques, de casques, de cuirasses, d'épées et de membres confondus tournait sur soi-même, s'élargissant et se serrant avec des contractions élastiques. Les cohortes carthaginoises se trouèrent de plus en plus, leurs machines ne pouvaient sortir des sables; enfin la litière du Suffète (sa grande litière à pendeloques de cristal), que l'on apercevait, depuis le commencement, balancée dans les soldats comme une barque sur les flots, tout à coup sombra. Il était mort sans doute? Les Barbares se trouvèrent seuls.

La poussière autour d'eux tombait et ils commençaient à chanter, lorsque Hannon lui-même parut au haut d'un éléphant. Il était nu-tête, sous un parasol de byssus, que portait un nègre derrière lui. Son collier à plaques bleues battait sur les fleurs de sa tunique noire; des cercles de diamants comprimaient ses bras, et la bouche ouverte, il brandissait une pique démesurée, épanouie par le bout comme un lotus et plus brillante qu'un miroir.

Aussitôt la terre s'ébranla, et les Barbares virent accourir, sur une seule ligne, tous les éléphants de Carthage avec leurs défenses dorées, les oreilles peintes en bleu, revêtus de bronze, et secouant par-dessus leurs caparaçons d'écarlate des tours de cuir, où dans chacune trois archers tenaient un grand arc ouvert.

A peine si les soldats avaient leurs armes; ils s'étaient rangés au hasard. Une terreur les glaça; ils restèrent indécis.

Déjà du haut des tours on leur jetait des javelots, des flèches, des phalariques, des masses de plomb; quelques-uns, pour y monter, se cramponnaient aux franges des caparaçons. Avec des coutelas on leur abattait les mains, et ils tombaient à la renverse sur les glaives tendus. Les piques trop faibles se rompaient, les éléphants passaient dans les phalanges comme des sangliers dans des touffes d'herbes; ils arrachèrent les pieux du camp avec leurs trompes, le traversèrent d'un bout à l'autre en renversant les tentes sous leurs poitrails; tous les Barbares avaient fui. Ils se cachaient dans les collines qui bordent la vallée par où les Carthaginois étaient venus.

Hannon, vainqueur, se présenta devant les portes d'Utique. Il fit sonner de la trompette. Les trois Juges de la ville parurent, au sommet d'une tour, dans la baie des créneaux.

Les gens d'Utique ne voulaient point recevoir chez eux des hôtes aussi bien armés. Hannon s'emporta. Enfin ils consentirent à l'admettre avec une faible escorte.

Les rues se trouvèrent trop étroites pour les éléphants. Il fallut les laisser dehors.

Dès que le Suffète fut dans la ville, les principaux le vinrent saluer. Il se fit conduire aux étuves, et appela ses cuisiniers.

Trois heures après, il était encore enfoncé dans l'huile de cinnamome dont on avait rempli la vasque; et, tout en se baignant, il mangeait, sur une peau de bœuf étendue, des langues de phénicoptères avec des graines de pavot assaisonnées au miel. Près de lui, son médecin grec, immobile dans une longue robe jaune, faisait de temps à autre réchauffer l'étuve, et deux jeunes garçons, penchés sur les marches du bassin, lui frottaient les jambes. Mais les soins de son corps n'arrêtaient pas son amour de la chose publique, car il dictait une lettre pour le Grand Conseil, et, comme on venait de faire des prisonniers, il se demandait quel châtiment terrible inventer.

— Arrête! dit-il à un esclave qui écrivait, debout, dans le creux de sa main. Qu'on m'en amène! Je veux les voir.

Et du fond de la salle emplie d'une vapeur blanchâtre où les torches jetaient des taches rouges, on poussa trois Barbares: un Samnite, un Spartiate et un Cappadocien.

— Continue! dit Hannon.

— Réjouissez-vous, lumière des Baals! votre Suffète a exterminé les chiens voraces! Bénédictions sur la République! Ordonnez des prières!

Il aperçut les captifs, et alors éclatant de rire:

— Ah! Ah! mes braves de Sicca! Vous ne criez plus si fort aujourd'hui! C'est moi! Me reconnaissez-vous? Où sont donc vos épées? Quels hommes terribles, vraiment!

Et il feignait de se vouloir cacher, comme s'il en avait eu peur.

— Vous demandiez des chevaux, des femmes, des terres, des magistratures, sans doute, et des sacerdoces! Pourquoi pas? Eh bien, je vous en fournirai, des terres, et dont jamais vous ne sortirez! On vous mariera à des potences toutes neuves! Votre solde? on vous la fondra dans la bouche en lingots de plomb! et je vous mettrai à de bonnes places, très hautes, au milieu des nuages, pour être rapprochés des aigles!

Les trois Barbares, chevelus et couverts de guenilles, le regardaient sans comprendre ce qu'il disait. Blessés aux genoux, on les avait saisis en leur jetant des cordes, et les grosses chaînes de leurs mains traînaient, par le bout, sur les dalles. Hannon s'indigna de leur impassibilité.

— A genoux! à genoux! chacals! poussière! vermine! excréments! Et ils ne répondent pas! Assez! taisez-vous! Qu'on les écorche vifs! Non! tout à l'heure!

Il soufflait comme un hippopotame, en roulant ses yeux. L'huile parfumée débordait sous la masse de son corps, et se collant contre les écailles de sa peau, à la lueur des torches, la faisait paraître rose.

Il reprit:

— Nous avons, pendant quatre jours, grandement souffert du soleil. Au passage du Macar, des mulets se sont perdus. Malgré leur position, le courage extraordinaire... Ah! Demonades! comme je souffre! Qu'on réchauffe les briques, et qu'elles soient rouges!

On entendit un bruit de râteaux et de fourneaux. L'encens fuma plus fort dans les larges cassolettes, et les masseurs tout nus, qui suaient comme des éponges, lui écrasèrent sur les articulations une pâte composée avec du froment, du soufre, du vin noir, du lait de chienne, de la myrrhe, du galbanum et du styrax. Une soif incessante le dévorait; l'homme vêtu de jaune ne céda pas à cette envie, et, lui tendant une coupe d'or où fumait un bouillon de vipère:

— Bois! dit-il, pour que la force des serpents, nés du soleil, pénètre dans la moelle de tes os, et prends courage, ô reflet des dieux. Tu sais d'ailleurs qu'un prêtre d'Eschmoûn observe autour du Chien les étoiles cruelles d'où dérive ta maladie. Elles pâlissent comme les macules de ta peau, et tu n'en dois pas mourir.

— Oh! oui, n'est-ce pas? répéta le Suffète, je n'en dois pas mourir!

Et de ses lèvres violacées s'échappait une haleine plus nauséabonde que l'exhalaison d'un cadavre. Deux charbons semblaient brûler à la place de ses yeux, qui n'avaient plus de sourcils; un amas de peau rugueuse lui pendait sur le front; ses deux oreilles, en s'écartant de sa tête, commençaient à grandir et les rides profondes qui formaient des demi-cercles autour de ses narines, lui donnaient un aspect étrange et effrayant, l'air d'une bête farouche. Sa voix dénaturée ressemblait à un rugissement; il dit:

— Tu as peut-être raison, Demonades? En effet, voilà bien des ulcères qui se sont fermés. Je me sens robuste. Tiens! regarde comme je mange!

Et moins par gourmandise que par ostentation, et pour se prouver à lui-même qu'il se portait bien, il entamait les farces de fromage et d'origan, les poissons désossés, les courges, les huîtres, avec des œufs, des raiforts, des truffes et des brochettes de petits oiseaux. Tout en regardant les prisonniers, il se délectait dans l'imagination de leur supplice. Cependant il se rappelait Sicca, et la rage de toutes ses douleurs s'exhalait en injures contre ces trois hommes.

— Ah! traîtres! ah! misérables! infâmes! maudits! Et vous m'outragiez, moi! moi! le Suffète! Leurs services, le prix de leur sang, comme ils disent! Ah! oui! leur sang! leur sang!

Puis, se parlant à lui-même:

— Tous périront! on n'en vendra pas un seul! Il vaudrait mieux les conduire à Carthage! on me verrait... mais je n'ai pas, sans doute, emporté assez de chaînes? Écris: Envoyez-moi... Combien sont-ils? qu'on aille le demander à Muthumbal! Va! pas de pitié! et qu'on m'apporte dans des corbeilles toutes leurs mains coupées!

Mais des cris bizarres, à la fois rauques et aigus, arrivaient dans la salle, par-dessus la voix d'Hannon et le retentissement des plats que l'on posait autour de lui. Ils redoublèrent, et tout à coup le barrissement furieux des éléphants éclata, comme si la bataille recommençait. Un grand tumulte entourait la ville.

Les Carthaginois n'avaient point cherché à poursuivre les Barbares. Ils s'étaient établis au pied des murs, avec leurs bagages, leurs valets, tout leur train de satrapes; et ils se réjouissaient sous leurs belles tentes à bordures de perles, tandis que le camp des Mercenaires ne faisait plus dans la plaine qu'un amas de ruines. Spendius avait repris son courage. Il expédia Zarxas vers Mâtho, parcourut les bois, rallia ses hommes (les pertes n'étaient pas considérables), et enragés d'avoir été vaincus sans combattre, ils reformaient leurs lignes, quand on découvrit une cuve de pétrole abandonnée sans doute par les Carthaginois. Alors Spendius fit enlever des porcs dans les métairies, les barbouilla de bitume, y mit le feu et les poussa vers Utique.

Les éléphants, effrayés par ces flammes, s'enfuirent. Le terrain montait, on leur jetait des javelots, ils revinrent en arrière; et à grands coups d'ivoire et sous leurs pieds, ils éventaient les Carthaginois, les étouffaient, les aplatissaient. Derrière eux, les Barbares descendaient la colline; le camp punique, sans retranchements, dès la première charge, fut saccagé, et les Carthaginois se trouvèrent écrasés contre les portes, car on ne voulut pas les ouvrir dans la peur des Mercenaires.

Le jour se levait; du côté de l'occident, arrivèrent les fantassins de Mâtho. En même temps des cavaliers parurent; c'était Narr'Havas avec ses Numides. Sautant par-dessus les ravins et les buissons, ils forçaient les fuyards comme des lévriers qui chassent des lièvres. Ce changement de fortune interrompit le Suffète. Il cria pour qu'on vînt l'aider à sortir de l'étuve.

Les trois captifs étaient toujours devant lui. Un nègre (le même qui, dans la bataille, portait son parasol) se pencha vers son oreille.

— Eh bien?... répondit le Suffète lentement. Ah! tue-les! ajouta-t-il d'un ton brusque.

L'Ethiopien tira de sa ceinture un long poignard, et les trois têtes tombèrent. Une d'elles, en rebondissant parmi les épluchures du festin, alla sauter dans la vasque, et elle y flotta quelque temps, la bouche ouverte, les yeux fixes. Les lueurs du matin entraient par les fentes du mur; les trois corps, couchés sur leur poitrine, ruisselaient à gros bouillons comme trois fontaines, et une nappe de sang coulait sur les mosaïques, sablées de poudre bleue. Le Suffète trempa sa main dans cette fange toute chaude, et il s'en frotta les genoux: c'était un remède.

Le soir venu, il s'échappa de la ville avec son escorte, puis s'engagea dans la montagne pour rejoindre son armée.

Il parvint à en retrouver les débris.

Quatre jours après, il était à Gorza, sur le haut d'un défilé, quand les troupes de Spendius se présentèrent en bas. Vingt bonnes lances, en attaquant le front de leur colonne, les eussent facilement arrêtées; les Carthaginois les regardèrent passer tout stupéfaits. Hannon reconnut à l'arrière-garde le rois des Numides; Narr'Havas s'inclina pour le saluer, en faisant un signe qu'il ne comprit pas.

On s'en revint à Carthage avec toutes sortes de terreurs. On marchait la nuit seulement; le jour on se cachait dans les bois d'oliviers. A chaque étape quelques-uns mouraient; ils se crurent perdus plusieurs fois. Enfin ils atteignirent le cap Hermaeum, où des vaisseaux vinrent les prendre.

Hannon était si fatigué, si désespéré, la perte des éléphants surtout l'accablait, qu'il demanda, pour en finir, du poison à Demonades. D'ailleurs, il se sentait déjà tout étendu sur sa croix.

Carthage n'eut pas la force de s'indigner contre lui. On avait perdu quatre cent mille neuf cent soixante-douze shekels d'argent, quinze mille six cent vingt-trois shekels d'or, dix-huit éléphants, quatorze membres du Grand Conseil, trois cents Riches, huit mille citoyens, du blé pour trois lunes, un bagage considérable et toutes les machines de guerre! La défection de Narr'Havas était certaine, les deux sièges recommençaient. L'armée d'Autharite s'étendait maintenant de Tunis à Rhadès. Du haut de l'Acropole, on apercevait dans la campagne de longues fumées montant jusqu'au ciel; c'étaient les châteaux des Riches qui brûlaient.

Un homme, seul, aurait pu sauver la République. On se repentait de l'avoir méconnu, et le parti de la paix, lui-même, vota des holocaustes pour le retour d'Hamilcar.

La vue du zaïmph avait bouleversé Salammbô. Elle croyait, la nuit, entendre les pas de la Déesse, et elle se réveillait épouvantée en jetant des cris. Elle envoyait tous les jours porter de la nourriture dans les temples. Taanach se fatiguait à exécuter ses ordres, et Schahabarim ne la quittait plus.

VII. — HAMILCAR BARCA

L'Annonciateur des Lunes qui veillait toutes les nuits au haut du temple d'Eschmoûn pour signaler avec sa trompette les agitations de l'astre, aperçut un matin, du côté de l'occident quelque chose de semblable à un oiseau frôlant de ses longues ailes la surface de la mer.

C'était un navire à trois rangs de rames; il y avait à la proue un cheval sculpté. Le soleil se levait; l'Annonciateur des Lunes mit sa main devant les yeux; puis saisissant à pleins bras son clairon, il poussa sur Carthage un grand cri d'airain.

De toutes les maisons des gens sortirent; on ne voulait pas en croire les paroles, on se disputait, le môle était couvert de peuple. Enfin on reconnut la trirème d'Hamilcar.

Elle s'avançait d'une façon orgueilleuse et farouche, l'antenne toute droite, la voile bombée dans la longueur du mât, en fendant l'écume autour d'elle; ses gigantesques avirons battaient l'eau en cadence; de temps à autre l'extrémité de sa quille, faite comme un soc de charrue, apparaissait, et sous l'éperon qui terminait sa proue, le cheval à tête d'ivoire, en dressant ses deux pieds, semblait courir sur les plaines de la mer.

Autour du promontoire, comme le vent avait cessé, la voile tomba, et l'on aperçut auprès du pilote un homme debout, tête nue; c'était lui, le suffète Hamilcar! Il portait autour des flancs des lames de fer qui reluisaient; un manteau rouge s'attachant à ses épaules laissait voir ses bras; deux perles très longues pendaient à ses oreilles, et il baissait sur sa poitrine sa barbe noire touffue.

Cependant la galère, ballottée au milieu des rochers, côtoyait le môle, et la foule la suivait sur les dalles en criant:

— Salut! bénédiction! Œil de Khamon! ah! délivre-nous! C'est la faute des Riches! ils veulent te faire mourir! Prends garde à toi, Barca!

Il ne répondait pas, comme si la clameur des océans et des batailles l'eût complètement assourdi. Mais quand il fut sous l'escalier qui descendait de l'Acropole, Hamilcar releva la tête, et, les bras croisés, il regarda le temple d'Eschmoûn. Sa vue monta plus haut encore, dans le grand ciel pur; d'une voix âpre, il cria un ordre à ses matelots; la trirème bondit; elle érafla l'idole établie à l'angle du môle pour arrêter les tempêtes; et dans le port marchand plein d'immondices, d'éclats de bois et d'écorces de fruits, elle refoulait, éventrait les autres navires amarrés à des pieux et finissant par des mâchoires de crocodile. Le peuple accourait, quelques-uns se jetèrent à la nage. Déjà elle se trouvait au fond, devant la porte hérissée de clous. La porte se leva, et la trirème disparut sous la voûte profonde.

Le Port Militaire était complètement séparé de la ville; quand des ambassadeurs arrivaient, il leur fallait passer entre deux murailles, dans un couloir qui débouchait à gauche, devant le temple de Khamon. Cette grande place d'eau, ronde comme une coupe, avait une bordure de quais où étaient bâties des loges abritant les navires. En avant de chacune d'elles montaient deux colonnes, portant à leur chapiteau des cornes d'Ammon, ce qui formait une continuité de portiques tout autour du bassin. Au milieu, dans une île, s'élevait une maison pour le Suffète de la mer.

L'eau était si limpide que l'on apercevait le fond pavé de cailloux blancs. Le bruit des rues n'arrivait pas jusque-là, et Hamilcar, en passant, reconnaissait les trirèmes qu'il avait autrefois commandées.

Il n'en restait plus qu'une vingtaine peut-être, à l'abri, par terre, penchées sur le flanc ou droites sur la quille, avec des poupes très hautes et des proues bombées, couvertes de dorures et de symboles mystiques. Les chimères avaient perdu leurs ailes, les Dieux Patæques leurs bras, les taureaux leurs cornes d'argent; et toutes à moitié dépeintes, inertes, pourries, mais pleines d'histoire et exhalant encore la senteur des voyages, comme des soldats mutilés qui revoient leur maître, elles semblaient lui dire: « C'est nous! c'est nous! et toi aussi tu es vaincu! »

Nul, hormis le Suffète de la mer, ne pouvait entrer dans la maison-amiral. Tant qu'on n'avait pas la preuve de sa mort, on le considérait comme existant toujours. Les Anciens évitaient par là un maître de plus, et ils n'avaient pas manqué pour Hamilcar d'obéir à la coutume.

Le Suffète s'avança dans les appartements déserts. A chaque pas il retrouvait des armures, des meubles, des objets connus qui l'étonnaient cependant, et même sous le vestibule il y avait encore, dans une cassolette, la cendre des parfums allumés au départ pour conjurer Melkarth. Ce n'était pas ainsi qu'il espérait revenir! Tout ce qu'il avait fait, tout ce qu'il avait vu se déroula dans sa mémoire: les assauts, les incendies, les légions, les tempêtes, Drepanum, Syracuse, Lilybée, le mont Etna, le plateau d'Eryx, cinq ans de batailles,— jusqu'au jour funeste où, déposant les armes, on avait perdu la Sicile. Puis il revoyait des bois de citronniers, des pasteurs avec des chèvres sur des montagnes grises, et son cœur bondissait à l'imagination d'une autre Carthage établie là-bas. Ses projets, ses souvenirs, bourdonnaient dans sa tête, encore étourdie par le tangage du vaisseau; une angoisse l'accablait, et devenu faible tout à coup, il sentit le besoin de se rapprocher des dieux.

Alors il monta au dernier étage de sa maison; puis ayant retiré d'une coquille d'or suspendue à son bras une spatule garnie de clous, il ouvrit une petite chambre ovale.

De minces rondelles noires, encastrées dans la muraille et transparentes comme du verre, l'éclairaient doucement. Entre les rangs de ces disques égaux, des trous étaient creusés, pareils à ceux des urnes dans les columbariums. Ils contenaient chacun une pierre ronde, obscure, et qui paraissait très lourde. Les gens d'un esprit supérieur, seuls, honoraient ces Abaddirs, tombés de la lune. Par leur chute, ils signifiaient les astres, le ciel, le feu; par leur couleur, la nuit ténébreuse, et par leur densité, la cohésion des choses terrestres. Une atmosphère étouffante emplissait ce lieu mystique. Du sable marin, que le vent avait poussé sans doute à travers la porte, blanchissait un peu les pierres rondes posées dans les niches. Hamilcar, du bout de son doigt, les compta les unes après les autres; puis il se cacha le visage sous un voile de couleur safran, et, tombant à genoux, il s'étendit par terre, les deux bras allongés.

Le jour extérieur frappait contre les feuilles de dattier noir. Des arborescences, des monticules, des tourbillons, de vagues animaux se dessinaient dans leur épaisseur diaphane; et la lumière arrivait, effrayante et pacifique cependant, comme elle doit être par derrière le soleil, dans les mornes espaces des créations futures. Il s'efforçait à bannir de sa pensée toutes les formes, tous les symboles et les appellations des dieux, afin de mieux saisir l'esprit immuable que les apparences dérobaient. Quelque chose des vitalités planétaires le pénétrait, tandis qu'il sentait pour la mort et pour tous les hasards un dédain plus savant et plus intime. Quand il se releva, il était plein d'une intrépidité sereine, invulnérable à la miséricorde, à la crainte, et comme sa poitrine étouffait, il alla sur le sommet de la tour qui dominait Carthage.

La ville descendait en se creusant par une courbe longue, avec ses coupoles, ses temples, ses toits d'or, ses maisons, ses touffes de palmiers, çà et là, ses boules de verre d'où jaillissaient des feux, et les remparts faisaient comme la gigantesque bordure de cette corne d'abondance qui s'épanchait vers lui. Il apercevait en bas les ports, les places, l'intérieur des cours, le dessin des rues, les hommes tout petits presque à ras des dalles. Ah! si Hannon n'était pas arrivé trop tard le matin des îles ^Ægates! Ses yeux plongèrent dans l'extrême horizon, et il tendit du côté de Rome ses deux bras frémissants.

La multitude occupait les degrés de l'Acropole. Sur la place de Khamon on se poussait pour voir le Suffète sortir, les terrasses peu à peu se chargeaient de monde; quelques-uns le reconnurent, on le saluait; il se retira, afin d'irriter mieux l'impatience du peuple.

Hamilcar trouva en bas, dans la salle, les hommes les plus importants de son parti: Istatten, Subeldia, Hictamon, Yeoubas et d'autres. Ils lui racontèrent tout ce qui s'était passé depuis la conclusion de la paix: l'avarice des Anciens, le départ des soldats, leur retour, leurs exigences, la capture de Giscon, le vol du zaïmph, Utique secourue, puis abandonnée; mais aucun n'osa lui dire les événements qui le concernaient. Enfin on se sépara, pour se revoir pendant la nuit, à l'assemblée des Anciens, dans le temple de Moloch.

Ils venaient de sortir quand un tumulte s'éleva en dehors, à la porte. Malgré les serviteurs, quelqu'un voulait entrer; et comme le tapage redoublait, Hamilcar commanda d'introduire l'inconnu.

On vit paraître une vieille négresse, cassée, ridée, tremblante, l'air stupide, et enveloppée jusqu'aux talons dans de larges voiles bleus. Elle s'avança en face du Suffète, ils se regardèrent l'un l'autre quelque temps; tout à coup Hamilcar tressaillit; sur un geste de sa main, les esclaves s'en allèrent. Alors, lui faisant signe de marcher avec précaution, il l'entraîna par le bras dans une chambre lointaine.

La négresse se jeta par terre, à ses pieds pour les baiser; il la releva brutalement.

— Où l'as-tu laissé, Iddibal?

— Là-bas, Maître.

Et en se débarrassant de ses voiles, avec sa manche elle se frotta la figure; la couleur noire, le tremblement sénile, la taille courbée, tout disparut. C'était un robuste vieillard, dont la peau semblait tannée par le sable, le vent et la mer. Une houppe de cheveux blancs se levait sur son crâne, comme l'aigrette d'un oiseau; et d'un coup d'œil ironique il montrait par terre le déguisement tombé.

— Tu as bien fait, Iddibal! C'est bien! Puis, comme le perçant de son regard aigu:

— Aucun encore ne se doute?...

Le vieillard lui jura par les Kabyres que le mystère était gardé. Ils ne quittaient pas leur cabane à trois jours d'Hadrumète, rivage peuplé de tortues, avec des palmiers sur la dune.

— Et selon ton ordre, ô Maître! je lui apprends à lancer des javelots et à conduire des attelages!

— Il est fort, n'est-ce pas?

— Oui, Maître, et intrépide aussi! Il n'a peur ni des serpents, ni du tonnerre, ni des fantômes. Il court pieds nus, comme un pâtre, sur le bord des précipices.

— Parle! parle!

— Il invente des pièges pour les bêtes farouches. L'autre lune, croirais-tu, il a surpris un aigle; il le traînait, et le sang de l'oiseau et le sang de l'enfant s'éparpillaient dans l'air en larges gouttes, telles que des roses emportées. La bête, furieuse, l'enveloppait du battement de ses ailes; il l'étreignait contre sa poitrine, et à mesure qu'elle agonisait ses rires redoublaient, éclatants et superbes comme des chocs d'épées.

Hamilcar baissait la tête, ébloui par ces présages de grandeur.

— Mais, depuis quelque temps, une inquiétude l'agite. Il regarde au loin les voiles qui passent sur la mer; il est triste, il repousse le pain, il s'informe des dieux et il veut connaître Carthage.

— Non, non! pas encore! s'écria le Suffète Le vieil esclave parut savoir le péril qui effrayait Hamilcar, et il reprit:

— Comment le retenir? Il me faut déjà lui faire des promesses, et je ne suis venu à Carthage que pour lui acheter un poignard à manche d'argent avec des perles tout autour.

Puis il conta qu'ayant aperçu le Suffète sur la terrasse, il s'était donné aux gardiens du port pour une des femmes de Salammbô, afin de pénétrer jusqu'à lui.

Hamilcar resta longtemps comme perdu dans ses délibérations; enfin il dit:

— Demain tu te présenteras à Mégara, au coucher du soleil, derrière les fabriques de pourpre, en imitant par trois fois le cri d'un chacal. Si tu ne me vois pas, le premier jour de chaque lune tu reviendras à Carthage. N'oublie rien! Aime-le! Maintenant, tu peux lui parler d'Hamilcar.

L'esclave reprit son costume, et ils sortirent ensemble de la maison et du port.

Hamilcar continua seul à pied, sans escorte, car les réunions des Anciens étaient, dans les circonstances extraordinaires, toujours secrètes, et l'on s'y rendait mystérieusement.

D'abord il longea la face orientale de l'Acropole, passa ensuite par le Marché aux herbes, les galeries de Kinisdo, le Faubourg des Parfumeurs. Les rares lumières s'éteignaient, les rues plus larges se faisaient silencieuses, puis des ombres glissèrent dans les ténèbres. Elles le suivaient, d'autres survinrent, et toutes se dirigeaient comme lui du côté des Mappales.

Le temple de Moloch était bâti au pied d'une gorge escarpée, dans un endroit sinistre. On n'apercevait d'en bas que de hautes murailles montant indéfiniment, telles que les parois d'un monstrueux tombeau. La nuit était sombre, un brouillard grisâtre semblait peser sur la mer. Elle battait contre la falaise avec un bruit de râles et de sanglots; et des ombres peu à peu s'évanouissaient comme si elles eussent passé à travers les murs.

Mais, sitôt qu'on avait franchi la porte, on se trouvait dans une vaste cour quadrangulaire, que bordaient des arcades. Au milieu, se levait une masse d'architecture à huit pans égaux. Des coupoles la surmontaient en se tassant autour d'un second étage qui supportait une manière de rotonde, d'où s'élançait un cône à courbe rentrante, terminé par une boule au sommet.

Des feux brûlaient dans des cylindres en filigrane, emmanchés à des perches que portaient des hommes. Ces lueurs vacillaient sous les bourrasques du vent et rougissaient les peignes d'or fixant à la nuque leurs cheveux tressés. Ils couraient, s'appelaient pour recevoir les Anciens.

Sur les dalles, de place en place, étaient accroupis, comme des sphinx, des lions énormes, symboles vivants du

Soleil dévorateur. Ils sommeillaient, les paupières entre-closes. Mais, réveilles par les pas et par les voix, ils se levaient lentement, venaient vers les Anciens, qu'ils reconnaissaient à leur costume, se frottaient contre leurs cuisses en bombant le dos avec des bâillements sonores; la vapeur de leur baleine passait sur la lumière des torches. L'agitation redoubla, des portes se fermèrent, tous les prêtres s'enfuirent, et les Anciens disparurent sous les colonnes qui faisaient autour du temple un vestibule profond. Elles étaient disposées de façon à reproduire par leurs rangs circulaires, compris les uns dans les autres, la période saturnienne contenant les années, les années les mois, les mois les jours, et se touchaient à la fin contre la muraille du sanctuaire.

C'était là que les Anciens déposaient leurs bâtons en corne de narval, car une loi, toujours observée, punissait de mort celui qui entrait à la séance avec une arme quelconque. Plusieurs portaient au bas de leur vêtement une déchirure arrêtée par un galon de pourpre, pour bien montrer qu'en pleurant la mort de leurs proches ils n'avaient point ménagé leurs habits, et ce témoignage d'affliction empêchait la fente de s'agrandir. D'autres gardaient leur barbe enfermée dans un petit sac de peau violette, que deux cordons attachaient aux oreilles. Tous s'abordèrent en s'embrassant poitrine contre poitrine. Ils entouraient Hamilcar, ils le félicitaient; on aurait dit des frères qui revoient leur frère.

Ces hommes étaient généralement trapus, avec des nez recourbés comme ceux des colosses assyriens. Quelques-uns, cependant, par leurs pommettes plus saillantes, leur taille plus haute et leurs pieds plus étroits, trahissaient une origine africaine, des ancêtres nomades. Ceux qui vivaient continuellement au fond de leurs comptoirs avaient le visage pâle; d'autres gardaient sur eux comme la sévérité du désert, et d'étranges joyaux scintillaient à tous les doigts de leurs mains, hâlées par des soleils inconnus. On distinguait les navigateurs au balancement de leur démarche, tandis que les hommes d'agriculture sentaient le pressoir, les herbes sèches et la sueur de mulet. Ces vieux pirates faisaient labourer des campagnes, ces ramasseurs d'argent équipaient des navires, ces propriétaires de culture nourrissaient des esclaves exerçant des métiers. Tous étaient savants dans les disciplines religieuses, experts en stratagèmes, impitoyables et riches. Ils avaient l'air fatigués par de longs soucis. Leurs yeux pleins de flammes regardaient avec défiance, et l'habitude des voyages et du mensonge, du trafic et du commandement, donnait à toute leur personne un aspect de ruse et de violence, une sorte de brutalité discrète et convulsive. D'ailleurs, l'influence du Dieu les assombrissait.

Ils passèrent d'abord par une salle voûtée, qui avait la forme d'un œuf. Sept portes, correspondant aux sept planètes, étalaient contre sa muraille sept carrés de couleur différente. Après une longue chambre, ils entrèrent dans une autre salle pareille.

Un candélabre tout couvert de fleurs ciselées brûlait au fond, et chacune de ses huit branches en or portait dans un calice de diamants une mèche de byssus. Il était posé sur la dernière des longues marches qui allaient vers un grand autel, terminé aux angles par des cornes d'airain. Deux escaliers latéraux conduisaient à son sommet aplati; on n'en voyait pas les pierres; c'était comme une montagne de cendres accumulées, et quelque chose d'indistinct fumait dessus lentement. Au delà, plus haut que le candélabre, et bien plus haut que l'autel, se dressait le Moloch, tout en fer, avec sa poitrine d'homme où bâillaient des ouvertures. Ses ailes ouvertes s'étendaient sur le mur, ses mains allongées descendaient jusqu'à terre; trois pierres noires, que bordait un cercle jaune, figuraient trois prunelles à son front, et comme pour beugler, il levait dans un effort terrible sa tête de taureau.

Autour de l'appartement étaient rangés des escabeaux d'ébène. Derrière chacun d'eux, une tige en bronze posant sur trois griffes supportait un flambeau. Toutes ces lumières se reflétaient dans les losanges de nacre qui pavaient la salle. Elle était si haute que la couleur rouge des murailles, en montant vers la voûte, se faisait noire, et les trois yeux de l'idole apparaissaient tout en haut, comme des étoiles à demi perdues dans la nuit.

Les Anciens s'assirent sur les escabeaux d'ébène, ayant mis par-dessus leur tête la queue de leur robe. Ils restaient immobiles, les mains croisées dans leurs larges manches, et le dallage de nacre semblait un fleuve lumineux qui, ruisselant de l'autel vers la porte, coulait sous leurs pieds nus.

Les quatre pontifes se tenaient au milieu, dos à dos, sur quatre sièges d'ivoire formant la croix: le grand-prêtre d'Eschmoûn en robe d'hyacinthe, le grand-prêtre de Tanit en robe de lin blanc, le grand-prêtre du Khamon en robe de laine fauve, et le grand-prêtre de Moloch en robe de pourpre.

Hamilcar s'avança vers le candélabre. Il tourna tout autour, en considérant les mèches qui brûlaient, puis jeta sur elles une poudre parfumée; des flammes violettes parurent à l'extrémité des branches.

Alors une voix aiguë s'éleva, une autre y répondit; et les cent Anciens, les quatre pontifes, et Hamilcar debout, tous à la fois entonnèrent un hymne; et répétant toujours les mêmes syllabes et renforçant les sons, leurs voix montèrent, éclatèrent, devinrent terribles, puis, d'un seul coup, se turent.

On attendit quelque temps. Enfin Hamilcar tira de sa poitrine une petite statuette à trois têtes, bleue comme du saphir, et il la posa devant lui. C'était l'image de la Vérité, le génie même de sa parole. Puis il la replaça dans son sein, tous, comme saisis d'une colère soudaine, crièrent:

— Ce sont tes bons amis les Barbares! Traître! infâme! Tu reviens pour nous voir périr, n'est-ce pas? Laissez-le parler!— Non! non!

Ils se vengeaient de la contrainte où le cérémonial politique les avait tout à l'heure obligés; bien qu'ils eussent souhaité le retour d'Hamilcar, ils s'indignaient maintenant de ce qu'il n'avait point prévenu leurs désastre" ou plutôt ne les avait pas subis comme eux.

Quand le tumulte fut calmé, le pontife de Moloch se leva:

— Nous te demandons pourquoi tu n'es pas revenu à Carthage?

— Que vous importe! répondit dédaigneusement le Suffète.

Leurs cris redoublèrent.

— De quoi m'accusez-vous! J'ai mal conduit la guerre, peut-être? Vous avez vu l'ordonnance de mes batailles, vous autres qui laissez commodément à des Barbares...

— Assez! assez!

Il reprit, d'une voix basse, pour se faire mieux écouter:

— Oh! cela est vrai! Je me trompe, lumières des Baals; il en est parmi vous d'intrépides! Giscon, lève-toi!

Et, parcourant la marche de l'autel, les paupières à demi fermées, comme pour chercher quelqu'un, il répéta:

— Lève-toi, Giscon! tu peux m'accuser, ils te défendront! Mais où est-il? Puis, comme se ravisant:

— Ah! dans sa maison, sans doute? entouré de ses fils, commandant à ses esclaves, heureux, et comptant sur le mur les colliers d'honneur que la patrie lui a donnés!

Ils s'agitaient avec des haussements d'épaules, comme flagellés par des lanières.

— Vous ne savez même pas s'il est vivant ou s'il est mort!

Et, sans se soucier de leurs clameurs, il disait qu'en abandonnant le Suffète, c'était la République qu'on avait abandonnée. De même la paix romaine, si avantageuse qu'elle leur parût, était plus funeste que vingt batailles. Quelques-uns applaudirent, les moins riches du Conseil, suspects d'incliner toujours vers le peuple ou vers la tyrannie. Leurs adversaires, chefs des Syssites et administrateurs, en triomphaient par le nombre; les plus considérables s'étaient rangés près d'Hannon, qui siégeait à l'autre bout de la salle, devant la haute porte, fermée par une tapisserie d'hyacinthe.

Il avait peint avec du fard les ulcères de sa figure. Mais la poudre d'or de ses cheveux lui était tombée sur les épaules, où elle faisait deux plaques brillantes, et ils paraissaient blanchâtres, fins et crépus comme de la laine. Des linges imbibés d'un parfum gras qui dégouttelait sur les dalles, enveloppaient ses mains, et sa maladie sans doute avait considérablement augmenté, car ses yeux disparaissaient sous les plis de ses paupières; pour voir, il lui fallait se renverser la tête. Ses partisans l'engageaient à parler. Enfin, d'une voix rauque et hideuse:

— Moins d'arrogance, Barca! Nous avons tous été vaincus! Chacun supporte son malheur! résigne-toi!

— Apprends-nous plutôt, dit en souriant Hamilcar, comment tu as conduit tes galères dans la flotte romaine?

— J'étais chassé par le vent, répondit Hannon.

— Tu fais comme le rhinocéros qui piétine dans sa fiente: tu étales ta sottise! tais-toi!

Et ils commencèrent à s'incriminer sur la bataille des îles Ægates.

Hannon l'accusait de n'être pas venu à sa rencontre.

— Mais c'eût été dégarnir Eryx. Il fallait prendre le large; qui t'empêchait? Ah! j'oubliais! tous les éléphants ont peur de la mer!

Les gens d'Hamilcar trouvèrent la plaisanterie si bonne, qu'ils poussèrent de grands rires. La voûte en retentissait, comme si l'on eût frappé des tympanons.

Hannon dénonça l'indignité d'un tel outrage, cette maladie lui étant survenue par un refroidissement au siège d'Hécatompyle, et des pleurs coulaient sur sa face comme une pluie d'hiver sur une muraille en ruine.

Hamilcar reprit:

— Si vous m'aviez aimé autant que celui-là, il y aurait maintenant une grande joie dans Carthage! Combien de fois n'ai-je pas crié vers vous! et toujours vous me refusiez de l'argent!

— Nous en avions besoin, dirent les chefs des Syssites.

— Et quand mes affaires étaient désespérées,— nous avons bu l'urine des mulets et mangé les courroies de nos sandales,— quand j'aurais voulu que les brins d'herbe fussent des soldats, et faire des bataillons avec la pourriture de nos morts, vous rappeliez chez vous ce qui me restait de vaisseaux!

— Nous ne pouvions pas tout risquer, répondit Baal-Baal, possesseur de mines d'or dans la Gétulie Darytienne.

— Que faisiez-vous cependant, ici, à Carthage, dans vos maisons, derrière vos murs? Il y a des Gaulois sur l'Eridan qu'il fallait pousser, des Chananéens à Cyrène qui seraient venus, et tandis que les Romains envoient à Ptolémée des ambassadeurs...

— Il nous vante les Romains, à présent! Quelqu'un lui cria:

— Combien t'ont-ils payé pour les défendre?

— Demande-le aux plaines du Brutium, aux ruines de Locres, de Métaponte et d'Héraclée! J'ai brûlé tous leurs arbres, j'ai pillé tous leurs temples, et jusqu'à la mort des petits-fils de leurs petits-fils...

— Eh! tu déclames comme un rhéteur! fit Kapouras, un marchand très illustre. Que veux-tu donc?

— Je dis qu'il faut être plus ingénieux ou plus terrible! Si l'Afrique entière rejette votre joug, c'est que vous ne savez pas, maîtres débiles, l'attacher à ses épaules! Agathoclès, Régulus, Cœpio, tous les hommes hardis n'ont qu'à débarquer pour la prendre; et quand les Libyens qui sont à l'orient s'entendront avec les Numides qui sont à l'occident, et que les Nomades viendront du sud et les Romains du nord...

Un cri d'horreur s'éleva.

— Oh! vous frapperez vos poitrines, vous vous roulerez dans la poussière et vous déchirerez vos manteaux! N'importe! il faudra s'en aller tourner la meule dans Suburre et faire la vendange sur les collines du Latium.

Ils se battaient la cuisse droite pour marquer leur scandale, et les manches de leurs robes se levaient comme de grandes ailes d'oiseaux effarouchés. Hamilcar, emporté par un esprit, continuait, debout sur la plus haute marche de l'autel, frémissant, terrible; il levait les bras, et les rayons du candélabre qui brûlait derrière lui passaient entre ses doigts comme des javelots d'or.

— Vous perdrez vos navires, vos campagnes, vos chariots, vos lits suspendus, et vos esclaves qui vous frottent les pieds! Les chacals se coucheront dans vos palais, la charrue retournera vos tombeaux. Il n'y aura plus que le cri des aigles et l'amoncellement des ruines. Tu tomberas, Carthage!

Les quatre pontifes étendirent leurs mains pour écarter l'anathème. Tous s'étaient levés. Mais le Suffète de la mer, magistrat sacerdotal sous la protection du Soleil, était inviolable tant que l'assemblée des Riches ne l'avait pas jugé. Une épouvante s'attachait à l'autel. Ils reculèrent.

Hamilcar ne parlait plus. L'œil fixe et la face aussi pâle que les perles de sa tiare, il haletait, presque effrayé par lui-même et l'esprit perdu dans des visions funèbres. De la hauteur où il était, tous les flambeaux sur les tiges de bronze lui semblaient une vaste couronne de feux, posée à ras des dalles; des fumées noires, s'en échappant, montaient dans les ténèbres de la voûte; le silence pendant quelques minutes fut tellement profond qu'on entendait au loin le bruit de la mer.

Puis les Anciens se mirent à s'interroger. Leurs intérêts, leur existence se trouvaient attaqués par les Barbares. Mais on ne pouvait les vaincre sans le secours du Suffète; cette considération, malgré leur orgueil, leur fit oublier toutes les autres. On prit à part ses amis. Il y eut des réconciliations intéressées, des sous-entendus et des promesses. Hamilcar ne voulait plus se mêler d'aucun gouvernement. Tous le conjurèrent. Ils le suppliaient; et, comme le mot de trahison revenait dans leurs discours, il s'emporta. Le seul traître, c'était le Grand Conseil, car l'engagement des soldats expirant avec la guerre, ils devenaient libres dès que la guerre était finie; il exalta même leur bravoure et tous les avantages qu'on en pourrait tirer en les intéressant à la République par des donations, des privilèges.

Alors Magdassan, un ancien gouverneur de provinces, dit en roulant ses yeux jaunes:

— Vraiment, Barca, à force de voyager, tu es devenu un Grec ou un Latin, je ne sais quoi! Que parles-tu de récompenses pour ces hommes? Périssent dix mille Barbares plutôt qu'un seul d'entre nous!

Les Anciens approuvaient de la tête en murmurant:

— Oui, faut-il tant se gêner? on en trouve toujours!

— Et l'on s'en débarrasse commodément, n'est-ce pas? on les abandonne, ainsi que vous avez fait en Sardaigne. On avertit l'ennemi du chemin qu'ils doivent prendre, comme pour ces Gaulois dans la Sicile, ou bien on les débarque au milieu de la mer. En revenant, j'ai vu le rocher tout blanc de leurs os!

— Quel malheur! fit impudemment Kapouras.

— Est-ce qu'ils n'ont pas cent fois tourné à l'ennemi? exclamaient les autres. Hamilcar s'écria:

— Pourquoi donc, malgré vos lois, les avez-vous rappelés à Carthage? Et quand ils sont dans votre ville, pauvres et nombreux au milieu de toutes vos richesses, l'idée ne vous vient pas de les affaiblir par la moindre division! Ensuite vous les congédiez avec leurs femmes et avec leurs enfants, tous, sans garder un seul otage! Comptiez-vous qu'ils s'assassineraient pour vous épargner la douleur de tenir vos serments? Vous les haïssez, parce qu'ils sont forts! Vous me haïssez encore plus, moi, leur maître! Oh! je l'ai senti, tout à l'heure, quand vous me baisiez les mains, et que vous vous reteniez tous pour ne pas les mordre!

Si les lions qui dormaient dans la cour fussent entrés en hurlant, la clameur n'eût pas été plus épouvantable. Mais le pontife d'Eschmoûn se leva, et, les deux genoux l'un contre l'autre, les coudes au corps, tout droit et les mains à demi ouvertes, il dit:

— Barca, Carthage a besoin que tu prennes contre les Mercenaires le commandement général des forces puniques.

— Je refuse! répondit Hamilcar.

— Nous te donnerons pleine autorité, crièrent les chefs des Syssites.

— Non!

— Sans aucun contrôle, sans partage, tout l'argent que tu voudras, tous les captifs, tout le butin, cinquante zéreths de terre par cadavre d'ennemi.

— Non! non! parce qu'il est impossible de vaincre avec vous!

— Il en a peur!

— Parce que vous êtes lâches, avares, ingrats, pusillanimes et fous!

— Il les ménage!

— Pour se mettre à leur tête, dit quelqu'un.

— Et, revenir sur nous, dit un autre. Et, du fond de la salle, Hannon hurla:

— Il veut se faire roi!

Alors ils bondirent, en renversant les sièges et les flambeaux: leur foule s'élança vers l'autel; ils brandissaient des poignards. Mais, fouillant sous ses manches, Hamilcar tira deux larges coutelas; et à demi courbé, le pied gauche en avant, les yeux flamboyants, les dents serrées, il les défiait, immobile sous le candélabre d'or.

Ainsi, par précaution, ils avaient apporté des armes; c'était un crime; ils se regardèrent les uns les autres effrayés. Comme tous étaient coupables, chacun bien vite se rassura; et peu à peu, tournant le dos au Suffète, ils redescendirent, enragés d'humiliation. Pour la seconde fois, ils reculaient devant lui. Pendant quelque temps, ils restèrent debout. Plusieurs qui s'étaient blessés les doigts les portaient à leur bouche ou les roulaient doucement dans le bas de leur manteau, et ils allaient s'en aller quand Hamilcar entendit ces paroles:

— Eh! c'est une délicatesse pour ne pas affliger sa fille!

Une voix plus haute s'éleva:

— Sans doute, puisqu'elle prend ses amants parmi les Mercenaires!

D'abord il chancela, puis ses yeux cherchèrent rapidement Schahabarim. Seul, le prêtre de Tanit était resté à sa place; et Hamilcar n'aperçut de loin que son haut bonnet. Tous lui ricanaient à la face. A mesure qu'augmentait son angoisse leur joie redoublait, et, au milieu des huées, ceux qui étaient par derrière criaient:

— On l'a vu sortir de sa chambre!

— Un matin du mois de Tammouz!

— C'est le voleur du zaïmph!

— Un homme très beau!

— Plus grand que toi!

Il arracha sa tiare, insigne de sa dignité, sa tiare à huit rangs mystiques dont le milieu portait une coquille d'émeraude, et à deux mains, de toutes ses forces, il la lança par terre; les cercles d'or en se brisant rebondirent, et les perles sonnèrent sur les dalles. Ils virent alors sur la blancheur de son front une longue cicatrice; elle s'agitait comme un serpent entre ses sourcils; tous ses membres tremblaient. Il monta un des escaliers latéraux qui conduisaient sur l'autel et il marchait dessus! C'était se vouer au Dieu, s'offrir en holocauste. Le mouvement de son manteau agitait les lueurs du candélabre plus bas que ses sandales, et la poudre fine, soulevée par ses pas, l'entourait comme un nuage jusqu'au ventre. Il s'arrêta entre les jambes du colosse d'airain. Il prit dans ses mains deux poignées de cette poussière dont la vue seule faisait frissonner d'horreur tous les Carthaginois, et il dit:

— Par les cent flambeaux de vos Intelligences! par les huit feux des Kabyres! par les étoiles, les météores et les volcans! par tout ce qui brûle! par la soif du Désert et la salure de l'Océan! par la caverne d'Hadrumète et l'empire des Ames! par l'extermination! par la cendre de vos fils, et la cendre des frères de vos aïeux, avec qui maintenant je confonds la mienne! vous, les Cent du Conseil de Carthage, vous avez menti en accusant ma fille! Et moi, Hamilcar Barca, Suffète de la mer. Chef des Riches et Dominateur du peuple, devant Moloch à tête de taureau, je jure.....

On s'attendait à quelque chose d'épouvantable; il reprit d'une voix plus haute et plus calme:

— Que même je ne lui en parlerai pas! Les serviteurs sacrés, portant des peignes d'or, entrèrent, les uns avec des éponges de pourpre, les autres avec des branches de palmier. Ils relevèrent le rideau d'hyacinthe étendu devant la porte; et par l'ouverture de cet angle on aperçut au fond des autres salles le grand ciel rose qui semblait continuer la voûte, en s'appuyant à l'horizon sur la mer toute bleue. Le soleil, sortant des flots, montait. Il frappa tout à coup contre la poitrine du colosse d'airain, divisé en sept compartiments que fermaient des grilles. Sa gueule aux dents rouges s'ouvrait dans un horrible bâillement; ses naseaux énormes se dilataient, le grand jour l'animait, lui donnait un air terrible et impatient, comme s'il avait voulu bondir au dehors pour se mêler avec l'astre, le dieu, et parcourir ensemble les immensités.

Les flambeaux répandus par terre brûlaient encore, en allongeant ça et là sur les pavés de nacre comme des taches de sang. Les Anciens chancelaient épuisés; ils aspiraient à pleins poumons la fraîcheur de l'air; la sueur coulait sur leurs faces livides; à force d'avoir crié ils ne s'entendaient plus. Mais leur colère contre le Suffète n'était point calmée; en manière d'adieux ils lui jetaient des menaces, et Hamilcar leur répondait:

— A la nuit prochaine, Barca, dans le temple d'Eschmoûn!

— J'y serai!

— Nous te ferons condamner par les Riches.

— Et moi par le peuple!

— Prends garde de finir sur la croix!

— Et vous, déchirés dans les rues! Dès qu'ils furent sur le seuil de la cour, ils reprirent un calme maintien.

Leurs coureurs et leurs cochers les attendaient à la porte. La plupart s'en allèrent sur des mules blanches. Le Suffète sauta dans son char, prit les rênes; les deux bêtes, courbant leur encolure et frappant en cadence les cailloux qui rebondissaient, montèrent au grand galop toute la voie des Mappales, et le vautour d'argent, à la pointe du timon, semblait voler tant le char passait vite.

La route traversait un champ planté de longues dalles, aiguës par le sommet, telles que des pyramides, et qui portaient, entaillée à leur milieu, une main ouverte comme si le mort couché dessous l'eût tendue vers le ciel pour réclamer quelque chose. Ensuite étaient disséminées des cabanes en terre, en branchages, en claies de joncs, toutes de forme conique. De petits murs en cailloux, des rigoles d'eau vive, des cordes de sparterie, des haies de nopals séparaient irrégulièrement ces habitations, qui se tassaient de plus en plus, en s'élevant vers les jardins du Suffète. Mais Hamilcar tendait ses yeux sur une grande tour dont les trois étages faisaient trois monstrueux cylindres, le premier bâti en pierres, le second en briques, et le troisième, tout en cèdre, supportant une coupole de cuivre sur vingt-quatre colonnes de genévrier, d'où retombaient, en manière de guirlandes, des chaînettes d'airain entrelacées. Ce haut édifice dominait les bâtiments qui s'étendaient à droite, les entrepôts, la maison de commerce, tandis que le palais des femmes se dressait au fond des cyprès, alignés comme deux murailles de bronze.

Quand le char retentissant fut entré par la porte étroite, il s'arrêta sous un large hangar, où des chevaux, retenus à des entraves, mangeaient des tas d'herbes coupées.

Tous les serviteurs accoururent. Ils faisaient une multitude, ceux qui travaillaient dans les campagnes, par terreur des soldats, ayant été ramenés à Carthage. Les laboureurs, vêtus de peaux de bêtes, traînaient des chaînes rivées à leurs chevilles; les ouvriers des manufactures de pourpre avaient les bras rouges comme des bourreaux; les marins, des bonnets verts; les pêcheurs, des colliers de corail; les chasseurs, un filet sur l'épaule; et les gens de Mégara. des tuniques blanches ou noires, des caleçons de cuir, des calottes de paille, de feutre ou de toile, selon leur service ou leurs industries différentes.

Par derrière se pressait une populace en haillons. Ils vivaient, ceux-là, sans aucun emploi, loin des appartements, dormaient la nuit dans les jardins, dévoraient les restes des cuisines, moisissure humaine qui végétait à l'ombre du palais. Hamilcar les tolérait, par prévoyance encore plus que par dédain. Tous, en témoignage de joie, s'étaient mis une fleur à l'oreille, et beaucoup d'entre eux ne l'avaient jamais vu.

Mais des hommes, coiffés comme des sphinx et munis de grands bâtons, s'élancèrent dans la foule, en frappant de droite et de gauche. C'était pour repousser les esclaves curieux de voir le Maître, afin qu'il ne fût pas assailli sous leur nombre et incommodé par leur odeur.

Alors tous se jetèrent à plat ventre en criant:

— Œil de Baal, que ta maison fleurisse! Et entre ces hommes, ainsi couchés par terre dans l'avenue des cyprès, l'Intendant des intendants, Abdalonim, coiffé d'une mitre blanche, s'avança vers Hamilcar, un encensoir à la main.

Salammbô descendait l'escalier des galères. Toutes ses femmes venaient derrière elle; et, à chacun de ses pas, elles descendaient aussi. Les têtes des Négresses marquaient de gros points noirs la ligne des bandeaux à plaques d'or qui serraient le front des Romaines. D'autres avaient dans les cheveux des flèches d'argent, des papillons d'émeraudes, ou de longues aiguilles étalées en soleil. Sur la confusion de ces vêtements blancs, jaunes et bleus, les anneaux, les agrafes, les colliers, les franges, les bracelets resplendissaient; un murmure d'étoffés légères s'élevait; on entendait le claquement des sandales avec le bruit sourd des pieds nus posant sur le bois; et çà et là un grand eunuque, qui les dépassait des épaules, souriait la face en l'air. Quand l'acclamation des hommes se fut apaisée, en se cachant le visage avec leurs manches, elles poussèrent ensemble un cri bizarre, pareil au hurlement d'une louve, et il était si furieux et si strident qu'il semblait faire, du haut en bas, vibrer comme une lyre le grand escalier d'ébène tout couvert de femmes.

Le vent soulevait leurs voiles, et les minces tiges des papyrus se balançaient doucement. On était au mois de Schebat, en plein hiver. Les grenadiers en fleurs se bombaient sur l'azur du ciel, et à travers les branches la mer apparaissait avec une île au loin, à demi perdue dans la brume.

Hamilcar s'arrêta, en apercevant Salammbô. Elle lui était survenue après la mort de plusieurs enfants mâles. D'ailleurs, la naissance des filles passait pour une calamité dans les religions du Soleil. Les dieux, plus tard, lui avaient envoyé un fils; mais il gardait quelque chose de son espoir trahi et comme l'ébranlement de la malédiction qu'il avait prononcée contre elle. Salammbô, cependant, continuait à marcher.

Des perles de couleurs variées descendaient en longues grappes de ses oreilles sur ses épaules et jusqu'aux coudes. Sa chevelure était crêpée, de façon à simuler un nuage. Elle portait, autour du cou, de petites plaques d'or quadrangulaires représentant une femme entre deux lions cabrés; et son costume reproduisait en entier l'accoutrement de la Déesse. Sa robe d'hyacinthe, à manches larges, lui serrait la taille en s'évasant par le bas. Le vermillon de ses lèvres faisait paraître ses dents plus blanches, et l'antimoine de ses paupières ses yeux plus longs. Ses sandales, coupées dans un plumage d'oiseau, avaient des talons très hauts, et elle était pâle extraordinairement, à cause du froid sans doute.

Enfin elle arriva près d'Hamilcar, et, sans le regarder, sans lever la tête, elle lui dit:

— Salut, Œil de Baalim, gloire éternelle! triomphe! loisir! satisfaction! richesse! Voilà longtemps que mon cœur était triste, et la maison languissait. Mais le Maître qui revient est comme Tammouz ressuscité; et sous ton regard, ô père, une joie, une existence nouvelle va partout s'épanouir!

Et prenant des mains de Taanach un petit vase oblong où fumait un mélange de farine, de beurre, de cardamome et de vin:

— Bois à pleine gorge, dit-elle, la boisson du retour préparée par ta servante. Il répliqua:

— Bénédiction sur toi!

Et il saisit machinalement le vase d'or qu'elle lui tendait.

Cependant il l'examinait avec une attention si âpre que Salammbô, troublée, balbutia:

— On t'a dit, ô Maître I...

— Oui! je sais! fit Hamilcar à voix basse. Était-ce un aveu? ou parlait-elle des Barbares? Et il ajouta quelques mots vagues sur les embarras publics qu'il espérait à lui seul dissiper.

— O père! exclama Salammbô, tu n'effaceras pas ce qui est irréparable!

Il se recula, et Salammbô s'étonnait de son ébahissement; car elle ne songeait point à Carthage, mais au sacrilège dont elle se trouvait complice. Cet homme, qui faisait trembler les légions et qu'elle connaissait à peine, l'effrayait comme un dieu; il avait deviné, il savait tout, quelque chose de terrible allait venir. Elle s'écria:

— Grâce!

Hamilcar baissa la tête. lentement. Bien qu'elle voulût s'accuser, elle n'osait ouvrir les lèvres; cependant elle étouffait du besoin de se plaindre et d'être consolée.

Hamilcar combattait l'envie de rompre son serment. Il le tenait par orgueil, ou par crainte d'en finir avec son incertitude; et il la regardait en face, de toutes ses forces, pour saisir ce qu'elle cachait au fond de son cœur.

Peu à peu, en haletant, Salammbô s'enfonçait la tête dans les épaules, écrasée par ce regard trop lourd. Il était sûr maintenant qu'elle avait failli dans l'étreinte d'un Barbare; il frémissait, il leva ses deux poings. Elle poussa un cri et tomba entre ses femmes, qui s'empressèrent autour d'elle.

Hamilcar tourna les talons. Tous les intendants le suivirent.

On ouvrit les portes des entrepôts, et il entra dans une vaste salle ronde où aboutissaient, comme les rayons d'une roue à son moyeu, de longs couloirs qui conduisaient vers d'autres salles. Un disque de pierre s'élevait au centre avec des balustres pour soutenir des coussins accumulés sur des tapis.

Le Suffète se promena d'abord à grands pas rapides; il respirait bruyamment, il frappait la terre du talon, il se passait la main sur le front comme un homme harcelé par les mouches. Mais il secoua la tête et, en apercevant l'accumulation de ses richesses, il se calma; sa pensée, qu'attiraient les perspectives des couloirs, se répandait dans les autres salles pleines de trésors plus rares. Des plaques de bronze, des lingots d'argent et des barres de fer alternaient avec les saumons d'étain apportés des Cassitérides par la mer Ténébreuse; les gommes du pays des Noirs débordaient de leurs sacs en écorce de palmier; et la poudre d'or, tassée dans des outres, fuyait insensiblement par les coutures trop vieilles. De minces filaments, tirés des plantes marines, pendaient entre les lins d'Egypte, de Grèce, de Taprobane et de Judée; des madrépores, tels que de larges buissons, se hérissaient au pied des murs; et une odeur indéfinissable flottait, exhalaison des parfums, des cuirs, des épices et des plumes d'autruche liées en gros bouquets tout au haut de la voûte. Devant chaque couloir, des dents d'éléphant posées debout, en se réunissant par les pointes, formaient un arc au-dessus de la porte.

Enfin, il monta sur le disque de pierre. Tous les intendants se tenaient les bras croisés, la tête basse, tandis qu'Abdalonim levait d'un air orgueilleux sa mitre pointue.

Hamilcar interrogea le Chef des navires. C'était un vieux pilote aux paupières éraillées par le vent, et des flocons blancs descendaient jusqu'à ses hanches, comme si l'écume des tempêtes lui était restée sur la barbe.

Il répondit qu'il avait envoyé une flotte par Gadès et Thymiamata, pour tâcher d'atteindre Eziongaber, en doublant la Corne du Sud et le promontoire des Aromates.

D'autres avaient continué dans l'ouest, durant quatre lunes, sans rencontrer de rivages; mais la proue des navires s'embarrassait dans les herbes, l'horizon retentissait continuellement du bruit des cataractes, des brouillards couleur de sang obscurcissaient le soleil, une brise toute chargée de parfums endormait les équipages; et à présent ils ne pouvaient rien dire, tant leur mémoire était troublée. Cependant on avait remonté les fleuves des Scythes, pénétré en Colchide, chez les Jugriens, chez les Estiens, ravi dans l'Archipel quinze cents vierges et coulé bas tous les vaisseaux étrangers naviguant au delà du cap OEstrymon, pour que le secret des routes ne fût pas connu. Le roi Ptolémée retenait l'encens de Schesbar; Syracuse, Elathia, la Corse et les îles n'avaient rien fourni, et le vieux pilote baissa la voix pour annoncer qu'une trirème était prise à Ruscada par les Numides.

— Car ils sont avec eux. Maître.

Hamilcar fronça les sourcils; puis il fit signe de parler au Chef des voyages, enveloppé d'une robe brune sans ceinture, et la tête prise dans une longue écharpe d'étoffé blanche qui, passant au bord de sa bouche, lui retombait par derrière sur l'épaule.

Les caravanes étaient parties régulièrement à l'équinoxe d'hiver. Mais, de quinze cents hommes se dirigeant sur l'extrême Ethiopie avec d'excellents chameaux, des outres neuves et des provisions de toiles peintes, un seul avait reparu à Carthage, les autres étant morts de fatigue ou devenus fous par la terreur du désert; et il disait avoir vu, bien au delà du Harousch Noir, après les Atarantes et le pays des grands singes, d'immenses royaumes où les moindres ustensiles sont tout en or, un fleuve couleur de lait, large comme une mer, des forêts d'arbres bleus, des collines d'aromates, des monstres à figure humaine végétant sur les rochers et dont les prunelles, pour vous regarder, s'épanouissent comme des fleurs; puis, derrière des lacs tout couverts de dragons, des montagnes de cristal qui supportent le soleil. D'autres étaient revenus de l'Inde avec des paons, du poivre et des tissus nouveaux. Quant à ceux qui vont acheter des calcédoines par le chemin des Syrtes et le temple d'Ammon, sans doute ils avaient péri dans les sables. Les caravanes de la Gétulie et de Phazzana avaient fourni leurs provenances habituelles; mais il n'osait à présent, lui le Chef des voyages, en équiper aucune.

Hamilcar comprit; les Mercenaires occupaient la campagne. Avec un sourd gémissement, il s'appuya sur l'autre coude; et le Chef des métairies avait si peur de parler, qu'il tremblait horriblement malgré ses épaules trapues et ses grosses prunelles rouges. Sa face, camarde comme celle d'un dogue, était surmontée d'un réseau en fils d'écorces; il portait un ceinturon en peau de léopard avec tous les poils et où reluisaient deux formidables coutelas.

Dès qu'Hamilcar se détourna, il se mit, en criant, à invoquer les Baals. Ce n'était pas sa faute! il n'y pouvait rien! Il avait observé les températures, les terrains, les étoiles, fait les plantations au solstice d'hiver, les élagages au décours de la lune, inspecté les esclaves, ménagé leurs habits.

Hamilcar s'irritait de cette loquacité. Il claqua de la langue; et l'homme aux coutelas, d'une voix rapide:

— Ah! Maître! ils ont tout pillé! tout saccagé! tout détruit! Trois mille pieds d'arbres sont coupés à Maschala, et à Ubada les greniers défoncés, les citernes comblées! A Tedès, ils ont emporté quinze cents gommors de farine; à Marazzana, tué les pasteurs, mangé les troupeaux, brûlé ta maison, ta belle maison à poutres de cèdre, où tu venais l'été! Les esclaves de Tuburbo, qui sciaient de l'orge, se sont enfuis vers les montagnes; et les ânes, les bardeaux, les mulets, les bœufs de Taormine, et les chevaux orynges, plus un seul! tous emmenés! C'est une malédiction! je n'y survivrai pas!

Il reprenait en pleurant:

— Ah! si tu savais comme les celliers étaient pleins et les charrues reluisantes! Ah! les beaux béliers! ah! les beaux taureaux!...

La colère d'Hamilcar l'étouffait. Elle éclata:

— Tais-toi! Suis-je donc un pauvre? Pas de mensonges! dites vrai! Je veux savoir tout ce que j'ai perdu, jusqu'au dernier sicle, jusqu'au dernier cab! Abdalonim, apporte-moi les comptes des vaisseaux, ceux des caravanes, ceux des métairies, ceux de la maison! Et si votre conscience est trouble, malheur sur vos têtes!— Sortez!

Les intendants, marchant à reculons et les poings jusqu'à terre, sortirent.

Abdalonim alla prendre au milieu d'un casier, dans la muraille, des cordes à nœuds, des bandes de toile ou de papyrus, des omoplates de mouton chargées d'écritures fines. Il les déposa aux pieds d'Hamilcar, lui mit entre les mains un cadre de bois garni de trois fils intérieurs où étaient passées des boules d'or, d'argent et de corne, et il commença:

— Cent quatre-vingt-douze maisons dans les Mappales, louées aux Carthaginois nouveaux à raison d'un béka par lune.

— Non! c'est trop! ménage les pauvres! et tu écriras les noms de ceux qui te paraîtront les plus hardis, en tâchant de savoir s'ils sont attachés à la République! Après?

Abdalonim hésitait, surpris de cette générosité.

Hamilcar lui arracha des mains les bandes de toile.

— Qu'est-ce donc? trois palais autour de Khamon à douze késitahs par mois! Mets-en vingt! Je ne veux pas que les Riches me dévorent.

L'Intendant des intendants, après un long salut, reprit:

— Prêté à Tigillas, jusqu'à la fin de la saison, deux kikars au denier trois, intérêt maritime; à Bar-Melkarth, quinze cents sicles sur le gage de trente esclaves. Mais douze sont morts dans les marais salins.

— C'est qu'ils n'étaient pas robustes, dit en riant le Suffète. N'importe! s'il a besoin d'argent, satisfais-le! Il faut toujours prêter, et à des intérêts divers, selon la richesse des personnes.

Alors le serviteur s'empressa de lire tout ce qu'avaient rapporté les mines de fer d'Annaba, les pêcheries de corail, les fabriques de pourpre, la ferme de l'impôt sur les Grecs domiciliés, l'exportation de l'argent en Arabie où il valait dix fois l'or, les prises des vaisseaux, déduction faite du dixième pour le temple de la Déesse.

— Chaque fois j'ai déclaré un quart de moins, Maître!

Hamilcar comptait avec les billes; elles sonnaient sous ses doigts.

— Assez! Qu'as-tu payé?

— A Stratoniclès de Corinthe et à trois marchands d'Alexandrie, sur les lettres que voilà (elles sont rentrées), dix mille drachmes athéniennes et douze talents d'or syriens. La nourriture des équipages s'élevant à vingt mines par mois pour une trirème...

— Je le sais! combien de perdues?

— En voici le compte sur ces lames de plomb, dit l'Intendant. Quant aux navires nolisés en commun, comme il a fallu souvent jeter les cargaisons à la mer, on a réparti les pertes inégales par têtes d'associés. Pour des cordages empruntés aux arsenaux et qu'il a été impossible de leur rendre, les Syssites ont exigé huit cents késitahs, avant l'expédition d'Utique.

— Encore eux! fit Hamilcar en baissant la tête. Et il resta quelque temps écrasé par le poids de toutes les haines qu'il sentait sur lui:

— Mais je ne vois pas les dépenses de Mégara?

Abdalonim, en pâlissant, alla prendre, dans un autre casier, des planchettes de sycomore, enfilées par paquets à des cordes de cuir.

Hamilcar l'écoutait, soucieux des détails domestiques, et s'apaisant à la monotonie de cette voix qui énumérait des chiffres; Abdalonim se ralentissait. Tout à coup il laissa tomber par terre les feuilles de bois et il se jeta lui-même à plat ventre, les bras étendus, dans la position des condamnés. Hamilcar, sans s'émouvoir, ramassa les tablettes; et ses lèvres s'écartèrent et ses yeux s'agrandirent, lorsqu'il aperçut, à la dépense d'un seul jour, une exorbitante consommation de viandes, de poissons, d'oiseaux, de vins et d'aromates, avec des vases brisés, des esclaves morts, des tapis perdus.

Adbalonim, toujours prosterné, lui apprit le festin des Barbares. Il n'avait pu se soustraire à l'ordre des Anciens. Salammbô, d'ailleurs, voulant que l'on prodiguât l'argent pour mieux recevoir les soldats.

Au nom de sa fille, Hamilcar se leva d'un bond. Puis, en serrant les lèvres, il s'accroupit sur les coussins; il en déchirait les franges avec ses ongles, haletant, les prunelles fixes.

— Lève-toi! dit-il.

Et il descendit.

Abdalonim le suivait; ses genoux tremblaient. Mais, saisissant une barre de fer, il se mit comme un furieux à desceller les dalles. Un disque de bois sauta, et bientôt parurent sur la longueur du couloir plusieurs de ces larges couvercles qui bouchaient les fosses où l'on conservait le grain.

— Tu le vois. Œil de Baal. dit le serviteur en tremblant, ils n'ont pas encore tout pris! et elles sont profondes, chacune, de cinquante coudées et combles jusqu'au bord! Pendant ton voyage, j'en ai fait creuser dans les arsenaux, dans les jardins, partout! ta maison est pleine de blé, comme ton cœur de sagesse.

Un sourire passa sur le visage d'Hamilcar:

— C'est bien, Abdalonim! Puis se penchant à son oreille:

— Tu en feras venir de l'Etrurie, du Brutium, d'où il te plaira, et n'importe à quel prix! Entasse et garde! Il faut que je possède, à moi seul, tout le blé de Carthage.

Quand ils furent à l'extrémité du couloir, Abdalonim, avec une des clefs qui pendaient à sa ceinture, ouvrit une grande chambre quadrangulaire, divisée au milieu par des piliers de cèdre. Des monnaies d'or, d'argent et d'airain, disposées sur des tables ou enfoncées dans des niches, montaient le long des quatre murs jusqu'aux lambourdes du toit. D'énormes couffes en peau d'hippopotame supportaient, dans les coins, des rangs entiers de sacs plus petits; des tas de billon faisaient des monticules sur les dalles; et, çà et là, quelque pile trop haute, s'étant écroulée, avait l'air d'une colonne en ruine. Les grandes pièces de Carthage, représentant Tanit avec un cheval sous un palmier, se mêlaient à celles des colonies, marquées d'un taureau, d'une étoile, d'un globe ou d'un croissant. Puis l'on voyait disposées, par sommes inégales, des pièces de toutes les valeurs, de toutes les dimensions, de tous les âges, depuis les vieilles d'Assyrie, minces comme l'ongle, jusqu'aux vieilles du Latium, plus épaisses que la main, avec les boutons d'Egine, les tablettes de la Bactriane, les courtes tringles de l'ancienne Lacédémone; plusieurs étaient couvertes de rouille, encrassées, verdies par l'eau ou noircies par le feu, ayant été prises dans des filets ou après les sièges parmi les décombres des villes. Le Suffète eut bien vite supputé si les sommes présentes correspondaient aux gains et aux dommages qu'on venait de lui lire; et il s'en allait lorsqu'il aperçut trois jarres d'airain complètement vides. Abdalonim détourna la tête en signe d'horreur. Hamilcar résigné ne parla point.

Ils traversèrent d'autres couloirs, d'autres salles, et arrivèrent enfin devant une porte où, pour la garder mieux, un homme était attaché par le ventre à une longue chaîne scellée dans le mur, coutume des Romains nouvellement introduite à Carthage. Sa barbe et ses ongles avaient démesurément poussé, et il se balançait de droite et de gauche avec l'oscillation continuelle des bêtes captives. Sitôt qu'il reconnut Hamilcar, il s'élança vers lui en criant:

— Grâce, Œil de Baal! pitié! tue-moi! Voilà dix ans que je n'ai vu le soleil! Au nom de ton père, grâce!

Hamilcar, sans lui répondre, frappa dans ses mains, trois hommes parurent; et tous les quatre à la fois, en raidissant leurs bras, ils retirèrent de ses anneaux la barre énorme qui fermait la porte. Hamilcar prit un flambeau, et disparut dans les ténèbres.

C'était, croyait-on, l'endroit des sépultures de la famille; mais on n'eût trouvé qu'un large puits. Il était creusé seulement pour dérouter les voleurs, et ne cachait rien. Hamilcar passa auprès; puis, en se baissant, il fit tourner sur ses rouleaux une meule très lourde, et, par cette ouverture, il entra dans un appartement bâti en forme de cône.

Des écailles d'airain couvraient les murs; au milieu, sur un piédestal de granit, s'élevait la statue d'un Kabyre avec le nom d'Alètes, inventeur des mines dans la Celtibérie. Contre sa base, par terre, étaient disposés en croix de larges boucliers d'or et des vases d'argent monstrueux, à goulot fermé, d'une forme extravagante et qui ne pouvaient servir; car on avait coutume de fondre ainsi des quantités de métal pour que les dilapidations et même les déplacements fussent presque impossibles.

Avec son flambeau, il alluma une lampe de mineur fixée au bonnet de l'idole; des feux verts, jaunes, bleus, violets, couleur de vin, couleur de sang, tout à coup illuminèrent la salle. Elle était pleine de pierreries qui se trouvaient dans des calebasses d'or accrochées comme des lampadaires aux lames d'airain, ou dans leurs blocs natifs rangés au bas du mur. C'étaient des callaïs arrachées des montagnes à coups de fronde, des escarboucles formées par l'urine des lynx, des glossopètres tombés de la lune, des tyanos, des diamants, des sandastrum, des béryls, avec les trois espèces de rubis, les quatre espèces de saphir et les douze espèces d'émeraudes. Elles fulguraient, pareilles à des éclaboussures de lait, à des glaçons bleus, à de la poussière d'argent, et jetaient leurs lumières en nappes, en rayons, en étoiles. Les céraunies engendrées par le tonnerre étincelaient près des calcédoines qui guérissent des poisons. Il y avait des topazes du mont Zabarca pour prévenir les terreurs, des opales de la Bactriane qui empêchent les avortements, et des cornes d'Ammon que l'on place sous les lits afin d'avoir des songes.

Les feux des pierres et les flammes de la lampe se miraient dans les grands boucliers d'or. Hamilcar debout souriait, les bras croisés; et il se délectait moins dans le spectacle que dans la conscience de ses richesses. Elles étaient inaccessibles, inépuisables, infinies. Ses aïeux, dormant sous ses pas, envoyaient à son cœur quelque chose de leur éternité. Il se sentait tout près des génies souterrains. C'était comme la joie d'un Kabyre; et les grands rayons lumineux frappant son visage lui semblaient l'extrémité d'un invisible réseau, qui, à travers des abîmes, l'attachait au centre du monde.

Une idée le fit tressaillir, et s'étant placé derrière l'idole, il marcha droit vers le mur. Puis il examina, parmi les tatouages de son bras, une ligne horizontale avec deux autres perpendiculaires, ce qui exprimait, en chiffres chananéens, le nombre treize. Alors il compta jusqu'à la treizième des plaques d'airain, releva encore une fois sa large manche; et la main droite étendue, il lisait à une autre place de son bras d'autres lignes plus compliquées, tandis qu'il promenait ses doigts délicatement, à la façon d'un joueur de lyre. Enfin, avec son pouce, il frappa sept coups; et, d'un seul bloc, toute une partie de la muraille tourna.

Elle dissimulait une sorte de caveau, où étaient enfermées des choses mystérieuses, qui n'avaient pas de nom, et d'une incalculable valeur. Hamilcar descendit les trois marches; il prit dans une cuve d'argent une peau de lama flottant sur un liquide noir, puis il remonta.

Abdalonim se remit alors à marcher devant lui. Il frappait les pavés avec sa haute canne garnie de sonnettes au pommeau, et, devant chaque appartement, criait le nom d'Hamilcar, entouré de louanges et de bénédictions.

Dans la galerie circulaire où aboutissaient tous les couloirs, on avait accumulé le long des murs des poutrelles d'algummin, des sacs de lausonia, des gâteaux en terre de Lemnos, et des carapaces de tortue toutes pleines de perles. Le Suffète, en passant, les effleurait avec sa robe, sans même regarder de gigantesques morceaux d'ambre, matière presque divine formée par les rayons du soleil.

Un nuage de vapeur odorante s'échappa.— Pousse la porte! Ils entrèrent.

Des hommes nus pétrissaient des pâtes, broyaient des herbes, agitaient des charbons, versaient de l'huile dans des jarres, ouvraient et fermaient les petites cellules ovoïdes creusées tout autour de la muraille et si nombreuses que l'appartement ressemblait à l'intérieur d'une ruche. Du myrobalon, du bdellium, du safran et des violettes en débordaient. Partout étaient éparpillées des gommes, des poudres, des racines, des fioles de verre, des branches de filipendule, des pétales de roses; et l'on étouffait dans les senteurs, malgré les tourbillons du styrax qui grésillait au milieu sur un trépied d'airain.

Le Chef des odeurs suaves, pâle et long comme un flambeau de cire, s'avança vers Hamilcar pour écraser dans ses mains un rouleau de métopion, tandis que deux autres lui frottaient les talons avec des feuilles de baccaris. Il les repoussa, c'étaient des Cyrénéens de mœurs infâmes, mais que l'on considérait à cause de leurs secrets.

Afin de montrer sa vigilance, le Chef des odeurs offrit au Suffète, sur une cuiller d'électrum, un peu de malobathre à goûter; puis, avec une alêne, il perça trois besoars indiens. Le Maître, qui savait les artifices, prit une corne pleine de baume, et, l'ayant approchée des charbons, il la pencha sur sa robe: une tache brune y parut, c'était une fraude. Alors il considéra le Chef des odeurs fixement, et, sans rien dire, lui jeta la corne de gazelle en plein visage.

Si indigné qu'il fût des falsifications commises à son préjudice, en apercevant des paquets de nard qu'on emballait pour les pays d'outre-mer, il ordonna d'y mêler de l'antimoine, afin de le rendre plus lourd.

Puis il demanda où se trouvaient trois boîtes de psagas, destinées à son usage.

Le Chef des odeurs avoua qu'il n'en savait rien, des soldats étaient venus avec des couteaux, en hurlant; il leur avait ouvert les cases.

— Tu les crains donc plus que moi! s'écria le Suffète.

Et, à travers la fumée, ses prunelles, comme des torches, étincelaient sur le grand homme pâle qui commençait à comprendre.

— Abdalonim! avant le coucher du soleil, tu le feras passer par les verges; déchire-le!

Ce dommage, moindre que les autres, l'avait exaspéré; car, malgré ses efforts pour les bannir de sa pensée, il retrouvait continuellement les Barbares. Leurs débordements se confondaient avec la honte de sa fille, et il en voulait à toute la maison de la connaître et de ne pas la lui dire. Mais quelque chose le poussait à s'enfoncer dans son malheur; et, pris d'une rage d'inquisition, il visita, sous les hangars, derrière la maison de commerce, les provisions de bitume, de bois, d'ancrés et de cordages, de miel et de cire, le magasin des étoffes, les réserves de nourritures, le chantier des marbres, le grenier du silphium.

Il alla de l'autre côté des jardins inspecter, dans leurs cabanes, les artisans domestiques dont on vendait les produits. Des tailleurs brodaient des manteaux, d'autres tressaient des filets, d'autres peignaient des coussins, découpaient des sandales; des ouvriers d'Egypte avec un coquillage polissaient des papyrus; la navette des tisserands claquait, les enclumes des armuriers retentissaient.

Hamilcar leur dit:

— Battez des glaives! Battez toujours! il m'en faudra.

Et il tira de sa poitrine la peau d'antilope macérée dans les poisons pour qu'on lui taillât une cuirasse plus solide que celles d'airain! et qui serait inattaquable au fer et à la flamme.

Dès qu'il abordait les ouvriers, Abdalonim, afin de détourner sa colère, tâchait de l'irriter contre eux en dénigrant leurs ouvrages par des murmures.

— Quelle besogne! c'est une honte! Vraiment le Maître est trop bon.

Hamilcar, sans l'écouter, s'éloignait.

Il se ralentit, car de grands arbres calcinés d'un bout à l'autre, comme on en trouve dans les bois où les pasteurs ont campé, barraient les chemins; et les palissades étaient rompues, l'eau des rigoles se perdait, des éclats de verre, des ossements de singes apparaissaient au milieu des flaques bourbeuses. Quelque bribe d'étoffé pendait çà et là aux buissons; sous les citronniers les fleurs pourries faisaient un fumier jaune. En effet, les serviteurs avaient tout abandonné, croyant que le Maître ne reviendrait plus.

A chaque pas il découvrait quelque désastre nouveau, une preuve encore de cette chose qu'il s'était interdit d'apprendre. Voilà maintenant qu'il souillait ses brodequins de pourpre en écrasant des immondices; et il ne tenait pas ces hommes, tous devant lui au bout d'une catapulte, pour les faire voler en éclats! Il se sentait humilié de les avoir défendus; c'était une duperie, une trahison; et comme il ne pouvait se venger ni des soldats, ni des Anciens, ni de Salammbô, ni de personne, et que sa colère cherchait quelqu'un, il condamna aux mines, d'un seul coup, tous les esclaves des jardins.

Abdalonim frissonnait chaque fois qu'il le voyait se rapprocher des parcs. Mais Hamilcar prit le sentier du moulin, d'où l'on entendait sortir une mélopée lugubre.

Au milieu de la poussière les lourdes meules tournaient, c'est-à-dire deux cônes de porphyre superposés, et dont le plus haut, portant un entonnoir, virait sur le second à l'aide de fortes barres. Avec leur poitrine et leurs bras des hommes poussaient, tandis que d'autres, attelés, tiraient. Le frottement de la bricole avait formé autour de leurs aisselles des croûtes purulentes comme on en voit au garrot des ânes, et le haillon noir et flasque qui couvrait à peine leurs reins, en pendant par le bout, battait sur leurs jarrets comme une longue queue. Leurs yeux étaient rouges, les fers de leurs pieds sonnaient, toutes leurs poitrines haletaient d'accord. Ils avaient sur la bouche une muselière, pour qu'il leur fût impossible de manger la farine, et des gantelets sans doigts enfermaient leurs mains pour les empêcher d'en prendre.

A l'entrée du Maître, les barres de bois craquèrent plus fort. Le grain, en se broyant, grinçait. Plusieurs tombèrent sur les genoux; les autres, continuant, passaient par-dessus.

Il demanda Giddenem, le gouverneur des esclaves; et ce personnage parut, étalant sa dignité dans la richesse de son costume; car sa tunique, fendue sur les côtés, était de pourpre fine, de lourds anneaux tiraient ses oreilles, et, pour joindre les bandes d'étoffés qui enveloppaient ses jambes, un lacet d'or, comme un serpent autour d'un arbre, montait de ses chevilles à ses hanches. Il tenait dans ses doigts, tout chargés de bagues, un collier en grains de gagates pour reconnaître les hommes sujets au mal sacré.

Hamilcar lui fit signe de détacher les muselières. Alors tous, avec des cris de bêtes affamées, se ruèrent sur la farine, qu'ils dévoraient en s'enfonçant le visage dans les tas.

— Tu les exténues! dit le Suffète. Giddenem répondit qu'il fallait cela pour les dompter.

— Ce n'était guère la peine de t'envoyer à Syracuse dans l'école des esclaves. Fais venir les autres.

Et les cuisiniers, les sommeliers, les palefreniers, les coureurs, les porteurs de litière, les hommes des étuves et les femmes avec leurs enfants, tous se rangèrent dans le jardin sur une seule ligne, depuis la maison de commerce jusqu'au parc des bêtes fauves. Ils retenaient leur baleine. Un silence énorme emplissait Mégara. Le soleil s'allongeait sur la lagune, au bas des catacombes. Les paons piaulaient. Hamilcar, pas à pas, marchait.

— Qu'ai-je à faire de ces vieux? dit-il; vends-les! C'est trop de Gaulois, ils sont ivrognes! et trop de Cretois, ils sont menteurs! Achète-moi des Cappadociens, des Asiatiques et des Nègres.

Il s'étonna du petit nombre des enfants.

— Chaque année, Giddenem, la maison doit avoir des naissances! Tu laisseras toutes les nuits les cases ouvertes pour qu'ils se mêlent en liberté.

Il se fit montrer ensuite les voleurs, les paresseux, les mutins. Il distribuait des châtiments, avec des reproches à Giddenem; et Giddenem, comme un taureau, baissait son front bas, où s'entrecroisaient deux larges sourcils.

— Tiens, Œil de Baal, dit-il, en désignant un Libyen robuste, en voilà un que l'on a surpris la corde au cou.

— Ah! tu veux mourir? fit dédaigneusement le Suffète.

Et l'esclave, d'un ton intrépide:

— Oui!

Alors, sans se soucier de l'exemple ni du dommage pécuniaire, Hamilcar dit aux valets:

— Emportez-le!

Peut-être y avait-il dans sa pensée l'intention d'un sacrifice. C'était un malheur qu'il s'infligeait afin d'en prévenir de plus terribles.

Giddenem avait caché les mutilés derrière les autres. Hamilcar les aperçut:

— Qui t'a coupé le bras, à toi?

— Les soldats. Œil de Baal. Puis, à un Samnite, qui chancelait comme un héron blessé:

— Et toi, qui t'a fait cela? C'était le gouverneur, en lui cassant la jambe avec une barre de fer.

Cette atrocité imbécile indigna le Suffète, et, arrachant des mains de Giddenem son collier de gagates:

— Malédiction au chien qui blesse le troupeau! Estropier des esclaves, bonté de Tanit! Ah! tu ruines ton maître! Qu'on l'étouffe dans le fumier. Et ceux qui manquent? Où sont-ils? Les as-tu assassinés avec les soldats?

Sa figure était si terrible que toutes les femmes s'enfuirent. Les esclaves, se reculant, faisaient un grand cercle autour d'eux; Giddenem baisait frénétiquement ses sandales; Hamilcar, debout, restait les bras levés sur lui.

Mais, l'intelligence lucide comme au plus fort des batailles, il se rappelait mille choses odieuses, des ignominies dont il s'était détourné; et, à la lueur de sa colère, comme aux fulgurations d'un orage, il revoyait d'un seul coup tous ses désastres à la fois. Les gouverneurs des campagnes avaient fui par terreur des soldats, par connivence peut-être, tous le trompaient, depuis trop longtemps il se contenait

— Qu'on les amène! cria-t-il, et marquez-les au front avec des fers rouges, comme des lâches!

Alors on apporta et l'on répandit au milieu du jardin des entraves, des carcans, des couteaux, des chaînes pour les condamnés aux mines, des cippes qui serraient les jambes, des numella qui enfermaient les épaules, et des scorpions, fouets à triples lanières terminées par des griffes en airain.

Tous furent placés la face vers le soleil, du côté de Moloch dévorateur, étendus par terre sur le ventre ou sur le dos, et les condamnés à la flagellation, debout contre les arbres, avec deux hommes auprès d'eux, un qui comptait les coups et un autre qui frappait.

Il frappait à deux bras; les lanières en sifflant faisaient voler l'écorce des platanes. Le sang s'éparpillait en pluie dans les feuillages, et des masses rouges se tordaient au pied des arbres en hurlant. Ceux que l'on ferrait s'arrachaient le visage avec les ongles. On entendait les vis de bois craquer; des heurts sourds retentissaient; parfois un cri aigu, tout à coup, traversait l'air. Du côté des cuisines, entre des vêtements en lambeaux et des chevelures abattues, des hommes, avec des éventails, avivaient des charbons, et une odeur de chair qui brûle passait. Les flagellés défaillant, mais retenus par les liens de leurs bras, roulaient leur tête sur leurs épaules en fermant les yeux. Les autres, qui regardaient, se mirent à crier d'épouvanté, et les lions, se rappelant peut-être le festin, s'allongeaient en bâillant contre le bord des fosses.

On vit alors Salammbô sur la plate-forme de sa terrasse. Elle la parcourait rapidement, de droite et de gauche, tout effarée. Hamilcar l'aperçut. Il lui sembla qu'elle levait les bras de son côté pour demander grâce; avec un geste d'horreur, il s'enfonça dans le parc des éléphants.

Ces animaux faisaient l'orgueil des grandes maisons puniques. Ils avaient porté les aïeux, triomphé dans les guerres, et on les vénérait comme favoris du Soleil.

Ceux de Mégara étaient les plus forts de Carthage. Hamilcar, avant de partir, avait exigé d'Abdalonim le serment qu'il les surveillerait. Mais ils étaient morts de leurs mutilations; et trois seulement restaient, couchés au milieu de la cour, sur la poussière, devant les débris de leur mangeoire.

Ils le reconnurent et vinrent à lui.

L'un avait les oreilles horriblement fendues, l'autre au genou une large plaie, et le troisième la trompe coupée.

Cependant ils le regardaient d'un air triste, comme des personnes raisonnables; et celui qui n'avait plus de trompe, en baissant sa tête énorme et pliant les jarrets, tâchait de le flatter doucement avec l'extrémité hideuse de son moignon.

A cette caresse de l'animal, deux larmes lui jaillirent des yeux. Il bondit sur Abdalonim.

— Ah! misérable! la croix! la croix!

Abdalonim, s'évanouissant, tomba par terre à la renverse.

Derrière les fabriques de pourpre, dont les lentes fumées bleues montaient dans le ciel, un aboiement de chacal retentit; Hamilcar s'arrêta.

La pensée de son fils, comme l'attouchement d'un dieu, l'avait tout à coup calmé. C'était un prolongement de sa force, une continuation indéfinie de sa personne qu'il entrevoyait, et les esclaves ne comprenaient pas d'où lui était venu cet apaisement.

En se dirigeant vers les fabriques de pourpre, il passa devant l'ergastule, longue maison de pierre noire bâtie dans une fosse carrée avec un petit chemin tout autour et quatre escaliers aux angles.

Pour achever son signal, Iddibal sans doute attendait la nuit. Rien ne presse encore, songeait Hamilcar; et il descendit dans la prison. Quelques-uns lui crièrent:

— Retourne.

Les plus hardis le suivirent.

La porte ouverte battait au vent. Le crépuscule entrait par les meurtrières étroites, et l'on distinguait dans l'intérieur des chaînes brisées pendant aux murs.

Voilà tout ce qui restait des captifs de guerre!

Hamilcar pâlit extraordinairement, et ceux qui étaient penchés en dehors sur la fosse le virent qui s'appuyait d'une main contre le mur pour ne pas tomber.

Mais le chacal, trois fois de suite, cria. Hamilcar releva la tête; il ne proféra pas une parole, il ne fit pas un geste. Puis, quand le soleil fut complètement couché, il disparut derrière la haie de nopals, et le soir, à l'assemblée des Riches, dans le temple d'Eschmoûn, il dit en entrant:

— Lumières des Baalim, j'accepte le commandement des forces puniques contre l'année des Barbares!

VIII. — LA BATAILLE DU MACAR

Dès le lendemain, il tira des Syssites deux cent vingt-trois mille kikars d'or, il décréta un impôt de quatorze shekels sur les Riches. Les femmes mêmes contribuèrent; on payait pour les enfants, et, chose monstrueuse dans les habitudes carthaginoises, il força les collèges des prêtres à fournir de l'argent.

Il réclama tous les chevaux, tous les mulets, toutes les armes. Quelques-uns voulurent dissimuler leurs richesses, on vendit leurs biens; et, pour intimider l'avarice des autres, il donna soixante armures et quinze cents gommors de farine, autant à lui seul que la Compagnie de l'ivoire.

Il envoya dans la Ligurie acheter des soldats, trois mille montagnards habitués à combattre des ours; d'avance on leur paya six lunes, à quatre mines par jour.

Cependant il fallait une armée. Mais il n'accepta pas, comme Hannon, tous les citoyens. Il repoussa d'abord les gens d'occupations sédentaires, puis ceux qui avaient le ventre trop gros ou l'aspect pusillanime; et il admit des hommes déshonorés, la crapule de Malqua, des fils de Barbares, des affranchis. Pour récompense, il promit à des Carthaginois nouveaux le droit de cité complet.

Son premier soin fut de réformer la Légion. Ces beaux jeunes hommes qui se considéraient comme la majesté militaire de la République, se gouvernaient eux-mêmes. Il cassa leurs officiers; il les traitait rudement, les faisait courir, sauter, monter tout d'une baleine la pente de Byrsa, lancer des javelots, lutter corps à corps, coucher la nuit sur les places. Leurs familles venaient les voir et les plaignaient.

Il commanda des glaives plus courts, des brodequins plus forts. Il fixa le nombre des valets et réduisit les bagages; et comme on gardait dans le temple de Moloch trois cents pilums romains, malgré les réclamations du pontife il les prit.

Avec ceux qui étaient revenus d'Utique et d'autres que les particuliers possédaient, il organisa une phalange de soixante-douze éléphants et les rendit formidables. Il arma leurs conducteurs d'un maillet et d'un ciseau, afin de pouvoir dans la mêlée leur fendre le crâne s'ils s'emportaient. Il ne permit point que ses généraux fussent nommés par le Grand Conseil. Les Anciens tâchaient de lui objecter les lois, il passait au travers; on n'osait plus murmurer, tout pliait sous la violence de son génie.

A lui seul il se chargeait de la guerre, du gouvernement et des finances; et, afin de prévenir les accusations, il demanda comme administrateur de ses comptes le suffète Hannon.

Il faisait travailler aux remparts, et, pour avoir des pierres, démolir les vieilles murailles intérieures, à présent inutiles. Mais la différence des fortunes, remplaçant la hiérarchie des races, continuait à maintenir séparés les fils des vaincus et ceux des conquérants; aussi les patriciens virent d'un œil irrité la destruction de ces ruines, tandis que la plèbe, sans trop savoir pourquoi, s'en réjouissait.

Les troupes, en armes du matin au soir, défilaient dans les rues; à chaque moment on entendait sonner les trompettes; sur des chariots passaient des boucliers, des tentes, des piques; les cours étaient pleines de femmes qui déchiraient de la toile; l'ardeur de l'un à l'autre se communiquait; l'âme d'Hamilcar emplissait la République.

Il avait divisé ses soldats par nombres pairs, en ayant soin de placer dans la longueur des files, alternativement, un homme fort et un homme faible, pour que le moins vigoureux ou le plus lâche fût conduit à la fois et poussé par deux autres. Mais avec ses trois mille Ligures et les meilleurs de Carthage, il ne put former qu'une phalange simple de quatre mille quatre-vingt-seize hoplites, défendus par des casques de bronze, et qui maniaient des sarisses de frêne, longues de quatorze coudées.

Deux mille jeunes hommes portaient des frondes, un poignard et des sandales. Il les renforça de huit cents autres armés d'un bouclier rond et d'un glaive à la romaine.

La grosse cavalerie se composait des dix-neuf cents gardes qui restaient de la Légion, couverts par des lames de bronze vermeil, comme les Clinabares assyriens. Il avait de plus quatre cents archers à cheval, de ceux qu'on appelait des Tarentins, avec des bonnets en peau de belette, une hache à double tranchant et une tunique de cuir. Enfin douze cents Nègres du quartier des caravanes, mêlés aux Clinabares, devaient courir auprès des étalons, en s'appuyant d'une main sur la crinière. Tout était prêt, et cependant Hamilcar ne partait pas.

Souvent la nuit il sortait de Carthage, seul, et il s'enfonçait plus loin que la lagune, vers les embouchures du Macar. Voulait-il se joindre aux Mercenaires? Les Ligures campant sur les Mappales entouraient sa maison.

Les appréhensions des Riches parurent justifiées quand on vit, un jour, trois cents Barbares s'approcher des murs. Le Suffète leur ouvrit les portes; c'étaient des transfuges; ils accouraient vers leur maître, entraînés par la crainte ou par la fidélité.

Le retour d'Hamilcar n'avait point surpris les Mercenaires; cet homme, dans leurs idées, ne pouvait pas mourir. Il revenait pour accomplir ses promesses: espérance qui n'avait rien d'absurde, tant l'abîme était profond entre la

Patrie et l'Armée. D'ailleurs, ils ne se croyaient point coupables; on avait oublié le festin.

Les espions qu'ils surprirent les détrompèrent. Ce fut un triomphe pour les acharnés; les tièdes mêmes devinrent furieux. Puis les deux sièges les accablaient d'ennui; rien n'avançait, mieux valait une bataille! Aussi beaucoup d'hommes se débandaient, couraient la campagne. A la nouvelle des armements ils revinrent; Mâtho en bondit de joie.

— Enfin! enfin! s'écria-t-il.

Le ressentiment qu'il gardait à Salammbô se tourna contre Hamilcar. Sa haine, maintenant, apercevait une proie déterminée; et comme la vengeance devenait plus facile à concevoir, il croyait presque la tenir et déjà s'y délectait. En même temps il était pris d'une tendresse plus haute, dévoré par un désir plus âcre. Tour à tour il se voyait au milieu des soldats, brandissant sur une pique la tête du Suffète, puis dans la chambre au lit de pourpre, serrant la vierge entre ses bras, couvrant sa figure de baisers, passant ses mains sur ses grands cheveux noirs; et cette imagination qu'il savait irréalisable le suppliciait. Il se jura, puisque ses compagnons l'avaient nommé schalishim, de conduire la guerre; la certitude qu'il n'en reviendrait pas le poussait à la rendre impitoyable.

Il arriva chez Spendius, et lui dit:

— Tu vas prendre tes hommes! J'amènerai les miens! Avertis Autharite! Nous sommes perdus si Hamilcar nous attaque! M'entends-tu? Lève-toi!

Spendius demeura stupéfait devant cet air d'autorité. Mâtho, d'habitude, se laissait conduire, et les emportements qu'il avait eus étaient vite retombés. Mais à présent il semblait tout à la fois plus calme et plus terrible; une volonté superbe fulgurait dans ses yeux, pareille à la flamme d'un sacrifice.

Le Grec n'écouta pas ses raisons. Il habitait une des tentes carthaginoises à bordures de perles, buvait des boissons fraîches dans des coupes d'argent, jouait au cottabe, laissait croître sa chevelure et conduisait le siège avec lenteur. Du reste il avait pratiqué des intelligences dans la ville et ne voulait point partir, sûr qu'avant peu de jours elle s'ouvrirait.

Narr'Havas, qui vagabondait entre les trois armées, se trouvait alors près de lui. Il appuya son opinion, et même il blâma le Libyen de vouloir, par un excès de courage, abandonner leur entreprise.

— Va-t'en, si tu as peur! s'écria Mâtho; tu nous avais promis de la poix, du soufre, des éléphants, des fantassins, des chevaux! où sont-ils?

Narr'Havas lui rappela qu'il avait exterminé les dernières cohortes d'Hannon; quant aux éléphants, on les chassait dans les bois, il armait les fantassins, les chevaux étaient en marche; et le Numide, en caressant la plume d'autruche qui lui retombait sur l'épaule, roulait ses yeux comme une femme et souriait d'une manière irritante. Mâtho, devant lui, ne trouvait rien à répondre.

Un homme que l'on ne connaissait pas entra, mouillé de sueur, effaré, les pieds saignants, la ceinture dénouée; sa respiration secouait ses flancs maigres à les faire éclater, et tout en parlant un dialecte inintelligible, il ouvrait de grands yeux, comme s'il eût raconté quelque bataille. Le roi bondit dehors et appela ses cavaliers.

Ils se rangèrent dans la plaine, en formant un cercle devant lui. Narr'Havas, à cheval, baissait la tête et se mordait les lèvres. Enfin il sépara ses hommes en deux moitiés, dit à la première de l'attendre; puis d'un geste impérieux enlevant les autres au galop, il disparut dans l'horizon, du côté des montagnes.

— Maître! murmura Spendius, je n'aime pas ces hasards extraordinaires, le Suffète qui revient, Narr'Havas qui s'en va...

— Eh! qu'importe? fit dédaigneusement Mâtho.

C'était une raison de plus pour prévenir Hamilcar en rejoignant Autharite. Mais si l'on abandonnait le siège des villes, leurs habitants sortiraient, les attaqueraient par derrière, et l'on aurait en face les Carthaginois. Après beaucoup de paroles, les mesures suivantes furent résolues et immédiatement exécutées.

Spendius avec quinze mille hommes se porta jusqu'au pont bâti sur le Macar, à trois milles d'Utique; on en fortifia les angles par quatre tours énormes garnies de catapultes. Avec des troncs d'arbres, des pans de roches, des entrelacs d'épines et des murs de pierres, on boucha dans les montagnes tous les sentiers, toutes les gorges; sur leurs sommets on entassa des herbes qu'on allumerait pour servir de signaux, et des pasteurs habiles à voir de loin, de place en place, y furent postés.

Sans doute Hamilcar ne prendrait pas comme Hannon par la montagne des Eaux-Chaudes. Il devait penser qu'Autharite, maître de l'intérieur, lui fermerait la route. Puis un échec au début de la campagne le perdrait, tandis que la victoire serait à recommencer bientôt, les Mercenaires étant plus loin. Il pouvait encore débarquer au cap des Raisins, et de là marcher sur une des villes. Mais il se trouvait alors entre les deux armées, imprudence dont il n'était pas capable avec des forces peu nombreuses. Donc il devait longer la base de l'Ariana, puis tourner à gauche pour éviter les embouchures du Macar et venir droit au pont. C'est là que Mâtho l'attendait.

La nuit, à la lueur des torches, il surveillait les pionniers. Il courait à Hippo-Zaryte, aux ouvrages des montagnes, revenait, ne se reposait pas. Spendius enviait sa force; mais pour la conduite des espions, le choix des sentinelles, l'art des machines et tous les moyens défensifs, Mâtho écoutait docilement son compagnon; et ils ne parlaient plus de Salammbô, l'un n'y songeant pas, l'autre empêché par une pudeur.

Souvent il s'en allait du côté de Carthage pour tâcher d'apercevoir les troupes d'Hamilcar. Il dardait ses yeux sur l'horizon; il se couchait à plat ventre, et, dans le bourdonnement de ses artères, croyait entendre une armée.

Il dit à Spendius que si, avant trois jours, Hamilcar n'arrivait pas, il irait avec tous ses hommes à sa rencontre lui offrir la bataille. Deux jours encore se passèrent. Spendius le retenait; le matin du sixième, il partit.

Les Carthaginois n'étaient pas moins que les Barbares impatients de la guerre. Dans les tentes et dans les maisons, c'était le même désir, la même angoisse; tous se demandaient ce qui retardait Hamilcar.

De temps à autre, il montait sur la coupole du temple d'Eschmoûn, près de l'Annonciateur des Lunes, et il regardait le vent.

Un jour, c'était le troisième du mois de Tibby, on le vit descendre de l'Acropole à pas précipités. Dans les Mappales une grande clameur s'éleva. Bientôt les rues s'agitèrent, et partout les soldats commençaient à s'armer au milieu des femmes en pleurs qui se jetaient contre leur poitrine; puis ils couraient vite sur la place de Khamon prendre leurs rangs. On ne pouvait les suivre ni même leur parler, ni s'approcher des remparts; pendant quelques minutes, la ville entière fut silencieuse comme un grand tombeau. Les soldats songeaient, appuyés sur leurs lances; et les autres, dans les maisons, soupiraient.

Au coucher du soleil, l'armée sortit par la porte occidentale; mais, au lieu de prendre le chemin de Tunis ou de gagner les montagnes dans la direction d'Utique, on continua par le bord de la mer; et bientôt ils atteignirent la lagune, où des places rondes, toutes blanches de sel, miroitaient comme de gigantesques plats d'argent, oubliés sur le rivage.

Puis les flaques d'eau se multiplièrent. Le sol, peu à peu, devenait plus mou, les pieds s'enfonçaient; Hamilcar ne se retourna pas. Il allait toujours en tête; et son cheval, couvert de macules jaunes comme un dragon, en jetant de l'écume autour de lui, avançait dans la fange à grands coups de reins.

La nuit tomba, une nuit sans lune. Quelques-uns crièrent qu'on allait périr; il leur arracha leurs armes, qui furent données aux valets.

La boue était de plus en plus profonde. Il fallut monter sur les bêtes de somme; d'autres se cramponnaient à la queue des chevaux; les robustes tiraient les faibles, et le corps des Ligures poussait l'infanterie avec la pointe des piques. L'obscurité redoubla. On avait perdu la route. Tous s'arrêtèrent.

Des esclaves du Suffète partirent en avant pour chercher les balises plantées par son ordre de distance en distance. Ils criaient dans les ténèbres, et de loin l'armée les suivait.

On sentit la résistance du sol. Une courbe blanchâtre se dessina vaguement, et ils se trouvèrent sur le bord du Macar.

Malgré le froid, on n'alluma pas de feux.

Au milieu de la nuit, des rafales de vent s'élevèrent. Hamilcar fit réveiller les soldats, mais pas une trompette ne sonna: leurs capitaines les frappaient doucement sur l'épaule.

Un homme d'une haute taille descendit dans l'eau. Elle ne venait pas à la ceinture; on pouvait passer.

Le Suffète ordonna que trente-deux des éléphants se placeraient dans le fleuve cent pas plus loin, tandis que les autres, plus bas, arrêteraient les lignes d'hommes emportées par le courant; et tous, en tenant leurs armes au-dessus de leur tête, traversèrent le Macar comme entre deux murailles. Il avait remarqué que le vent d'ouest, en poussant les sables, obstruait le fleuve et formait dans sa longueur une chaussée naturelle.

Maintenant il était sur la rive gauche en face d'Utique, et dans une vaste plaine, avantage pour ses éléphants qui faisaient la force de son armée.

Ce tour de génie enthousiasma les soldats. Ils voulaient tout de suite courir aux Barbares; le Suffète les fit se reposer pendant deux heures. Dès que le soleil parut, on s'ébranla dans la plaine sur trois lignes: les éléphants d'abord, l'infanterie légère avec la cavalerie derrière elle, la phalange marchait ensuite.

Les Barbares campés à Utique, et les quinze mille autour du pont, furent surpris de voir au loin la terre onduler. Le vent, qui soufflait très fort, chassait des tourbillons de sable; ils se levaient comme arrachés du sol, montaient par grands lambeaux de couleur blonde, puis se déchiraient et recommençaient toujours, en cachant aux Mercenaires l'armée punique. A cause des cornes dressées au bord des casques, les uns croyaient apercevoir un troupeau de bœufs; d'autres, trompés par l'agitation des manteaux, prétendaient distinguer des ailes, et ceux qui avaient beaucoup voyagé, haussant les épaules, expliquaient tout par les illusions du mirage. Cependant quelque chose d'énorme continuait à s'avancer. De petites vapeurs, subtiles comme des baleines, couraient sur la surface du désert; une lumière âpre, et qui semblait vibrer, reculait la profondeur du ciel, et, pénétrant les objets, rendait la distance incalculable. L'immense plaine se développait de tous les côtés à perte de vue; et les ondulations du terrain, presque insensibles, se prolongeaient jusqu'à l'extrême horizon, fermé par une grande ligne bleue qu'on savait être la mer.

Les deux armées, sorties des tentes, regardaient; les gens d'Utique, pour mieux voir, se tassaient sur les remparts.

Ils distinguèrent plusieurs barres transversales, hérissées de points égaux. Elles devinrent plus épaisses, grandirent; des monticules noirs se balançaient; tout à coup des buissons carrés parurent; c'étaient des éléphants et des lances; un seul cri s'éleva:

— Les Carthaginois!

Sans signal, sans commandement, les soldats d'Utique et ceux du pont coururent pêle-mêle, pour tomber ensemble sur Hamilcar.

A ce nom, Spendius tressaillit. Il répétait en haletant:

— Hamilcar! Hamilcar!

Et Mâtho n'était pas là! Que faire? Nul moyen de fuir! La surprise de l'événement, sa terreur du Suffète et surtout l'urgence d'une résolution immédiate le bouleversaient; il se voyait traversé de mille glaives, décapité, mort. Cependant on l'appelait; trente mille hommes allaient le suivre; une fureur contre lui-même le saisit. Pour cacher sa pâleur il barbouilla ses joues de vermillon, puis il boucla ses cnémides, sa cuirasse, avala une patère de vin pur et courut après sa troupe, qui se hâtait vers celle d'Utique.

Elles se rejoignirent toutes les deux si rapidement que le Suffète n'eut pas le temps de ranger ses hommes en bataille. Peu à peu, il se ralentissait. Les éléphants s'arrêtèrent; ils balançaient leurs lourdes têtes chargées de plumes d'autruche, tout en se frappant les épaules avec leur trompe.

Au fond de leurs intervalles, on distinguait les cohortes des vélites, plus loin les grands casques des Clinabares, avec des fers qui brillaient au soleil, des cuirasses, des panaches, des étendards agités. L'armée carthaginoise, grosse de onze mille trois cent quatre-vingt-seize hommes, semblait à peine les contenir, car elle formait un carré long, étroit des flancs et resserré sur soi-même.

En les voyant si faibles, les Barbares furent pris d'une joie désordonnée; on n'apercevait pas Hamilcar. Il était resté là-bas, peut-être? Qu'importait, d'ailleurs! Le dédain qu'ils avaient de ces marchands renforçait leur courage; avant que Spendius eût commandé la manœuvre, tous l'avaient comprise et déjà l'exécutaient.

Ils se développèrent sur une grande ligne droite, qui débordait les ailes de l'armée punique, afin de l'envelopper complètement. Mais, quand on fut à trois cents pas d'intervalle, les éléphants, au lieu d'avancer, se retournèrent; puis voilà que les Clinabares, faisant volte-face, les suivirent; et la surprise des Mercenaires redoubla en apercevant tous les hommes de trait qui couraient pour les rejoindre.

Les Carthaginois avaient donc peur, ils fuyaient! Une huée formidable éclata dans les troupes des Barbares, et, du haut de son dromadaire, Spendius s'écriait:

— Ah! je le savais bien! En avant! en avant!

Alors les javelots, les dards, les balles des frondes jaillirent à la fois. Les éléphants, la croupe piquée par les flèches, se mirent à galoper plus vite; une grosse poussière les enveloppait, et, comme des ombres dans un nuage, ils s'évanouirent.

On entendait au fond un grand bruit de pas, dominé par le son aigu des trompettes qui soufflaient avec furie. Cet espace, que les Barbares avaient devant eux, plein de tourbillons et de tumulte, attirait comme un gouffre; quelques-uns s'y lancèrent.

Des cohortes d'infanterie apparurent; elles se refermaient; et, en même temps, tous les autres voyaient accourir les fantassins avec des cavaliers au galop.

Hamilcar avait ordonné à la phalange de rompre ses sections, aux éléphants, aux troupes légères et à la cavalerie de passer par ces intervalles pour se porter vivement sur les ailes, et calculé si bien la distance des Barbares, que, au moment où ils arrivaient contre lui, l'armée carthaginoise tout entière faisait une grande ligne droite.

Au milieu, se hérissait la phalange formée par des syntagmes ou carrés pleins, ayant seize hommes de chaque côté. Tous les chefs de toutes les files apparaissaient entre de longs fers aigus qui les débordaient inégalement, car les six premiers rangs croisaient leurs sarisses en les tenant par le milieu, et les dix rangs inférieurs les appuyaient sur l'épaule de leurs compagnons se succédant devant eux. Les figures disparaissaient à moitié sous la visière des casques; des cnémides en bronze couvraient les jambes droites; les larges boucliers cylindriques descendaient jusqu'aux genoux; et cette horrible masse quadrangulaire remuait d'une seule pièce, semblait vivre comme une bête et fonctionner comme une machine. Deux cohortes d'éléphants la bordaient régulièrement; tout en frissonnant, ils faisaient tomber les éclats des flèches attachés à leur peau noire. Les Indiens accroupis sur leur garrot, parmi les touffes de plumes blanches, les retenaient avec la cuiller du harpon, tandis que, dans les tours, des hommes cachés jusqu'aux épaules promenaient, au bord des grands arcs tendus, des quenouilles en fer garnies d'étoupes allumées.

A la droite et à la gauche des éléphants, voltigeaient les frondeurs, une fronde autour des reins, une seconde sur la tête, une troisième à la main droite. Les Clinabares, chacun flanqué d'un nègre, tendaient leurs lances entre les oreilles de leurs chevaux tout couverts d'or comme eux. Ensuite s'espaçaient les soldats armés à la légère avec des boucliers en peau de lynx, d'où dépassaient les pointes des javelots qu'ils tenaient dans leur main gauche; et les Tarentins, conduisant deux chevaux accouplés, relevaient aux deux bouts cette muraille de soldats.

L'armée des Barbares, au contraire, n'avait pu maintenir son alignement. Sur sa longueur exorbitante il s'était fait des ondulations, des vides; ils haletaient, essoufflés d'avoir couru.

La phalange s'ébranla lourdement en poussant toutes ses sarisses; sous ce poids énorme la ligne des Mercenaires, trop mince, plia par le milieu.

Les ailes carthaginoises se développèrent pour les saisir; les éléphants les suivaient. Avec ses lances obliquement tendues, la phalange coupa les Barbares; deux tronçons énormes s'agitèrent; les ailes, à coups de fronde et de flèche, les rabattaient sur les phalangites. Pour s'en débarrasser, la cavalerie manquait, sauf deux cents Numides qui se portèrent contre l'escadron droit des Clinabares. Les autres se trouvaient enfermés, et ne pouvaient sortir de ces lignes. Le péril était imminent et une résolution urgente.

Spendius ordonna d'attaquer la phalange simultanément par les deux flancs, afin de passer tout au travers. Mais les rangs les plus étroits glissèrent sous les plus longs, revinrent à leur place, et elle se retourna contre les Barbares, aussi terrible de ses côtés qu'elle l'était de front tout à l'heure.

Ils frappaient sur la hampe des sarisses: la cavalerie, par derrière, gênait leur attaque; et la phalange, appuyée aux éléphants, se resserrait et s'allongeait, se présentait en carré, en cône, en rhombe, en trapèze, en pyramide. Un double mouvement intérieur se faisait continuellement de sa tête à sa queue; car ceux qui étaient au bas des files accouraient vers les premiers rangs, et ceux-là, par lassitude ou à cause des blessés, se repliaient plus bas. Les Barbares se trouvèrent foulés sur la phalange. Il lui était impossible de s'avancer; on aurait dit un océan où bondissaient des aigrettes rouges avec des écailles d'airain, tandis que les clairs boucliers se roulaient comme une écume d'argent. Quelquefois, d'un bout à l'autre, de larges courants descendaient, puis ils remontaient, et au milieu une lourde masse se tenait immobile. Les lances s'inclinaient et se relevaient alternativement. Ailleurs c'était une agitation de glaives nus si précipitée que les pointes seules apparaissaient, et des turmes de cavalerie élargissaient des cercles, qui se refermaient derrière elles en tourbillonnant.

Par-dessus la voix des capitaines, la sonnerie des clairons et le grincement des lyres, les boules de plomb et les amandes d'argile passant dans l'air, sifflaient, faisaient sauter les glaives des mains, la cervelle des crânes. Les blessés, s'abritant d'un bras sous leur bouclier, tendaient leur épée en appuyant le pommeau contre le sol, et d'autres, dans des mares de sang, se retournaient pour mordre les talons. La multitude était si compacte, la poussière si épaisse, le tumulte si fort, qu'il était impossible de rien distinguer; les lâches qui offrirent de se rendre ne furent même pas entendus. Quand les mains étaient vides, on s'étreignait corps à corps; les poitrines craquaient contre les cuirasses et des cadavres pendaient la tête en arrière, entre deux bras crispés. Il y eut une compagnie de soixante Ombriens qui, fermes sur leurs jarrets, la pique devant les yeux, inébranlables et grinçant des dents, forcèrent à reculer deux syntagmes à la fois. Des pasteurs épirotes coururent à l'escadron gauche des Clinabares, saisirent les chevaux à la crinière en faisant tournoyer leurs bâtons; les bêtes, renversant leurs hommes, s'enfuirent par la plaine. Les frondeurs puniques, écartés çà et là, restaient béants. La phalange commençait à osciller, les capitaines couraient éperdus, les serre-files poussaient les soldats, et les Barbares s'étaient reformés; ils revenaient; la victoire était pour eux.

Mais un cri, un cri épouvantable éclata, un rugissement de douleur et de colère: c'étaient les soixante-douze éléphants qui se précipitaient sur une double ligne, Hamilcar ayant attendu que les Mercenaires fussent tassés en une seule place pour les lâcher contre eux; les Indiens les avaient si vigoureusement piqués que du sang coulait sur leurs oreilles. Leurs trompes, barbouillées de minium, se tenaient droites en l'air, pareilles à des serpents rouges; leurs poitrines étaient garnies d'un épieu, leurs dos d'une cuirasse, leurs défenses allongées par des lames de fer courbes comme des sabres, et, pour les rendre plus féroces, on les avait enivrés avec un mélange de poivre, de vin pur et d'encens. Ils secouaient leurs colliers de grelots, criaient; et les éléphantarques baissaient la tête sous le jet des phalariques qui commençaient à voler du haut des tours.

Afin de mieux leur résister, les Barbares se ruèrent en foule compacte; les éléphants se jetèrent au milieu, impétueusement. Les éperons de leur poitrail, comme des proues de navire, fendaient les cohortes; elles refluaient à gros bouillons. Avec leurs trompes, ils étouffaient les hommes, ou bien, les arrachant du sol, par-dessus leur tête ils les livraient aux soldats dans les tours; avec leurs défenses, ils les éventraient, les lançaient en l'air, et de longues entrailles pendaient à leurs crocs d'ivoire comme des paquets de cordages à des mâts. Les Barbares tâchaient de leur crever les yeux, de leur couper les jarrets, ou, se glissant sous leur ventre, y enfonçaient un glaive jusqu'à la garde et périssaient écrasés; les plus intrépides se cramponnaient à leurs courroies; sous les flammes, sous les balles, sous les flèches ils continuaient à scier les cuirs, et la tour d'osier s'écroulait comme une tour de pierres. Quatorze de ceux qui se trouvaient à l'extrémité droite, irrités de leurs blessures, se retournèrent sur le second rang; les Indiens saisirent leur maillet et leur ciseau, et, l'appliquant au joint de la tête, à tour de bras ils frappèrent un grand coup.

Les bêtes énormes s'affaissèrent, tombèrent les unes par-dessus les autres. Ce fut comme une montagne; et sur ce tas de cadavres et d'armures, un éléphant monstrueux qu'on appelait Fureur de Baal, pris par la jambe entre des chaînes, resta jusqu'au soir à hurler, avec une flèche dans l'œil.

Les autres, comme des conquérants qui se délectent dans leur extermination, renversaient, écrasaient, piétinaient, s'acharnaient aux cadavres, aux débris.

Pour repousser les manipules serrées en colonnes autour d'eux, ils pivotaient sur leurs pieds de derrière, dans un mouvement de rotation continuelle, en avançant toujours. Les Carthaginois sentirent redoubler leur vigueur, et la bataille recommença.

Les Barbares faiblissaient; des hoplites grecs jetèrent leurs armes. On aperçut Spendius penché sur son dromadaire et qui l'éperonnait aux épaules avec deux javelots. Tous alors se précipitèrent par les ailes et coururent vers Utique.

Les Clinabares, dont les chevaux n'en pouvaient plus, n'essayèrent pas de les atteindre. Les Ligures, exténués de soif, criaient pour se porter sur le fleuve. Mais les Carthaginois, placés au milieu des syntagmes, et qui avaient moins souffert, trépignaient de désir devant leur vengeance qui fuyait; déjà ils s'élançaient à la poursuite des Mercenaires; Hamilcar parut.

Il retenait avec des rênes d'argent son cheval tigré tout couvert de sueur. Les bandelettes attachées aux cornes de son casque claquaient au vent derrière lui, et il avait mis sous sa cuisse gauche son bouclier ovale. D'un mouvement de sa pique à trois pointes, il arrêta l'armée.

Les Tarentins sautèrent vite de leur cheval sur le second, et partirent à droite et à gauche vers le fleuve et vers la ville.

La phalange extermina commodément tout ce qui restait de Barbares. Quand arrivaient les épées, ils tendaient la gorge en fermant les paupières. D'autres se défendirent à outrance; on les assomma de loin, sous des cailloux, comme des chiens enragés. Hamilcar avait recommandé de faire des captifs; mais les Carthaginois lui obéissaient avec rancune, tant ils sentaient de plaisir à enfoncer leurs glaives dans les corps des Barbares. Comme ils avaient trop chaud, ils se mirent à travailler nu-bras, à la manière des faucheurs; et lorsqu'ils s'interrompaient pour reprendre baleine, ils suivaient des yeux, dans la campagne, un cavalier galopant après un soldat qui courait. Il parvenait à le saisir par les cheveux, le tenait ainsi quelque temps, puis l'abattait d'un coup de hache.

La nuit tomba. Les Carthaginois, les Barbares avaient disparu. Les éléphants, qui s'étaient enfuis, vagabondaient à l'horizon avec leurs tours incendiées. Elles brûlaient dans les ténèbres, çà et là comme des phares à demi perdus dans la brume; et l'on n'apercevait d'autre mouvement sur la plaine que l'ondulation du fleuve, exhaussé par les cadavres et qui les charriait à la mer.

Deux heures après, Mâtho arriva. Il entrevit à la clarté des étoiles, de longs tas inégaux couchés par terre.

C'étaient des files de Barbares. Il se baissa; tous étaient morts. Il appela; personne ne répondit.

Le matin même, il avait quitté Hippo-Zaryte avec ses soldats pour marcher sur Carthage. A Utique, l'armée de Spendius venait de partir, et les habitants commençaient à incendier les machines. Tous s'étaient battus avec acharnement. Mais le tumulte qui se faisait vers le pont redoublant d'une façon incompréhensible, Mâtho s'était jeté, par le plus court chemin, à travers la montagne, et comme les Barbares s'enfuyaient par la plaine, il n'avait rencontré personne.

En face de lui, de petites masses pyramidales se dressaient dans l'ombre, et en deçà du fleuve, plus près, il y avait à ras du sol des lumières immobiles. En effet, les Carthaginois s'étaient repliés derrière le pont, et, pour tromper les Barbares, le Suffète avait établi des postes nombreux sur l'autre rive.

Mâtho, s'avançant toujours, crut distinguer des enseignes puniques, car des têtes de cheval qui ne bougeaient pas apparaissaient dans l'air, fixées au sommet des hampes en faisceau que l'on ne pouvait voir; et il entendit plus loin une grande rumeur, un bruit de chansons et de coupes heurtées.

Ne sachant où il se trouvait, ni comment découvrir Spendius, tout assailli d'angoisses, effaré, perdu dans les ténèbres, il s'en retourna par le même chemin plus impétueusement. L'aube blanchissait, quand du haut de la montagne il aperçut la ville, avec les carcasses des machines noircies par les flammes, comme des squelettes de géant qui s'appuyaient aux murs.

Tout reposait dans un silence et dans un accablement extraordinaires. Parmi ses soldats, au bord des tentes, des hommes presque nus dormaient sur le dos, ou le front contre leur bras que soutenait leur cuirasse. Quelques-uns décollaient de leurs jambes des bandelettes ensanglantées. Ceux qui allaient mourir roulaient leur tête, tout doucement; d'autres, en se traînant, leur apportaient à boire. Le long des chemins étroits les sentinelles marchaient pour se réchauffer, ou se tenaient la figure tournée vers l'horizon, avec leur pique sur l'épaule, dans une attitude farouche.

Mâtho trouva Spendius abrité sous un lambeau de toile que supportaient deux bâtons par terre, le genou dans les mains, la tête basse.

Ils restèrent longtemps sans parler.

Enfin Mâtho murmura:

— Vaincus!

Spendius reprit d'une voix sombre:

— Oui, vaincus!

Et à toutes les questions il répondait par des gestes désespérés.

Des soupirs, des râles arrivaient jusqu'à eux. Mâtho entrouvrit la toile. Le spectacle des soldats lui rappela un autre désastre, au même endroit, et en grinçant des dents:

— Misérable! une fois déjà... Spendius l'interrompit:

— Tu n'y étais pas, non plus!

— C'est une malédiction! s'écria Mâtho. A la fin pourtant, je l'atteindrai! je le vaincrai! je le tuerai! Ah! si j'avais été là!...

L'idée d'avoir manqué la bataille le désespérait plus encore que la défaite. Il arracha son glaive, le jeta par terre.

— Comment les Carthaginois vous ont-ils battus?

L'ancien esclave se mit à raconter les manœuvres. Mâtho croyait les voir et il s'irritait. L'armée d'Utique, au lieu de courir vers le pont, aurait dû prendre Hamilcar par derrière.

— Eh! je le sais! dit Spendius.

— Il fallait doubler tes profondeurs, ne pas compromettre les vélites contre la phalange, donner des issues aux éléphants. Au dernier moment, on pouvait tout regagner; rien ne forçait à fuir.

Spendius répondit:

— Je l'ai vu passer dans son grand manteau rouge, les bras levés, plus haut que la poussière, comme un aigle qui volait au flanc des cohortes; et, à tous les signes de sa tête, elles se resserraient, s'élançaient; la foule nous a entraînés l'un vers l'autre; il me regardait; j'ai senti dans mon cœur comme le froid d'une épée.

«Il aura peut-être choisi le jour?» se disait tout bas Mâtho.

Ils s'interrogèrent, tâchant de découvrir ce qui avait amené le Suffète précisément dans la circonstance la plus défavorable. Pour atténuer sa faute ou se redonner à lui-même du courage, Spendius avança qu'il restait encore de l'espoir.

— Qu'il n'en reste plus, n'importe! dit Mâtho; tout seul, je continuerai la guerre!

— Et moi aussi! s'écria le Grec en bondissant. Il marchait à grands pas; ses prunelles étincelaient et un sourire étrange plissait sa figure de chacal.

— Nous recommencerons, ne me quitte plus! Je ne suis pas fait pour les batailles au grand soleil; l'éclat des épées me trouble la vue; c'est une maladie, j'ai trop longtemps vécu dans l'ergastule. Mais donne-moi des murailles à escalader la nuit, et j'entrerai dans les citadelles, et les cadavres seront froids avant que les coqs aient chanté! Montre-moi quelqu'un, quelque chose, un ennemi, un trésor, une femme...

Il répéta:

— Une femme, fût-elle la fille d'un roi, et j'apporterai vivement ton désir devant tes pieds. Tu me reproches d'avoir perdu la bataille contre Hannon, je l'ai regagnée pourtant. Avoue-le! mon troupeau de porcs nous a plus servi qu'une phalange de Spartiates.

Et, cédant au besoin de se rehausser et de saisir sa revanche, il énuméra tout ce qu'il avait fait pour la cause des Mercenaires.

— C'est moi, dans les jardins du Suffète, qui ai poussé le Gaulois! Plus tard, à Sicca, je les ai tous enragés avec la peur de la République! Giscon les renvoyait, mais je n'ai pas voulu que les interprètes pussent parler. Ah! comme la langue leur pendait de la bouche! T'en souviens-tu? Je t'ai conduit dans Carthage; j'ai volé le zaïmph. Je t'ai mené chez elle. Je ferai plus encore: tu verras!

Il éclata de rire comme un fou.

Mâtho le considérait les yeux béants. Il éprouvait une sorte de malaise devant cet homme, qui était à la fois si lâche et si terrible.

Le Grec reprit d'un ton jovial, en faisant claquer ses doigts:

— Evohé! Après la pluie, le soleil! J'ai travaillé aux carrières et j'ai bu du massique dans un vaisseau qui m'appartenait, sous un tendelet d'or, comme un Ptolémée. Le malheur doit servir à nous rendre plus habiles. A force de travail on assouplit la fortune. Elle aime les politiques. Elle cédera!

Il revint sur Mâtho, et le prenant au bras:

— Maître, à présent les Carthaginois sont sûrs de leur victoire. Tu as toute une armée qui n'a pas combattu, et tes hommes t'obéissent, à toi. Place-les en avant; les miens, pour se venger, marcheront. Il me reste trois mille Cariens, douze cents frondeurs et des archers, des cohortes entières! On peut même former une phalange, retournons!

Mâtho, abasourdi par le désastre, n'avait jusqu'à présent rien imaginé pour en sortir. Il écoutait, la bouche ouverte, et les lames de bronze qui cerclaient ses côtes se soulevaient aux bondissements de son cœur. Il ramassa son épée, en criant:

— Suis-moi, marchons!

Les éclaireurs, quand ils furent revenus, annoncèrent que les morts des Carthaginois étaient enlevés, le pont tout en ruine et Hamilcar disparu.

IX. — EN CAMPAGNE

Il avait pensé que les Mercenaires l'attendraient à Utique ou qu'ils reviendraient contre lui; et, ne trouvant pas ses forces suffisantes pour donner l'attaque ou pour la recevoir, il s'était enfoncé dans le sud, par la rive droite du fleuve, ce qui le mettait immédiatement à couvert d'une entreprise.

Il voulait, fermant d'abord les yeux sur leur révolte, détacher toutes les tribus de la cause des Barbares; puis, quand ils seraient bien isolés au milieu des provinces, il tomberait sur eux et les exterminerait.

En quatorze jours, il pacifia la région comprise entre Thouccaber et Utique, avec les villes de Tignicabah, Tessourah, Vacca, d'autres encore à l'occident. Zounghar, bâtie dans les montagnes; Assouras, célèbre par son temple; Djeraado, fertile en genévriers; Thapitis et Hagour lui envoyèrent des ambassades. Les gens de la campagne arrivaient les mains pleines de vivres, imploraient sa protection, baisaient ses pieds, ceux des soldats, et se plaignaient des Barbares. Quelques-uns venaient lui offrir, dans des sacs, des têtes de Mercenaires, tués par eux, disaient-ils, mais qu'ils avaient coupées à des cadavres; car beaucoup s'étaient perdus en fuyant, et on les trouvait morts, de place en place, sous les oliviers et dans les vignes.

Pour éblouir le peuple, Hamilcar, dès le lendemain de la victoire, avait envoyé à Carthage les deux mille captifs faits sur le champ de bataille. Ils arrivèrent par longues compagnies de cent hommes chacune, les bras attachés sur le dos avec une barre de bronze qui les prenait à la nuque, et les blessés, en saignant, couraient aussi; des cavaliers, derrière eux, les chassaient à coups de fouet.

Ce fut un délire de joie! On se répétait qu'il y avait eu six mille Barbares de tués; les autres ne tiendraient pas, la guerre était finie; on s'embrassait dans les rues, et l'on frotta de beurre et de cinnamome la figure des Dieux Patæques pour les remercier. Avec leurs gros yeux, leur gros ventre et leurs deux bras levés jusqu'aux épaules, ils semblaient vivre sous leur peinture plus fraîche et participer à l'allégresse du peuple. Les Riches laissaient leurs portes ouvertes; la ville retentissait du ronflement des tambourins; les temples, toutes les nuits, étaient illuminés, et les servantes de la Déesse, descendues dans Malqua, établirent au coin des carrefours des tréteaux en sycomore, où elles se prostituaient. On vota des terres pour les vainqueurs, des holocaustes pour Melkarth, trois cents couronnes d'or pour le Suffète; ses partisans proposaient de lui décerner des prérogatives et des honneurs nouveaux.

Il avait sollicité les Anciens de faire des ouvertures à Autharite pour échanger contre tous les Barbares, s'il le fallait, le vieux Giscon avec les autres Carthaginois détenus comme lui. Les Libyens et les Nomades qui composaient l'armée d'Autharite connaissaient à peine ces Mercenaires, hommes de race italiote ou grecque; et puisque la République leur offrait tant de Barbares contre si peu de Carthaginois, c'est que les uns étaient de nulle valeur et que les autres en avaient une considérable. Ils craignaient un piège. Autharite refusa.

Les Anciens décrétèrent l'exécution des captifs, bien que le Suffète leur eût écrit de ne pas les mettre à mort. Il comptait incorporer les meilleurs dans ses troupes et exciter par là des défections. Mais la haine emporta toute réserve.

Les deux mille Barbares furent attachés dans les Mappales, contre les stèles des tombeaux; et des marchands, des goujats de cuisine, des brodeurs et même des femmes, les veuves des morts avec leurs enfants, tous ceux qui voulaient, vinrent les tuer à coups de flèches. On les visait lentement, pour mieux prolonger leur supplice; on baissait son arme, puis on la relevait tour à tour; et la multitude se poussait en hurlant. Des paralytiques se faisaient amener sur des civières; beaucoup, par précaution, apportaient leur nourriture et restaient là jusqu'au soir; d'autres y passaient la nuit. On avait planté des tentes où l'on buvait. Plusieurs gagnèrent de fortes sommes à louer des arcs.

On laissa debout tous ces cadavres crucifiés, qui semblaient sur les tombeaux autant de statues rouges, et l'exaltation gagnait jusqu'aux gens de Malqua, issus des familles autochtones et d'ordinaire indifférents aux choses de la patrie. Par reconnaissance des plaisirs qu'elle leur donnait, maintenant ils s'intéressaient à sa fortune, se sentaient Puniques; et les Anciens trouvèrent habile d'avoir ainsi fondu dans une même vengeance le peuple entier.

La sanction des dieux n'y manqua pas; car de tous les côtés du ciel des corbeaux s'abattirent. Ils volaient en tournant dans l'air avec de grands cris rauques, et faisaient un nuage qui roulait sur soi-même continuellement. On l'apercevait de Clypéa, de Rhadès et du promontoire Hermæum. Parfois il se crevait tout à coup, élargissant au loin ses spirales noires; c'était un aigle qui fondait dans le milieu, puis repartait. Sur les terrasses, sur les dômes, à la pointe des obélisques et au fronton des temples, il y avait, çà et là, de gros oiseaux qui tenaient dans leur bec rougi des lambeaux humains.

A cause de l'odeur, les Carthaginois se résignèrent à délivrer les cadavres. On en brûla quelques-uns; on jeta les autres à la mer, et les vagues, poussées par le vent du nord, en déposèrent sur la plage, au fond du golfe, devant le camp d'Autharite.

Ce châtiment avait terrifié les Barbares, sans doute, car du haut d'Eschmoûn on les vit abattre leurs tentes, réunir leurs troupeaux, hisser leurs bagages sur des ânes, et le soir du même jour l'armée entière s'éloigna.

Elle devait, en se portant depuis la montagne des Eaux-Chaudes jusqu'à Hippo-Zaryte alternativement, interdire au Suffète l'approche des villes tyriennes avec la possibilité d'un retour sur Carthage.

Pendant ce temps-là, les deux autres armées tâcheraient de l'atteindre dans le sud, Spendius par l'orient, Mâtho par l'occident, de manière à se rejoindre toutes les trois pour le surprendre et l'enlacer. Un renfort qu'ils n'espéraient pas leur survint: Narr'Havas reparut, avec trois cents chameaux chargés de bitume, vingt-cinq éléphants et six mille cavaliers.

Le Suffète, pour affaiblir les Mercenaires, avait jugé prudent de l'occuper au loin dans son royaume. Du fond de Carthage, il s'était entendu avec Masgaba, un brigand gétule qui cherchait à se faire un empire. Fort de l'argent punique, il avait soulevé les États numides en leur promettant la liberté. Narr'Havas, prévenu par le fils de sa nourrice, était tombé dans Cirta, avait empoisonné les vainqueurs avec l'eau des citernes, abattu quelques têtes, tout rétabli; et il arrivait contre le Suffète plus furieux que les Barbares.

Les chefs des quatre armées s'entendirent sur les dispositions de la guerre. Elle serait longue; il fallait tout prévoir.

On convint d'abord de réclamer l'assistance des Romains, et l'on offrit cette mission à Spendius; comme transfuge, il n'osa s'en charger. Douze hommes des colonies grecques s'embarquèrent à Annaba sur une chaloupe des Numides. Puis les chefs exigèrent de tous les Barbares le serment d'une obéissance complète. Chaque jour les capitaines inspectaient les vêtements, les chaussures; on défendit même aux sentinelles l'usage du bouclier, car souvent elles l'appuyaient contre leur lance et s'endormaient debout; ceux qui traînaient quelque bagage furent contraints de s'en défaire; tout, à la mode romaine, devait être porté sur le dos. Par précaution contre les éléphants, Mâtho institua un corps de cavaliers cataphractes, où l'homme et le cheval disparaissaient sous une cuirasse en peau d'hippopotame hérissée de clous; et pour protéger la corne des chevaux, on leur fit des bottines en tresse de sparterie.

Il fut interdit de piller les bourgs, de tyranniser les habitants de race non punique. Comme la contrée s'épuisait, Mâtho ordonna de distribuer les vivres par tête de soldat, sans s'inquiéter des femmes. D'abord ils les partagèrent avec elles. Faute de nourriture, beaucoup s'affaiblissaient. C'était une occasion incessante de querelles, d'invectives, plusieurs attirant les compagnes des autres par l'appât ou même la promesse de leur portion. Mâtho commanda de les chasser toutes, impitoyablement. Elles se réfugièrent dans le camp d'Autharite; les Gauloises et les Libyennes, à force d'outrages, les contraignirent à s'en aller.

Elles vinrent sous les murs de Carthage implorer la protection de Cérès et de Proserpine, car il y avait dans Byrsa un temple et des prêtres consacrés à ces déesses, en expiation des horreurs commises autrefois au siège de Syracuse. Les Syssites, alléguant leur droit d'épaves, réclamèrent les plus jeunes pour les vendre; et des Carthaginois nouveaux prirent en mariage des Lacédémoniennes, qui étaient blondes.

Quelques-unes s'obstinèrent à suivre les armées. Elles couraient sur le flanc des syntagmes, à côté des capitaines. Elles appelaient leurs hommes, les tiraient par le manteau, se frappaient la poitrine en les maudissant, et tendaient au bout de leurs bras leurs petits enfants nus qui pleuraient. Ce spectacle amollissait les Barbares; elles étaient un embarras, un péril. Plusieurs fois on les repoussa, elles revenaient; Mâtho les fit charger à coups de lance par les cavaliers de Narr'Havas; et comme des Baléares lui criaient qu'il leur fallait des femmes:

— Moi, je n'en ai pas! répondit-il.

A présent, le génie de Moloch l'envahissait. Malgré les rébellions de sa conscience, il exécutait des choses épouvantables, s'imaginant obéir à la voix d'un dieu. Quand il ne pouvait les ravager, Mâtho jetait des pierres dans les champs pour les rendre stériles.

Par des messages réitérés, il pressait Autharite et Spendius de se hâter. Mais les opérations du Suffète étaient incompréhensibles. Il campa successivement à Eidous, à Monchar, à Tehent; des éclaireurs crurent l'apercevoir aux environs d'Ischiil, près des frontières de Narr'Havas, et l'on apprit qu'il avait traversé le fleuve au-dessus de Tebourba, comme pour revenir à Carthage. A peine dans un endroit, il se transportait vers un autre. Les routes qu'il prenait restaient toujours inconnues. Sans livrer de bataille, le Suffète conservait ses avantages; poursuivi par les Barbares, il semblait les conduire.

Ces marches et ces contremarches fatiguaient encore plus les Carthaginois; et les forces d'Ha-milcar, n'étant pas renouvelées, de jour en jour diminuaient. Maintenant, les gens de la campagne lui apportaient des vivres avec plus de lenteur. Il rencontrait partout une hésitation, une haine taciturne; malgré ses supplications près du Grand Conseil, aucun secours n'arrivait de Carthage.

On disait (on croyait peut-être) qu'il n'en avait pas besoin. C'était une ruse, ou des plaintes inutiles; et les partisans d'Hannon, afin de le desservir, exagéraient l'importance de sa victoire. Les troupes qu'il commandait, on en faisait le sacrifice; mais on n'allait pas ainsi continuellement fournir à toutes ses demandes. La guerre était bien assez lourde! elle avait trop coûté; et, par orgueil, les patriciens de sa faction l'appuyaient avec mollesse.

Alors, désespérant de la République, Hamilcar leva de force dans les tribus tout ce qu'il lui fallait pour la guerre: du grain, de l'huile, du bois, des bestiaux et des hommes. Les habitants ne tardèrent pas à s'enfuir. Les bourgs que l'on traversait étaient vides; on fouillait les cabanes sans y rien trouver; bientôt une effroyable solitude enveloppa l'armée punique.

Les Carthaginois, furieux, se mirent à saccager les provinces; ils comblaient les citernes, incendiaient les maisons. Les flammèches, emportées par le vent, s'éparpillaient au loin, et sur les montagnes des forêts entières brûlaient; elles bordaient les vallées d'une couronne de feux; pour passer au delà, on était forcé d'attendre. Puis ils reprenaient leur marche, en plein soleil, sur des cendres chaudes.

Quelquefois ils voyaient, au bord de la route, luire dans un buisson comme des prunelles de chat-tigre. C'était un Barbare accroupi sur les talons, et qui s'était barbouillé de poussière pour se confondre avec la couleur du feuillage; ou bien, quand on longeait une ravine, ceux qui étaient sur les ailes entendaient tout à coup rouler des pierres; et, en levant les yeux, ils apercevaient dans l'écartement de la gorge un homme pieds nus qui bondissait.

Cependant Utique et Hippo-Zaryte étaient libres, puisque les Mercenaires ne les assiégeaient plus. Hamilcar leur commanda de venir à son aide. N'osant se compromettre, elles lui répondirent par des mots vagues, des compliments, des excuses.

Il remonta dans le nord, brusquement, décidé à s'ouvrir une des villes tyriennes, dût-il en faire le siège. Il lui fallait un point sur la côte, afin de tirer des îles ou de Cyrène des approvisionnements et des soldats, et il convoitait le port d'Utique comme étant le plus près de Carthage.

Le Suffète partit donc de Zouitin et tourna le lac d'Hippo-Zaryte avec prudence. Bientôt il fut contraint d'allonger ses régiments en colonne pour gravir la montagne qui sépare les deux vallées. Au coucher du soleil, ils descendaient dans son sommet creusé en forme d'entonnoir, quand ils aperçurent devant eux, à ras du sol, des louves de bronze qui semblaient courir sur l'herbe.

Tout à coup de grands panaches se levèrent; et au rythme des flûtes un chant formidable éclata. C'était l'armée de Spendius; car des Campaniens et des Grecs, par exécration de Carthage, avaient pris les enseignes de Rome. En même temps, sur la gauche, apparurent de longues piques, des boucliers en peau de léopard, des cuirasses de lin, des épaules nues. C'étaient les Ibériens de Mâtho, les Lusitaniens, les Baléares, les Gétules; on entendit le hennissement des chevaux de Narr'Havas; ils se répandirent autour de la colline; puis arriva la vague cohue que commandait Autharite: les Gaulois, les Libyens, les Nomades; et l'on reconnaissait au milieu d'eux les Mangeurs de choses immondes aux arêtes de poisson qu'ils portaient dans la chevelure.

Ainsi les Barbares, combinant exactement leurs marches, s'étaient rejoints. Mais, surpris eux-mêmes, ils restèrent quelques minutes immobiles et se consultant.

Le Suffète avait tassé ses hommes en une masse orbiculaire, de façon à offrir partout une résistance égale. Les hauts boucliers pointus, fichés dans le gazon les uns près des autres, entouraient l'infanterie. Les Clinabares se tenaient en dehors, et, plus loin, de place en place, les éléphants. Les Mercenaires étaient harassés de fatigue; il valait mieux attendre jusqu'au jour; et, certains de leur victoire, les Barbares, pendant toute la nuit, s'occupèrent à manger.

Ils avaient allumé de grands feux clairs qui, en les éblouissant, laissaient dans l'ombre l'armée punique au-dessous d'eux. Hamilcar fit creuser autour de son camp, comme les Romains, un fossé large de quinze pas, profond de dix coudées; avec la terre exhausser à l'intérieur un parapet sur lequel on planta des pieux aigus qui s'entrelaçaient; et, au soleil levant, les Mercenaires furent ébahis d'apercevoir tous les Carthaginois ainsi retranchés comme dans une forteresse.

Ils reconnaissaient, au milieu des tentes, Hamilcar, qui se promenait en distribuant des ordres. Il avait le corps pris dans une cuirasse brune tailladée en petites écailles; et, suivi de son cheval, de temps en temps il s'arrêtait pour désigner quelque chose de son bras droit étendu.

Alors plus d'un se rappela des matinées pareilles, quand, au fracas des clairons, il passait devant eux lentement, et que ses regards les fortifiaient comme des coupes de vin. Une sorte d'attendrissement les saisit. Ceux, au contraire, qui ne connaissaient pas Hamilcar, dans leur joie de le tenir, déliraient.

Si tous attaquaient à la fois, on se nuirait mutuellement dans l'espace trop étroit. Les Numides pouvaient se lancer au travers; mais les Clinabares, défendus par des cuirasses, les écraseraient; puis comment franchir les palissades? Quant aux éléphants, ils n'étaient pas suffisamment instruits.

— Vous êtes tous des lâches! s'écria Mâtho.

Et, avec les meilleurs, il se précipita contre le retranchement. Une volée de pierres les repoussa; car le Suffète avait pris sur le pont leurs catapultes abandonnées.

Cet insuccès fit tourner brusquement l'esprit mobile des Barbares. L'excès de leur bravoure disparut; ils voulaient vaincre, mais en se risquant le moins possible. D'après Spendius, il fallait garder soigneusement la position que l'on avait et affamer l'armée punique. Les Carthaginois se mirent à creuser des puits, et des montagnes entourant la colline, ils découvrirent de l'eau.

Du sommet de leurs palissades ils lançaient des flèches, de la terre, du fumier, des cailloux qu'ils arrachaient du sol, pendant que les six catapultes roulaient incessamment sur la longueur de la terrasse.

Mais les sources d'elles-mêmes se tariraient; on épuiserait les vivres, on userait les catapultes; les Mercenaires, dix fois plus nombreux, finiraient par triompher. Le Suffète imagina des négociations afin de gagner du temps; et un matin les Barbares trouvèrent dans leurs lignes une peau de mouton couverte d'écritures. Il se justifiait de sa victoire; les Anciens l'avaient forcé à la guerre. Pour leur montrer qu'il gardait sa parole, il leur offrait le pillage d'Utique ou celui d'Hippo-Zaryte, à leur choix; Hamilcar, en terminant, déclarait ne pas les craindre, parce qu'il avait gagné des traîtres et que, grâce à ceux-là, il viendrait à bout, facilement, de tous les autres.

Les Barbares furent troublés; cette proposition d'un butin immédiat les faisait rêver; ils appréhendaient une trahison, ne soupçonnant point un piège dans la forfanterie du Suffète, et ils commencèrent à se regarder les uns les autres avec méfiance. On observait les paroles, les démarches; des terreurs les réveillaient la nuit. Plusieurs abandonnaient leurs compagnons; suivant sa fantaisie on choisissait son armée; les Gaulois avec Autharite allèrent se joindre aux hommes de la Cisalpine, dont ils comprenaient la langue.

Les quatre chefs se réunissaient tous les soirs dans la tente de Mâtho; et, accroupis autour d'un bouclier, ils avançaient et reculaient attentivement les petites figurines de bois, inventées par Pyrrhus, pour reproduire les manœuvres. Spendius démontrait les ressources d'Hamilcar; il suppliait de ne point compromettre l'occasion et jurait par tous les dieux. Mâtho, irrité, marchait en gesticulant. La guerre contre Carthage était sa chose personnelle; il s'indignait que les autres s'en mêlassent sans vouloir lui obéir. Autharite, devinant ses paroles à sa figure, applaudissait. Narr'Havas levait le menton en signe de dédain; pas une mesure qu'il ne jugeât funeste; et il ne souriait plus. Des soupirs lui échappaient comme s'il eût refoulé la douleur d'un rêve impossible, le désespoir d'une entreprise manquée.

Pendant que les Barbares, incertains, délibéraient, le Suffète augmentait ses défenses; il fit creuser en deçà des palissades un second fossé, élever une seconde muraille, construire aux angles des tours de bois; ses esclaves allaient jusqu'au milieu des avant-postes enfoncer les chausse-trapes dans la terre. Mais les éléphants, dont les rations étaient diminuées, se débattaient dans leurs entraves. Pour ménager les herbes, il ordonna aux Clinabares de tuer les moins robustes des étalons. Quelques-uns s'y refusèrent; il les fit décapiter. On mangea les chevaux. Le souvenir de cette viande fraîche, les jours suivants, fut une grande tristesse.

Du fond de l'amphithéâtre où ils se trouvaient resserrés, ils voyaient tout autour d'eux, sur les hauteurs, les quatre camps des Barbares pleins d'agitation. Des femmes circulaient avec des outres sur la tête, des chèvres en bêlant erraient sous les faisceaux des piques; on relevait les sentinelles, on mangeait autour des trépieds. Les tribus leur fournissaient des vivres abondamment, et ils ne se doutaient pas eux-mêmes combien leur inaction effrayait l'armée punique.

Dès le second jour, les Carthaginois avaient remarqué dans le camp des Nomades une troupe de trois cents hommes à l'écart des autres. C'étaient les Riches, retenus prisonniers depuis le commencement de la guerre. Des Libyens les rangèrent tous au bord du fossé, et, postés derrière eux, ils envoyaient des javelots en se faisant un rempart de leur corps. A peine pouvait-on reconnaître ces misérables, tant leur visage disparaissait sous la vermine et les ordures. Leurs cheveux arrachés par endroits laissaient à nu les ulcères de leur tête; et ils étaient si maigres et hideux qu'ils ressemblaient à des momies dans des linceuls troués. Quelques-uns sanglotaient d'un air stupide; les autres criaient à leurs amis de tirer sur les Barbares. Il y en avait un, tout immobile, le front baissé, qui ne parlait pas; sa grande barbe blanche tombait jusqu'à ses mains couvertes de chaînes; et les Carthaginois, en sentant au fond de leur cœur comme l'écroulement de la République, reconnaissaient Giscon. Bien que la place fût dangereuse, ils se poussaient pour le voir. On l'avait coiffé d'une tiare grotesque, en cuir d'hippopotame, incrustée de cailloux. C'était une imagination d'Autharite; mais cela déplaisait à Mâtho.

Hamilcar exaspéré fit ouvrir les palissades, résolu à se faire jour n'importe comment; et d'un train furieux les Carthaginois montèrent jusqu'à mi-côte, pendant trois cents pas. Un tel flot de Barbares descendit qu'ils furent refoulés sur leurs lignes. Un des gardes de la Légion, resté en dehors, trébuchait parmi les pierres. Zarxas accourut, et, le terrassant, il lui enfonça un poignard dans la gorge; il l'en retira, se jeta sur la blessure, et, la bouche collée contre elle, avec des grondements de joie et des soubresauts qui le secouaient jusqu'aux talons, il pompait le sang à pleine poitrine; puis, tranquillement, il s'assit sur le cadavre, releva son visage en se renversant le cou pour mieux humer l'air, comme fait une biche qui vient de boire à un torrent, et, d'une voix aiguë, il entonna une chanson des Baléares, une vague mélodie pleine de modulations prolongées, s'interrompant, alternant, comme des échos qui se répondent dans les montagnes; il appelait ses frères morts et les conviait à un festin; puis il laissa retomber ses mains entre ses jambes, baissa lentement la tête, et pleura. Cette chose atroce fit horreur aux Barbares, aux Grecs surtout.

Les Carthaginois, à partir de ce moment, ne tentèrent aucune sortie, et ils ne songeaient pas à se rendre, certains de périr dans les supplices.

Cependant les vivres, malgré les soins d'Hamilcar, diminuaient effroyablement. Pour chaque homme, il ne restait plus que dix k'hommers de blé, trois hins de millet et douze betzas de fruits secs. Plus de viande, plus d'huile, plus de salaisons, pas un grain d'orge pour les chevaux; on les voyait, baissant leur encolure amaigrie, chercher dans la poussière des brins de paille piétines. Souvent les sentinelles en vedette sur la terrasse apercevaient, au clair de la lune, un chien des Barbares qui venait rôder sous le retranchement, dans les tas d'immondices; on l'assommait avec une pierre, et, s'aidant des courroies du bouclier, on descendait le long des palissades, puis, sans rien dire, on le mangeait. Parfois d'horribles aboiements s'élevaient, et l'homme ne remontait plus. Dans la quatrième dilochie de la douzième syntagme, trois phalangites, en se disputant un rat, se tuèrent à coups de couteau.

Tous regrettaient leurs familles, leurs maisons: les pauvres, leurs cabanes en forme de ruche, avec des coquilles au seuil des portes, un filet suspendu, et les patriciens, leurs grandes salles emplies de ténèbres bleuâtres, quand, à l'heure la plus molle du jour, ils se reposaient, écoutant le bruit vague des rues mêlé au frémissement des feuilles qui s'agitaient dans leurs jardins; et, pour mieux descendre dans cette pensée, afin d'en jouir davantage, ils entre-fermaient les paupières; la secousse d'une blessure les réveillait. A chaque minute, c'était un engagement, une alerte nouvelle; les tours brûlaient, les Mangeurs de choses immondes sautaient aux palissades; avec des haches, on leur abattait les mains; d'autres accouraient; une pluie de fer tombait sur les tentes. On éleva des galeries en claies de jonc pour se garantir des projectiles. Les Carthaginois s'y enfermèrent; ils n'en bougeaient plus.

Tous les jours, le soleil qui tournait sur la colline, abandonnant, dès les premières heures, le fond de la gorge, les laissait dans l'ombre. En face et par derrière, les pentes grises du terrain remontaient, couvertes de cailloux tachetés d'un rare lichen; et, sur leurs têtes, le ciel, continuellement pur, s'étalait, plus lisse et froid à l'œil qu'une coupole de métal. Hamilcar était si indigné contre Carthage qu'il sentait l'envie de se jeter dans les Barbares pour les conduire sur elle. Puis voilà que les porteurs, les vivandiers, les esclaves commençaient à murmurer, et ni le peuple ni le Grand Conseil, personne n'envoyait même une espérance! La situation était intolérable par l'idée surtout qu'elle deviendrait pire.

A la nouvelle du désastre, Carthage avait comme bondi de colère et de haine; on aurait moins exécré le Suffète, si, dès le commencement, il se fût laissé vaincre.

Mais pour acheter d'autres Mercenaires, le temps manquait, l'argent manquait. Quant à lever des soldats dans la ville, comment les équiper? Hamilcar avait pris toutes les armes! et qui donc les commanderait? Les meilleurs capitaines se trouvaient là-bas avec lui! Des hommes expédiés par le Suffète arrivaient dans les rues, poussaient des cris. Le Grand Conseil s'en émut, et il s'arrangea pour les faire disparaître.

C'était une prudence inutile; tous accusaient Barca de s'être conduit avec mollesse. Il aurait dû, après sa victoire, anéantir les Mercenaires. Pourquoi avait-il ravagé les tribus? On s'était cependant imposé d'assez lourds sacrifices! et les patriciens déploraient leur contribution de quatorze shekels, les Syssites leurs deux cent vingt-trois mille kikars d'or; ceux qui n'avaient rien donné se lamentaient comme les autres. La populace était jalouse des Carthaginois nouveaux auxquels il avait promis le droit de cité complet; et les Ligures, qui s'étaient si intrépidement battus, on les confondait avec les Barbares, on les maudissait comme eux; leur race devenait un crime, une complicité. Les marchands sur le seuil de leur boutique, les manœuvres qui passaient une règle de plomb à la main, les vendeurs de saumure rinçant leurs paniers, les baigneurs dans les étuves et les débitants de boissons chaudes, tous discutaient les opérations de la campagne. On traçait avec son doigt des plans de bataille sur la poussière; il n'était si mince goujat qui ne sût corriger les fautes d'Hamilcar.

C'était, disaient les prêtres, le châtiment de sa longue impiété. Il n'avait point offert d'holocaustes; il n'avait pas purifié ses troupes; il avait même refusé de prendre avec lui des augures; et le scandale du sacrilège renforçait la violence des haines contenues, la rage des espoirs trahis. On se rappelait les désastres de la Sicile, tout le fardeau de son orgueil qu'on avait si longtemps porté! Les collèges des pontifes ne lui pardonnaient pas d'avoir saisi leur trésor, et ils exigèrent du Grand Conseil l'engagement de le crucifier, si jamais il revenait.

Les chaleurs du mois d'Eloul, excessives cette année-là, étaient une autre calamité. Des bords du lac, il s'élevait des odeurs nauséabondes; elles passaient dans l'air avec les fumées des aromates tourbillonnant au coin des rues. On entendait continuellement retentir des hymnes. Des flots de peuple occupaient les escaliers des temples; les murailles étaient couvertes de voiles noirs; des cierges brûlaient au front des Dieux Patseques, et le sang des chameaux égorgés en sacrifice, coulant le long des rampes, formait sur les marches des cascades rouges. Un délire funèbre agitait Carthage. Du fond des ruelles les plus étroites, des bouges les plus noirs, des figures pâles sortaient, des hommes à profil de vipère et qui grinçaient des dents. Les hurlements aigus des femmes emplissaient les maisons, et, s'échappant par les grillages, faisaient se retourner sur les places ceux qui causaient debout. On croyait quelquefois que les Barbares arrivaient; on les avait aperçus derrière la montagne des Eaux-Chaudes; ils étaient campés à Tunis; les voix se multipliaient, grossissaient, se confondaient en une seule clameur. Puis un silence universel s'établissait; les uns restaient grimpés sur le fronton des édifices, avec leur main ouverte au bord des yeux, tandis que les autres, à plat ventre au pied des remparts, tendaient l'oreille. La terreur passée, les colères recommençaient. Mais la conviction de leur impuissance les replongeait bientôt dans la même tristesse.

Elle redoublait chaque soir, quand tous, montés sur les terrasses, poussaient, en s'inclinant par neuf fois, un grand cri, pour saluer le Soleil. Il s'abaissait derrière la lagune, lentement, puis tout à coup il disparaissait dans les montagnes, du côté des Barbares.

On attendait la fête trois fois sainte où, du haut d'un bûcher, un aigle s'envolait vers le ciel, symbole de la résurrection de l'année, message du peuple à son Baal suprême, et qu'il considérait comme une sorte d'union, une manière de se rattacher à la force du Soleil. D'ailleurs, empli de haine maintenant, il se tournait naïvement vers

Moloch homicide, et tous abandonnaient Tanit. La Rabbet, n'ayant plus son voile, était comme dépouillée d'une partie de sa vertu. Elle refusait la bienfaisance de ses eaux, elle avait déserté Carthage; c'était une transfuge, une ennemie. Quelques-uns, pour l'outrager, lui jetaient des pierres. Mais en l'invectivant, beaucoup la plaignaient; on la chérissait encore, et plus profondément peut-être.

Tous les malheurs venaient donc de la perte du zaïmph. Salammbô y avait directement participé; on la comprenait dans la même rancune; elle devait être punie. La vague idée d'une immolation bientôt circula dans le peuple. Pour apaiser les Baalim, il fallait sans doute leur offrir quelque chose d'une incalculable valeur, un être beau, jeune, vierge, d'antique maison, issu des dieux, un astre humain. Tous les jours des hommes que l'on ne connaissait pas envahissaient les jardins de Mégara; les esclaves, tremblant pour eux-mêmes, n'osaient leur résister. Cependant ils ne dépassaient point l'escalier des galères. Ils restaient en bas, les yeux levés sur la dernière terrasse; ils attendaient Salammbô, et durant des heures ils criaient contre elle, comme des chiens qui hurlent après la lune.

X. — LE SERPENT

Ces clameurs de la populace n'épouvantaient pas la fille d'Hamilcar.

Elle était troublée par des inquiétudes plus hautes: son grand serpent, le python noir, languissait; et le serpent était pour les Carthaginois un fétiche à la fois national et particulier. On le croyait fils du limon de la terre, puisqu'il émerge de ses profondeurs et n'a pas besoin de pieds pour la parcourir; sa démarche rappelait les ondulations des fleuves, sa température les antiques ténèbres visqueuses pleines de fécondités, et l'orbe qu'il décrit en se mordant la queue l'ensemble des planètes, l'intelligence d'Eschmoûn.

Celui de Salammbô avait refusé plusieurs fois les quatre moineaux vivants qu'on lui présentait à la pleine lune et à chaque lune nouvelle. Sa belle peau, couverte comme le firmament de taches d'or sur un fond tout noir, était jaune maintenant, flasque, ridée et trop large pour son corps; une moisissure cotonneuse s'étendait autour de sa tête; et dans l'angle des ses paupières, on apercevait de petits points rouges qui paraissaient remuer. De temps à autre, Salammbô s'approchait de sa corbeille en fils d'argent; elle écartait la courtine de pourpre, les feuilles de lotus, le duvet d'oiseau; il était continuellement enroulé sur lui-même, plus immobile qu'une liane flétrie; à force de le regarder, elle finissait par sentir dans son cœur comme une spirale, comme un autre serpent qui peu à peu lui montait à la gorge et l'étranglait.

Elle était désespérée d'avoir vu le zaïmph; cependant elle en éprouvait une sorte de joie, un orgueil intime. Un mystère se dérobait dans la splendeur de ses plis; c'était le nuage enveloppant les dieux, le secret de l'existence universelle, et Salammbô, en se faisant horreur à elle-même, regrettait de ne l'avoir pas soulevé.

Presque toujours elle était accroupie au fond de son appartement, tenant dans ses mains sa jambe gauche repliée, la bouche entrouverte, le menton baissé, l'œil fixe. Elle se rappelait avec épouvante la figure de son père; elle voulait s'en aller dans les montagnes de la Phénicie, en pèlerinage au temple d'Aphaka, où Tanit est descendue sous la forme d'une étoile; toutes sortes d'imaginations l'attiraient, l'effrayaient; d'ailleurs une solitude chaque jour plus large l'environnait. Elle ne savait même pas ce que devenait Hamilcar.

Lasse de ses pensées, elle se levait, et, en traînant ses petites sandales dont la semelle à chaque pas claquait sur ses talons, elle se promenait au hasard dans la grande chambre silencieuse. Les améthystes et les topazes du plafond faisaient çà et là trembler des taches lumineuses, et Salammbô, tout en marchant, tournait un peu la tête pour les voir. Elle allait prendre par le goulot les amphores suspendues; elle se rafraîchissait la poitrine sous les larges éventails, ou bien elle s'amusait à brûler du cinnamome dans des perles creuses. Au coucher du soleil, Taanach retirait les losanges de feutre noir bouchant les ouvertures de la muraille; alors ses colombes, frottées de musc comme les colombes de Tanit, tout à coup entraient, et leurs pattes roses glissaient sur les dalles de verre parmi les grains d'orge qu'elle leur jetait à pleines poignées, comme un semeur dans un champ. Soudain elle éclatait en sanglots, et elle restait étendue sur le grand lit fait de courroies de bœuf, sans remuer, en répétant un mot toujours le même, les yeux ouverts, pâle comme une morte, insensible, froide; cependant elle entendait le cri des singes dans les touffes des palmiers, avec le grincement continu de la grande roue qui, à travers les étages, amenait un flot d'eau pure dans la vasque de porphyre.

Quelquefois, durant plusieurs jours, elle refusait de manger. Elle voyait en rêve des astres troubles qui passaient sous ses pieds. Elle appelait Schahabarim, et, quand il était venu, n'avait plus rien à lui dire.

Elle ne pouvait vivre sans le soulagement de sa présence. Mais elle se révoltait intérieurement contre cette domination; elle sentait pour le prêtre tout à la fois de la terreur, de la jalousie, de la haine et une espèce d'amour, en reconnaissance de la singulière volupté qu'elle trouvait près de lui.

Il avait reconnu l'influence de la Rabbet, habile à distinguer quels étaient les dieux qui envoyaient les maladies; et, pour guérir Salammbô, il faisait arroser son appartement avec des lotions de verveine et d'adiante; elle mangeait tous les matins des mandragores; elle dormait la tête sur un sachet d'aromates mixtionnés par les pontifes; il avait même employé le baaras, racine couleur de feu qui refoule dans le septentrion les génies funestes; enfin, se tournant vers l'étoile polaire, il murmura par trois fois le nom mystérieux de Tanit; mais, Salammbô souffrant toujours, ses angoisses s'approfondirent.

Personne, à Carthage, n'était savant comme lui. Dans sa jeunesse, il avait étudié au collège des Mogbeds, à Borsippa, près Babylone; puis visité Samothrace, Pessinunte, Ephèse, la Thessalie, la Judée, le temple des Nabathéens, qui sont perdus dans les sables; et, des cataractes jusqu'à la mer, parcouru à pied les bords du Nil. La face couverte d'un voile, et en secouant des flambeaux, il avait jeté un coq noir sur un feu de sandaraque, devant le poitrail du Sphinx, le Père de la terreur. Il était descendu dans les cavernes de Proserpine; il avait vu tourner les cinq cents colonnes du labyrinthe de Lemnos et resplendir le candélabre de Tarente, portant sur sa tige autant de lampadaires qu'il y a de jours dans l'année; la nuit, parfois, il recevait des Grecs pour les interroger. La constitution du monde ne l'inquiétait pas moins que la nature des dieux; avec les armilles placés dans le portique d'Alexandrie, il avait observé les équinoxes, et accompagné jusqu'à Cyrène les bématistes d'Evergète, qui mesurent le ciel en calculant le nombre de leurs pas; si bien que maintenant grandissait dans sa pensée une religion particulière, sans formule distincte, et, à cause de cela même, toute pleine de vertiges et d'ardeurs. Il ne croyait plus la terre faite comme une pomme de pin; il la croyait ronde, et tombant éternellement dans l'immensité, avec une vitesse si prodigieuse qu'on ne s'aperçoit pas de sa chute.

De la position du soleil au-dessus de la lune, il concluait à la prédominance du Baal, dont l'astre lui-même n'est que le reflet et la figure; d'ailleurs, tout ce qu'il voyait des choses terrestres le forçait à reconnaître pour suprême le principe mâle exterminateur. Puis il accusait secrètement la Rabbet de l'infortune de sa vie. N'était-ce pas pour elle qu'autrefois le grand-pontife, s'avançant dans le tumulte des cymbales, lui avait pris sa virilité future? Et il suivait d'un œil mélancolique les hommes qui se perdaient avec les prêtresses au fond des térébinthes.

Ses jours se passaient à inspecter les encensoirs, les vases d'or, les pinces, les râteaux pour les cendres de l'autel, et toutes les robes des statues jusqu'à l'aiguille de bronze servant à friser les cheveux d'une vieille Tanit, dans le troisième édicule, près de la vigne d'émeraude. Aux mêmes heures, il soulevait les grandes tapisseries des mêmes portes qui retombaient; il restait les bras ouverts dans la même attitude; il priait prosterné sur les dalles, tandis qu'autour de lui un peuple de prêtres circulait pieds nus par les couloirs pleins d'un crépuscule éternel.

Mais sur l'aridité de sa vie, Salammbô faisait comme une fleur dans la fente d'un sépulcre. Cependant il était dur pour elle, et ne lui épargnait point les pénitences ni les paroles amères. Sa condition établissait entre eux comme l'égalité d'un sexe commun, et il en voulait moins à la jeune fille de ne pouvoir la posséder que de la trouver si belle et surtout si pure. Souvent il voyait bien qu'elle se fatiguait à suivre sa pensée. Alors il s'en retournait plus triste; il se sentait plus abandonné, plus seul, plus vide.

Des mots étranges quelquefois lui échappaient, et qui passaient devant Salammbô comme de larges éclairs illuminant des abîmes. C'était la nuit, sur la terrasse, quand, seuls tous les deux, ils regardaient les étoiles, et que Carthage s'étalait en bas, sous leurs pieds, avec le golfe et la pleine mer vaguement perdus dans la couleur des ténèbres.

Il lui exposait la théorie des âmes qui descendent sur la terre, en suivant la même route que le soleil par les signes du zodiaque. De son bras étendu, il montrait dans le Bélier la porte de la génération humaine, dans le Capricorne, celle du retour vers les dieux; et Salammbô s'efforçait de les apercevoir, car elle prenait ces conceptions pour des réalités; elle acceptait comme vrais en eux-mêmes de purs symboles et jusqu'à des manières de langage, distinction qui n'était pas, non plus, toujours bien nette pour le prêtre.

— Les âmes des morts, disait-il, se résolvent dans la lune comme les cadavres dans la terre. Leurs larmes composent son humidité; c'est un séjour obscur plein de fange, de débris et de tempêtes.

Elle demanda ce qu'elle y deviendrait.

— D'abord, tu languiras, légère comme une vapeur qui se balance sur les flots; et, après des épreuves et des angoisses plus longues, tu t'en iras dans le foyer du Soleil, à la source même de l'Intelligence!

Cependant il ne parlait pas de la Rabbet. Salammbô s'imaginait que c'était par pudeur pour sa déesse vaincue, et l'appelant d'un nom commun qui désignait la lune, elle se répandait en bénédictions sur l'astre fertile et doux. A la fin, il s'écria:

— Non! non! elle tire de l'autre toute sa fécondité! Ne la vois-tu pas vagabondant autour de lui comme une femme amoureuse qui court après un homme dans un champ?

Et sans cesse il exaltait la vertu de la lumière. Loin d'abattre ses désirs mystiques, au contraire il les sollicitait, et même il semblait prendre de la joie à la désoler par les révélations d'une doctrine impitoyable. Salammbô, malgré les douleurs de son amour, se jetait dessus avec emportement.

Mais plus Schahabarim se sentait douter de Tanit, plus il voulait y croire. Au fond de son âme un remords l'arrêtait. Il lui aurait fallu quelque preuve, une manifestation des dieux, et dans l'espoir de l'obtenir, il imagina une entreprise qui pouvait à la fois sauver sa patrie et sa croyance.

Dès lors il se mit, devant Salammbô, à déplorer le sacrilège et les malheurs qui en résultaient jusque dans les régions du ciel. Puis, tout à coup, il lui annonça le péril du Suffète, assailli par trois armées que commandait Mâtho; car Mâtho, pour les Carthaginois, était, à cause du voile, comme le roi des Barbares; il ajouta que le salut de la République et de son père dépendait d'elle seule.

— De moi! s'écria-t-elle, comment puis-je...? Mais le prêtre, avec un sourire de dédain:

— Jamais tu ne consentiras!

Elle le suppliait. Enfin Schahabarim lui dit:

— Il faut que tu ailles chez les Barbares reprendre le zaïmph!

Elle s'affaissa sur l'escabeau d'ébène; et elle restait les bras allongés sur ses genoux, avec un frisson de tous ses membres, comme une victime au pied de l'autel quand elle attend le coup de massue. Ses tempes bourdonnaient, elle voyait tourner des cercles de feu, et, dans sa stupeur, ne comprenait plus qu'une chose, c'est que certainement elle allait bientôt mourir.

Mais si la Rabbet triomphait, si le zaïmph était rendu et Carthage délivrée, qu'importe la vie d'une femme! pensait Schahabarim. D'ailleurs, elle obtiendrait peut-être le voile et ne périrait pas.

Il fut trois jours sans revenir; le soir du quatrième, elle l'envoya chercher.

Pour mieux enflammer son cœur, il lui apportait toutes les invectives que l'on hurlait contre Hamilcar en plein Conseil; il lui disait qu'elle avait failli, qu'elle devait réparer son crime, et que la Rabbet ordonnait ce sacrifice.

Souvent une large clameur traversant les Mappales arrivait dans Mégara. Schahabarim et Salammbô sortaient vivement; et, du haut de l'escalier des galères, ils regardaient.

C'étaient des gens sur la place de Khamon qui criaient pour avoir des armes. Les Anciens ne voulaient pas leur en fournir, estimant cet effort inutile; d'autres, partis sans général, avaient été massacrés. Enfin on leur permit de s'en aller, et, par une sorte d'hommage à Moloch ou un vague besoin de destruction, ils arrachèrent dans les bois des temples de grands cyprès, et, les ayant allumés aux flambeaux des Kabyres, ils les portaient dans les rues en chantant. Ces flammes monstrueuses s'avançaient, balancées doucement; elles envoyaient des feux sur des boules de verre à la crête des temples, sur les ornements des colosses, sur les éperons des navires, dépassaient les terrasses et faisaient comme des soleils qui se roulaient par la ville. Elles descendirent l'Acropole. La porte de Malqua s'ouvrit.

— Es-tu prête? s'écria Schahabarim, ou leur as-tu recommandé de dire à ton père que tu l'abandonnais?

Elle se cacha le visage dans ses voiles, et les grandes lueurs s'éloignèrent, en s'abaissant peu à peu au bord des flots.

Une épouvante indéterminée la retenait; elle avait peur de Moloch, peur de Mâtho. Cet homme à taille de géant, et qui était maître du zaïmph, dominait la Rabbet autant que le Baal et lui apparaissait entouré des mêmes fulgurations; puis l'âme des dieux, quelquefois, visitait le corps des hommes. Schahabarim, en parlant de celui-là, ne disait-il pas qu'elle devait vaincre Moloch? Ils étaient mêlés l'un à l'autre; elle les confondait; tous les deux la poursuivaient.

Elle voulut connaître l'avenir et elle s'approcha du serpent, car on tirait des augures d'après l'attitude des serpents. La corbeille était vide; Salammbô fut troublée. Elle le trouva enroulé par la queue à un des balustres d'argent, près du lit suspendu, et il s'y frottait pour se dégager de sa vieille peau jaunâtre, tandis que son corps tout luisant et clair s'allongeait comme un glaive à moitié sorti du fourreau.

Les jours suivants, à mesure qu'elle se laissait convaincre, qu'elle était plus disposée à secourir Tanit, le python se guérissait, grossissait; il semblait revivre.

La certitude que Schahabarim exprimait la volonté des dieux s'établit alors dans sa conscience. Un matin, elle se réveilla déterminée, et elle demanda ce qu'il fallait pour que Mâtho rendît le voile.

— Le réclamer, dit Schahabarim.

— Mais s'il refuse?

Le prêtre la considéra fixement, et avec un sourire qu'elle n'avait jamais vu.

— Oui, comment faire? répéta Salammbô. Il roulait entre ses doigts l'extrémité des bandelettes qui tombaient de sa tiare sur ses épaules, les yeux baissés, immobile. Enfin, voyant qu'elle ne comprenait pas:

— Tu seras seule avec lui.

— Après? dit-elle.

— Seule dans sa tente.

— Et alors?

Schahabarim se mordait les lèvres. Il cherchait quelque phrase, un détour.

— Si tu dois mourir, ce sera plus tard, dit-il, plus tard! ne crains rien! et quoi qu'il entreprenne, n'appelle pas, ne t'effraye pas! Tu seras humble, entends-tu, et soumise à son désir qui est l'ordre du ciel!

— Mais le voile?

— Les dieux y aviseront, répondit Schahabarim.

Elle ajouta:

— Si tu m'accompagnais, ô père?

— Non.

Il la fit se mettre à genoux, et, gardant la main gauche levée et la droite étendue, il jura pour elle de rapporter dans Carthage le manteau de Tanit. Avec des imprécations terribles, elle se dévouait aux dieux, et chaque fois que

Schahabarim prononçait un mot, en défaillant, elle le répétait.

Il lui indiqua toutes les purifications, les jeûnes qu'elle devait faire et comment parvenir jusqu'à Mâtho. D'ailleurs, un homme connaissant les routes l'accompagnerait.

Elle se sentait comme délivrée. Elle ne songeait plus qu'au bonheur de revoir le zaïmph, et maintenant elle bénissait Schahabarim de ses exhortations.

C'était l'époque où les colombes de Carthage émigraient en Sicile, dans la montagne d'Eryx, autour du temple de Vénus. Avant leur départ, durant plusieurs jours, elles se cherchaient, s'appelaient pour se réunir; elles s'envolèrent un soir; le vent les poussait, et cette grosse nuée blanche glissait dans le ciel, au-dessus de la mer, très haut.

Une couleur de sang occupait l'horizon. Elles semblaient descendre vers les flots, peu à peu; puis elles disparurent comme englouties et tombant d'elles-mêmes dans la gueule du soleil. Salammbô, qui les regardait s'éloigner, baissa la tête, et Taanach, croyant deviner son chagrin, lui dit alors doucement:

— Mais elles reviendront, maîtresse.

— Oui! je le sais.

— Et tu les reverras.

— Peut-être! fit-elle en soupirant.

Elle n'avait confié à personne sa résolution; pour l'accomplir plus discrètement, elle envoya Taanach acheter dans le faubourg de Kinisdo (au lieu de les demander aux intendants) toutes les choses qu'il lui fallait: du vermillon, des aromates, une ceinture de lin et des vêtements neufs. La vieille esclave s'ébahissait de ces préparatifs, sans oser pourtant lui faire de questions; et le jour arriva, fixé par Schahabarim, où Salammbô devait partir.

Vers la douzième heure, elle aperçut au fond des sycomores un vieillard aveugle, la main appuyée sur l'épaule d'un enfant qui marchait devant lui, et de l'autre il portait contre sa hanche une espèce de cithare en bois noir. Les eunuques, les esclaves, les femmes avaient été scrupuleusement éloignés; aucun ne pouvait savoir le mystère qui se préparait.

Taanach alluma dans les angles de l'appartement quatre trépieds pleins de strobus et de cardamome; puis elle déploya de grandes tapisseries babyloniennes et elle les tendit sur des cordes, tout autour de la chambre; car Salammbô ne voulait pas être vue, même par les murailles. Le joueur de kinnor se tenait accroupi derrière la porte, et le jeune garçon, debout, appliquait contre ses lèvres une flûte de roseau. Au loin la clameur des rues s'affaiblissait, des ombres violettes s'allongeaient devant le péristyle des temples, et, de l'autre côté du golfe, les bases des montagnes, les champs d'oliviers et les vagues terrains jaunes, ondulant indéfiniment, se confondaient dans une vapeur bleuâtre; on n'entendait aucun bruit, un accablement indicible pesait dans l'air.

Salammbô s'accroupit sur la marche d'onyx, au bord du bassin; elle releva ses larges manches qu'elle attacha derrière ses épaules, et elle commença ses ablutions, méthodiquement, d'après les rites sacrés.

Ensuite Taanach lui apporta, dans une fiole d'albâtre, quelque chose de liquide et de coagulé; c'était le sang d'un chien noir, égorgé par des femmes stériles, une nuit d'hiver, dans les décombres d'un sépulcre. Elle s'en frotta les oreilles, les talons, le pouce de la main droite, et même son ongle resta un peu rouge, comme si elle eût écrasé un fruit.

La lune se leva; alors la cithare et la flûte, toutes les deux à la fois, se mirent à jouer.

Salammbô défit ses pendants d'oreilles, son collier, ses bracelets, sa longue simarre blanche; elle dénoua le bandeau de ses cheveux, et pendant quelques minutes elle les secoua sur ses épaules, doucement, pour se rafraîchir en les éparpillant. La musique au dehors continuait; c'étaient trois notes, toujours les mêmes, précipitées, furieuses; les cordes grinçaient, la flûte ronflait; Taanach marquait la cadence en frappant dans ses mains; Salammbô, avec un balancement de tout son corps, psalmodiait des prières, et ses vêtements, les uns après les autres, tombaient autour d'elle.

La lourde tapisserie trembla, et, par-dessus la corde qui la supportait, la tête du python apparut. Il descendit lentement, comme une goutte d'eau qui coule le long d'un mur, rampa entre les étoffes épandues, puis, la queue collée contre le sol, il se leva tout droit; et ses yeux, plus brillants que des escarboucles, se dardaient sur Salammbô.

L'horreur du froid ou une pudeur, peut-être, la fit d'abord hésiter. Mais elle se rappela les ordres de Schahabarim, elle s'avança; le python se rabattit, et, lui posant sur la nuque le milieu de son corps, il laissait pendre sa tête et sa queue, comme un collier rompu dont les deux bouts traînent jusqu'à terre. Salammbô l'enroula autour de ses flancs, sous ses bras, entre ses genoux; puis, le prenant à la mâchoire, elle approcha cette petite gueule triangulaire jusqu'au bord de ses dents; et, en fermant à demi les yeux, elle se renversait sous les rayons de la lune. La blanche lumière semblait l'envelopper d'un brouillard d'argent, la forme de ses pas humides brillait sur les dalles, des étoiles palpitaient dans la profondeur de l'eau; il serrait contre elles ses noirs anneaux tigrés de plaques d'or. Salammbô haletait sous ce poids trop lourd, ses reins pliaient, elle se sentait mourir; et du bout de sa queue il lui battait la cuisse tout doucement; puis la musique se taisant, il retomba.

Taanach revint près d'elle; et quand elle eut disposé deux candélabres dont les lumières brûlaient dans des boules de cristal pleines d'eau, elle teignit de lausonia l'intérieur de ses mains, passa du vermillon sur ses joues, de l'antimoine au bord de ses paupières, et allongea ses sourcils avec un mélange de gomme, de musc, d'ébène et de pattes de mouches écrasées.

Salammbô, assise dans une chaise à montants d'ivoire, s'abandonnait aux soins de l'esclave. Ces attouchements, l'odeur des aromates et les jeûnes qu'elle avait subis, l'énervaient. Elle devint si pâle que Taanach s'arrêta.

— Continue! dit Salammbô.

Et, se raidissant contre elle-même, elle se ranima tout à coup. Alors une impatience la saisit; elle pressait Taanach de se hâter, et la vieille esclave, en grommelant:

— Bien! bien! maîtresse!... Tu n'as d'ailleurs personne qui t'attende!

— Oui! dit Salammbô, quelqu'un m'attend. Taanach se recula de surprise, et afin d'en savoir plus long:

— Que m'ordonnes-tu, maîtresse? car si tu dois rester partie...

Salammbô sanglotait; l'esclave s'écria:

— Tu souffres! qu'as-tu donc? Ne t'en va pas! emmène-moi! Quand tu étais toute petite et que tu pleurais, je te prenais sur mon cœur et je te faisais rire avec la pointe de mes mamelles; tu les as taries, maîtresse!

Elle se donnait des coups sur sa poitrine desséchée.

— Maintenant je suis vieille! je ne peux rien pour toi! tu ne m'aimes plus! tu me caches tes douleurs, tu dédaignes la nourrice!

Et de tendresse et de dépit, des larmes coulaient le long de ses joues, dans les balafres de son tatouage.

— Non! dit Salammbô, non, je t'aime! console-toi!

Taanach, avec un sourire pareil à la grimace d'un vieux singe, reprit sa besogne. D'après les recommandations de Schahabarim, Salammbô lui avait ordonné de la rendre magnifique; et elle l'accommodait dans un goût barbare, plein à la fois de recherche et d'ingénuité.

Sur une première tunique, mince, et de couleur vineuse, elle en passa une seconde, brodée en plumes d'oiseaux. Des écailles d'or se collaient à ses hanches, et de cette large ceinture descendaient les flots de ses caleçons bleus, étoilés d'argent. Ensuite Taanach lui emmancha une grande robe faite avec la toile du pays des Sères, blanche et bariolée de lignes vertes. Elle attacha au bord de son épaule un carré de pourpre, appesanti dans le bas par des grains de sandrastrum; et par-dessus tous ces vêtements, elle posa un manteau noir à queue traînante; puis elle la contempla, et, fière de son œuvre, ne put s'empêcher de dire:

— Tu ne seras pas plus belle le jour de tes noces!

— Mes noces! répéta Salammbô. Elle rêvait, le coude appuyé sur la chaise d'ivoire.

Taanach dressa devant elle un miroir de cuivre si large et si haut qu'elle s'y aperçut tout entière. Alors elle se leva, et d'un coup de doigt léger remonta une boucle de ses cheveux, qui descendait trop bas.

Ils étaient couverts de poudre d'or, crépus sur le front, et par derrière ils pendaient dans le dos, en longues torsades que terminaient des perles. Les clartés des candélabres avivaient le fard de ses joues, l'or de ses vêtements, la blancheur de sa peau; elle avait autour de la taille, sur les bras, sur les mains et aux doigts des pieds, une telle abondance de pierreries que le miroir, comme un soleil, lui renvoyait des rayons; et Salammbô, debout à côté de Taanach, se penchant pour la voir, souriait dans cet éblouissement.

Puis elle se promena de long en large, embarrassée du temps qui lui restait.

Tout à coup, le chant d'un coq retentit. Elle piqua vivement sur ses cheveux un long voile jaune, se passa une écharpe autour du cou, enfonça ses pieds dans des bottines de cuir bleu, et elle dit à Taanach:

— Va voir sous les myrtes s'il n'y a pas un homme avec deux chevaux.

Taanach était à peine rentrée qu'elle descendait l'escalier des galères.

— Maîtresse! cria la nourrice. Salammbô se retourna, un doigt sur la bouche, en signe de discrétion et d'immobilité.

Taanach se coula doucement le long des proues jusqu'au bas de la terrasse; et de loin, à la clarté de la lune, elle distingua, dans l'avenue des cyprès, une ombre gigantesque marchant à la gauche de Salammbô obliquement, ce qui était un présage de mort.

Taanach remonta dans la chambre. Elle se jeta par terre, en se déchirant le visage avec ses ongles; elle s'arrachait les cheveux, et à pleine poitrine poussait des hurlements aigus.

L'idée lui vint que l'on pouvait les entendre; alors elle se tut.

Elle sanglotait tout bas, la tête dans ses mains, et la figure sur les dalles.

XI. — SOUS LA TENTE

L'homme qui conduisait Salammbô la fit remonter au delà du phare, vers les catacombes, puis descendre le long faubourg de Molouya, plein de ruelles escarpées. Le ciel commençait à blanchir. Quelquefois, des poutres de palmier, sortant des murs, les obligeaient à baisser la tête. Les deux chevaux, marchant au pas, glissaient; et ils arrivèrent ainsi à la porte de Teveste.

Ses lourds battants étaient entrebâillés; ils passèrent; elle se referma derrière eux.

Ils suivirent pendant quelque temps le pied des remparts, et, à la hauteur des citernes, ils prirent par la Tænia, étroit ruban de terre jaune, qui, séparant le golfe du lac, se prolonge jusqu'à Rhadès.

Personne n'apparaissait autour de Carthage, ni sur la mer, ni dans la campagne. Les flots couleur d'ardoise clapotaient doucement, et le vent léger, poussant leur écume çà et là, les tachetait de déchirures blanches. Malgré tous ses voiles, Salammbô frissonnait sous la fraîcheur du matin; le mouvement, le grand air l'étourdissaient. Puis le soleil se leva; il la mordait sur le derrière de la tête; involontairement elle s'assoupissait un peu. Les deux bêtes, côte à côte, trottaient l'amble en enfonçant leurs pieds dans le sable muet.

Quand ils eurent dépassé la montagne des Eaux-Chaudes, ils continuèrent d'un train plus rapide, le sol étant plus ferme.

Les champs, bien qu'on fût à l'époque des semailles et des labours, d'aussi loin qu'on les apercevait, étaient vides comme le désert. Il y avait, de place en place, des tas de blé répandus; ailleurs des orges roussies s'égrenaient. Sur l'horizon clair, les villages apparaissaient en noir, avec des formes incohérentes et découpées.

De temps à autre, un pan de muraille à demi calciné se dressait au bord de la route. Les toits des cabanes s'effondraient, et, dans l'intérieur, on distinguait des éclats de poteries, des lambeaux de vêtements, toutes sortes d'ustensiles et de choses brisées, méconnaissables. Souvent un être couvert de haillons, la face terreuse et les prunelles flamboyantes, sortait de ces ruines. Mais bien vite il se mettait à courir ou disparaissait dans un trou. Salammbô et son guide ne s'arrêtaient pas.

Les plaines abandonnées se succédaient. Sur de grands espaces de terre toute blonde s'étalait, par traînées inégales, une poudre de charbon que leurs pas soulevaient derrière eux. Quelquefois ils rencontraient de petits endroits paisibles, un ruisseau qui coulait parmi de longues herbes; et, en remontant sur l'autre bord, Salammbô, pour se rafraîchir les mains, arrachait des feuilles mouillées. Au coin d'un bois de lauriers-roses, son cheval fit un grand écart devant le cadavre d'un homme, étendu par terre.

L'esclave aussitôt la rétablit sur les coussins. C'était un des serviteurs du temple, un homme que Schahabarim employait dans les missions périlleuses.

Par excès de précaution, maintenant il allait à pied, près d'elle, entre les chevaux; il les fouettait avec le bout d'un lacet de cuir enroulé à son bras, ou bien il tirait d'une pannetière suspendue contre sa poitrine des boulettes de froment, de dattes et de jaunes d'œufs, enveloppées dans des feuilles de lotus, et il les offrait à Salammbô, sans parler, tout en courant.

Au milieu du jour, trois Barbares, vêtus de peaux de bêtes, les croisèrent sur le sentier. Peu à peu, il en parut d'autres, vagabondant par troupes de dix, douze, vingt-cinq hommes; plusieurs poussaient des chèvres ou quelque vache qui boitait. Leurs lourds bâtons étaient hérissés de pointes en airain; des coutelas luisaient sur leurs vêtements d'une saleté farouche, et ils ouvraient les yeux avec un air de menace et d'ébahissement. Tout en passant, quelques-uns envoyaient une bénédiction banale; d'autres, des plaisanteries obscènes; l'homme de Schahabarim répondait à chacun dans son propre idiome. Il leur disait que c'était un jeune garçon malade, allant pour se guérir vers un temple lointain.

Cependant le jour tombait. Des aboiements retentirent; ils s'en rapprochèrent.

Aux clartés du crépuscule, ils aperçurent un enclos de pierres sèches, enfermant une vague construction. Un chien courait sur le mur. L'esclave lui jeta des cailloux; et ils entrèrent dans une haute salle voûtée.

Au milieu, une femme accroupie se chauffait à un feu de broussailles dont la fumée s'envolait par les trous du plafond. Ses cheveux blancs, qui lui tombaient jusqu'aux genoux, la cachaient à demi; et sans vouloir répondre, d'un air idiot, elle marmottait des paroles de vengeance contre les Barbares et contre les Carthaginois.

Le coureur furetait de droite et de gauche. Puis il revint près d'elle, en réclamant à manger. La vieille branlait la tête, et, les yeux fixés sur les charbons murmurait:

— J'étais la main. Les dix doigts sont coupés. La bouche ne mange plus.

L'esclave lui montra une poignée de pièces d'or. Elle se rua dessus, mais bientôt elle reprit son immobilité.

Il lui posa sous la gorge un poignard qu'il avait dans sa ceinture. Alors, en tremblant, elle alla soulever une large pierre et rapporta une amphore de vin avec des poissons d'Hippo-Zaryte confits dans du miel.

Salammbô se détourna de cette nourriture immonde, et elle s'endormit sur les caparaçons des chevaux étendus dans un coin de la salle.

Avant le jour, il la réveilla.

Le chien hurlait. L'esclave s'en approcha tout doucement; et, d'un seul coup de poignard, lui abattit la tête. Puis il frotta de sang les naseaux des chevaux pour les ranimer. La vieille lui lança par derrière une malédiction, Salammbô l'aperçut, et elle pressa l'amulette qu'elle portait sur son cœur.

Ils se remirent en marche. De temps à autre, elle demandait si l'on ne serait pas bientôt arrivé. La route ondulait sur de petites collines. On n'entendait que le grincement des cigales. Le soleil chauffait l'herbe jaunie; la terre était toute fendillée par des crevasses, qui faisaient, en la divisant, comme des dalles monstrueuses. Quelquefois une vipère passait, des aigles volaient; l'esclave courait toujours; Salammbô rêvait sous ses voiles, et malgré la chaleur, ne les écartait pas, dans la crainte de salir ses beaux vêtements.

A des distances régulières, des tours s'élevaient, bâties par les Carthaginois, afin de surveiller les tribus. Ils entraient dedans pour se mettre à l'ombre, puis repartaient.

La veille, par prudence, ils avaient fait un grand détour. Mais, à présent, on ne rencontrait personne; la région étant stérile, les Barbares n'y avaient point passé.

La dévastation peu à peu recommença. Parfois, au milieu d'un champ, une mosaïque s'étalait, seul débris d'un château disparu; et les oliviers, qui n'avaient pas de feuilles, semblaient au loin de larges buissons d'épines. Ils traversèrent un bourg dont les maisons étaient brûlées à ras du sol. On voyait le long des murailles des squelettes humains. Il y en avait aussi de dromadaires et de mulets. Des charognes à demi rongées barraient les rues.

La nuit descendait. Le ciel était bas et couvert de nuages.

Ils remontèrent encore pendant deux heures dans la direction de l'occident, et tout à coup, devant eux, ils aperçurent quantité de petites flammes.

Elles brillaient au fond d'un amphithéâtre. Çà et là des plaques d'or miroitaient, en se déplaçant. C'étaient les cuirasses des Clinabares, le camp punique; puis ils distinguèrent aux alentours d'autres lueurs plus nombreuses, car les armées des Mercenaires, confondues maintenant, s'étendaient sur un grand espace.

Salammbô fit un mouvement pour s'avancer. Mais l'homme de Schahabarim l'entraîna plus loin, et ils longèrent la terrasse qui fermait le camp des Barbares. Une brèche s'y ouvrait, l'esclave disparut.

Au sommet du retranchement, une sentinelle se promenait avec un arc à la main et une pique sur l'épaule.

Salammbô se rapprochait toujours; le Barbare s'agenouilla, et une longue flèche vint percer le bas de son manteau. Puis comme elle restait immobile, en criant, il lui demanda ce qu'elle voulait.

— Parler à Mâtho, répondit-elle. Je suis un transfuge de Carthage.

Il poussa un sifflement, qui se répéta de loin en loin.

Salammbô attendit; son cheval, effrayé, tournoyait en reniflant.

Quand Mâtho arriva, la lune se levait derrière elle. Mais elle avait sur le visage un voile jaune à fleurs noires et tant de draperies autour de corps qu'il était impossible d'en rien deviner. Du haut de la terrasse, il considérait cette forme vague se dressant comme un fantôme dans les pénombres du soir.

Enfin, elle lui dit:

— Mène-moi dans ta tente! Je le veux! Un souvenir qu'il ne pouvait préciser lui traversa la mémoire. Il sentait battre son cœur. Cet air de commandement l'intimidait.

— Suis-moi, dit-il.

La barrière s'abaissa; aussitôt elle fut dans le camp des Barbares.

Un grand tumulte et une grande foule l'emplissaient. Des feux clairs brûlaient sous des marmites suspendues; leurs reflets empourprés, illuminant certaines places, en laissaient d'autres dans les ténèbres, complètement. On criait, on appelait; des chevaux attachés à des entraves formaient de longues lignes droites au milieu des tentes; elles étaient rondes, carrées, de cuir ou de toile; il y avait des huttes en roseaux et des trous dans le sable comme en font les chiens. Les soldats charriaient des fascines, s'accoudaient par terre, ou, s'enroulant dans une natte, se disposaient à dormir; et le cheval de Salammbô, pour passer pardessus, quelquefois allongeait une jambe et sautait.

Elle se rappelait les avoir déjà vus; mais leurs barbes étaient plus longues, leurs figures encore plus noires, leurs voix plus rauques. Mâtho, en marchant devant elle, les écartait par un geste de son bras qui soulevait son manteau rouge. Quelques-uns baisaient ses mains; d'autres, en pliant l'échine, l'abordaient pour lui demander des ordres; car il était maintenant le véritable, le seul chef des Barbares;

Spendius, Autharite et Narr'Havas s'étaient découragés, et il avait montré tant d'audace et d'obstination que tous lui obéissaient.

Salammbô, en le suivant, traversa le camp entier. Sa tente était au bout, à trois cents pas du retranchement d'Hamilcar.

Elle remarqua sur la droite une large fosse, et il lui sembla que des visages posaient contre le bord, au niveau du sol, comme eussent fait des têtes coupées. Cependant leurs yeux remuaient, et de ces bouches entrouvertes il s'échappait des gémissements en langage punique.

Deux nègres, portant des fanaux de résine, se tenaient aux deux côtés de la porte. Mâtho écarta la toile brusquement. Elle le suivit.

C'était une tente profonde, avec un mât dressé au milieu. Un grand lampadaire en forme de lotus l'éclairait, tout plein d'une huile jaune où flottaient des poignées d'étoupes, et on distinguait dans l'ombre des choses militaires qui reluisaient. Un glaive nu s'appuyait contre un escabeau, près d'un bouclier; des fouets en cuir d'hippopotame, des cymbales, des grelots, des colliers s'étalaient pêle-mêle sur des cordages en sparterie; les miettes d'un pain noir salissaient une couverture de feutre; dans un coin, sur une pierre ronde, de la monnaie de cuivre était négligemment amoncelée, et, par les déchirures de la toile, le vent apportait la poussière du dehors avec la senteur des éléphants, que l'on entendait manger, tout en secouant leurs chaînes.

— Qui es-tu? dit Mâtho.

Sans répondre, elle regardait autour d'elle, lentement; puis ses yeux s'arrêtèrent au fond, où, sur un lit en branches de palmier, retombait quelque chose de bleuâtre et de scintillant.

Elle s'avança vivement. Un cri lui échappa. Mâtho, derrière elle, frappait du pied.

— Qui t'amène? pourquoi viens-tu? Elle répondit en montrant le zaïmph:

— Pour le prendre!

Et de l'autre main elle arracha les voiles de sa tête. Il se recula, les coudes en arrière, béant, presque terrifié.

Elle se sentait comme appuyée sur la force des dieux; et le regardant face à face, elle lui demanda le zaïmph; elle le réclamait en paroles abondantes et superbes.

Mâtho n'entendait pas; il la contemplait, et les vêtements, pour lui, se confondaient avec le corps. La moire des étoffes était, comme la splendeur de sa peau, quelque chose de spécial et n'appartenant qu'à elle. Ses yeux, ses diamants étincelaient; le poli de ses ongles continuait la finesse des pierres qui chargeaient ses doigts; les deux agrafes de sa tunique, soulevant un peu ses seins, les rapprochaient l'un de l'autre, et il se perdait par la pensée dans leur étroit intervalle, où descendait un fil tenant une plaque d'émeraudes, que l'on apercevait plus bas sous la gaze violette. Elle avait pour pendants d'oreilles deux petites balances de saphir supportant une perle creuse, pleine d'un parfum liquide. Par les trous de la perle, de moment en moment, une gouttelette qui tombait mouillait son épaule nue. Mâtho la regardait tomber.

Une curiosité indomptable l'entraîna; et, comme un enfant qui porte la main sur un fruit inconnu, tout en tremblant, du bout de son doigt, il la toucha légèrement sur le haut de sa poitrine; la chair un peu froide céda avec une résistance élastique.

Ce contact, à peine sensible pourtant, ébranla Mâtho jusqu'au fond de lui-même. Un soulèvement de tout son être le précipitait vers elle. Il aurait voulu l'envelopper, l'absorber, la boire. Sa poitrine haletait, il claquait des dents.

En la prenant par les deux poignets il l'attira doucement; et il s'assit alors sur une cuirasse, près du lit de palmier que couvrait une peau de lion. Elle était debout. Il la regardait de bas en haut, en la tenant ainsi entre ses jambes, et il répétait:

— Comme tu es belle! comme tu es belle!

Ses yeux continuellement fixés sur les siens la faisaient souffrir; ce malaise, cette répugnance augmentaient d'une façon si aiguë que Salammbô se retenait pour ne pas crier. La pensée de Schahabarim lui revint; elle se résigna.

Mâtho gardait toujours ses petites mains dans les siennes; et, de temps à autre, malgré l'ordre du prêtre, en tournant le visage, elle tâchait de l'écarter avec des secousses de ses bras. Il ouvrait les narines pour mieux humer le parfum s'exhalant de sa personne. C'était une émanation indéfinissable, fraîche, et cependant qui étourdissait comme la fumée d'une cassolette. Elle sentait le miel, le poivre, l'encens, les roses, et une autre odeur encore.

Mais comment se trouvait-elle près de lui, dans sa tente, à sa discrétion? Quelqu'un, sans doute, l'avait poussée? Elle n'était pas venue pour le zaïmph? Ses bras retombèrent, et il baissa la tête, accablé par une rêverie soudaine.

Salammbô, afin de l'attendrir, lui dit d'une voix plaintive:

— Que t'ai-je donc fait pour que tu veuilles ma mort?

— Ta mort? Elle reprit:

— Je t'ai aperçu un soir, à la lueur de mes jardins qui brûlaient, entre des coupes fumantes et mes esclaves égorgés, et ta colère était si forte que tu as bondi vers moi et qu'il a fallu m'enfuir! Puis une terreur est entrée dans Carthage. On criait la dévastation des villes, l'incendie des campagnes, le massacre des soldats; c'est toi qui les avais perdus, c'est toi qui les avais assassinés! Je te hais! Ton nom seul me ronge comme un remords! Tu es plus exécré que la peste et que la guerre romaine! Les provinces tressaillent de ta fureur, les sillons sont pleins de cadavres! J'ai suivi la trace de tes feux, comme si je marchais derrière Moloch!

Mâtho se leva d'un bond; un orgueil colossal lui gonflait le cœur; il se trouvait haussé à la taille d'un dieu.

Les narines battantes, les dents serrées, elle continuait:

— Comme si ce n'était pas assez de ton sacrilège, tu es venu chez moi, dans mon sommeil, tout couvert du zaïmph! Tes paroles, je ne les ai pas comprises; mais je voyais bien que tu voulais m'entraîner vers quelque chose d'épouvantable, au fond d'un abîme.

Mâtho, en se tordant les bras, s'écria:

— Non! non! c'était pour te le donner! pour te le rendre! Il me semblait que la Déesse avait laissé son vêtement pour toi, et qu'il t'appartenait! Dans son temple ou dans ta maison, qu'importe? n'es-tu pas toute-puissante, immaculée, radieuse et belle comme Tanit!

Et avec un regard plein d'une adoration infinie:

— A moins, peut être, que tu ne sois Tanit? « Moi, Tanit! » se disait Salammbô. Ils ne parlaient plus. Le tonnerre au loin roulait. Des moutons bêlaient, effrayés par l'orage.

— Oh! approche! reprit-il, approche! ne crains rien! Autrefois, je n'étais qu'un soldat confondu dans la plèbe des Mercenaires, et même si doux, que je portais pour les autres du bois sur mon dos. Est-ce que je m'inquiète de Carthage! La foule de ses hommes s'agite comme perdue dans la poussière de tes sandales, et tous ses trésors avec les provinces, les flottes et les îles, ne me font pas envie comme la fraîcheur de tes lèvres et le tour de tes épaules. Mais je voulais abattre ses murailles afin de parvenir jusqu'à toi, pour te posséder! D'ailleurs, en attendant, je me vengeais! A présent, j'écrase les hommes comme des coquilles, et je me jette sur les phalanges, j'écarte les sarisses avec mes mains, j'arrête les étalons par les naseaux; une catapulte ne me tuerait pas! Oh! si tu savais, au milieu de la guerre, comme je pense à toi! Quelquefois, le souvenir d'un geste, d'un pli de ton vêtement, tout à coup me saisit et m'enlace comme un filet! j'aperçois tes yeux dans les flammes des phalariques et sur la dorure des boucliers! j'entends ta voix dans le retentissement des cymbales. Je me retourne, tu n'es pas là! et alors je me replonge dans la bataille!

Il levait ses bras où des veines s'entrecroisaient comme des lierres sur des branches d'arbre. De la sueur coulait sur sa poitrine, entre ses muscles carrés; et son haleine secouait ses flancs avec sa ceinture de bronze toute garnie de lanières qui pendaient jusqu'à ses genoux, plus fermes que du marbre. Salammbô, accoutumée aux eunuques, se laissait ébahir par la force de cet homme. C'était le châtiment de la Déesse ou l'influence de Moloch circulant autour d'elle, dans les cinq armées. Une lassitude l'accablait; elle écoutait avec stupeur le cri intermittent des sentinelles qui se répondaient.

Les flammes de la lampe vacillaient sous des rafales d'air chaud. Il venait, par moments, de larges éclairs; puis l'obscurité redoublait; et elle ne voyait plus que les prunelles de Mâtho, comme deux charbons dans la nuit. Cependant elle sentait bien qu'une fatalité l'entourait, qu'elle touchait à un moment suprême, irrévocable; dans un effort, elle remonta vers le zaïmph et leva les mains pour le saisir.

— Que fais-tu? s'écria Mâtho. Elle répondit avec placidité:

— Je m'en retourne à Carthage.

Il s'avança en croisant les bras, et d'un air si terrible qu'elle fut immédiatement comme clouée sur ses talons.

— T'en retourner à Carthage! Il balbutiait, et répétait, en grinçant des dents:

— T'en retourner à Carthage! Ah! tu venais pour prendre le zaïmph, pour me vaincre, puis disparaître! Non, non! tu m'appartiens! et personne à présent ne t'arrachera d'ici! Oh! je n'ai pas oublié l'insolence de tes grands yeux tranquilles et comme tu m'écrasais avec la hauteur de ta beauté! A mon tour, maintenant! Tu es ma captive, mon esclave, ma servante! Appelle si tu veux ton père et son armée, les Anciens, les Riches, et ton exécrable peuple, tout entier! Je suis le maître de trois cent mille soldats! j'irai en chercher dans la Lusitanie, dans les Gaules et au fond du désert, et je renverserai ta ville, je brûlerai tous ses temples; les trirèmes flotteront sur des vagues de sang! Je ne veux pas qu'il en reste une maison, une pierre ni un palmier! Et si les hommes me manquent, j'attirerai les ours des montagnes et je pousserai les lions! N'essaye pas de t'enfuir, je te tue!

Blême et les poings crispés, il frémissait comme une harpe dont les cordes vont éclater. Tout à coup des sanglots l'étouffèrent, et en s'affaissant sur les jarrets:

— Ah! pardonne-moi! Je suis un infâme, et plus vil que les scorpions, que la fange et la poussière! Tout à l'heure, pendant que tu parlais, ton haleine a passé sur ma face, et je me délectais comme un moribond qui boit à plat ventre au bord d'un ruisseau. Écrase-moi, pourvu que je sente tes pieds! maudis-moi, pourvu que j'entende ta voix! Ne t'en va pas! pitié! je t'aime! je t'aime!

Il était à genoux, par terre, devant elle; et il lui entourait la taille de ses deux bras, la tête en arrière, les mains errantes; les disques d'or suspendus à ses oreilles luisaient sur son cou bronzé; de grosses larmes roulaient dans ses yeux pareils à des globes d'argent; il soupirait d'une façon caressante, et murmurait de vagues paroles, plus légères qu'une brise et suaves comme un baiser.

Salammbô était envahie par une mollesse où elle perdait toute conscience d'elle-même. Quelque chose à la fois d'intime et de supérieur, un ordre des dieux la forçait à s'y abandonner; des nuages la soulevaient; en défaillant, elle se renversa sur le lit dans les poils du lion. Mâtho lui saisit les talons, la chaînette d'or éclata, et les deux bouts, en s'envolant, frappèrent la toile comme deux vipères rebondissantes. Le zaïmph tomba, l'enveloppait; elle aperçut la figure de Mâtho se courbant sur sa poitrine.

— Moloch, tu me brûles! Et les baisers du soldat plus dévorateurs que des flammes, la parcouraient; elle était comme enlevée dans un ouragan, prise dans la force du soleil.

Il baisa tous les doigts de ses mains, ses bras, ses pieds, et d'un bout à l'autre les longues tresses de ses cheveux.

— Emporte-le, disait-il; est-ce que j'y tiens! emmène-moi avec lui! j'abandonne l'armée! je renonce à tout! Au delà de Gadès, à vingt jours dans la mer, on rencontre une île couverte de poudre d'or, de verdure et d'oiseaux. Sur les montagnes, de grandes fleurs pleines de parfums qui fument, se balancent comme d'éternels encensoirs; dans les citronniers plus hauts que des cèdres, des serpents couleur de lait font avec les diamants de leur gueule tomber les fruits sur le gazon; l'air est si doux qu'il empêche de mourir. Oh! je la trouverai, tu verras. Nous vivrons dans les grottes de cristal taillées au bas des collines. Personne encore ne l'habite, où je deviendrai le roi du pays.

Il balaya la poussière de ses cothurnes; il voulut qu'elle mît entre ses lèvres le quartier d'une grenade; il accumula derrière sa tête des vêtements pour lui faire un coussin. Il cherchait les moyens de la servir, de s'humilier, et même il étala sur ses jambes le zaïmph, comme un simple tapis.

— As-tu toujours, disait-il, ces petites cornes de gazelle où sont suspendus tes colliers? Tu me les donneras! je les aime!

Car il parlait comme si la guerre était finie, des rires de joie lui échappaient; les Mercenaires, Hamilcar, tous les obstacles avaient maintenant disparu. La lune glissait entre deux nuages. Ils la voyaient par une ouverture de la tente.

— Ah! que j'ai passé de nuits à la contempler! elle me semblait un voile qui cachait ta figure; tu me regardais à travers; ton souvenir se mêlait à ses rayonnements; je ne vous distinguais plus!

Et, la tête entre ses seins, il pleurait abondamment.

«C'est donc là, songeait-elle, cet homme formidable qui fait trembler Carthage!»

Il s'endormit. Alors, en se dégageant de son bras, elle posa un pied par terre, et elle s'aperçut que sa chaînette était brisée.

On accoutumait les vierges dans les grandes familles à respecter ces entraves comme une chose presque religieuse; Salammbô, en rougissant, roula autour de ses jambes les deux tronçons de la chaîne d'or.

Carthage, Mégara, sa maison, sa chambre et les campagnes qu'elle avait traversées tourbillonnaient dans sa mémoire en images tumultueuses et nettes cependant. Mais un abîme survenu les reculait loin d'elle, à une distance infinie.

L'orage s'en allait; de rares gouttes d'eau, en claquant une à une, faisaient osciller le toit de la tente.

Mâtho, tel qu'un homme ivre, dormait étendu sur le flanc, avec un bras qui dépassait le bord de la couche. Son bandeau de perles était un peu remonté et découvrait son front. Un sourire écartait ses dents. Elles brillaient entre sa barbe noire, et dans ses paupières à demi closes il y avait une gaieté silencieuse et presque outrageante.

Salammbô le regardait, immobile, la tête basse, les mains croisées.

Au chevet du lit, un poignard s'étalait sur une branche de cyprès; la vue de cette lame luisante l'enflamma d'une envie sanguinaire. Des voix lamentables se traînaient au loin, dans l'ombre, et, comme un chœur de génies, la sollicitaient. Elle se rapprocha; elle saisit le fer par le manche. Au frôlement de sa robe, Mâtho entrouvrit les yeux, en avançant la bouche sur sa main, et le poignard tomba.

Des cris s'élevèrent; une lueur effrayante fuigurait derrière la toile. Mâtho la souleva; ils aperçurent de grandes flammes qui enveloppaient le camp des Libyens.

Leurs cabanes de roseaux brûlaient; les tiges, en se tordant, éclataient dans la fumée et s'envolaient comme des flèches; sur l'horizon tout rouge, des ombres noires couraient éperdues. On entendait les hurlements de ceux qui étaient dans les cabanes; les éléphants, les bœufs et les chevaux bondissaient au milieu de la foule en l'écrasant, avec les munitions et les bagages que l'on tirait de l'incendie. Des trompettes sonnèrent. On appelait:

«Mâtho! Mâtho!» Des gens à la porte voulaient entrer.

— Viens donc! c'est Hamilcar qui brûle le camp d'Autharite!

Il fit un bond. Elle se trouva toute seule. Alors elle examina le zaïmph; et quand elle l'eût bien contemplé, elle fut surprise de ne pas avoir ce bonheur qu'elle s'imaginait autrefois. Elle restait mélancolique devant son rêve accompli.

Le bas de la tente se releva, et une forme monstrueuse apparut. Salammbô ne distingua d'abord que les deux yeux, avec une longue barbe blanche qui pendait jusqu'à terre; car le reste du corps, embarrassé dans les guenilles d'un vêtement fauve, traînait contre le sol; à chaque mouvement pour avancer, les deux mains entraient dans la barbe, puis retombaient. En rampant ainsi, elle arriva jusqu'à ses pieds, et Salammbô reconnut le vieux Giscon.

Les Mercenaires, pour empêcher les anciens captifs de s'enfuir, à coups de barre d'airain leur avaient cassé les jambes; et ils périssaient tous pêle-mêle, dans une fosse, au milieu des immondices. Les plus robustes, quand ils entendaient le bruit des gamelles, se haussaient en criant; c'est ainsi que Giscon avait aperçu Salammbô. Il avait deviné une Carthaginoise, aux petites boules de sandastrum qui battaient contre ses cothurnes; et, dans le pressentiment d'un mystère considérable, en se faisant aider par ses compagnons, il était parvenu à sortir de la fosse; puis, avec les coudes et les mains, il s'était traîné vingt pas plus loin, jusqu'à la tente de Mâtho. Deux voix y parlaient. Il avait écouté du dehors et tout entendu.

— C'est toi! dit-elle enfin, presque épouvantée. En se haussant sur les poignets, il répliqua:

— Oui! c'est moi! On me croit mort, n'est-ce pas?

Elle baissa la tête. Il reprit:

— Ah! pourquoi les Baals ne m'ont-ils pas accordé cette miséricorde!

Et, se rapprochant de si près qu'il la frôlait:

— Ils m'auraient épargné la peine de te maudire!

Salammbô se rejeta vivement en arrière, tant elle avait peur de cet être immonde, qui était hideux comme une larve et terrible comme un fantôme.

— J'ai cent ans, bientôt, dit-il. J'ai vu Agathoclès; j'ai vu Régulus et les aigles des Romains passer sur les moissons des champs puniques! J'ai vu toutes les épouvantes des batailles et la mer encombrée par les débris de nos flottes! Des Barbares que je commandais m'ont enchaîné aux quatre membres, comme un esclave homicide. Mes compagnons, l'un après l'autre, sont à mourir autour de moi; l'odeur de leurs cadavres me réveille la nuit; j'écarte les oiseaux qui viennent becqueter leurs yeux; et pourtant pas un seul jour je n'ai désespéré de Carthage! Quand même j'aurais vu contre elle toutes les armées de la terre, et les flammes du siège dépasser la hauteur des temples, j'aurais cru encore à son éternité! Mais, à présent, tout est fini! tout est perdu! Les dieux l'exècrent! Malédiction sur toi, qui as précipité sa ruine par ton ignominie! Elle ouvrit ses lèvres.

— Ah! j'étais là! s'écria-t-il. Je t'ai entendue râler d'amour comme une prostituée; puis il te racontait son désir, et tu te laissais baiser les mains! Mais si la fureur de ton impudicité te poussait, tu devais faire au moins comme

243

les bêtes fauves qui se cachent dans leurs accouplements, et ne pas étaler ta honte jusque sous les yeux de ton père!

— Comment? dit-elle.

— Ah! tu ne savais pas que les deux retranchements sont à soixante coudées l'un de l'autre, et que ton Mâtho, par excès d'orgueil, s'est établi tout en face d'Hamilcar. Il est là, ton père, derrière toi; et si je pouvais gravir le sentier qui mène sur la plate-forme, je lui crierais: «Viens donc voir ta fille dans les bras du Barbare! Elle a mis pour lui plaire le vêtement de la Déesse; et, en abandonnant son corps, elle livre, avec la gloire de ton nom, la majesté des dieux, la vengeance de la patrie, le salut même de Carthage!»

Le mouvement de sa bouche édentée remuait sa barbe tout du long; ses yeux, tendus sur elle, la dévoraient; et il répétait en haletant dans la poussière:

— Ah! sacrilège! Maudite sois-tu! maudite! maudite!

Salammbô avait écarté la toile, elle la tenait soulevée au bout de son bras, et, sans lui répondre, elle regardait du côté d'Hamilcar.

— C'est par ici, n'est-ce pas? dit-elle.

— Que t'importe! Détourne-toi! Va-t'en! Écrase plutôt ta face contre la terre! C'est un lieu saint que ta vue souillerait.

Elle jeta le zaïmph autour de sa taille, ramassa vivement ses voiles, son manteau, son écharpe.

— J'y cours! s'écria-t-elle. Et, s'échappant, Salammbô disparut. D'abord, elle marcha dans les ténèbres sans rencontrer personne, car tous se portaient vers l'incendie; et la clameur redoublait, de grandes flammes empourpraient le ciel par derrière; une longue terrasse l'arrêta.

Elle tourna sur elle-même, de droite et de gauche, au hasard, cherchant une échelle, une corde, une pierre, quelque chose pour l'aider. Elle avait peur de Giscon, et il lui semblait que des cris et des pas la poursuivaient. Le jour commençait à blanchir. Elle aperçut un sentier dans l'épaisseur du retranchement. Elle prit avec ses dents le bas de sa robe qui la gênait, et, en trois bonds, se trouva sur la plate-forme.

Un cri sonore éclata sous elle, dans l'ombre, le même qu'elle avait entendu au bas de l'escalier des galères; en se penchant, elle reconnut l'homme de Schahabarim avec ses chevaux accouplés.

Il avait erré toute la nuit entre les deux retranchements; puis, inquiété par l'incendie, il était revenu en arrière, tâchant d'apercevoir ce qui se passait dans le camp de Mâtho; et, comme il savait que cette place était la plus voisine de sa tente, pour obéir au prêtre, il n'en avait pas bougé.

Il monta debout sur un des chevaux. Salammbô se laissa glisser jusqu'à lui; et ils s'enfuirent au grand galop en faisant le tour du camp punique, pour trouver une porte quelque part.

Mâtho était rentré dans sa tente. La lampe fumeuse éclairait à peine, et il crut que Salammbô dormait. Alors, il palpa délicatement la peau de lion, sur le lit de palmier. Il appela, elle ne répondit pas; il arracha vivement un lambeau de la toile pour faire venir du jour; le zaïmph avait disparu.

La terre tremblait sous des pas multipliés. De grands cris, des hennissements, des chocs d'armures s'élevaient dans l'air, et les fanfares des clairons sonnaient la charge. C'était comme un ouragan tourbillonnant autour de lui. Une fureur désordonnée le fit bondir sur ses armes, il se lança dehors.

Les longues files des Barbares descendaient, en courant, la montagne; les carrés puniques s'avançaient contre eux, avec une oscillation lourde et régulière. Le brouillard, déchiré par les rayons du soleil, formait de petits nuages qui se balançaient; peu à peu, en s'élevant, ils découvraient les étendards, les casques et la pointe des piques. Sous les évolutions rapides, des portions de terrain encore dans l'ombre semblaient se déplacer d'un seul morceau; ailleurs, on aurait dit des torrents qui s'entrecroisaient, et, entre eux, des masses épineuses restaient immobiles. Mâtho distinguait les capitaines, les soldats, les hérauts et jusqu'aux valets par derrière, qui étaient montés sur des ânes. Au lieu de garder sa position pour couvrir les fantassins, Narr'Havas tourna brusquement à droite, comme s'il voulait se faire écraser par Hamilcar.

Ses cavaliers dépassèrent les éléphants qui se ralentissaient; et tous les chevaux, allongeant leur tête sans bride, galopaient d'un train si furieux que leur ventre paraissait frôler la terre. Tout à coup, Narr'Havas marcha résolument vers une sentinelle. Il jeta son épée, sa lance, ses javelots, et disparut au milieu des Carthaginois.

Le roi des Numides arriva dans la tente d'Hamilcar; et il dit, en lui montrant ses hommes qui se tenaient au loin arrêtés:

— Barca! je te les amène. Ils sont à toi.

Alors il se prosterna en signe d'esclavage, et, comme preuve de sa fidélité, rappela toute sa conduite depuis le commencement de la guerre.

D'abord il avait empêché le siège de Carthage et le massacre des captifs, puis il n'avait point profité de la victoire contre Hannon après la défaite d'Utique; quant aux villes tyriennes, c'est qu'elles se trouvaient sur les frontières de son royaume. Enfin, il n'avait pas participé à la bataille du Macar; et il s'était absenté tout exprès pour fuir l'obligation de combattre le Suffète.

Narr'Havas, en effet, avait voulu s'agrandir par des empiétements sur les provinces puniques, et, selon les chances de la victoire, tour à tour secouru et délaissé les Mercenaires. Mais, voyant que le plus fort serait définitivement Hamilcar, il s'était tourné vers lui; peut-être y avait-il dans sa défection une rancune contre Mâtho, soit à cause du commandement ou de son ancien amour.

Le Suffète l'écouta sans l'interrompre. L'homme qui se présentait ainsi dans une armée où on lui devait des vengeances n'était pas un auxiliaire à dédaigner; Hamilcar devina tout de suite l'utilité d'une telle alliance pour ses grands projets.

Avec les Numides, il se débarrasserait des Libyens. Puis il entraînerait l'Occident à la conquête de l'Ibérie; et, sans lui demander pourquoi il n'était pas venu plus tôt, ni relever aucun de ses mensonges, il baisa Narr'Havas, en heurtant trois fois sa poitrine contre la sienne.

C'était pour en finir, et par désespoir, qu'il avait incendié le camp des Libyens. Cette armée lui arrivait comme un secours des dieux; et dissimulant sa joie, il répondit:

— Que les Baals te favorisent! J'ignore ce que fera pour toi la République, mais Hamilcar n'a pas d'ingratitude.

Le tumulte redoublait; des capitaines entraient. Il s'armait tout en parlant:

— Allons, retourne! Avec tes cavaliers, tu rabattras leur infanterie entre tes éléphants et les miens! Courage! extermine!

Et Narr'Havas se précipitait, quand Salammbô parut.

Elle sauta vite à bas de son cheval. Elle ouvrit son large manteau, et, en écartant les bras, elle déploya le zaïmph.

La tente de cuir, relevée dans les coins, laissait voir le tour entier de la montagne couverte de soldats, et comme elle se trouvait au centre, de tous les côtés on apercevait Salammbô. Une clameur immense éclata, un long cri de triomphe et d'espoir. Ceux qui étaient en marche s'arrêtèrent; les moribonds, s'appuyant sur le coude, se retournaient pour la bénir. Les Barbares savaient, maintenant, qu'elle avait repris le zaïmph; de loin ils la voyaient, ils croyaient la voir; et d'autres cris, mais de rage et de vengeance, retentissaient, malgré les applaudissements des Carthaginois; les cinq armées, s'étageant sur la montagne, trépignaient et hurlaient ainsi autour de Salammbô.

Hamilcar, sans pouvoir parler, la remerciait par des signes de tête. Ses yeux se portaient alternativement sur le zaïmph et sur elle; sa chaînette était rompue. Alors il frissonna, saisi par un soupçon terrible. Mais reprenant vite son impassibilité, il considéra Narr'Havas obliquement, sans tourner la figure.

Le roi des Numides se tenait à l'écart dans une attitude discrète; il portait au front un peu de la poussière qu'il avait touchée en se prosternant. Enfin le Suffète s'avança vers lui, et, avec un air plein de gravité:

— En récompense des services que tu m'as rendus, Narr'Havas, je te donne ma fille. Il ajouta:

— Sois mon fils et défends ton père!

Narr'Havas eut un grand geste de surprise, puis se jeta sur ses mains, qu'il couvrit de baisers.

Salammbô, calme comme une statue, semblait ne pas comprendre. Elle rougissait un peu, tout en baissant les paupières; ses longs cils recourbés faisaient des ombres sur ses joues.

Hamilcar voulut immédiatement les unir par des fiançailles indissolubles. On mit entre les mains de Salammbô une lance qu'elle offrit à Narr'Havas; on attacha leurs pouces l'un contre l'autre avec une lanière de bœuf, puis on leur versa du blé sur la tête; et les grains qui tombaient autour d'eux sonnèrent comme de la grêle en rebondissant.

XII. — L'AQUEDUC

Douze heures après, il ne restait plus des Mercenaires qu'un tas de blessés, de morts et d'agonisants.

Hamilcar, sorti brusquement du fond de la gorge, était redescendu sur la pente occidentale qui regarde Hippo-Zaryte; et, l'espace étant plus large en cet endroit, il avait eu soin d'y attirer les Barbares. Narr'Havas les avait enveloppés avec ses chevaux; le Suffète, pendant ce temps-là, les refoulait, les écrasait; ils étaient vaincus d'avance par la perte du zaïmph; ceux mêmes qui ne s'en souciaient avaient senti une angoisse et comme un affaiblissement. Hamilcar, ne mettant pas son orgueil à garder pour lui le champ de bataille, s'était retiré un peu plus loin, à gauche, sur des hauteurs d'où il les dominait.

On reconnaissait la forme des camps à leurs palissades inclinées. Un long amas de cendres noires fumait sur l'emplacement des Libyens; le sol bouleversé avait des ondulations comme la mer; et les tentes, avec leurs toiles en lambeaux, semblaient de vagues navires à demi perdus dans des écueils. Des cuirasses, des fourches, des clairons, des morceaux de bois, de fer et d'airain, du blé, de la paille et des vêtements s'éparpillaient au milieu des cadavres; ça et là quelque phalarique prête à s'éteindre brûlait contre un monceau de bagages; la terre, en de certains endroits, disparaissait sous les boucliers; des charognes de chevaux se suivaient comme une série de monticules; on apercevait des jambes, des sandales, des bras, des cottes de mailles et des têtes dans leurs casques, maintenues par la mentonnière et qui roulaient comme des boules; des chevelures pendaient aux épines; dans des mares de sang, des éléphants, les entrailles ouvertes, râlaient couchés avec leurs tours; on marchait sur des choses gluantes et il y avait des flaques de boue, bien que la pluie n'eût pas tombé.

Cette confusion de cadavres occupait, du haut en bas, la montagne tout entière.

Ceux qui survivaient ne bougeaient pas plus que les morts. Accroupis par groupes inégaux, ils se regardaient, effarés, et ne parlaient pas.

Au bout d'une longue prairie, le lac d'Hippo-Zaryte resplendissait sous le soleil couchant. A droite, de blanches maisons dépassaient une ceinture de murailles; puis la mer s'étalait, indéfiniment; et, le menton dans la main, les Barbares soupiraient en songeant à leurs patries. Un nuage de poudre grise retombait.

Le vent du soir souffla; toutes les poitrines se dilatèrent; à mesure que la fraîcheur augmentait, on pouvait voir la vermine abandonner les morts qui se refroidissaient, et courir sur le sable chaud. Au sommet des grosses pierres, des corbeaux immobiles restaient tournés vers les agonisants.

Quand la nuit fut descendue, des chiens à poil jaune, de ces bêtes immondes qui suivaient les armées, arrivèrent tout doucement au milieu des Barbares. D'abord ils léchèrent les caillots de sang sur les moignons encore tièdes; et bientôt ils se mirent à dévorer les cadavres, en les entamant par le ventre.

Les fugitifs reparaissaient un à un, comme des ombres; les femmes aussi se hasardèrent à revenir, car il en restait encore, chez les Libyens surtout, malgré le massacre effroyable que les Numides en avaient fait.

Quelques-uns prirent des bouts de corde qu'ils allumèrent pour servir de flambeaux. D'autres tenaient des piques entrecroisées. On plaçait dessus les cadavres et on les transportait à l'écart.

Ils se trouvaient étendus par longues lignes, sur le dos, la bouche ouverte, avec leurs lances auprès d'eux; ou bien ils s'entassaient pêle-mêle, et souvent, pour découvrir ceux qui manquaient, il fallait creuser tout un monceau; puis on promenait la torche sur leur visage, lentement. Des armes hideuses leur avaient fait des blessures compliquées. Des lambeaux verdâtres leur pendaient du front; ils étaient tailladés en morceaux, écrasés jusqu'à la moelle, bleuis sous des strangulations, ou largement fendus par l'ivoire des éléphants. Bien qu'ils fussent morts presque en même temps, des différences existaient dans leur corruption. Les hommes du Nord étaient gonflés d'une bouffissure livide, tandis que les Africains, plus nerveux, avaient l'air enfumés, et déjà se desséchaient. On reconnaissait les Mercenaires aux tatouages de leurs mains: les vieux soldats d'Antiochus portaient un épervier; ceux qui avaient servi en Egypte, la tête d'un cynocéphale; chez les princes de l'Asie, une hache, une grenade, un marteau; dans les Républiques grecques, le profil d'une citadelle ou le nom d'un archonte; et on en voyait dont les bras étaient couverts entièrement par ces symboles multipliés, qui se mêlaient à leurs cicatrices et aux blessures nouvelles.

Pour les hommes de race latine, les Samnites, les Etrusques, les Campaniens et les Brutiens, on établit quatre grands bûchers.

Les Grecs, avec la pointe de leurs glaives, creusèrent des fosses. Les Spartiates, retirant leurs manteaux rouges, en enveloppèrent les morts; les Athéniens les étendaient la face vers le soleil levant; les Cantabres les enfouissaient sous un monceau de cailloux; les Nasamones les pliaient en deux avec des courroies de bœuf, et les Garamantes allèrent les ensevelir sur la plage, afin qu'ils fussent perpétuellement arrosés par les flots. Les Latins se désolaient de ne pas recueillir leurs cendres dans les urnes; les Nomades regrettaient la chaleur des sables où les corps se momifient, et les Celtes, trois pierres brutes, sous un ciel pluvieux, au fond d'un golfe plein d'îlots.

Des vociférations s'élevaient, suivies d'un long silence. C'était pour forcer les âmes à revenir. Puis la clameur reprenait, à intervalles réguliers, obstinément.

On s'excusait près des morts de ne pouvoir les honorer comme le prescrivaient les rites: car ils allaient, par cette privation, circuler, durant des périodes infinies, à travers toutes sortes de hasards et de métamorphoses; on les interpellait, on leur demandait ce qu'ils désiraient; d'autres les accablaient d'injures pour s'être laissé vaincre.

La lueur des grands bûchers apâlissait les figures exsangues, renversées de place en place sur les débris d'armures; et les larmes excitaient les larmes, les sanglots devenaient plus aigus, les reconnaissances et les étreintes plus frénétiques. Des femmes s'étalaient sur les cadavres, bouche contre bouche, front contre front; il fallait les battre pour qu'elles se retirassent, quand on jetait la terre. Ils se noircissaient les joues; ils se coupaient les cheveux; ils se tiraient du sang et le versaient dans les fosses; ils se faisaient des entailles à l'imitation des blessures qui défiguraient les morts. Des rugissements éclataient à travers le tapage des cymbales. Quelques-uns arrachaient leurs amulettes, crachaient dessus. Les moribonds se roulaient dans la boue sanglante en mordant de rage leurs poings mutilés; et quarante trois Samnites, tout un printemps sacré, s'entr'égorgèrent comme des gladiateurs. Bientôt le bois manqua pour les bûchers, les flammes s'éteignirent, toutes les places étaient prises; et, las d'avoir crié, affaiblis, chancelants, ils s'endormirent auprès de leurs frères morts, ceux qui tenaient à vivre pleins d'inquiétudes, et les autres désirant ne pas se réveiller.

Aux blancheurs de l'aube, il parut sur les limites des Barbares, des soldats qui défilaient avec des casques levés au bout des piques; et saluant les Mercenaires, ils leur demandaient s'ils n'avaient rien à faire dire dans leurs patries.

D'autres se rapprochèrent, et les Barbares reconnurent quelques-uns de leurs anciens compagnons.

Le Suffète avait proposé à tous les captifs de servir dans ses troupes. Plusieurs avaient intrépidement refusé; bien résolu à ne point les nourrir ni à les abandonner au Grand Conseil, il les avait renvoyés, en leur ordonnant de ne plus combattre Carthage. Quant à ceux que la peur des supplices rendait dociles, on leur avait distribué les armes de l'ennemi; et maintenant ils se présentaient aux vaincus, moins pour les séduire que par un mouvement d'orgueil et de curiosité.

Ils racontèrent les bons traitements du Suffète; les Barbares les écoutaient tout en les jalousant, bien qu'ils les méprisassent. Aux premières paroles de reproche, les lâches s'emportèrent; de loin ils leur montraient leurs propres épées, leurs cuirasses, et les conviaient avec des injures à venir les prendre. Les Barbares ramassèrent des cailloux; tous s'enfuirent; et l'on ne vit plus, au sommet de la montagne, que les pointes des lances dépassant le bord des palissades.

Une douleur, plus lourde que l'humiliation de la défaite, accabla les Barbares. Ils songeaient à l'inanité de leur courage. Ils restaient les yeux fixes en grinçant des dents.

La même idée leur vint. Ils se précipitèrent en tumulte sur les prisonniers carthaginois. Les soldats du Suffète, par hasard, n'avaient pu les découvrir, et comme il s'était retiré du champ de bataille, ils se trouvaient encore dans la fosse profonde.

On les rangea par terre, dans un endroit aplati. Des sentinelles firent un cercle autour d'eux; et on laissa les femmes entrer, par trente ou quarante successivement. Voulant profiter du peu de temps qu'on leur donnait, elles couraient de l'un à l'autre, incertaines, palpitantes; puis, inclinées sur ces pauvres corps, elles les frappaient à tour de bras comme des lavandières qui battent les linges; en hurlant le nom de leurs époux, elles les déchiraient sous leurs ongles; elles leur crevèrent les yeux avec les aiguilles de leurs chevelures. Les hommes y vinrent ensuite; et ils les suppliciaient depuis les pieds, qu'ils coupaient aux chevilles, jusqu'au front, dont ils levaient des couronnes de peau pour se mettre sur la tête. Les Mangeurs de choses immondes furent atroces dans leurs imaginations. Ils envenimaient les blessures en y versant de la poussière, du vinaigre, des éclats de poteries; d'autres attendaient derrière eux, le sang coulait, et ils se réjouissaient comme font les vendangeurs autour des cuves fumantes.

Mâtho était assis par terre, à la place même où il se trouvait quand la bataille avait fini, les coudes sur les genoux, les tempes dans les mains; il ne voyait rien, n'entendait rien, ne pensait plus.

Aux hurlements de joie que la foule poussait, il releva la tête. Devant lui, un lambeau de toile accroché à une perche, et qui traînait par le bas, abritait confusément des corbeilles, des tapis, une peau de lion. Il reconnut sa tente; et ses yeux s'attachaient contre le sol comme si la fille d'Hamilcar, en disparaissant, se fût enfoncée sous la terre.

La toile déchirée battait au vent; quelquefois ses longues bribes lui passaient devant la bouche, et il aperçut une marque rouge, pareille à l'empreinte d'une main. C'était la main de Narr'Havas, le signe de leur alliance. Mâtho se leva. Il prit un tison qui fumait encore, et le jeta sur les débris de sa tente, dédaigneusement. Puis, du bout de son cothurne, il repoussait vers la flamme les choses qui débordaient, pour que rien n'en subsistât.

Tout à coup, sans qu'on pût deviner de quel point il surgissait, Spendius parut.

L'ancien esclave s'était attaché contre la cuisse deux éclats de lance; il boitait d'un air piteux, tout en exhalant des plaintes.

— Retire donc cela, lui dit Mâtho, je sais que tu es un brave!

Car il était si écrasé par l'injustice des dieux qu'il n'avait plus assez de force pour s'indigner contre les hommes.

Spendius lui fit un signe, et il le mena dans le creux d'un mamelon, où Zarxas et Autharite se tenaient cachés.

Ils avaient fui comme l'esclave, l'un bien qu'il fût cruel, l'autre malgré sa bravoure. Mais qui aurait pu s'attendre, disaient-ils, à la trahison de Narr'Havas, à l'incendie des Libyens, à la perte du zaïmph, à l'attaque soudaine d'Hamilcar, et surtout à ses manœuvres les forçant à revenir dans le fond de la montagne sous les coups immédiats des Carthaginois? Spendius n'avouait point sa terreur et persistait à soutenir qu'il avait la jambe cassée.

Enfin, les trois chefs et le Schalischim se demandèrent ce qu'il fallait maintenant décider. Hamilcar leur fermait la route de Carthage; on était pris entre ses soldats et les provinces de Narr'Havas; les villes tyriennes se joindraient aux vainqueurs; ils allaient se trouver acculés au bord de la mer, et toutes ces forces réunies les écraseraient. Voilà ce qui arriverait immanquablement.

Pas un moyen ne s'offrait d'éviter la guerre. Donc ils devaient la poursuivre à outrance. Mais comment faire comprendre la nécessité d'une interminable bataille à tous ces gens découragés et saignant encore de leurs blessures?

— Je m'en charge! dit Spendius.

Deux heures après, un homme, qui arrivait du côté d'Hippo-Zaryte, gravit en courant la montagne. Il agitait des tablettes au bout de son bras, et, comme il criait très fort, les Barbares l'entourèrent.

Elles étaient expédiées par les soldats grecs de la Sardaigne. Ils recommandaient à leurs compagnons d'Afrique de surveiller Giscon avec les autres captifs. Un marchand de Samos, un certain Hipponax, venant de Carthage, leur avait appris qu'un complot s'organisait pour les faire évader, et on engageait les Barbares à tout prévoir; la République était puissante.

Le stratagème de Spendius ne réussit point comme il l'avait espéré. Cette assurance d'un péril nouveau, loin d'exciter de la fureur, souleva des craintes; et, se rappelant l'avertissement d'Hamilcar jeté naguère au milieu d'eux, ils s'attendaient à quelque chose d'imprévu et qui serait terrible. La nuit se passa dans une grande angoisse; plusieurs même se débarrassèrent de leurs armes pour attendrir le Suffète quand il se présenterait.

Le lendemain, à la troisième veille du jour, un second coureur parut, encore plus haletant et noir de poussière. Le Grec lui arracha des mains un rouleau de papyrus chargé d'écritures phéniciennes. On y suppliait les Mercenaires de ne pas se décourager; les braves de Tunis allaient venir avec de grands renforts.

Spendius lut d'abord la lettre trois fois de suite; et, soutenu par deux Cappadociens qui le tenaient assis sur leurs épaules, il se faisait transporter de place en place, et la relisait. Pendant sept heures, il harangua.

Il rappelait aux Mercenaires les promesses du Grand Conseil; aux Africains, les cruautés des intendants; à tous les Barbares, l'injustice de Carthage. La douceur du Suffète était un appât pour les prendre. Ceux qui se livreraient, on les vendrait comme des esclaves; les vaincus périraient suppliciés. Quant à s'enfuir, par quelles routes? Pas un peuple ne voudrait les recevoir; tandis qu'en continuant leurs efforts, ils obtiendraient à la fois la liberté, la vengeance, de l'argent! Et ils n'attendraient pas longtemps, puisque les gens de Tunis, la Libye entière se précipitait à leur secours. Il montrait le papyrus déroulé:

— Regardez donc! lisez! voilà leurs promesses! Je ne mens pas.

Des chiens erraient, avec leur museau noir tout plaqué de rouge. Le grand soleil chauffait les têtes nues. Une odeur nauséabonde s'exhalait des cadavres mal enfouis; quelques-uns même sortaient de terre jusqu'au ventre. Spendius les appelait à lui pour témoigner des choses qu'il disait; puis il levait ses poings du côté d'Hamilcar.

Mâtho l'observait d'ailleurs et, afin de couvrir sa lâcheté, il étalait une colère où, peu à peu, il se trouvait pris lui-même. En se dévouant aux dieux, il accumula des malédictions sur les Carthaginois. Le supplice des captifs était un jeu d'enfants. Pourquoi donc les épargner et traîner toujours derrière soi ce bétail inutile.

— Non! il faut en finir! leurs projets sont connus! un seul peut nous perdre! pas de pitié! On reconnaîtra les bons à la vitesse des jambes et à la force du coup.

Ils retournèrent sur les captifs. Plusieurs râlaient encore; on les acheva en leur enfonçant le talon dans la bouche, ou bien on les poignardait avec la pointe d'un javelot.

Ensuite ils songèrent à Giscon. Nulle part on ne l'apercevait; une inquiétude les troubla. Ils voulaient tout à la fois se convaincre de sa mort et y participer. Trois pasteurs samnites le découvrirent à quinze pas de l'endroit où s'élevait naguère la tente de Mâtho. Ils le reconnurent à sa longue barbe, et ils appelèrent les autres.

Etendu sur le dos, les bras contre les hanches et les genoux serrés, il avait l'air d'un mort disposé pour le sépulcre. Cependant ses côtes maigres s'abaissaient et remontaient, et ses yeux, largement ouverts au milieu de sa figure toute pâle, regardaient d'une façon continue et intolérable.

Les Barbares le considérèrent avec un grand étonnement. Depuis le temps qu'il vivait dans la fosse, on l'avait presque oublié; gênés par de vieux souvenirs, ils se tenaient à distance et n'osaient porter la main sur lui.

Mais ceux qui étaient par derrière murmuraient et se poussaient, quand un Garamante traversa la foule; il brandissait une faucille; tous comprirent sa pensée; leurs visages s'empourprèrent, et, saisis de honte, ils hurlaient:

— Oui! oui!

L'homme au fer recourbé s'approcha de Giscon. Il lui prit la tête, et, l'appuyant sur son genou, il la sciait à coups rapides; elle tomba; deux gros jets de sang firent un trou dans la poussière. Zarxas avait sauté dessus, et, plus léger qu'un léopard, il courait vers les Carthaginois.

Quand il fut aux deux tiers de la montagne, il retira de sa poitrine la tête de Giscon en la tenant par la barbe, il tourna son bras rapidement plusieurs fois, et la masse, enfin lancée, décrivit une longue parabole et disparut derrière le retranchement punique.

Bientôt se dressèrent, au bord des palissades, deux étendards entrecroisés, signe convenu pour réclamer les cadavres.

Alors quatre hérauts, choisis sur la largeur de leur poitrine, s'en allèrent avec de grands clairons; et, parlant dans les tubes d'airain, ils déclarèrent qu'il n'y avait plus désormais, entre les Carthaginois et les Barbares, ni foi, ni pitié, ni dieux, qu'ils se refusaient d'avance à toutes les ouvertures et que l'on renverrait les parlementaires avec les mains coupées.

Immédiatement après, on députa Spendius à Hippo-Zaryte afin d'avoir des vivres; la cité tyrienne leur en envoya le soir même. Ils mangèrent avidement. Quand ils furent réconfortés, ils ramassèrent bien vite les restes de leurs bagages et leurs armes rompues; les femmes se tassèrent au centre; et, sans souci des blessés pleurant derrière eux, ils partirent par le bord du rivage, à pas rapides, comme un troupeau de loups qui s'éloignent.

Ils marchaient sur Hippo-Zaryte, décidés à la prendre, car ils avaient besoin d'une ville.

Hamilcar, en les apercevant au loin, eut un désespoir, malgré l'orgueil qu'il sentait à les voir fuir devant lui. Il aurait fallu les attaquer tout de suite avec des troupes fraîches. Encore une journée pareille, et la guerre était finie! Si les choses traînaient, ils reviendraient plus forts; les villes tyriennes se joindraient à eux; sa clémence envers les vaincus n'avait servi de rien. Il prit la résolution d'être impitoyable.

Le soir même, il envoya au Grand Conseil un dromadaire chargé de bracelets recueillis sur les morts, et, avec des menaces horribles, il ordonnait qu'on lui expédiât une autre armée.

Tous, depuis longtemps, le croyaient perdu; si bien qu'en apprenant sa victoire, ils éprouvèrent une stupéfaction qui était presque de la terreur. Le retour du zaïmph, annoncé vaguement complétait la merveille. Ainsi les dieux et la force de Carthage semblaient maintenant lui appartenir.

Personne de ses ennemis ne hasarda une plainte ou une récrimination. Par l'enthousiasme des uns et la pusillanimité des autres, avant le délai prescrit, une armée de cinq mille hommes fut prête.

Elle gagna promptement Utique pour appuyer le Suffète sur ses derrières, tandis que trois mille des plus considérables montèrent sur des vaisseaux qui devaient les débarquer à Hippo-Zaryte, d'où ils repousseraient les Barbares.

Hannon en avait accepté le commandement; mais il confia l'armée à son lieutenant Magdassan, afin de conduire les troupes de débarquement lui-même, car il ne pouvait plus endurer les secousses de la litière. Son mal, en rongeant ses lèvres et ses narines, avait creusé dans sa face un large trou; à dix pas, on lui voyait le fond de sa gorge, et il se savait tellement hideux qu'il se mettait, comme une femme, un voile sur la tête.

Hippo-Zaryte n'écouta point ses sommations, ni celles des Barbares non plus; mais chaque matin les habitants leur descendaient des vivres dans des corbeilles, et en criant du haut des tours, ils s'excusaient sur les exigences de la République et les conjuraient de s'éloigner. Ils adressaient par signes les mêmes protestations aux Carthaginois qui stationnaient dans la mer.

Hannon se contentait de bloquer le port sans risquer une attaque. Cependant il persuada aux juges d'Hippo-Zaryte de recevoir chez eux trois cents soldats. Puis il s'en alla vers le cap des Raisins et il fit un long détour afin de cerner les Barbares, opération inopportune et même dangereuse.

Sa jalousie l'empêchait de secourir le Suffète; il arrêtait ses espions, le gênait dans tous ses plans, compromettait son entreprise. Hamilcar écrivit au Grand Conseil de l'en débarrasser, et Hannon rentra dans Carthage, furieux contre la bassesse des Anciens et la folie de son collègue. Après tant d'espérances, on se retrouvait dans une situation encore plus déplorable; on tâchait de n'y pas réfléchir et même de n'en point parler.

Comme si ce n'était pas assez d'infortunes à la fois, on apprit que les Mercenaires de la Sardaigne avaient crucifié leur général, saisi les places fortes et partout égorgé les hommes de race chananéenne. Le peuple romain menaça la République d'hostilités immédiates, si elle ne donnait douze cents talents avec l'île de Sardaigne tout entière. Il avait accepté l'alliance des Barbares, et il leur expédia des bateaux plats chargés de farine et de viandes sèches. Les Carthaginois les poursuivirent, capturèrent cinq cents hommes; mais trois jours après, une flotte qui venait de la Bysacène, apportant des vivres à Carthage, sombra dans une tempête. Les dieux évidemment se déclaraient contre elle.

Alors les citoyens d'Hippo-Zaryte, prétextant une alarme, firent monter sur leurs murailles les trois cents hommes d'Hannon; puis, survenant derrière eux, ils les prirent aux jambes et les jetèrent par-dessus les remparts, tout à coup. Quelques-uns, qui n'étaient pas morts, furent poursuivis et allèrent se noyer dans la mer.

Utique endurait des soldats, car Magdassan avait fait comme Hannon, et, d'après ses ordres, il entourait la ville, sourd aux prières d'Hamilcar. Pour ceux-là, on leur donna du vin mêlé de mandragore, puis on les égorgea dans leur sommeil. En même temps, les Barbares arrivèrent; Magdassan s'enfuit, les portes s'ouvrirent; dès lors, les deux villes tyriennes montrèrent à leurs nouveaux amis un opiniâtre dévouement, et à leurs anciens alliés une haine inconcevable.

Cet abandon de la cause punique était un conseil, un exemple. Les espoirs de délivrance se ranimèrent. Des populations, incertaines encore, n'hésitèrent plus. Tout s'ébranla. Le Suffète l'apprit, et il n'attendait aucun secours! Il était maintenant irrévocablement perdu.

Aussitôt il congédia Narr'Havas, qui devait garder les limites de son royaume. Quant à lui, il résolut de rentrer à Carthage pour y prendre des soldats et recommencer la guerre.

Les Barbares établis à Hippo-Zaryte aperçurent son armée comme elle descendait la montagne.

Où donc les Carthaginois allaient-ils? La faim sans doute les poussait; et, affolés par les souffrances, malgré leur faiblesse, ils venaient livrer bataille. Mais ils tournèrent à droite: ils fuyaient. On pouvait les atteindre, les écraser tous. Les Barbares s'élancèrent à leur poursuite.

Les Carthaginois furent arrêtés par le fleuve. Il était large cette fois, et le vent d'ouest n'avait pas soufflé. Les uns le passèrent à la nage, les autres sur leurs boucliers. Ils se remirent en marche. La nuit tomba. On ne les vit plus.

Les Barbares ne s'arrêtèrent pas; ils remontèrent plus loin, pour trouver une place plus étroite. Les gens de Tunis accoururent; ils entraînèrent ceux d'Utique. A chaque buisson, leur nombre augmentait; et les Carthaginois, en se couchant par terre, entendaient le battement de leurs pas dans les ténèbres. De temps à autre, pour les ralentir, Barca faisait lancer derrière lui des volées de flèches; plusieurs en furent tués. Quand le jour se leva, on était dans les montagnes de l'Ariane, à cet endroit où le chemin fait un coude.

Mâtho, qui marchait en tête, crut distinguer dans l'horizon quelque chose de vert, au sommet d'une éminence. Le terrain s'abaissa; et des obélisques, des dômes, des maisons parurent: c'était Carthage!

Il s'appuya contre un arbre pour ne pas tomber, tant son cœur battait vite.

Il songeait à tout ce qui était survenu dans son existence depuis la dernière fois qu'il avait passé par là! C'était une surprise infinie, un étourdissement. Puis une joie l'emporta à l'idée de revoir Salammbô. Les raisons qu'il avait de l'exécrer lui revinrent à la mémoire; il les rejeta bien vite. Frémissant et les prunelles tendues, il contemplait, au delà d'Eschmoûn, la haute terrasse d'un palais, par-dessus des palmiers; un sourire d'extase illuminait sa figure, comme s'il fût arrivé jusqu'à lui quelque grande lumière; il ouvrait les bras, il envoyait des baisers dans la brise et murmurait:

«Viens! viens!», un soupir lui gonfla la poitrine, et deux larmes, longues comme des perles, tombèrent sur sa barbe.

— Qui te retient? s'écria Spendius. Hâte-toi donc! En marche! Le Suffète va nous échapper! Mais tes genoux chancellent et tu me regardes comme un homme ivre!

Il trépignait d'impatience; il pressait Mâtho; et, avec des clignements d'yeux, comme à l'approche d'un but longuement visé:

— Ah! nous y sommes! Nous y voilà. Je les tiens!

Il avait l'air si convaincu et triomphant que Mâtho, surpris dans sa torpeur, se sentit entraîné, i Ces paroles survenaient au plus fort de sa détresse, poussaient son désespoir à la vengeance, montraient une pâture à sa colère. Il bondit sur un des chameaux qui étaient dans les bagages, lui arracha son licou; avec la longue corde, il frappait à tour de bras les traînards; il courait de droite et de gauche, alternativement, sur le derrière de l'armée, comme un chien qui pousse un troupeau.

A sa voix tonnante, les lignes d'hommes se resserrèrent; les boiteux mêmes précipitèrent leurs pas; au milieu de l'isthme, l'intervalle diminua. Les premiers des Barbares marchaient dans la poussière des Carthaginois. Les deux armées se rapprochaient, allaient se toucher. Mais la porte de Malqua, la porte de Tagaste et la grande porte de Khamon déployèrent leurs battants. Le carré punique se divisa; trois colonnes s'y engloutirent, elles tourbillonnaient sous les porches. Bientôt la masse, trop serrée sur elle-même, n'avança plus; les piques en l'air se heurtaient, et les flèches des Barbares éclataient contre les murs.

Sur le seuil de Khamon, on aperçut Hamilcar. Il se retourna en criant à ses hommes de s'écarter. Il descendit de son cheval; et du glaive qu'il tenait, en le piquant à la croupe, il l'envoya sur les Barbares.

C'était un étalon orynge qu'on nourrissait avec des boulettes de farine, et qui pliait les genoux pour laisser monter son maître. Pourquoi donc le renvoyait-il? Était-ce un sacrifice?

Le grand cheval galopait un milieu des lances, renversait les hommes, et, s'embarrassant les pieds dans ses entraves, tombait, puis se relevait avec des bonds furieux; et pendant qu'ils tâchaient de l'arrêter ou regardaient tout surpris, les Carthaginois s'étaient rejoints; ils entrèrent; la porte énorme se referma derrière eux, en retentissant.

Elle ne céda pas. Les Barbares vinrent s'écraser contre elle; et durant quelques minutes, sur toute la longueur de l'armée, il y eut une oscillation de plus en plus molle et qui enfin s'arrêta.

Les Carthaginois avaient mis des soldats sur l'aqueduc; ils commençaient à lancer des pierres, des balles, des poutres. Spendius représenta qu'il ne fallait point s'obstiner. Ils allèrent s'établir plus loin, tous bien résolus à faire le siège de Carthage.

Cependant la rumeur de la guerre avait dépassé les confins de l'empire punique; et, des colonnes d'Hercule jusqu'au delà de Cyrène, les pasteurs en rêvaient en gardant leurs troupeaux, et les caravanes en causaient la nuit, à la lueur des étoiles. Cette grande Carthage, dominatrice des mers, splendide comme le soleil et effrayante comme un dieu, il se trouvait des hommes qui l'osaient attaquer! On avait plusieurs fois affirmé sa chute; et tous y avaient cru, car tous la souhaitaient: les populations soumises, les villages tributaires, les provinces alliées, les hordes indépendantes, ceux qui l'exécraient pour sa tyrannie, ou qui jalousaient sa puissance, ou qui convoitaient sa richesse. Les plus braves s'étaient joints bien vite aux Mercenaires. La défaite du Macar avait arrêté tous les autres. Ils avaient repris confiance, s'étaient avancés, rapprochés; et maintenant les hommes des régions orientales se tenaient dans les dunes de Clypéa, de l'autre côté du golfe. Dès qu'ils aperçurent les Barbares, ils se montrèrent.

Ce n'étaient pas les Libyens des environs de Carthage; depuis longtemps ils composaient la troisième armée; mais les nomades du plateau de Barca, les bandits du cap Phiscus et du promontoire de Derné, ceux du Phazzana et de la

Marmarique. Ils avaient traversé le désert en buvant aux puits saumâtres maçonnés avec des ossements de chameau; les Zuaèces, couverts de plumes d'autruche, étaient venus sur des quadriges; les Garamantes, masqués d'un voile noir, assis en arrière sur leurs cavales peintes; d'autres sur des ânes, sur des onagres, sur des zèbres, sur des buffles; et quelques-uns traînaient, avec leurs familles et leurs idoles, le toit de leur cabane en forme de chaloupe. Il y avait des Ammoniens aux membres ridés par l'eau chaude des fontaines; des Atarantes, qui maudissent le soleil; des Troglodytes, qui enterrent en riant leurs morts sous des branches d'arbre, et les hideux Auséens, qui mangent des sauterelles; les Adhyrmachides, qui mangent des poux, et les Gysantes, peints de vermillon, qui mangent des singes.

Tous s'étaient rangés sur le bord de la mer en une grande ligne droite. Ils s'avancèrent ensuite comme des tourbillons de sable soulevés par le vent. Au milieu de l'isthme leur foule s'arrêta, les Mercenaires établis devant eux, près des murailles, ne voulant point bouger.

Puis, du côté de l'Ariane, apparurent les hommes de l'Occident, le peuple des Numides. En effet, Narr'Havas ne gouvernait que les Massyliens; d'ailleurs, une coutume leur permettant après les revers d'abandonner leur roi, ils s'étaient rassemblés sur le Zaïne, puis l'avaient franchi au premier mouvement d'Hamilcar. On vit d'abord accourir tous les chasseurs du Malethuth-Baal et du Garaphos, habillés de peaux de lion, et qui conduisaient avec la hampe de leurs piques de petits chevaux maigres à longue crinière; puis marchaient les Gétules dans des cuirasses en peau de serpent; puis les Pharusiens, portant de hautes couronnes faites de cire et de résine; et les Caunes, les Macares, les Tillabares, chacun tenant deux javelots et un bouclier rond, en cuir d'hippopotame. Ils s'arrêtèrent au bas des catacombes, dans les premières flaques de la lagune.

Mais, quand les Libyens se furent déplacés, on aperçut à l'endroit qu'ils occupaient, et comme un nuage à ras du sol, la multitude des Nègres. Il en était venu du Harousch-blanc, du Harousch-noir, du désert d'Augyle et même de la grande contrée d'Agazymba, qui est à quatre mois au sud des Garamantes, et de plus loin encore! Malgré leurs joyaux de bois rouge, la crasse de leur peau noire les faisait ressembler à des mûres longtemps roulées dans la poussière. Ils avaient des caleçons en fils d'écorce, des tuniques d'herbes desséchées, des mufles de bêtes fauves sur la tête, et, hurlant comme des loups, ils secouaient des tringles garnies d'anneaux et brandissaient des queues de vache au bout d'un bâton, en manière d'étendards.

Puis, derrière les Numides, les Maurusiens et les Gétules, se pressaient les hommes jaunâtres répandus au delà de Taggir dans les forêts de cèdres. Des carquois en poils de chat leur battaient sur les épaules, et ils menaient en laisse des chiens énormes, aussi hauts que des ânes, et qui n'aboyaient pas.

Enfin, comme si l'Afrique ne s'était point suffisamment vidée, et que pour recueillir plus de fureurs il eût fallu prendre jusqu'au bas des races, on voyait, derrière tous les autres, des hommes à profil de bête et ricanant d'un rire idiot; misérables ravagés par de hideuses maladies, pygmées difformes, mulâtres d'un sexe ambigu, albinos dont les yeux rouges clignotaient au soleil; tout en bégayant des sons inintelligibles, ils mettaient un doigt dans leur bouche pour faire voir qu'ils avaient faim.

La confusion des armes n'était pas moindre que celle des vêtements et des peuples. Pas une invention de mort qui n'y fût, depuis les poignards de bois, les haches de pierre et les tridents d'ivoire, jusqu'à de longs sabres, dentelés comme des scies, minces, et faits d'une lame de cuivre qui pliait. Ils maniaient des coutelas se bifurquant en plusieurs branches pareilles à des ramures d'antilopes, des serpes attachées au bout d'une corde, des triangles de fer, des massues, des poinçons. Les Ethiopiens du Bambotus cachaient dans leurs cheveux de petits dards empoisonnés. Plusieurs avaient apporté des cailloux dans des sacs. D'autres, les mains vides, faisaient claquer leurs dents.

Une houle continuelle agitait cette multitude. Des dromadaires, tout barbouillés de goudron comme des navires, renversaient les femmes qui portaient leurs enfants sur la hanche. Les provisions dans les couffes se répandaient; on écrasait en marchant des morceaux de sel, des paquets de gomme, des dattes pourries, des noix de gourou; et parfois, sur des seins couverts de vermine, pendait à un mince cordon quelque diamant qu'avaient cherché les Satrapes, une pierre presque fabuleuse et suffisante pour acheter un empire. Ils ne savaient même pas, la plupart, ce qu'ils désiraient. Une fascination, une curiosité les poussait; des Nomades, qui n'avaient jamais vu de ville, étaient effrayés par l'ombre des murailles.

L'isthme disparaissait maintenant sous les hommes; cette longue surface, où les tentes faisaient comme des cabanes dans une inondation, s'étalait jusqu'aux premières lignes des autres Barbares, toutes ruisselantes de fer et symétriquement établies sur les deux flancs de l'aqueduc.

Les Carthaginois se trouvaient encore dans l'effroi de leur arrivée, quand ils aperçurent, venant droit vers eux, comme des monstres et comme des édifices,— avec leurs mâts, leurs bras, leurs cordages, leurs articulations, leurs chapiteaux et leurs carapaces,— les machines de siège qu'envoyaient les villes tyriennes: soixante carrobalistes, quatre-vingts onagres, trente scorpions, cinquante tollénones, douze béliers et trois gigantesques catapultes qui lançaient des morceaux de roche du poids de quinze talents. Des masses d'hommes les poussaient, cramponnés à leur base; à chaque pas un frémissement les secouait; elles arrivèrent ainsi jusqu'en face des murs.

Il fallait plusieurs jours encore pour finir les préparatifs du siège. Les Mercenaires, instruits par leurs défaites, ne voulaient point se risquer dans des engagements inutiles; et, de part et d'autre, on n'avait aucune hâte, sachant bien qu'une action terrible allait s'ouvrir et qu'il en résulterait une victoire ou une extermination complète.

Carthage pouvait longtemps résister; ses larges murailles offraient une série d'angles rentrants et sortants, disposition avantageuse pour repousser les assauts.

Du côté des catacombes, une portion s'était écroulée, et par les nuits obscures, entre les blocs disjoints, on apercevait des lumières dans les bouges de Malqua. Ils dominaient en de certains endroits la hauteur des remparts. C'était là que vivaient, avec leurs nouveaux époux, les femmes des Mercenaires chassées par Mâtho. En les revoyant, leur cœur n'y tint plus. Elles agitèrent de loin leurs écharpes; puis elles venaient, dans les ténèbres, causer avec les soldats par la fente du mur, et le Grand Conseil apprit un matin que toutes s'étaient enfuies. Les unes avaient passé entre les pierres; d'autres, plus intrépides, étaient descendues avec des cordes.

Enfin Spendius résolut d'accomplir son projet.

La guerre, en le retenant au loin, l'en avait jusqu'alors empêché; et, depuis qu'on était revenu devant Carthage, il lui semblait que les habitants soupçonnaient son entreprise. Bientôt ils diminuèrent les sentinelles de l'aqueduc. On n'avait pas trop de monde pour la défense de l'enceinte.

L'ancien esclave s'exerça pendant plusieurs jours à tirer des flèches contre les phénicoptères du lac. Puis, un soir que la lune brillait, il pria Mâtho d'allumer au milieu de

GUSTAVE FLAUBERT

la nuit un grand feu de paille, en même temps que tous ses hommes pousseraient des cris; et, prenant avec lui Zarxas, il s'en alla par le bord du golfe, dans la direction de Tunis.

A la hauteur des dernières arches, ils revinrent droit vers l'aqueduc; la place était découverte; ils s'avancèrent en rampant jusqu'à la base des piliers.

Les sentinelles de la plate-forme se promenaient tranquillement.

De hautes flammes parurent; des clairons retentirent, les soldats en vedette, croyant à un assaut, se précipitèrent du côté de Carthage.

Un homme était resté. Il apparaissait en noir sur le fond du ciel. La lune donnait derrière lui, et son ombre démesurée faisait au loin, sur la plaine, comme un obélisque qui marchait.

Zarxas saisit sa fronde; par prudence ou par férocité, Spendius l'arrêta.

— Non, le ronflement de la balle ferait du bruit! A moi!

Alors il banda son arc de toutes ses forces, en l'appuyant par le bas contre l'orteil de son pied gauche; il visa, et la flèche partit.

L'homme ne tomba point. Il disparut.

— S'il était blessé, nous l'entendrions! dit Spendius.

Et il monta vivement d'étage en étage, comme il avait fait la première fois, en s'aidant d'une corde et d'un harpon. Quand il fut en haut, près du cadavre, il la laissa retomber. Le Baléare y attacha un pic avec un maillet et s'en retourna.

Les trompettes ne sonnaient plus. Tout maintenant était tranquille. Spendius avait soulevé une des dalles, était entré dans l'eau, et l'avait refermée sur lui.

En calculant la distance d'après le nombre de ses pas, il arriva juste à l'endroit où il avait remarqué une fissure oblique; et pendant trois heures, jusqu'au matin, il travailla d'une façon continue, furieuse, respirant à peine par les interstices des dalles supérieures, assailli d'angoisses et vingt fois croyant mourir. Enfin on entendit un craquement; une pierre énorme, en ricochant sur les arcs inférieurs, roula jusqu'en bas, et tout à coup une cataracte, un fleuve entier tomba du ciel dans la plaine. L'aqueduc, coupé par le milieu, se déversait. C'était la mort pour Carthage, et la victoire pour les Barbares.

En un instant les Carthaginois, réveillés, apparurent sur les murailles, sur les maisons, sur les temples. Les Barbares se poussaient, criaient. Ils dansaient, en délire, autour de la grande chute d'eau, et, dans l'extravagance de leur joie, venaient s'y mouiller la tête.

On aperçut au sommet de l'aqueduc un homme avec une tunique brune, déchirée. Il se tenait penché tout au bord, les deux mains sur les hanches; et il regardait en bas, sous lui, comme étonné de son œuvre.

Puis il se redressa. Il parcourut l'horizon d'un air superbe qui semblait dire: « Tout cela maintenant est à moi! » Les applaudissements des Barbares éclatèrent; les Carthaginois, comprenant enfin leur désastre, hurlaient de désespoir. Alors il se mit à courir sur la plate-forme d'un bout à l'autre, et comme un conducteur de char triomphant aux jeux Olympiques, Spendius, éperdu d'orgueil, levait les bras.

XIII. — MOLOCH

Les Barbares n'avaient pas besoin d'une circonvallation du côté de l'Afrique; elle leur appartenait. Pour rendre plus facile l'approche des murailles, on abattit le retranchement qui bordait le fossé. Ensuite, Mâtho divisa l'armée par grands demi-cercles, de façon à envelopper mieux Carthage. Les hoplites des Mercenaires furent placés au premier rang, derrière eux les frondeurs et les cavaliers; tout au fond, les bagages les chariots, les chevaux; en deçà de cette multitude, à trois cents pas des tours, se hérissaient les machines.

Sous la variété infinie de leurs appellations (qui changèrent plusieurs fois dans le cours des siècles), elles pouvaient se réduire à deux systèmes: les unes agissant comme des frondes, les autres comme des arcs.

Les premières, les catapultes, se composaient d'un châssis carré, avec deux montants verticaux et une barre horizontale. A sa partie antérieure un cylindre, muni de câbles, retenait un gros timon portant une cuiller pour recevoir les projectiles; la base en était prise dans un écheveau de fils tordus; quand on lâchait les cordes, il se relevait et venait frapper contre la barre, ce qui, l'arrêtant par une secousse, multipliait sa vigueur.

Les secondes offraient un mécanisme plus compliqué: sur une petite colonne, une traverse était fixée par son milieu où aboutissait à angle droit une espèce de canal; aux extrémités de la traverse s'élevaient deux chapiteaux qui contenaient un entortillage de crins; deux poutrelles s'y trouvaient prises pour maintenir les bouts d'une corde que l'on amenait jusqu'au bas du canal, sur une tablette de bronze. Par un ressort, cette plaque de métal se détachait, et, glissant sur des rainures, poussait les flèches.

Les catapultes s'appelaient également des onagres, comme les ânes sauvages qui lancent des cailloux avec leurs pieds; et les balistes des scorpions, à cause d'un crochet dressé sur la tablette, et qui, s'abaissant d'un coup de poing, faisait partir le ressort.

Leur construction exigeait de savants calculs; leurs bois devaient être choisis dans les essences les plus dures, leurs engrenages tous d'airain; elles se bandaient avec des leviers, des moufles, des cabestans ou des tympans; de forts pivots variaient la direction de leur tir, des cylindres les faisaient s'avancer, et les plus considérables, que l'on apportait pièce à pièce, étaient remontées en face de l'ennemi.

Spendius disposa les trois grandes catapultes vers les trois angles principaux; devant chaque porte il plaça un bélier, devant chaque tour une baliste, et des carrobalistes circuleraient par derrière. Mais il fallait les garantir contre les feux des assiégés et combler d'abord le fossé qui les séparait des murailles.

On avança des galeries en claies de joncs verts et des cintres en chêne, pareils à d'énormes boucliers, glissant sur trois roues; de petites cabanes couvertes de peaux fraîches et rembourrées de varech abritaient les travailleurs; les catapultes et les balistes furent défendues par des rideaux de cordages que l'on avait trempés dans du vinaigre pour les rendre incombustibles. Les femmes et les enfants allaient prendre des cailloux sur la grève, ramassaient de la terre avec leurs mains et l'apportaient aux soldats.

Les Carthaginois se préparaient aussi.

Hamilcar les avait bien vite rassurés en déclarant qu'il restait de l'eau dans les citernes pour cent vingt-trois jours. Cette affirmation, sa présence au milieu d'eux, et celle du zaïmph surtout, leur donnèrent bon espoir. Carthage se releva de son accablement; ceux qui n'étaient pas d'origine chananéenne furent emportés dans la passion des autres.

On arma les esclaves, on vida les arsenaux; les citoyens eurent chacun leur poste et leur emploi. Douze cents hommes survivaient des transfuges, le Suffète les fit tous capitaines; et les charpentiers, les armuriers, les forgerons et les orfèvres furent préposés aux machines. Les Carthaginois en avaient gardé quelques-unes, malgré les conditions de la paix romaine. On les répara. Ils s'entendaient à ces ouvrages.

Les deux côtés septentrional et oriental, défendus par la mer et par le golfe, restaient inaccessibles. Sur la muraille faisant face aux Barbares, on monta des troncs d'arbre, des meules de moulin, des vases pleins de soufre, des cuves pleines d'huile, et l'on bâtit des fourneaux. On entassa des pierres sur la plate-forme des tours, et les maisons qui touchaient immédiatement au rempart furent bourrées avec du sable pour l'affermir et augmenter son épaisseur.

Devant ces dispositions, les Barbares s'irritèrent. Ils voulurent combattre tout de suite. Les poids qu'ils mirent dans les catapultes étaient d'une pesanteur si exorbitante, que les timons se rompirent; l'attaque fut retardée.

Enfin le treizième jour du mois de Schébat, au soleil levant, on entendit contre la porte de Khamon un grand coup.

Soixante-quinze soldats tiraient des cordes disposées à la base d'une poutre gigantesque, horizontalement suspendue par des chaînes descendant d'une potence; une tête de bélier, toute en airain, la terminait. On l'avait emmaillotée de peaux de bœuf; des bracelets en fer la cerclaient de place en place; elle était trois fois grosse comme le corps d'un homme, longue de cent vingt coudées, et, sous la foule des bras nus la poussant et la ramenant, elle avançait et reculait avec une oscillation régulière.

Les autres béliers, devant les autres portes, commencèrent à se mouvoir. Dans les roues creuses des tympans, on aperçut des hommes qui montaient d'échelon en échelon. Les poulies, les chapiteaux grincèrent, les rideaux de cordages s'abattirent, et des volées de pierres et des volées de flèches s'élancèrent à la fois; tous les frondeurs éparpillés couraient. Quelques-uns s'approchaient du rempart, en cachant sous leurs boucliers des pots de résine; puis ils les lançaient à tour de bras. Cette grêle de balles, de dards et de feux passait par-dessus les premiers rangs et faisait une courbe qui retombait derrière les murs. Mais, à leur sommet, de longues grues à mater les vaisseaux se dressèrent; et il en descendit de ces pinces énormes qui se terminaient par deux demi-cercles dentelés à l'intérieur. Elles mordirent les béliers. Les soldats, se cramponnant à la poutre, tiraient en arrière. Les Carthaginois balaient pour la faire monter; et l'engagement se prolongea jusqu'au soir.

Quand les Mercenaires, le lendemain, reprirent leur besogne, le haut des murailles se trouvait entièrement tapissé par des balles de coton, des toiles, des coussins; les créneaux étaient bouchés avec des nattes; et, sur le rempart, entre les grues, on distinguait un alignement de fourches et de tranchoirs emmanchés à des bâtons. Une résistance furieuse commença.

Des troncs d'arbres, tenus par des câbles, tombaient et remontaient alternativement en battant les béliers; des crampons, lancés par des balistes, arrachaient le toit des cabanes; et, de la plate-forme des tours, des ruisseaux de silex et de galets se déversaient.

Les béliers rompirent la porte de Khamon et la porte de Tagaste. Mais les Carthaginois avaient entassé à l'intérieur une telle abondance de matériaux que leurs battants ne s'ouvrirent pas. Ils restèrent debout.

Alors on poussa contre les murailles des tarières qui, s'appliquant aux joints des blocs, les descelleraient. Les machines furent mieux gouvernées, leurs servants répartis par escouades; du matin au soir, elles fonctionnaient, sans s'interrompre, avec la monotone précision d'un métier de tisserand.

Spendius ne se fatiguait pas de les conduire. C'était lui-même qui bandait les écheveaux des balistes. Pour qu'il y eût, dans leurs tensions jumelles, une parité complète, on serrait leurs cordes en frappant tour à tour de droite et de gauche, jusqu'au moment où les deux côtés rendaient un son égal. Spendius montait sur leur membrure. Avec le bout de son pied, il les battait tout doucement, et il tendait l'oreille comme un musicien qui accorde une lyre. Puis, quand le timon de la catapulte se relevait, quand la colonne de la baliste tremblait à la secousse du ressort, que les pierres s'élançaient en rayons et que les dards couraient en ruisseau, il se penchait le corps tout entier et jetait ses bras dans l'air, comme pour les suivre.

Les soldats, admirant son adresse, exécutaient ses ordres. Dans la gaieté de leur travail, ils débitaient des plaisanteries sur les noms des machines. Ainsi, les tenailles à prendre les béliers s'appelant des loups, et les galeries couvertes des treilles, on était des agneaux, on allait faire la vendange; et, en armant leurs pièces, ils disaient aux onagres:

« Allons, rue bien » et aux scorpions: « Traverse-les jusqu'au cœur! » Ces facéties, toujours les mêmes, soutenaient leur courage.

Cependant les machines ne démolissaient point le rempart. Il était formé par deux murailles et tout rempli de terre; elles abattaient leurs parties supérieures. Les assiégés, chaque fois, les relevaient. Mâtho ordonna de construire des tours en bois qui devaient être aussi hautes que les tours de pierre. On jeta, dans le fossé, du gazon, des pieux, des galets et des chariots avec leurs roues afin de l'emplir plus vite; avant qu'il fût comblé, l'immense foule des Barbares ondula sur la plaine d'un seul mouvement, et vint battre le pied des murs, comme une mer débordée.

On avança les échelles de corde, les échelles droites et les sambuques, c'est-à-dire deux mâts d'où s'abaissaient, par des palans, une série de bambous que terminait un pont mobile. Elles formaient de nombreuses lignes droites appuyées contre le mur; et les Mercenaires, à la file les uns des autres, montaient en tenant leurs armes à la main. Pas un Carthaginois ne se montrait; déjà ils touchaient aux deux tiers du rempart. Les créneaux s'ouvrirent, en vomissant, comme des gueules de dragon, des feux et de la fumée; le sable s'éparpillait, entrait par le joint des armures; le pétrole s'attachait aux vêtements; le plomb liquide sautillait sur les casques, faisait des trous dans les chairs; une pluie d'étincelles s'éclaboussait contre les visages, et des orbites sans yeux semblaient pleurer des larmes grosses comme des amandes. Des hommes, tout jaunes d'huile, brûlaient par la chevelure. Ils se mettaient à courir, enflammaient les autres. On les étouffait en leur jetant, de loin, sur la face, des manteaux trempés de sang. Quelques-uns qui n'avaient pas de blessure restaient immobiles, plus raides que des pieux, la bouche ouverte et les deux bras écartés.

L'assaut, pendant plusieurs jours de suite, recommença, les Mercenaires espérant triompher par un excès de force et d'audace.

Quelquefois un homme sur les épaules d'un autre enfonçait une fiche entre les pierres, puis s'en servait comme d'un échelon pour atteindre au delà, en plaçait une

seconde, une troisième; et, protégés par le bord des
créneaux dépassant la muraille, peu à peu ils s'élevaient
ainsi; mais, toujours à une certaine hauteur, ils retombaient.
Le grand fossé trop plein débordait; sous les pas des
vivants, les blessés pêle-mêle s'entassaient avec les
cadavres et les moribonds. Au milieu des entrailles
ouvertes, des cervelles épandues et des flaques de sang, les
troncs calcinés faisaient des taches noires; et des bras et des
jambes à moitié sortis d'un monceau se tenaient tout
debout, comme des échalas dans un vignoble incendié.

Les échelles se trouvant insuffisantes, on employa les
tollénones, instruments composés d'une longue poutre
établie transversalement sur une autre, et portant à son
extrémité une corbeille quadrangulaire où trente fantassins
pouvaient se tenir avec leurs armes.

Mâtho voulut monter dans la première qui fut prête.
Spendius l'arrêta.

Des hommes se courbèrent sur un moulinet; la grande
poutre se leva, devint horizontale, se dressa presque
verticalement, et, trop chargée par le bout, elle pliait
comme un immense roseau. Les soldats, cachés jusqu'au
menton, se tassaient; on n'apercevait que les plumes des
casques. Enfin, quand elle fut à cinquante coudées dans
l'air, elle tourna de droite et de gauche plusieurs fois, puis
s'abaissa; et, comme un bras de géant qui tiendrait sur sa
main une cohorte de pygmées, elle déposa au bord du mur
la corbeille pleine d'hommes. Ils sautèrent dans la foule, et
jamais ils ne revinrent.

Tous les autres tollénones furent bien vite disposés; il
en aurait fallu cent fois davantage pour prendre la ville. On
les utilisa d'une façon meurtrière: des archers éthiopiens se
plaçaient dans les corbeilles; puis, les câbles étant
assujettis, ils restaient suspendus et tiraient des flèches
empoisonnées.

Les cinquante tollénones, dominant les créneaux, entouraient ainsi Carthage comme de monstrueux vautours; et les Nègres riaient de voir les gardes sur le rempart mourir dans des convulsions atroces.

Hamilcar y envoya des hoplites; ils leur faisait boire chaque matin le jus de certaines herbes qui les gardait du poison.

Un soir, par un temps obscur, il embarqua les meilleurs de ses soldats sur des gabares, des planches, et, tournant à la droite du port, il vint débarquer à la Taenia. Ils s'avancèrent jusqu'aux premières lignes des Barbares, et, les prenant par le flanc, en firent un grand carnage. Des hommes suspendus à des cordes descendaient la nuit du haut des murs avec des torches à la main, brûlaient les ouvrages des Mercenaires et remontaient.

Mâtho était acharné; chaque obstacle renforçait sa colère; il en arrivait à des choses terribles et extravagantes. Il convoqua Salammbô, mentalement, à un rendez-vous; puis il l'attendit. Elle ne vint pas; cela lui parut une trahison nouvelle; désormais, il l'exécra. S'il avait vu son cadavre, il se serait peut-être en allé. Il doubla les avant-postes, il planta des fourches au bas du rempart, il enfouit des chausse-trapes dans la terre, et il commanda aux Libyens de lui apporter toute une forêt pour y mettre le feu et brûler Carthage, comme une tanière de renards.

Spendius s'obstinait au siège. Il cherchait à inventer des machines épouvantables.

Les autres Barbares, campés au loin sur l'isthme, s'ébahissaient de ces lenteurs; ils murmuraient; on les lâcha.

Alors ils se précipitèrent avec leurs coutelas et leurs javelots, dont ils battaient les portes. La nudité de leurs corps facilitant les blessures, les Carthaginois les massacraient abondamment; et les Mercenaires s'en réjouirent, sans doute par jalousie du pillage. Il en résulta des querelles, des combats entre eux. La campagne étant ravagée, bientôt on s'arracha les vivres. Ils se décourageaient. Des hordes nombreuses s'en allèrent. La foule était si grande qu'il n'y parut pas.

Les meilleurs tentèrent de creuser des mines; le terrain, mal soutenu, s'éboula. Ils les recommencèrent en d'autres places; Hamilcar devinait toujours leur direction en appliquant son oreille contre un bouclier de bronze. Il perça des contre-mines sous le chemin que devaient parcourir les tours de bois; quand on voulut les pousser, elles s'enfoncèrent dans des trous.

Enfin, tous reconnurent que la ville était imprenable, tant que l'on n'aurait pas élevé jusqu'à la hauteur des murailles une longue terrasse qui permettrait de combattre sur le même niveau; on en paverait le sommet pour faire rouler dessus les machines. Alors il serait bien impossible à Carthage de résister.

Elle commençait à souffrir de la soif. L'eau, qui valait au début du siège deux késitahs le bath, se vendait maintenant un shekel d'argent; les provisions de viande et de blé s'épuisaient aussi; on avait peur de la faim; quelques-uns même parlaient des bouches inutiles, ce qui effrayait tout le monde.

Depuis la place de Khamon jusqu'au temple de Melkarth, des cadavres encombraient les rues; et, comme on était à la fin de l'été, de grosses mouches noires harcelaient les combattants. Des vieillards transportaient les blessés, et les gens dévots continuaient les funérailles fictives de leurs proches et de leurs amis, défunts au loin pendant la guerre. Des statues de cire avec des cheveux et des vêtements s'étalaient en travers des portes. Elles se fondaient à la chaleur des cierges brûlant près d'elles; la peinture coulait sur leurs épaules, et des pleurs ruisselaient sur la face des vivants, qui psalmodiaient, à côté, des chansons lugubres.

La foule, pendant ce temps-là, courait; les capitaines criaient des ordres, et l'on entendait toujours le heurt des béliers.

La température devint si lourde que les corps, se gonflant, ne pouvaient plus entrer dans les cercueils. On les brûlait au milieu des cours. Les feux, trop à l'étroit, incendiaient les murailles voisines, et de longues flammes s'échappaient des maisons comme du sang qui jaillit d'une artère. Ainsi Moloch possédait Carthage; il étrcignait les remparts, il se roulait dans les rues, il dévorait jusqu'aux cadavres.

Des hommes qui portaient, en signe de désespoir, des manteaux faits de haillons ramassés, s'établirent au coin des carrefours. Ils déclamaient contre les Anciens, contre Hamilcar, prédisaient au peuple une ruine entière et l'engageaient à tout détruire et à tout se permettre. Les plus dangereux étaient les buveurs de jusquiame; dans leurs crises, ils se croyaient des bêtes féroces et sautaient sur les passants, qu'ils déchiraient. Des attroupements se faisaient autour d'eux; on en oubliait la défense de Carthage. Le Suffète imagina d'en payer d'autres pour soutenir sa politique.

Afin de retenir dans la ville le Génie des dieux, on avait couvert de chaînes leurs simulacres. On posa des voiles noirs sur les Patasques et des cilices autour des autels; on tâchait d'exciter l'orgueil et la jalousie des Baals en leur chantant à l'oreille:

— Tu vas te laisser vaincre! les autres sont plus forts, peut-être? Montre-toi! aide-nous! afin que les peuples ne disent pas: Où sont maintenant leurs dieux? »

Une anxiété permanente agitait les collèges des pontifes. Ceux de la Rabbet surtout avaient peur, le rétablissement du zaïmph n'ayant pas servi. Ils se tenaient enfermés dans la troisième enceinte, inexpugnable comme une forteresse. Un seul d'entre eux se hasardait à sortir, le grand prêtre Schahabarim.

Il venait chez Salammbô. Mais il restait tout silencieux, la contemplant les prunelles fixes, ou bien il prodiguait les paroles; et les reproches qu'il lui faisait étaient plus durs que jamais.

Par une contradiction inconcevable, il ne pardonnait pas à la jeune fille d'avoir suivi ses ordres; Schahabarim avait tout deviné, et l'obsession de cette idée avivait les jalousies de son impuissance. Il l'accusait d'être la cause de la guerre. Mâtho, à l'en croire, assiégeait Carthage pour reprendre le zaïmph; et il déversait des imprécations et des ironies sur ce Barbare, qui prétendait posséder des choses saintes. Ce n'était pas cela, pourtant, que le prêtre voulait dire.

Salammbô n'éprouvait pour lui aucune terreur. Les angoisses dont elle souffrait autrefois l'avaient abandonnée. Une tranquillité singulière l'occupait. Ses regards, moins errants, brillaient d'une flamme limpide.

Le python était redevenu malade; et, comme Salammbô paraissait au contraire se guérir, la vieille Taanach s'en réjouissait, convaincue qu'il prenait par ce dépérissement la langueur de sa maîtresse.

Un matin, elle le trouva derrière le lit de peaux de bœuf, enroulé sur lui-même, plus froid qu'un marbre, et la tête disparaissant sous un amas de vers. A ses cris, Salammbô survint. Elle le retourna quelque temps avec le bout de sa sandale, et l'esclave fut ébahie de son insensibilité.

La fille d'Hamilcar ne prolongeait plus ses jeûnes avec tant de ferveur. Elle passait des journées au haut de sa terrasse, les deux coudes contre la balustrade, s'amusant à regarder devant elle. Le sommet des murailles, au bout de la ville, découpait sur le ciel des zigzags inégaux, et les lances des sentinelles y faisaient tout du long comme une bordure d'épis. Elle apercevait au delà, entre les tours, les manœuvres des Barbares; les jours que le siège était interrompu, elle pouvait même distinguer leurs occupations. Ils raccommodaient leurs armes, se graissaient la chevelure, ou lavaient dans la mer leurs bras sanglants; les tentes étaient closes; les bêtes de somme mangeaient; et au loin, les faux des chars, tous rangés en demi-cercle, semblaient un cimeterre d'argent étendu à la base des monts. Les discours de Schahabarim revenaient à sa mémoire. Elle attendait son fiancé Narr'Havas. Elle aurait voulu, malgré sa haine, revoir Mâtho. De tous les Carthaginois, elle était la seule personne, peut-être, qui lui eût parlé sans peur.

Souvent son père arrivait dans sa chambre. Il s'asseyait sur les coussins et il la considérait d'un air presque attendri, comme s'il eût trouvé dans ce spectacle un délassement à ses fatigues. Il l'interrogeait quelquefois sur son voyage au camp des Mercenaires. Il lui demanda si personne, par hasard, ne l'y avait poussée; d'un signe de tête, elle répondit que non, tant Salammbô était fière d'avoir sauvé le zaïmph.

Mais le Suffète revenait toujours à Mâtho, sous prétexte de renseignements militaires. Il ne comprenait rien à l'emploi des heures qu'elle avait passées dans la tente. En effet, Salammbô ne parlait pas de Giscon; car, les mots ayant par eux-mêmes un pouvoir effectif, les malédictions que l'on rapportait à quelqu'un pouvaient se tourner contre lui; et elle taisait son envie d'assassinat, de peur d'être blâmée de n'y avoir point cédé. Elle disait que le

Schalischim paraissait furieux, qu'il avait crié beaucoup, puis qu'il s'était endormi. Salammbô n'en racontait pas davantage, par honte peut-être, ou par un excès de candeur faisant qu'elle n'attachait guère d'importance aux baisers du soldat. Tout cela, du reste, flottait dans sa tête, mélancolique et brumeux comme le souvenir d'un rêve accablant; elle n'aurait su de quelle manière, par quels discours l'exprimer.

Un soir qu'ils se trouvaient ainsi l'un en face de l'autre, Taanach effarée survint. Un vieillard avec un enfant était là, dans les cours, et voulait voir le Suffète.

Hamilcar pâlit, puis répliqua vivement:

— Qu'il monte!

Iddibal entra, sans se prosterner. Il tenait par la main un jeune garçon couvert d'un manteau en poil de bouc; et aussitôt relevant le capuchon qui abritait sa figure:

— Le voilà. Maître! Prends-le!

Le Suffète et l'esclave s'enfoncèrent dans un coin de la chambre.

L'enfant était resté au milieu; d'un regard plus attentif qu'étonné, il parcourait le plafond, les meubles, les colliers de perles traînant sur les draperies de pourpre, et cette majestueuse Jeune femme inclinée vers lui.

Il avait dix ans peut-être, et n'était pas plus haut qu'un glaive romain. Ses cheveux crépus ombrageaient son front bombé. On aurait dit que ses prunelles cherchaient des espaces. Les narines de son nez mince palpitaient largement; sur toute sa personne s'étalait l'indéfinissable splendeur de ceux qui sont destinés aux grandes entreprises. Quand il eut rejeté son manteau trop lourd, il resta vêtu d'une peau de lynx attachée autour de sa taille, et il appuyait résolument sur les dalles ses petits pieds nus tout blancs de poussière. Sans doute, il devina que l'on agitait des choses importantes, car il se tenait immobile, une main derrière le dos et le menton baissé, avec un doigt dans la bouche.

Hamilcar, d'un signe, attira Salammbô, et il lui dit à voix basse:

— Tu le garderas chez toi, entends-tu! Il faut que personne, même de la maison, ne connaisse son existence!

Puis, derrière la porte, il demanda encore une fois à Iddibal s'il était bien sûr qu'on ne les eût pas remarqués.

— Non! dit l'esclave; les rues étaient vides.

La guerre emplissant toutes les provinces, il avait eu peur pour le fils de son maître. Ne sachant où le cacher, il était venu le long des côtes, sur une chaloupe; et, depuis trois Jours, Iddibal louvoyait dans le golfe, en observant les remparts; ce soir-là, comme les alentours de Khamon semblaient déserts, il avait franchi la passe lestement et débarqué près de l'arsenal, l'entrée du port étant libre.

Mais bientôt les Barbares établirent, en face, un immense radeau pour empêcher les Carthaginois d'en sortir. Ils relevaient les tours de bois, et, en même temps, la terrasse montait.

Les communications avec le dehors étant interceptées, une famine intolérable commença.

On tua tous les chiens, tous les mulets, tous les ânes, puis les quinze éléphants que le Suffète avait ramenés. Les lions du temple de Moloch étaient devenus furieux; et les hiérodoules n'osaient plus s'en approcher. On les nourrit d'abord avec les blessés des Barbares; ensuite on leur jeta des cadavres encore tièdes; ils les refusèrent, et moururent. Au crépuscule, des gens erraient le long des vieilles enceintes, et cueillaient entre les pierres des herbes et des fleurs qu'ils faisaient bouillir dans du vin; le vin coûtait moins cher que l'eau. D'autres se glissaient jusqu'aux avant-postes de l'ennemi et venaient sous les tentes voler de la nourriture; les Barbares, pris de stupéfaction, quelquefois les laissaient s'en retourner. Un jour arriva où les Anciens résolurent d'égorger, entre eux, les chevaux d'Eschmoûn. C'étaient des bêtes saintes, dont les pontifes tressaient les crinières avec des rubans d'or, et qui signifiaient par leur existence le mouvement du soleil, l'idée du feu sous la forme la plus haute. Leurs chairs, coupées en portions égales, furent enfouies derrière l'autel. Puis, tous les soirs, alléguant quelque dévotion, les Anciens montaient vers le temple, se régalaient en cachette; et ils remportaient sous leur tunique un morceau pour leurs enfants. Dans les quartiers déserts, loin des murs, les habitants moins misérables, par peur des autres, s'étaient barricadés.

Les pierres des catapultes et les démolitions ordonnées pour la défense avaient accumulé des tas de ruines au milieu des rues. Aux heures les plus tranquilles, tout à coup des masses de peuple se précipitaient en criant; et, du haut de l'Acropole, les incendies faisaient comme des haillons de pourpre dispersés sur les terrasses, et que le vent tordait.

Les trois grandes catapultes ne s'arrêtaient pas. Leurs ravages étaient extraordinaires; ainsi la tête d'un homme alla rebondir sur le fronton des Syssites; dans la rue de Kinisdo, une femme qui accouchait fut écrasée par un bloc de marbre, et son enfant, avec le lit, emporté jusqu'au carrefour de Cinasyn, où l'on retrouva la couverture.

Ce qu'il y avait de plus irritant, c'était les balles des frondeurs. Elles tombaient sur les toits, dans les jardins et au milieu des cours, tandis que l'on mangeait, attablé devant un maigre repas et le cœur gros de soupirs. Ces atroces projectiles portaient des lettres gravées qui s'imprimaient dans les chairs; et, sur les cadavres, on lisait des injures, telles que pourceau, chacal, vermine, et parfois des plaisanteries: attrape! ou: je l'ai bien mérité.

La partie du rempart qui s'étendait depuis l'angle des ports jusqu'à la hauteur des citernes fut enfoncée.

Alors les gens de Malqua se trouvèrent pris entre la vieille enceinte de Byrsa par derrière et les Barbares par devant. Mais on avait assez que d'épaissir la muraille et de la rendre le plus haut possible, sans s'occuper d'eux; on les abandonna; tous périrent; et bien qu'ils fussent haïs généralement, on en conçut pour Hamilcar une grande horreur.

Le lendemain, il ouvrit les fosses où il gardait du blé; ses intendants le donnèrent au peuple. Pendant trois jours on se gorgea.

La soif n'en devint que plus intolérable; et toujours ils voyaient devant eux la longue cascade que faisait, en tombant, l'eau claire de l'aqueduc.

Hamilcar ne faiblissait pas. Il comptait sur un événement, sur quelque chose de décisif, d'extraordinaire.

Ses propres esclaves arrachèrent les lames d'argent du temple de Melkarth; on tira du port quatre longs bateaux, avec des cabestans on les amena jusqu'au bas des Mappales, le mur qui donnait sur le rivage fut troué; et ils partirent pour les Gaules afin d'y acheter, n'importe à quel prix, des Mercenaires. Cependant Hamilcar se désolait de ne pouvoir communiquer avec le roi des Numides, car il le savait derrière les Barbares et prêt à tomber sur eux. Mais Narr'Havas, trop faible, n'allait pas se risquer seul; le Suffète fit rehausser le rempart de douze palmes, entasser dans l'Acropole tout le matériel des arsenaux et encore une fois réparer les machines.

On se servait, pour les entortillages des catapultes, de tendons pris au cou des taureaux ou bien aux jarrets des cerfs. Il n'existait dans Carthage ni cerfs ni taureaux. Hamilcar demanda aux Anciens les cheveux de leurs femmes; toutes les sacrifièrent; la quantité ne fut pas suffisante. On avait, dans les bâtiments des Syssites, douze cents esclaves nubiles, de celles que l'on destinait aux prostitutions de la Grèce et de l'Italie, et leurs cheveux, rendus élastiques par l'usage des onguents, se trouvaient merveilleux pour les machines de guerre. La perte, plus tard, serait trop considérable. Donc il fut décidé que l'on choisirait, parmi les épouses des plébéiens, les plus belles chevelures. Sans aucun souci des besoins de la patrie, elles crièrent en désespérées quand les serviteurs des Cent vinrent, avec des ciseaux, mettre la main sur elles.

Un redoublement de fureur animait les Barbares. On les voyait, au loin, prendre la graisse des morts pour huiler leurs machines; d'autres en arrachaient les ongles qu'ils cousaient bout à bout afin de se faire des cuirasses. Ils imaginèrent de mettre dans les catapultes des vases pleins de serpents apportés par les Nègres; les pots d'argile se cassaient sur les dalles, les serpents couraient, semblaient pulluler, et tant ils étaient nombreux, sortir des murs naturellement. Les Barbares, mécontents de leur invention, la perfectionnèrent; ils lançaient toutes sortes d'immondices, des excréments humains, des morceaux de charogne, des cadavres. La peste reparut. Les dents des Carthaginois leur tombaient de la bouche, et ils avaient les gencives décolorées comme celles des chameaux après un voyage trop long.

Les machines furent dressées sur la terrasse, bien qu'elle n'atteignît pas encore la hauteur du rempart. Devant les vingt-trois tours des fortifications se dressaient vingt-trois autres tours de bois. Tous les tollénones étaient remontés, et au milieu, plus en arrière, apparaissait la formidable hélépole de Démétrius Poliorcète, que Spendius, enfin, avait reconstruite. Pyramidale comme le phare d'Alexandrie, elle était haute de cent trente coudées et large de vingt-trois, avec neuf étages allant tous en diminuant vers le sommet et qui étaient défendus par des écailles d'airain, percés de portes nombreuses, remplis de soldats; sur la plate-forme supérieure se dressait une catapulte flanquée de deux balistes.

Alors Hamilcar fit planter des croix pour ceux qui parleraient de se rendre; les femmes mêmes furent embrigadées. Ils couchaient dans les rues, et l'on attendait plein d'angoisses.

Puis un matin, un peu avant le lever du soleil (c'était le septième jour du mois de Nysan), ils entendirent un grand cri poussé par les Barbares; les trompettes à tube de plomb ronflaient, les grandes cornes paphiagoniennes mugissaient comme des taureaux. Tous se levèrent et coururent au rempart.

Une forêt de lances, de piques et d'épées se hérissait à sa base. Elle sauta contre les murailles, les échelles s'y accrochèrent; et, dans la baie des créneaux, des têtes de Barbares parurent.

Des poutres soutenues par de longues files d'hommes battaient les portes; aux endroits où la terrasse manquait, les Mercenaires, pour démolir le mur, arrivaient en cohortes serrées, la première ligne se tenant accroupie, la seconde pliant le jarret, et les autres successivement se dressaient jusqu'aux derniers qui restaient tout droits; tandis qu'ailleurs, pour monter dessus, les plus hauts s'avançaient en tête, les plus bas à la queue; et tous, du bras gauche, appuyaient sur leurs casques leurs boucliers, en les réunissant par le bord si étroitement, qu'on aurait dit un assemblage de grandes tortues. Les projectiles glissaient sur ces masses obliques.

Les Carthaginois jetaient des meules de moulin, des pilons, des cuves, des tonneaux, des lits, tout ce qui pouvait faire un poids et assommer. Quelques-uns guettaient dans les embrasures avec un filet de pêcheur; quand arrivait le Barbare, il se trouvait pris sous les mailles et se débattait comme un poisson. Ils démolissaient eux-mêmes leurs créneaux; des pans de murs s'écroulaient en soulevant une grande poussière; les catapultes de la terrasse tirant les unes contre les autres, leurs pierres se heurtaient, et éclataient en mille morceaux qui faisaient sur les combattants une large pluie.

Bientôt les deux foules ne formèrent plus qu'une grosse chaîne de corps humains; elle débordait dans les intervalles de la terrasse, et, un peu plus lâche aux deux bouts, se roulait sans avancer, perpétuellement. Ils s'étreignaient, couchés à plat ventre comme des lutteurs. Les femmes, penchées sur les créneaux, hurlaient. On les tirait par leurs voiles, et la blancheur de leurs flancs, tout à coup découverts, brillait entre les bras des Nègres y enfonçant des poignards. Des cadavres, trop pressés dans la foule, ne tombaient pas; soutenus par les épaules de leurs compagnons, ils allaient quelques minutes tout debout et les yeux fixes. Quelques-uns, les deux tempes traversées par une javeline, balançaient leur tête comme des ours. Des bouches ouvertes pour crier restaient béantes; des mains s'envolaient coupées. Il y eut là de grands coups, et dont parlèrent pendant longtemps ceux qui survécurent.

Des flèches jaillissaient du sommet des tours de bois et des tours de pierre. Les tollénones faisaient aller rapidement leurs longues antennes; et comme les Barbares avaient saccagé, sous les catacombes le vieux cimetière des autochtones, ils lançaient sur les Carthaginois des dalles de tombeaux. Sous le poids des corbeilles trop lourdes, quelquefois les câbles se rompaient, et des masses d'hommes, levant les bras, tombaient du haut des airs.

Jusqu'au milieu du jour, les vétérans des hoplites s'étaient acharnés contre la Taenia pour pénétrer dans le port et détruire la flotte. Hamilcar fit allumer sur la toiture de Khamon un feu de paille humide; la fumée les aveuglant, ils se rabattirent à gauche et vinrent augmenter l'horrible cohue qui se poussait dans Malqua. Des syntagmes, composés d'hommes robustes, choisis tout exprès, avaient enfoncé trois portes; de hauts barrages, faits avec des planches garnies de clous, les arrêtèrent; une quatrième céda facilement; ils s'élancèrent par-dessus en courant, et roulèrent dans une fosse où l'on avait caché des pièges. A l'angle sud-est, Autharite et ses hommes abattirent le rempart, dont la fissure était bouchée avec des briques. Le terrain, par derrière, montait; ils le gravirent lestement. Mais ils trouvèrent en haut une seconde muraille, composée de pierres et de longues poutres étendues à plat et qui alternaient comme les pièces d'un échiquier. C'était une mode gauloise adaptée par le Suffète au besoin de la situation; les Gaulois se crurent devant une ville de leur pays. Ils attaquèrent avec molesse et furent repoussés.

Depuis la rue de Khamon jusqu'au Marché aux herbes, tout le chemin de ronde appartenait maintenant aux Barbares, et les Samnites achevaient à coups d'épieux les moribonds; ou bien, un pied sur le mur, ils contemplaient en bas, sous eux, les ruines fumantes et, au loin, la bataille qui recommençait.

Les frondeurs, distribués par derrière, tiraient toujours. Mais, à force d'avoir servi, le ressort des frondes acarnaniennes était brisé, et plusieurs, comme des pâtres, envoyaient des cailloux avec la main; les autres lançaient des boules de plomb avec le manche d'un fouet. Zarxas, les épaules couvertes de ses longs cheveux noirs, se portait partout en bondissant et entraînait les Baléares. Deux pannetières étaient suspendues à ses hanches; il y plongeait continuellement la main gauche, et son bras droit tournoyait, comme la roue d'un char.

Mâtho s'était d'abord retenu de combattre pour mieux commander tous les Barbares à la fois. On l'avait vu le long du golfe avec les Mercenaires, près de la lagune avec les Numides, sur les bords du lac entre les Nègres; et du fond de la plaine il poussait les masses de soldats qui arrivaient incessamment contre la ligne des fortifications. Peu à peu il s'était rapproché; l'odeur du sang, le spectacle du carnage et le vacarme des clairons avaient fini par lui faire bondir le cœur. Il était rentré dans sa tente, et, jetant sa cuirasse, avait pris sa peau de lion, plus commode pour la bataille. Le mufle s'adaptait sur la tête en bordant le visage d'un cercle de crocs; les deux pattes antérieures se croisaient sur la poitrine, et celles de derrière avançaient leurs ongles jusqu'au bas de ses genoux.

Il avait gardé son fort ceinturon, où luisait une hache à double tranchant, et avec sa grande épée dans les mains, il s'était précipité par la brèche, impétueusement. Comme un émondeur qui coupe des branches de saule, et qui tâche d'en abattre le plus possible afin de gagner plus d'argent, il marchait en fauchant autour de lui les Carthaginois. Ceux qui tentaient de le saisir par les flancs, il les renversait à coups de pommeau; quand ils l'attaquaient en face, il les perçait; s'ils fuyaient, il les fendait. Deux hommes à la fois sautèrent sur son dos; il recula d'un bond contre une porte et les écrasa. Son épée s'abaissait, se relevait. Elle éclata sur l'angle d'un mur. Alors il prit sa lourde hache; et, par devant, par derrière, il éventrait les Carthaginois comme un troupeau de brebis. Ils s'écartaient de plus en plus, et il arriva devant la seconde enceinte, au bas de l'Acropole. Les matériaux lancés du sommet encombraient les marches et débordaient par-dessus la muraille. Mâtho, au milieu des ruines, se retourna pour appeler ses compagnons.

Il aperçut leurs aigrettes disséminées sur la multitude; elles s'enfonçaient, ils allaient périr; il s'élança vers eux; la vaste couronne de plumes rouges se resserrant, bientôt ils le rejoignirent et l'entourèrent. Des rues latérales une foule énorme se dégorgeait. Il fut pris aux hanches, soulevé et entraîné jusqu'en dehors du rempart, dans un endroit où la terrasse était haute.

Mâtho cria un commandement: tous les boucliers se rabattirent sur les casques; il sauta dessus, pour s'accrocher quelque part afin de rentrer dans Carthage; et, tout en brandissant la terrible hache, il courait sur les boucliers, pareils à des vagues de bronze, comme un dieu marin sur des flots.

Cependant un homme en robe blanche se promenait au bord du rempart, impassible et indifférent à la mort qui l'entourait. Parfois il étendait sa main droite contre ses yeux pour découvrir quelqu'un. Mâtho vint à passer sous lui. Tout à coup ses prunnelles flamboyèrent, sa face livide se crispa; et en levant ses deux bras maigres il lui criait des injures.

Mâtho ne les entendit pas; mais il sentit entrer dans son cœur un regard si cruel et si furieux qu'il en poussa un rugissement. Il lança vers lui sa longue hache; des gens se jetèrent sur Schahabarim;

Mâtho, ne le voyant plus, tomba à la renverse, épuisé.

Un craquement épouvantable se rapprochait, mêlé au rythme de voix rauques qui chantaient en cadence.

C'était la grande hélépole, entourée par une foule de soldats. Ils la tiraient à deux mains, halaient avec des cordes et poussaient de l'épaule, car le talus, montant de la plaine sur la terrasse, bien qu'il fût extrêmement doux, se trouvait impraticable pour des machines d'un poids si prodigieux. Elle avait cependant huit roues cerclées de fer, et depuis le matin, elle avançait ainsi, lentement, pareille à une montagne qui se fût élevée sur une autre. Puis il sortit de sa base un immense bélier; ses portes s'abattirent, et dans l'intérieur apparurent, comme des colonnes de fer, des soldats cuirassés. On en voyait qui grimpaient et descendaient les deux escaliers traversant ses étages.

Quelques-uns attendaient, pour s'élancer, que les crampons des portes touchassent le mur; au milieu de la plate-forme supérieure, les écheveaux des balistes tournaient, et le grand timon de la catapulte s'abaissait.

Hamilcar était, à ce moment-là, debout sur le toit de Melkarth. Il avait jugé qu'elle devait venir directement vers lui, contre l'endroit de la muraille le plus invulnérable, et à cause de cela même, dégarni de sentinelles. Depuis longtemps déjà ses esclaves apportaient des outres sur le chemin de ronde, où ils avaient élevé, avec de l'argile, deux cloisons transversales formant une sorte de bassin. L'eau coulait sur la terrasse; Hamilcar, chose extraordinaire, ne semblait point s'en inquiéter.

Quand l'hélépole fut à trente pas environ, il commanda d'établir des planches par-dessus les rues, entre les maisons, depuis les citernes jusqu'au rempart; et des gens à la file se passaient, de main en main, des casques et des amphores qu'ils vidaient continuellement. Les Carthaginois s'indignaient de cette eau perdue. Le bélier démolissait la muraille; tout à coup, une fontaine s'échappa des pierres disjointes. Alors la haute masse d'airain à neuf étages, et qui contenait et occupait plus de trois mille soldats, commença doucement à osciller comme un navire. En effet, l'eau pénétrant la terrasse avait effondré le chemin; ses roues s'embourbèrent; et au premier étage, entre des rideaux de cuir, la tête de Spendius apparut, soufflant à pleines joues dans un cornet d'ivoire.

La grande machine, comme soulevée convulsivement, avança de dix pas peut-être; mais le terrain de plus en plus s'amollissait, la fange gagnait les essieux, et l'hélépole s'arrêta en penchant effroyablement d'un seul côté. La catapulte roula jusqu'au bord de la plate-forme; et, emportée par la charge de son timon, elle tomba, fracassant sous elle les étages inférieurs. Les soldats, debout sur les portes, glissèrent dans l'abîme, ou bien ils se retenaient à l'extrémité des longues poutres, et augmentaient, par leur poids, l'inclinaison de l'hélépole qui se démembrait en craquant dans toutes ses jointures.

Les autres Barbares s'élancèrent pour les secourir. Ils se tassaient en foule compacte. Les Carthaginois descendirent le rempart, et, les assaillant par derrière, ils les tuèrent tout à leur aise. Mais les chars garnis de faux accoururent. Ils galopaient sur le contour de cette multitude; elle remonta la muraille; la nuit survint; peu à peu les Barbares se retirèrent.

On ne voyait plus, sur la plaine, qu'une sorte de fourmillement tout noir, depuis le golfe bleuâtre jusqu'à la lagune toute blanche; et le lac, où du sang avait coulé, s'étalait, plus loin, comme une grande mare de pourpre.

La terrasse était maintenant si chargée de cadavres qu'on l'aurait crue construite avec des corps humains. Au milieu se dressait l'hélépole couverte d'armures; et, de temps à autre, des fragments énormes s'en détachaient comme les pierres d'une pyramide qui s'écroule. On distinguait sur les murailles de larges traînées faites par les ruisseaux de plomb. Une tour de bois, abattue, çà et là brûlait; et les maisons apparaissaient vaguement, comme les gradins d'un amphithéâtre en ruines. De lourdes fumées montaient, en roulant des étincelles qui se perdaient dans le ciel noir.

Cependant les Carthaginois, que la soif dévorait, s'étaient précipités vers les citernes. Ils en rompirent les portes. Une flaque bourbeuse s'étalait au fond.

Que devenir à présent? Les Barbares étaient innombrables, et, leur fatigue passée, ils recommenceraient.

Le peuple, toute la nuit, délibéra par sections, au coin des rues. Les uns disaient qu'il fallait renvoyer les femmes, les malades et les vieillards; d'autres proposèrent d'abandonner la ville pour s'établir au loin dans une colonie. Mais les vaisseaux manquaient, et le soleil parut qu'on n'avait rien décidé.

On ne se battit point ce jour-là, tous étant trop accablés. Les gens qui dormaient avaient l'air de cadavres.

Les Carthaginois, en réfléchissant sur la cause de leurs désastres, se rappelèrent qu'ils n'avaient point expédié en Phénicie l'offrande annuelle due à Melkarth Tyrien; et une immense terreur les prit. Les dieux, indignés contre la République, allaient poursuivre leur vengeance.

On les considérait comme des maîtres cruels, que l'on apaisait avec des supplications et qui se laissaient corrompre à force de présents. Tous étaient faibles près de Moloch le dévorateur. L'existence, la chair même des hommes lui appartenait; aussi, pour la sauver, les Carthaginois avaient coutume de lui en offrir une portion qui calmait sa fureur. On brûlait les enfants au front ou à la nuque avec des mèches de laine; et cette façon de satisfaire le Baal rapportant aux prêtres beaucoup d'argent, ils ne manquaient pas de la recommander comme plus facile et plus douce.

Mais cette fois il s'agissait de la République elle-même. Or, tout profit devant être acheté par une perte quelconque, toute transaction se réglant d'après le besoin du plus faible et l'exigence du plus fort, il n'y avait pas de douleur trop considérable pour le dieu, puisqu'il se délectait dans les plus horribles et que l'on était maintenant à sa discrétion; il fallait donc l'assouvir. Les exemples prouvaient que ce moyen-là contraignait le fléau à disparaître. D'ailleurs, ils croyaient qu'une immolation par le feu purifierait Carthage. La férocité du peuple en était d'avance alléchée. Puis le choix devait exclusivement tomber sur les grandes familles.

Les Anciens s'assemblèrent. La séance fut longue. Hannon y était venu. Comme il ne pouvait plus s'asseoir, il resta couché près de la porte, à demi perdu dans les franges de la haute tapisserie; et, quand le pontife de Moloch leur demanda s'ils consentiraient à livrer leurs enfants, sa voix, tout à coup, éclata dans l'ombre comme le rugissement d'un génie au fond d'une caverne. Il regrettait, disait-il, de n'avoir pas à en donner de son propre sang; et il contemplait Hamilcar, en face de lui, à l'autre bout de la salle. Le Suffète fut tellement troublé par ce regard qu'il en baissa les yeux. Tous approuvèrent en opinant de la tête, successivement; et, d'après les rites, il dut répondre au grand prêtre: « Oui, que cela soit. » Alors les Anciens décrétèrent le sacrifice par une périphrase traditionnelle, parce qu'il y a des choses plus gênantes à dire qu'à exécuter.

La décision fut connue dans Carthage; des lamentations retentirent. Partout on entendait les femmes crier; leurs époux les consolaient ou les invectivaient en leur faisant des remontrances.

Trois heures après, une nouvelle plus extraordinaire se répandit: le Suffète avait trouvé des sources au bas de la falaise. On y courut. Des trous creusés dans le sable laissaient voir l'eau; et déjà quelques-uns, étendus à plat ventre, y buvaient.

Hamilcar ne savait pas lui-même si c'était par un conseil des dieux ou le vague souvenir d'une révélation que son père autrefois lui aurait faite; mais en quittant les Anciens, il était descendu sur la plage, et, avec ses esclaves, il s'était mis à fouir le gravier.

Il donna des vêtements, des chaussures et du vin. Il donna tout le reste du blé qu'il gardait chez lui. Il fit même entrer la foule dans son palais, et il ouvrit les cuisines, les magasins et toutes les chambres, celle de Salammbô exceptée. Il annonça que six mille Mercenaires gaulois allaient venir, et que le roi de Macédoine envoyait des soldats.

Mais, dès le second jour, les sources diminuèrent; le soir du troisième, elles étaient complètement taries. Alors le décret des Anciens circula de nouveau sur toutes les lèvres, et les prêtres de Moloch commencèrent leur besogne.

Des hommes en robes noires se présentèrent dans les maisons. Beaucoup d'avance les désertaient sous le prétexte d'une affaire ou d'une friandise qu'ils allaient acheter; les serviteurs de Moloch survenaient et prenaient les enfants. D'autres les livraient eux-mêmes, stupidement. Puis on les emmenait dans le temple de Tanit, où les prêtresses étaient chargées jusqu'au jour solennel de les amuser et de les nourrir.

Ils arrivèrent chez Hamilcar tout à coup, et le trouvant dans ses jardins:

— Barca! nous venons pour la chose que tu sais... ton fils!

Ils ajoutèrent que des gens l'avaient rencontré un soir de l'autre lune, au milieu des Mappales, conduit par un vieillard.

Il fut d'abord comme suffoqué. Mais bien vite comprenant que toute dénégation serait vaine, Hamilcar s'inclina; et il les introduisit dans la maison de commerce.

Des esclaves, accourus d'un signe, en surveillaient les alentours.

Il entra dans la chambre de Salammbô tout éperdu. Il saisit d'une main Hannibal, arracha de l'autre la ganse d'un vêtement qui traînait, attacha ses pieds, ses mains, en passa l'extrémité dans sa bouche pour lui faire un bâillon, et il le cacha sous le lit de peaux de bœuf, en laissant retomber jusqu'à terre une large draperie.

Ensuite il se promena de droite et de gauche; il levait les bras, il tournait sur lui-même, il se mordait les lèvres. Puis il resta les prunelles fixes et haletant comme s'il allait mourir.

Mais il frappa trois fois dans ses mains. Giddenem parut.

— Écoute! dit-il, tu vas prendre parmi les esclaves un enfant mâle de huit à neuf ans avec les cheveux noirs et le front bombé! Amène-le! hâte-toi!

Bientôt Giddenem rentra, en présentant un jeune garçon.

C'était un pauvre enfant, à la fois maigre et bouffi; sa peau semblait grisâtre comme l'infect haillon suspendu à ses flancs; il baissait la tête dans ses épaules, et du revers de sa main frottait ses yeux, tout remplis de mouches.

Comment pourrait-on jamais le confondre avec Hannibal! et le temps manquait pour en choisir un autre! Hamilcar regardait Giddenem; il avait envie de l'étrangler.

— Va-t'en! cria-t-il.

Le maître des esclaves s'enfuit.

Donc le malheur qu'il redoutait depuis si longtemps était venu, et il cherchait avec des efforts démesurés s'il n'y avait pas une manière, un moyen d'y échapper.

Abdalonim, tout à coup, parla derrière la porte. On demandait le Suffète. Les serviteurs de Moloch s'impatientaient.

Hamilcar retint un cri, comme à la brûlure d'un fer rouge; et il recommença de nouveau à parcourir la chambre, tel qu'un insensé. Puis il s'affaissa au bord de la balustrade, et, les coudes sur ses genoux, il serrait son front dans ses deux poings fermés.

La vasque de porphyre contenait encore un peu d'eau claire pour les ablutions de Salammbô. Malgré sa répugnance et son orgueil, le Suffète y plongea l'enfant, et, comme un marchand d'esclaves, il se mit à le laver et à le frotter avec les strigiles et la terre rouge. Il prit ensuite dans les casiers autour de la muraille deux carrés de pourpre, lui en posa un sur la poitrine, l'autre sur le dos, et il les réunit contre ses clavicules par deux agrafes de diamant. Il versa un parfum sur sa tête; il passa autour de son cou un collier d'électrum, et il le chaussa de sandales à talons de perles, les propres sandales de sa fille! Mais il trépignait de honte et d'irritation; Salammbô, qui s'empressait à le servir, était aussi pâle que lui. L'enfant souriait, ébloui par ces splendeurs, et même s'enhardissant, il commençait à battre des mains et à sauter quand Hamilcar l'entraîna.

Il le tenait par le bras, fortement, comme s'il avait eu peur de le perdre; l'enfant, auquel il faisait mal, pleurait un peu, tout en courant près de lui.

A la hauteur de l'ergastule, sous un palmier, une voix s'éleva, une voix lamentable et suppliante. Elle murmurait:

— Maître! oh! Maître!

Hamilcar se retourna, et il aperçut à ses côtés un homme d'apparence abjecte, un de ces misérables vivant au hasard dans la maison.

— Que veux-tu? dit le Suffète.

L'esclave, qui tremblait horriblement, balbutia:

— Je suis son père!

Hamilcar marchait toujours; l'autre le suivait, les reins courbés, les jarrets fléchis, la tête en avant. Son visage était convulsé par une angoisse indicible, et les sanglots qu'il retenait l'étouffaient, tant il avait envie tout à la fois de le questionner et de lui crier: « Grâce! »

Enfin il osa le toucher d'un doigt, sur le coude, légèrement.

— Est-ce que tu vas le?...

Il n'eut pas la force d'achever, et Hamilcar s'arrêta, tout ébahi de cette douleur.

Il n'avait jamais pensé, tant l'abîme les séparant l'un de l'autre se trouvait immense, qu'il pût y avoir entre eux rien de commun. Cela lui parut même une sorte d'outrage et comme un empiétement sur ses privilèges. Il répondit par un regard plus froid et plus lourd que la hache d'un bourreau; l'esclave, s'évanouissant, tomba dans la poussière, à ses pieds. Hamilcar enjamba pardessus.

Les trois hommes en robes noires l'attendaient dans la grande salle, debout contre le disque de pierre. Tout de suite il déchira ses vêtements et il se roulait sur les dalles en poussant des cris aigus:

— Ah! pauvre petit Hannibal! oh! mon fils! ma consolation! mon espoir! ma vie! Tuez-moi aussi! Emportez-moi! Malheur! malheur!

Il se labourait la face avec ses ongles, s'arrachait les cheveux et hurlait comme les pleureuses des funérailles.

— Emmenez-le donc! je souffre trop! allez-vous-en! tuez-moi comme lui.

Les serviteurs de Moloch s'étonnaient que le grand Hamilcar eût le cœur si faible. Ils en étaient presque attendris.

On entendit un bruit de pieds nus avec un râle saccadé, pareil à la respiration d'une bête féroce qui accourt; et sur le seuil de la troisième galerie, entre les montants d'ivoire, un homme apparut, blême, terrible, les bras écartés; il s'écria:

— Mon enfant!

Hamilcar, d'un bond, s'était jeté sur l'esclave; et, en lui couvrant la bouche de sa main, il criait encore plus haut:

— C'est le vieillard qui l'a élevé! il l'appelle mon enfant! il en deviendra fou! assez! assez!

Et, chassant par les épaules les trois prêtres et leur victime, il sortit avec eux, et d'un grand coup de pied referma la porte derrière lui.

Hamilcar tendit l'oreille pendant quelques minutes, craignant toujours de les voir revenir. Il songea ensuite à se défaire de l'esclave pour être bien sûr qu'il ne parlerait pas; mais le péril n'était point complètement disparu, et cette mort, si les dieux s'en irritaient, pouvait se retourner contre son fils. Alors, changeant d'idée, il lui envoya par Taanach les meilleures choses des cuisines: un quartier de bouc, des fèves et des conserves de grenades. L'esclave, qui n'avait pas mangé depuis longtemps, se rua dessus; ses larmes tombaient dans les plats.

Hamilcar, revenu enfin près de Salammbô, dénoua les cordes d'Hannibal. L'enfant, exaspéré, le mordit à la main jusqu'au sang. Il le repoussa d'une caresse.

Pour le faire se tenir paisible, Salammbô voulut l'effrayer avec Lamia, une ogresse de Cyrène.

GUSTAVE FLAUBERT

— Où donc est-elle? demanda-t-il. On lui conta que des brigands allaient venir pour le mettre en prison. Il reprit:

— Qu'ils viennent, et je les tue!

Hamilcar lui dit l'épouvantable vérité. Mais il s'emporta contre son père, prétendant qu'il pouvait bien anéantir tout le peuple, puisqu'il était le maître de Carthage.

Enfin, épuisé d'efforts et de colère, il s'endormit d'un sommeil farouche. Il parlait en rêvant, le dos appuyé contre un coussin d'écarlate; sa tête retombait un peu en arrière, et son petit bras, écarté de son corps, restait tout droit, dans une attitude impérative.

Quand la nuit fut noire, Hamilcar l'enleva doucement et descendit sans flambeau l'escalier des galères. En passant par la maison de commerce, il prit une couffe de raisins avec une buire d'eau pure; l'enfant se réveilla devant la statue d'Alètes, dans le caveau des pierreries; et il souriait, comme l'autre, sur le bras de son père, à la lueur des clartés qui l'environnaient.

Hamilcar était bien sûr qu'on ne pouvait lui prendre son fils. C'était un endroit impénétrable, communiquant avec le rivage par un souterrain que lui seul connaissait, et, en jetant les yeux à l'entour, il aspira une large bouffée d'air. Puis il le déposa sur un escabeau, près des boucliers d'or.

Personne, à présent, ne le voyait; il n'avait plus rien à observer; alors il se soulagea. Comme une mère qui retrouve son premier-né perdu, il se jeta sur son fils; il l'étreignait contre sa poitrine, il riait et pleurait à la fois, l'appelait des noms les plus doux, le couvrait de baisers; le petit Hannibal, effrayé par cette tendresse terrible, se taisait maintenant.

Hamilcar s'en revint à pas muets, en tâtant les murs autour de lui; et il arriva dans la grande salle, où la lumière de la lune entrait par une des fentes du dôme; au milieu, l'esclave, repu, dormait, couché tout de son long sur les pavés de marbre. Il le regarda, et une sorte de pitié l'émut.

Du bout de son cothurne, il lui avança un tapis sous la tête. Puis il releva les yeux et considéra Tanit, dont le mince croissant brillait dans le ciel, et il se sentit plus fort que les Baals et plein de mépris pour eux.

Les dispositions du sacrifice étaient déjà commencées.

On abattit dans le temple de Moloch un pan de mur pour en tirer le Dieu d'airain, sans toucher aux cendres de l'autel. Puis, dès que le soleil se montra, les hiérodoules le poussèrent vers la place de Khamon.

Il allait à reculons, en glissant sur des cylindres; ses épaules dépassaient la hauteur des murailles; du plus loin qu'ils l'apercevaient, les Carthaginois s'enfuyaient bien vite, car on ne pouvait contempler impunément le Baal que dans l'exercice de sa colère.

Une senteur d'aromates se répandit par les rues. Tous les temples à la fois venaient de s'ouvrir; il en sortit des tabernacles montés sur des chariots ou sur des litières que des pontifes portaient. De gros panaches de plumes se balançaient à leurs angles, et des rayons s'échappaient de leurs faîtes aigus, terminés par des boules de cristal, d'or, d'argent ou de cuivre.

C'étaient les Baalim chananéens, dédoublements du Baal suprême, qui retournaient vers leur principe, pour s'humilier devant sa force et s'anéantir dans sa splendeur.

Le pavillon de Melkarth, en pourpre fine, abritait une flamme de pétrole; sur celui de Khamon, couleur d'hyacinthe, se dressait un phallus d'ivoire, bordé d'un cercle de pierreries; entre les rideaux d'Eschmoûn, bleus comme l'éther, un python endormi faisait un cercle avec sa queue; et les Dieux Patasques, tenus dans les bras de leurs prêtres, semblaient de grands enfants emmaillotés, dont les talons frôlaient la terre.

Ensuite venaient toutes les formes inférieures de la Divinité: Baal-Samin, dieu des espaces célestes; Baal-Peor, dieu des monts sacrés; Baal-Zeboub, dieu de la corruption, et ceux des pays voisins et des races congénères: l'Iarbal de la Libye, l'Adrammelech de la Chaldée, le Kijun des Syriens; Derceto, à figure de vierge, rampait sur ses nageoires, et le cadavre de Tammouz était traîné au milieu d'un catafalque, entre des flambeaux et des chevelures. Pour asservir les rois du firmament au Soleil et empêcher que leurs influences particulières ne gênassent la sienne, on brandissait au bout de longues perches des étoiles en métal diversement coloriées; tous s'y trouvaient, depuis le noir Nebo, génie de Mercure, jusqu'au hideux Rahab, qui est la constellation du Crocodile. Les Abaddirs, pierres tombées de la lune, tournaient dans des frondes en fils d'argent; de petits pains, reproduisant le sexe d'une femme, étaient portés sur des corbeilles par les prêtres de Cérès; d'autres amenaient leurs fétiches, leurs amulettes; es idoles oubliées reparurent; et même on avait pris aux vaisseaux leurs symboles mystiques, comme si Carthage eût voulu se recueillir tout entière dans une pensée de mort et de désolation.

Devant chacun des tabernacles, un homme tenait en équilibre, sur sa tête, un large vase où fumait de l'encens. Des nuages çà et là planaient, et l'on distinguait, dans ces grosses vapeurs, les tentures, les pendeloques et les broderies des pavillons sacrés. Ils avançaient lentement, à cause de leur poids énorme. L'essieu des chars quelquefois s'accrochait dans les rues; alors les dévots profitaient de l'occasion pour toucher les Baalim avec leurs vêtements, qu'ils gardaient ensuite comme des choses saintes.

La statue d'airain continuait à s'avancer vers la place de Khamon. Les Riches, portant des sceptres à pomme d'émeraude, partirent du fond de Mégara; les Anciens, coiffés de diadèmes, s'étaient assemblés dans Kinisdo; et les maîtres des finances, les gouverneurs des provinces, les marchands, les soldats, les matelots et la horde nombreuse employée aux funérailles, tous, avec les insignes de leur magistrature ou les instruments de leur métier, se dirigeaient vers les tabernacles qui descendaient de l'Acropole, entre les collèges des pontifes.

Par déférence pour Moloch, ils s'étaient ornés de leurs joyaux les plus splendides. Des diamants étincelaient sur les vêtements noirs; mais les anneaux trop larges tombaient des mains amaigries, et rien n'était lugubre comme cette foule silencieuse où les pendants d'oreilles battaient contre des faces pâles, où les tiares d'or serraient des fronts crispés par un désespoir atroce.

Enfin le Baal arriva juste au milieu de la place. Ses pontifes, avec des treillages, disposèrent une enceinte pour écarter la multitude, et ils restèrent à ses pieds, autour de lui.

Les prêtres de Khamon, en robes de laine fauve, s'alignèrent devant leur temple, sous les colonnes du portique; ceux d'Eschmoûn, en manteaux de lin, avec des colliers à têtes de coucoupha et des tiares pointues, s'établirent sur les marches de l'Acropole; les prêtres de Melkarth, en tuniques violettes, prirent pour eux le côté de l'occident; les prêtres des Abaddirs, serrés dans des bandes d'étoffés phrygiennes, se placèrent à l'orient; et l'on rangea sur le côté du midi, avec les nécromanciens tout couverts de tatouages, les hurleurs en manteaux rapiécés, les desservants des Pataeques et les Yidonim qui, pour connaître l'avenir, se mettaient dans la bouche un os de mort. Les prêtres de Cérès, habillés de robes bleues, s'étaient arrêtés, prudemment, dans la rue de Satheb, et psalmodiaient à voix basse un thesmophorion en dialecte mégarien.

De temps en temps, il arrivait des files d'hommes complètement nus, les bras écartés et tous se tenant par les épaules. Ils tiraient des profondeurs de leur poitrine, une intonation rauque et caverneuse; leurs prunelles, tendues vers le colosse, brillaient dans la poussière, et ils se balançaient le corps à intervalles égaux, tous à la fois, comme ébranlés par un seul mouvement. Ils étaient si furieux que, pour établir l'ordre, les hiérodoules, à coups de bâton, les firent se coucher sur le ventre, la face posée contre les treillages d'airain.

Ce fut alors que, du fond de la place, un homme en robe blanche s'avança. Il perça lentement la foule, et l'on reconnut un prêtre de Tanit, le grand prêtre Schahabarim. Des huées s'élevèrent, car la tyrannie du principe mâle prévalait ce jour-là dans toutes les consciences, et la Déesse était même tellement oubliée, que l'on n'avait pas remarqué l'absence de ses pontifes. Mais l'ébahissement redoubla quand on l'aperçut ouvrant dans les treillages une des portes destinées à ceux qui entreraient pour offrir les victimes. C'était, croyaient les prêtres de Moloch, un outrage qu'il venait faire à leur Dieu; avec de grands gestes ils essayaient de le repousser. Nourris par les viandes des holocaustes, vêtus de pourpre comme des rois et portant des bonnets à triple étage, ils conspuaient ce pâle eunuque exténué de macérations, et des rires de colère secouaient sur leur poitrine leur barbe noire étalée en soleil.

Schahabarim, sans répondre, continuait à marcher; et, traversant pas à pas toute l'enceinte, il arriva sous les jambes du colosse, puis il le toucha des deux côtés en écartant les bras, ce qui était une formule solennelle d'adoration. Depuis trop longtemps la Rabbet le torturait; par désespoir, ou peut-être à défaut d'un dieu satisfaisant complètement sa pensée, il se déterminait enfin pour celui-là.

La foule, épouvantée par cette apostasie, poussa un long murmure. On sentait se rompre le dernier lien qui attachait les âmes à une divinité clémente.

Mais Schahabarim, à cause de sa mutilation, ne pouvait participer au culte du Baal. Les hommes en manteaux rouges l'exclurent de l'enceinte; puis, quand il fut dehors, il tourna autour de tous les collèges, successivement, et le prêtre, désormais sans dieu, disparut dans la foule. Elle s'écartait à son approche.

Cependant un feu d'aloès, de cèdre et de laurier brûlait entre les jambes du colosse. Ses longues ailes enfonçaient leur pointe dans la flamme; les onguents dont il était frotté coulaient comme de la sueur sur ses membres d'airain. Autour de la dalle ronde où il appuyait ses pieds, les enfants, enveloppés de voiles noirs, formaient un cercle immobile; et ses bras, démesurément longs, abaissaient leurs paumes jusqu'à eux, comme pour saisir cette couronne et l'emporter dans le ciel.

Les Riches, les Anciens, les femmes, toute la multitude se tassait derrière les prêtres et sur les terrasses des maisons. Les grandes étoiles peintes ne tournaient plus; les tabernacles étaient posés par terre; et les fumées des encensoirs montaient perpendiculairement, telles que des arbres gigantesques étalant au milieu de l'azur leurs rameaux bleuâtres.

Plusieurs s'évanouirent; d'autres devenaient inertes et pétrifiés dans leur extase. Une angoisse infinie pesait sur les poitrines. Les dernières clameurs une à une s'éteignaient, et le peuple de Carthage haletait, absorbé dans le désir de sa terreur.

Enfin le grand prêtre de Moloch passa la main gauche sous les voiles des enfants, et il leur arracha du front une mèche de cheveux qu'il jeta sur les flammes. Alors les hommes en manteaux rouges entonnèrent l'hymne sacré:

— Hommage à toi. Soleil! roi des deux zones, créateur qui s'engendre. Père et Mère, Père et Fils, Dieu et Déesse, Déesse et Dieu!

Et leur voix se perdit dans l'explosion des instruments sonnant tous à la fois, pour étouffer les cris des victimes. Les scheminiths à huit cordes, les kinnors, qui en avaient dix, et les nebals, qui en avaient douze, grinçaient, sifflaient, tonnaient. Des outres énormes hérissées de tuyaux faisaient un clapotement aigu; les tambourins, battus à tour de bras, retentissaient de coups sourds et rapides; et, malgré la fureur des clairons, les salsalim claquaient, comme des ailes de sauterelle.

Les hiérodoules, avec un long crochet, ouvrirent les sept compartiments étages sur le corps du Baal. Dans le plus haut, on introduisit de la farine; dans le second, deux tourterelles; dans le troisième, un singe; dans le quatrième, un bélier; dans le cinquième, une brebis; et, comme on n'avait pas de bœuf pour le sixième, on y jeta une peau tannée prise au sanctuaire. La septième case restait béante.

Avant de rien entreprendre, il était bon d'essayer les bras du Dieu. De minces chaînettes partant de ses doigts gagnaient ses épaules et redescendaient par derrière, où des hommes, tirant dessus, faisaient monter, jusqu'à la hauteur de ses coudes, ses deux mains ouvertes qui, en se rapprochant, arrivaient contre son ventre; elles remuèrent plusieurs fois de suite, à petits coups saccadés. Puis les instruments se turent. Le feu ronflait.

Les pontifes de Moloch se promenaient sur la grande dalle, en examinant la multitude.

Il fallait un sacrifice individuel, une oblation volontaire et qui était considérée comme entraînant les autres. Personne, jusqu'à présent, ne se montrait, et les sept allées conduisant des barrières au colosse étaient complètement vides. Pour encourager le peuple, les prêtres tirèrent de leurs ceintures des poinçons et ils se balafraient le visage On fit entrer dans l'enceinte les Dévoués, étendus sur terre, en dehors. On leur jeta un paquet d'horribles ferrailles, et chacun choisit sa torture. Ils se passaient des broches entre les seins; ils se fendaient les joues; ils se mirent des couronnes d'épines sur la tête; puis ils s'enlacèrent par les bras, et, entourant les enfants, ils formaient un autre grand cercle qui se contractait et s'élargissait. Ils arrivaient contre la balustrade, se rejetaient en arrière et recommençaient toujours, attirant à eux la foule par le vertige de ce mouvement, tout plein de sang et de cris.

Peu à peu, des gens entrèrent jusqu'au fond des allées; ils lançaient dans la flamme des perles, des vases d'or, des coupes, des flambeaux, toutes leurs richesses; les offrandes, de plus en plus, devenaient splendides et multipliées. Enfin un homme qui chancelait, un homme pâle et hideux de terreur, poussa un enfant; puis on aperçut entre les mains du colosse une petite masse noire; elle s'enfonça dans l'ouverture ténébreuse Les prêtres se penchèrent au bord de la grande dalle, et un chant nouveau éclata, célébrant les joies de la mort et les renaissances de l'éternité.

Ils montaient lentement, et, comme la fumée en s'envolant faisait de hauts tourbillons, ils semblaient de loin disparaître dans un nuage Pas un ne bougeait. Ils étaient liés aux poignets et aux chevilles, et la sombre draperie les empêchait de rien voir et d'être reconnus.

Hamilcar, en manteau rouge comme les prêtres de Moloch, se tenait auprès du Baal, debout devant l'orteil de son pied droit Quand on amena le quatorzième enfant, tout le monde put s'apercevoir qu'il eut un grand geste d'horreur.

Mais bientôt, reprenant son attitude, il croisa ses bras et il regardait par terre. De l'autre côté de la statue, le grand pontife restait immobile comme lui; baissant sa tête chargée d'une mitre assyrienne, il observait sur sa poitrine la plaque d'or couverte de pierres fatidiques, et où la flamme se mirant faisait des lueurs irisées; il pâlissait, éperdu. Hamilcar inclinait son front; et ils étaient tous les deux si près du bûcher que le bas de leurs manteaux, se soulevant, de temps à autre l'effleurait.

Les bras d'airain allaient plus vite. Ils ne s'arrêtaient plus. Chaque fois que l'on y posait un enfant, les prêtres de Moloch étendaient la main sur lui, pour le charger des crimes du peuple, en vociférant: « Ce ne sont pas des hommes, mais des œbœufs! » et la multitude à l'entour répétait: « Des bœufs! desbœufs! » Les dévots criaient: « Seigneur! mange! » et les prêtres de Proserpine, se conformant par la terreur au besoin de Carthage, marmottaient la formule éleusiaque: «Verse la pluie, enfante!»

Les victimes, à peine au bord de l'ouverture, disparaissaient comme une goutte d'eau sur une plaque rougie; et une fumée blanche montait dans la grande couleur écarlate.

Cependant l'appétit du Dieu ne s'apaisait pas. Il en voulait toujours. Afin de lui en fournir davantage, on les empila sur ses mains avec une grosse chaîne par-dessus, qui les retenait. Des dévots, au commencement, avaient voulu les compter, pour voir si leur nombre correspondait aux jours de l'année solaire; mais on en mit d'autres, et il était impossible de les distinguer dans le mouvement vertigineux des horribles bras. Cela dura longtemps, indéfiniment, jusqu'au soir. Puis les parois intérieures prirent un éclat plus sombre. Alors on aperçut des chairs qui brûlaient.

Quelques-uns même croyaient reconnaître des cheveux, des membres, des corps entiers.

Le jour tomba; des nuages s'amoncelèrent au-dessus du Baal. Le bûcher, sans flammes à présent, faisait une pyramide de charbons jusqu'à ses genoux; complètement rouge comme un géant tout couvert de sang, il semblait, avec sa tête qui se renversait, chanceler sous le poids de son ivresse.

A mesure que les prêtres se hâtaient, la frénésie du peuple augmentait; le nombre des victimes diminuant, les uns criaient de les épargner, les autres qu'il en fallait encore. On aurait dit que les murs chargés de monde s'écroulaient sous les hurlements d'épouvanté et de volupté mystique. Des fidèles arrivèrent dans les allées, traînant leurs enfants qui s'accrochaient à eux; et ils les battaient pour leur faire lâcher prise et les remettre aux hommes rouges. Les joueurs d'instruments quelquefois s'arrêtaient épuisés; alors on entendait les cris des mères et le grésillement de la graisse qui tombait sur les charbons. Les buveurs de jusquiame, marchant à quatre pattes, tournaient autour du colosse et rugissaient comme des tigres; les Yidonim vaticinaient, les Dévoués chantaient avec leurs lèvres fendues; on avait rompu les grillages, tous voulaient leur part du sacrifice; et les pères dont les enfants étaient morts autrefois, jetaient dans le feu leurs effigies, leurs jouets, leurs ossements conservés. Quelques-uns, qui avaient des couteaux, se précipitèrent sur les autres. On s'entr'égorgea. Avec des vans de bronze, les hiérodoules prirent au bord de la dalle des cendres tombées, et ils les lançaient dans l'air, afin que le sacrifice s'éparpillât sur la ville et jusqu'à la région des étoiles.

Ce grand bruit et cette grande lumière avaient attiré les Barbares au pied des murs; se cramponnant pour mieux voir sur les débris de l'hélépole, ils regardaient, béants d'horreur.

XIV. — LE DÉFILÉ DE LA HACHE

Les Carthaginois n'étaient pas rentrés dans leurs maisons que des nuages s'amoncelèrent; ceux qui levaient la tête vers le colosse sentirent sur leur front de grosses gouttes, et la pluie tomba.

Elle tomba toute la nuit, abondamment, à flots; le tonnerre grondait; c'était la voix de Moloch; il avait vaincu Tanit; et, maintenant fécondée, elle ouvrait du haut du ciel son vaste sein. Parfois on l'apercevait dans une éclaircie lumineuse étendue sur des coussins de nuages; puis les ténèbres se refermaient comme si, trop lasse encore, elle se voulait rendormir; les Carthaginois, croyant tous que l'eau est enfantée par la lune, criaient pour faciliter son travail.

La pluie battait les terrasses et débordait pardessus, formait des lacs dans les cours, des cascades sur les escaliers, des tourbillons au coin des rues. Elle se versait en lourdes masses tièdes et en rayons pressés; des angles de tous les édifices de gros jets écumeux sautaient; contre les murs il y avait comme des nappes blanchâtres vaguement suspendues, et les toits des temples, lavés, brillaient en noir à la lueur des éclairs Par mille chemins des torrents descendaient de l'Acropole; des maisons s'écroulaient tout à coup, et des poutrelles, des plâtras, des meubles passaient dans les ruisseaux, qui couraient sur les dalles impétueusement.

On avait exposé des amphores, des buires, des toiles; mais les torches s'éteignaient; on prit des brandons au bûcher du Baal, et les Carthaginois, pour boire, se tenaient le cou renversé, la bouche ouverte. D'autres, au bord des flaques bourbeuses, y plongeaient leurs bras jusqu'à l'aisselle, et se gorgeaient d'eau si abondamment qu'ils la vomissaient comme des buffles. La fraîcheur peu à peu se répandait; ils aspiraient l'air humide en faisant jouer leurs membres, et, dans le bonheur de cette ivresse, bientôt un immense espoir surgit Toutes les misères furent oubliées La Patrie encore une fois renaissait.

Ils éprouvaient comme le besoin de rejeter sur d'autres l'excès de la fureur qu'ils n'avaient pu employer contre eux-mêmes. Un tel sacrifice ne devait pas être inutile; bien qu'ils n'eussent aucun remords, ils se trouvaient emportés par cette frénésie que donne la complicité des crimes irréparables.

Les Barbares avaient reçu l'orage dans leurs tentes mal closes; tout transis encore le lendemain, ils pataugeaient au milieu de la boue, en cherchant leurs munitions et leurs armes, gâtées, perdues.

Hamilcar, de lui-même, alla trouver Hannon; et, suivant ses pleins pouvoirs, il lui confia le commandement. Le vieux Suffète hésita quelques minutes entre sa rancune et son appétit de l'autorité. Il accepta cependant.

Ensuite Hamilcar fit sortir une galère année d'une catapulte à chaque bout. Il la plaça dans le golfe en face du radeau; puis il embarqua sur les vaisseaux disponibles ses troupes les plus robustes. Il s'enfuyait donc; et, cinglant vers le nord, il disparut dans la brume.

Mais, trois jours après (on allait recommencer l'attaque), des gens de la côte libyque arrivèrent tumultueusement. Barca était entré chez eux. Il avait partout levé des vivres et il s'étendait dans le pays.

Les Barbares furent indignés comme s'il les trahissait. Ceux qui s'ennuyaient le plus du siège, les Gaulois surtout, n'hésitèrent pas à quitter les murs pour tâcher de le rejoindre. Spendius voulait reconstruire l'hélépole; Mâtho s'était tracé une ligne idéale depuis sa tente jusqu'à Mégara, il s'était juré de la suivre; et aucun de leurs hommes ne bougea. Mais les autres, commandés par Autharite, s'en allèrent, abandonnant la portion occidentale du rempart. L'incurie était si profonde que l'on ne songea pas à les remplacer.

Narr'Havas les épiait de loin dans les montagnes. Il fit, pendant la nuit, passer tout son monde sur le côté extérieur de la lagune, par le bord de la mer, et il entra dans Carthage.

Il s'y présenta comme un sauveur, avec six mille hommes, tous portant de la farine sous leurs manteaux, et quarante éléphants chargés de fourrages et de viandes sèches. On s'empressa vite autour d'eux; on leur donna des noms. L'arrivée d'un pareil secours réjouissait encore moins les Carthaginois que le spectacle même de ces forts animaux consacrés au Baal; c'était un gage de sa tendresse, une preuve qu'il allait enfin, pour les défendre, se mêler de la guerre.

Narr'Havas reçut les compliments des Anciens. Puis il monta vers le palais de Salammbô.

Il ne l'avait pas revue depuis cette fois où, dans la tente d'Hamilcar, entre les cinq armées, il avait senti sa petite main froide et douce attachée contre la sienne; après les fiançailles elle était partie pour Carthage. Son amour, détourné par d'autres ambitions, lui était revenu; et maintenant il comptait jouir de ses droits, l'épouser, la prendre.

Salammbô ne comprenait pas comment ce jeune homme pourrait jamais devenir son maître! Bien qu'elle demandât, tous les jours, à Tanit, la mort de Mâtho, son horreur pour le Libyen diminuait. Elle sentait confusément que la haine dont il l'avait persécutée était une chose presque religieuse; et elle aurait voulu voir dans la personne de Narr'Havas comme un reflet de cette violence, qui la tenait encore éblouie. Elle souhaitait le connaître davantage, et cependant sa présence l'eût embarrassée. Elle lui fit répondre qu'elle ne devait pas le recevoir.

D'ailleurs, Hamilcar avait défendu à ses gens d'admettre chez elle le roi des Numides; en reculant jusqu'à la fin de la guerre cette récompense, il espérait entretenir son dévouement; et Narr'Havas, par crainte du Suffète, se retira.

Mais il se montra hautain envers les Cent. Il changea leurs dispositions. Il exigea des prérogatives pour ses hommes et les établit dans des postes importants; aussi les Barbares ouvrirent tous de grands yeux en apercevant des Numides sur les tours.

La surprise des Carthaginois fut encore plus forte lorsque arrivèrent, sur une vieille trirème punique, quatre cents des leurs, faits prisonniers pendant la guerre de Sicile. En effet, Hamilcar avait secrètement renvoyé aux Quirites les équipages des vaisseaux latins pris avant la défection des villes tyriennes; et Rome, par un échange de bons procédés, lui rendait maintenant ses captifs. Elle dédaigna les ouvertures des Mercenaires dans la Sardaigne, et ne voulut point reconnaître comme sujets les habitants d'Utique.

Hiéron, qui gouvernait à Syracuse, fut entraîné par cet exemple. Il lui fallait, pour conserver ses États, un équilibre entre les deux peuples; il avait donc intérêt au salut des Chananéens, et il se déclara leur ami en leur envoyant douze cents bœufs avec cinquante-trois mille nebels de pur froment.

Une raison plus profonde faisait secourir Carthage; on sentait bien que si les Mercenaires triomphaient, depuis le soldat jusqu'au laveur d'écuelles, tout s'insurgerait, et qu'aucun gouvernement, aucune maison ne pourrait y résister.

Hamilcar, pendant ce temps-là, battait les campagnes orientales. Il refoula les Gaulois, et les Barbares se trouvèrent comme assiégés.

Alors il se mit à les harceler. Il arrivait, s'éloignait, et renouvelant toujours cette manœuvre, peu à peu il les détacha de leurs campements. Spendius fut obligé de les suivre; Mâtho, à la fin, céda comme lui.

Il ne dépassa point Tunis. Il s'enferma dans ses murs. Cette obstination était pleine de sagesse; car bientôt on aperçut Narr'Havas qui sortait par la porte de Khamon avec ses éléphants et ses soldats; Hamilcar le rappelait. Mais déjà les autres Barbares erraient dans les provinces à la poursuite du Suffète.

Il avait reçu à Clypéa trois mille Gaulois. Il fit venir des chevaux de la Cyrénaïque, des armures du Brutium, et il recommença la guerre.

Jamais son génie ne fut aussi impétueux et fertile. Pendant cinq lunes il les traîna derrière lui, ayant un but où il voulait les conduire.

Les Barbares avaient tenté d'abord de l'envelopper par de petits détachements; il leur échappait toujours. Ils ne se quittèrent plus. Leur armée était de quarante mille hommes environ, et plusieurs fois ils eurent la jouissance de voir les Carthaginois reculer.

Ce qui les tourmentait, c'étaient les cavaliers de Narr'Havas! Souvent, aux heures les plus lourdes, quand on avançait par les plaines en sommeillant sous le poids des armes, tout à coup une grosse ligne de poussière montait à l'horizon; des galops accouraient, et du sein d'un nuage plein de prunelles flamboyantes, une pluie de dards se précipitait. Les Numides, couverts de manteaux blancs, poussaient de grands cris, levaient les bras en serrant des genoux leurs étalons cabrés, les faisaient tourner brusquement, puis disparaissaient. Ils avaient à quelque distance, sur des dromadaires, des provisions de javelots, et ils revenaient plus terribles, hurlaient comme des loups, s'enfuyaient comme des vautours. Ceux des Barbares placés au bord des files tombaient un à un, et l'on continuait ainsi jusqu'au soir, où l'on tâchait d'entrer dans les montagnes.

Bien qu'elles fussent périlleuses pour les éléphants, Hamilcar s'y engagea. Il suivit la longue chaîne qui s'étend depuis le promontoire Hermæum jusqu'au sommet du Zagouan. C'était, croyaient-ils, un moyen de cacher l'insuffisance de ses troupes. Mais l'incertitude continuelle où il les maintenait finissait par les exaspérer plus qu'aucune défaite. Ils ne se décourageaient pas, et marchaient derrière lui.

Enfin, un soir, entre la montagne d'Argent et la montagne de Plomb, au milieu de grosses roches, à l'entrée d'un défilé, ils surprirent un corps de vélites; l'armée entière était certainement devant ceux-là, car on entendait un bruit de pas avec des clairons; aussitôt les Carthaginois s'enfuirent par la gorge. Elle dévalait dans une plaine ayant la forme d'un fer de hache et environnée de hautes falaises. Pour atteindre les vélites, les Barbares s'y élancèrent; tout au fond, parmi des bœufs qui galopaient, d'autres Carthaginois couraient tumultueusement. On aperçut un homme en manteau rouge, c'était le Suffète; un redoublement de fureur et de joie les emporta. Plusieurs, soit paresse ou prudence, étaient restés au seuil du défilé. Mais la cavalerie, débouchant d'un bois, à coups de piques et de sabres, les rabattit sur les autres; et bientôt tous les Barbares furent en bas, dans la plaine.

Puis cette grande masse d'hommes, ayant oscillé quelque temps, s'arrêta; ils ne découvraient aucune issue.

Ceux qui étaient le plus près du défilé revinrent; le passage avait entièrement disparu. On héla ceux de l'avant pour les faire continuer; ils s'écrasaient contre la montagne, et de loin ils invectivèrent leurs compagnons qui ne savaient pas retrouver la route.

En effet, à peine les Barbares étaient-ils descendus, que des hommes, tapis derrière les roches, en les soulevant avec des poutres, les avaient renversées; et comme la pente était rapide, ces blocs énormes, roulant pêle-mêle, avaient bouché l'étroit orifice, complètement.

A l'autre extrémité de la plaine s'étendait un long couloir, çà et là fendu par des crevasses, et qui conduisait à un ravin montant vers le plateau supérieur où se tenait l'armée punique. Dans ce couloir, contre la paroi de la falaise, on avait d'avance disposé des échelles; et, protégés par les détours des crevasses, les vélites, avant d'être rejoints, purent les saisir et remonter. Plusieurs même s'engagèrent jusqu'au bas de la ravine; on les tira avec des câbles, car le terrain en cet endroit était un sable mouvant et d'une telle inclinaison que, même sur les genoux, il eût été impossible de le gravir. Les Barbares, presque immédiatement, y arrivèrent. Mais une herse, haute de quarante coudées, et faite à la mesure exacte de l'intervalle, s'abaissa devant eux tout à coup, comme un rempart qui serait tombé du ciel.

Donc les combinaisons du Suffète avaient réussi. Aucun des Mercenaires ne connaissait la montagne, et, marchant à la tête des colonnes, ils avaient entraîné les autres. Les roches, un peu étroites par la base, s'étaient facilement abattues; et tandis que tous couraient, son armée, dans l'horizon, avait crié comme en détresse. Hamilcar, il est vrai, pouvait perdre ses vélites, la moitié seulement y resta. Il en eût sacrifié vingt fois davantage pour le succès d'une pareille entreprise.

Jusqu'au matin, les Barbares se poussèrent en files compactes d'un bout à l'autre de la plaine. Ils tâtaient la montagne avec leurs mains, cherchant à découvrir un passage.

Enfin le jour se leva; ils aperçurent partout autour d'eux une grande muraille blanche, taillée à pic. Et pas un moyen de salut, pas un espoir! Les deux sorties naturelles de cette impasse étaient fermées par la herse et par l'amoncellement des roches.

Tous se regardèrent sans parler. Ils s'affaissèrent sur eux-mêmes, en se sentant un froid de glace dans les reins, et aux paupières une pesanteur accablante.

Ils se relevèrent et bondirent contre les roches. Mais les plus basses, pressées par le poids des autres, étaient inébranlables. Ils tâchèrent de s'y cramponner pour atteindre au sommet; la forme ventrue de ces grosses masses repoussait toute prise. Ils voulurent fendre le terrain des deux côtés de la gorge; leurs instruments se brisèrent. Avec les mâts des tentes, ils firent un grand feu; le feu ne pouvait pas brûler la montagne.

Ils revinrent sur la herse; elle était garnie de longs clous, épais comme des pieux, aigus comme les dards d'un porc-épic et plus serrés que les crins d'une brosse. Mais tant de rage les animait qu'ils se précipitèrent contre elle. Les premiers y entrèrent jusqu'à l'échiné, les seconds refluèrent par-dessus; et tout retomba, en laissant à ces horribles branches des lambeaux humains et des chevelures ensanglantées.

Quand le découragement se fut un peu calmé, on examina ce qu'il y avait de vivres. Les Mercenaires, dont les bagages étaient perdus, en possédaient à peine pour deux jours; et tous les autres s'en trouvaient dénués, car ils attendaient un convoi promis par les villages du Sud.

Cependant des taureaux vagabondaient, ceux que les Carthaginois avaient lâchés dans la gorge afin d'attirer les Barbares. Ils les tuèrent à coups de lances; on les mangea, et, les estomacs étant remplis, les pensées furent moins lugubres.

Le lendemain, ils égorgèrent tous les mulets, une quarantaine environ, puis on racla leurs peaux, on fit bouillir leurs entrailles, on pila les ossements, et ils ne désespéraient pas encore; l'armée de Tunis, prévenue sans doute, allait venir.

Mais le soir du cinquième jour, la faim redoubla; ils rongèrent les baudriers des glaives et les petites éponges bordant le fond des casques.

Ces quarante mille hommes étaient tassés dans l'espèce d'hippodrome que formait autour d'eux la montagne. Quelques-uns restaient devant la herse ou à la base des roches; les autres couvraient la plaine confusément. Les forts s'évitaient, et les timides recherchaient les braves, qui ne pouvaient pourtant les sauver.

On avait, à cause de leur infection, enterré vivement les cadavres des vélites; la place des fosses ne s'apercevait plus.

Tous les Barbares languissaient, couchés par terre. Entre leurs lignes, çà et là, un vétéran passait; et ils hurlaient des malédictions contre les Carthaginois, contre Hamilcar et contre Mâtho, bien qu'il fût innocent de leur désastre; mais il leur semblait que leurs douleurs eussent été moindres s'ils les avaient partagées. Puis ils gémissaient; quelques-uns pleuraient tout bas, comme de petits enfants.

Ils venaient vers les capitaines et ils les suppliaient de leur accorder quelque chose qui apaisât leurs souffrances. Les autres ne répondaient rien, ou, saisis de fureur, ils ramassaient une pierre et la leur jetaient au visage.

Plusieurs conservaient soigneusement, dans un trou en terre, une réserve de nourriture, quelques poignées de dattes, un peu de farine; et on mangeait cela pendant la nuit, en baissant la tête sous son manteau. Ceux qui avaient des épées les gardaient nues dans leurs mains; les plus défiants se tenaient debout, adossés contre la montagne.

Ils accusaient leurs chefs et les menaçaient. Autharite ne craignait pas de se montrer. Avec cette obstination de Barbare que rien ne rebute, vingt fois par jour il s'avançait jusqu'au fond, vers les roches, espérant chaque fois les trouver peut-être déplacées; et, balançant ses lourdes épaules couvertes de fourrures, il rappelait à ses compagnons un ours qui sort de sa caverne, au printemps, pour voir si les neiges sont fondues.

Spendius, entouré de Grecs, se cachait dans une des crevasses; comme il avait peur, il fit répandre le bruit de sa mort.

Ils étaient maintenant d'une maigreur hideuse; leur peau se plaquait de marbrures bleuâtres. Le soir du neuvième jour, trois Ibériens moururent.

Leurs compagnons, effrayés, quittèrent la place. On les dépouilla; et ces corps nus et blancs restèrent sur le sable, au soleil.

Alors des Garamantes se mirent lentement à rôder tout autour. C'étaient des hommes accoutumés à l'existence des solitudes et qui ne respectaient aucun dieu. Enfin le plus vieux de la troupe fit un signe, et, se baissant vers les cadavres, avec leurs couteaux ils en prirent des lanières; puis, accroupis sur les talons, ils mangeaient. Les autres regardaient de loin; on poussa des cris d'horreur; beaucoup cependant, au fond de l'âme, jalousaient leur courage.

Au milieu de la nuit, quelques-uns de ceux-là se rapprochèrent, et, dissimulant leur désir, ils en demandaient une mince bouchée, seulement pour essayer, disaient-ils. De plus hardis survinrent; leur nombre augmenta; ce fut bientôt une foule. Mais presque tous, en sentant cette chair froide au bord des lèvres, laissaient leur main retomber; 'autres, au contraire, la dévoraient avec délices.

Afin d'être entraînés par l'exemple, ils s'excitaient mutuellement. Tel qui avait d'abord refusé allait voir les Garamantes, et ne revenait plus. Ils faisaient cuire les morceaux sur des charbons, à la pointe d'une épée; on les salait avec de la poussière et l'on se disputait les meilleurs. Quand il ne resta plus rien des trois cadavres, les yeux se portèrent sur toute la plaine pour en trouver d'autres.

Mais ne possédait-on pas des Carthaginois, vingt captifs faits dans la dernière rencontre et que personne, jusqu'à présent, n'avait remarqués? Ils disparurent; c'était une vengeance, d'ailleurs. Puis, comme il fallait vivre, comme le goût de cette nourriture s'était développé, comme on se mourait, on égorgea les porteurs d'eau, les palefreniers, tous les valets des Mercenaires. Chaque jour on en tuait. Quelques-uns mangeaient beaucoup, reprenaient des forces et n'étaient plus tristes.

Bientôt cette ressource vint à manquer. Alors l'envie se tourna sur les blessés et les malades. Puisqu'ils ne pouvaient se guérir, autant les délivrer de leurs tortures; et, sitôt qu'un homme chancelait, tous s'écriaient qu'il était maintenant perdu et devait servir aux autres. Pour accélérer leur mort, on employait des ruses; on leur volait le dernier reste de leur immonde portion; comme par mégarde on marchait sur eux; les agonisants, pour faire croire à leur vigueur, tâchaient d'étendre les bras, de se relever, de rire.

Des gens évanouis se réveillaient au contact d'une lame ébréchée qui leur sciait un membre; et ils tuaient encore, par férocité, sans besoin, pour assouvir leur fureur.

Un brouillard lourd et tiède, comme il en arrive dans ces régions à la fin de l'hiver, le quatorzième jour s'abattit sur l'armée. Ce changement de la température amena des morts nombreuses, et la corruption se développait effroyablement vite dans la chaude humidité retenue par les parois de la montagne. La bruine qui tombait sur les cadavres, en les amollissant, fit bientôt de toute la plaine une large pourriture. Des vapeurs blanchâtres flottaient au-dessus; elles piquaient les narines, pénétraient la peau, troublaient les yeux; et les Barbares croyaient entrevoir les souffles exhalés, les âmes de leurs compagnons. Un dégoût immense les accabla. Ils n'en voulaient plus, ils aimaient mieux mourir.

Deux jours après, le temps redevint pur et la faim les reprit. Il leur semblait parfois qu'on leur arrachait l'estomac avec des tenailles. Alors ils se roulaient, saisis de convulsions, jetaient dans leur bouche des poignées de terre, se mordaient les bras et éclataient en rires frénétiques.

La soif les tourmentait encore plus, car ils n'avaient pas une goutte d'eau, les outres, depuis le neuvième jour, étant complètement taries. Pour tromper le besoin, ils s'appliquaient sur la langue les écailles métalliques des ceinturons, les pommeaux en ivoire, les fers des glaives. D'anciens conducteurs de caravanes se comprimaient le ventre avec des cordes. D'autres suçaient un caillou. On buvait de l'urine, refroidie dans les casques d'airain.

Et ils attendaient toujours l'armée de Tunis! La longueur du temps qu'elle mettait à venir, d'après leurs conjectures, certifiait son arrivée prochaine. D'ailleurs Mâtho, qui était un brave, ne les abandonnerait pas. « Ce sera pour demain! » se disaient-ils; et demain se passait.

Au commencement, ils avaient fait des prières, des vœux, pratiqué toutes sortes d'incantations. A présent ils ne sentaient pour leurs divinités que de la haine, et, par vengeance, tâchaient de ne plus y croire.

Les hommes de caractère violent périrent les premiers; les Africains résistèrent mieux que les Gaulois. Zarxas, entre les Baléares, restait étendu tout de son long, les cheveux par-dessus le bras, inerte. Spendius trouva une plante à larges feuilles emplies d'un suc abondant, et, l'ayant déclarée vénéneuse afin d'en écarter les autres, il s'en nourrissait.

On était trop faible pour abattre, d'un coup de pierre, les corbeaux qui volaient. Quelquefois, lorsqu'un gypaète, posé sur un cadavre, le déchiquetait depuis longtemps déjà, un homme se mettait à ramper vers lui avec un javelot entre les dents. Il s'appuyait d'une main, et, après avoir bien visé, il lançait son arme. La bête aux plumes blanches, troublée par le bruit, s'interrompait, regardait à l'entour d'un air tranquille, comme un cormoran sur un écueil, puis elle replongeait son hideux bec jaune; et l'homme, désespéré, retombait à plat ventre dans la poussière. Quelques-uns parvenaient à découvrir des caméléons, des serpents. Mais ce qui les faisait vivre, c'était l'amour de la vie. Ils tendaient leur âme sur cette idée, exclusivement, et se rattachaient à l'existence par un effort de volonté qui la prolongeait.

Les plus stoïques se tenaient les uns près des autres, assis en rond, au milieu de la plaine, çà et là, entre les morts; et, enveloppés dans leurs manteaux, ils s'abandonnaient silencieusement à leur tristesse.

Ceux qui étaient nés dans les villes se rappelaient des rues toutes retentissantes, des tavernes, des théâtres, des bains, et les boutiques des barbiers où l'on écoute des histoires. D'autres revoyaient des campagnes au coucher du soleil, quand les blés jaunes ondulent et que les grands bœufs remontent les collines avec le soc des charrues sur le cou. Les voyageurs rêvaient à des citernes, les chasseurs à leurs forêts, les vétérans à des batailles; et, dans la somnolence qui les engourdissait, leurs pensées se heurtaient avec l'emportement et la netteté des songes. Des hallucinations les envahissaient tout à coup; ils cherchaient dans la montagne une porte pour s'enfuir et voulaient passer au travers. D'autres, croyant naviguer par une tempête, commandaient la manœuvre d'un navire, ou bien ils se reculaient épouvantés, apercevant, dans les nuages, des bataillons puniques. Il y en avait qui se figuraient être à un festin, et ils chantaient.

Beaucoup, par une étrange manie, répétaient le même mot ou faisaient continuellement le même geste. Puis, quand ils venaient à relever la tête et à se regarder, des sanglots les étouffaient en découvrant l'horrible ravage de leurs figures. Quelques-uns ne souffraient plus, et, pour employer les heures, ils se racontaient les périls auxquels ils avaient échappé.

Leur mort à tous était certaine, imminente. Combien de fois n'avaient-ils pas tenté de s'ouvrir un passage! Quant à implorer les conditions du vainqueur, par quel moyen? Ils ne savaient même pas où se trouvait Hamilcar.

Le vent soufflait du côté de la ravine. Il faisait couler le sable par-dessus la herse, en cascades, perpétuellement; et les manteaux et les chevelures des Barbares s'en recouvraient comme si la terre, montant sur eux, avait voulu les ensevelir. Rien ne bougeait; l'éternelle montagne, chaque matin, leur semblait encore plus haute.

Quelquefois des bandes d'oiseaux passaient à tire-d'ailes, en plein ciel bleu, dans la liberté de l'air. Ils fermaient les yeux pour ne pas les voir.

On sentait d'abord un bourdonnement dans les oreilles, les ongles noircissaient, le froid gagnait la poitrine; on se couchait sur le côté et l'on s'éteignait dans un cri.

Le dix-neuvième jour, deux mille Asiatiques étaient morts, quinze cents de l'Archipel, huit mille de la Libye, les plus jeunes des Mercenaires et des tribus complètes, en tout vingt mille soldats, la moitié de l'armée.

Autharite, qui n'avait plus que cinquante Gaulois, allait se faire tuer pour en finir, quand, au sommet de la montagne, en face de lui, il crut voir un homme.

Cet homme, à cause de l'élévation, ne paraissait pas plus grand qu'un nain. Cependant Autharite reconnut, à son bras gauche, un bouclier en forme de trèfle. Il s'écria:

— Un Carthaginois!

Et, dans la plaine, devant la herse et sous les roches, immédiatement tous se levèrent. Le soldat se promenait au bord du précipice; d'en bas, les Barbares le regardaient.

Spendius ramassa une tête de bœuf; puis, avec deux ceintures ayant composé un diadème, il le planta sur les cornes au bout d'une perche, en témoignage d'intentions pacifiques. Le Carthaginois disparut. Ils attendirent.

Enfin, le soir, comme une pierre se détachant de la falaise, tout à coup il tomba d'en haut un baudrier. Fait de cuir rouge et couvert de broderie avec trois étoiles de diamant, il portait empreint à son milieu la marque du Grand Conseil: un cheval sous un palmier. C'était la réponse d'Hamilcar, le sauf-conduit qu'il envoyait.

Ils n'avaient rien à craindre; tout changement de fortune amenait la fin de leurs maux. Une joie démesurée les agita; ils s'embrassaient, pleuraient. Spendius, Autharite et Zarxas, quatre Italiotes, un Nègre et deux Spartiates s'offrirent comme parlementaires. On les accepta. Ils ne savaient cependant par quel moyen s'en aller.

Mais un craquement retentit dans la direction des roches; et la plus élevée, ayant oscillé sur elle-même, rebondit jusqu'en bas. En effet, si du côté des Barbares elles étaient inébranlables, car il aurait fallu leur faire remonter un plan oblique (et, d'ailleurs, elles se trouvaient tassées par l'étroitesse de la gorge), de l'autre, au contraire, il suffisait de les heurter fortement pour qu'elles descendissent. Les Carthaginois les poussèrent, et, au jour levant, elles s'avançaient dans la plaine comme les gradins d'un immense escalier en ruines.

Les Barbares ne pouvaient encore les gravir. On leur tendit des échelles; tous s'y élancèrent. La décharge d'une catapulte les refoula; les Dix seulement furent emmenés.

Ils marchaient entre les Clinabares, et appuyaient leur main sur la croupe des chevaux pour se soutenir.

Maintenant que leur première joie était passée, ils commençaient à concevoir des inquiétudes. Les exigences d'Hamilcar seraient cruelles. Mais Spendius les rassurait.

— C'est moi qui parlerai!

Et il se vantait de connaître les choses bonnes à dire pour le salut de l'armée.

Derrière tous les buissons, ils rencontraient des sentinelles en embuscade. Elles se prosternaient devant le baudrier que Spendius avait mis sur son épaule.

Quand ils arrivèrent dans le camp punique, la foule s'empressa autour d'eux, et ils entendaient comme des chuchotements, des rires. La porte d'une tente s'ouvrit.

Hamilcar était tout au fond, assis sur un escabeau, près d'une table basse où brillait un glaive nu. Des capitaines, debout, l'entouraient.

En apercevant ces hommes, il fit un geste en arrière, puis il se pencha pour les examiner.

Ils avaient les pupilles extraordinairement dilatées, avec un grand cercle noir autour des yeux, qui se prolongeait jusqu'au bas de leurs oreilles; leurs nez bleuâtres saillissaient entre leurs joues creuses, fendillées par des rides profondes; la peau de leur corps, trop large pour leurs muscles, disparaissait sous une poussière de couleur ardoise; leurs lèvres se collaient contre leurs dents jaunes; ils exhalaient une infecte odeur; on aurait dit des tombeaux entrouverts, des sépulcres vivants.

Au milieu de la tente, il y avait, sur une natte où les capitaines allaient s'asseoir, un plat de courges qui fumait. Les Barbares y attachaient leurs yeux en grelottant de tous les membres, et des larmes venaient à leurs paupières. Ils se contenaient cependant.

Hamilcar se détourna pour parler à quelqu'un. Alors ils se ruèrent dessus, tous, à plat ventre. Leurs visages trempaient dans la graisse, et le bruit de leur déglutition se mêlait aux sanglots de joie qu'ils poussaient. Plutôt par étonnement que par pitié, sans doute, on les laissa finir la gamelle. Quand ils se furent relevés, Hamilcar commanda, d'un signe, à l'homme qui portait le baudrier de parler. Spendius avait peur; il balbutiait.

Hamilcar, en l'écoutant, faisait tourner autour de son doigt une grosse bague d'or, celle qui avait empreint sur le baudrier le sceau de Carthage. Il la laissa tomber par terre; Spendius tout de suite la ramassa; devant son maître, ses habitudes d'esclave le reprenaient. Les autres frémirent, indignés de cette bassesse.

Mais le Grec haussa la voix, et rapportant les crimes d'Hannon, qu'il savait être l'ennemi de Barca, tâchant de l'apitoyer avec le détail de leurs misères et les souvenirs de leur dévouement, il parla pendant longtemps, d'une façon rapide, insidieuse, violente même; à la fin, il s'oubliait, entraîné par la chaleur de son esprit.

Hamilcar répliqua qu'il acceptait leurs excuses. Donc la paix allait se conclure, et maintenant elle serait définitive! Mais il exigeait qu'on lui livrât dix des Mercenaires, à son choix, sans armes et sans tunique.

Ils ne s'attendaient pas à cette clémence;

Spendius s'écria:

— Oh! vingt, si tu veux. Maître!

— Non! dix me suffisent, répondit doucement Hamilcar.

On les fit sortir de la tente afin qu'ils pussent délibérer. Dès qu'ils furent seuls, Autharite réclama pour les compagnons sacrifiés, et Zarxas dit à Spendius:

— Pourquoi ne l'as-tu pas tué? son glaive était là, près de toi!

— Lui! fit Spendius.

Et il répéta plusieurs fois: « Lui! lui! », comme si la chose eût été impossible et Hamilcar quelqu'un d'immortel.

Tant de lassitude les accablait qu'ils s'étendirent par terre, sur le dos, ne sachant à quoi se résoudre.

Spendius les engageait à céder. Ils y consentirent, et ils rentrèrent.

Alors le Suffète mit sa main dans les mains des dix Barbares tour à tour, en serrant leurs pouces; puis il la frotta sur son vêtement, car leur peau visqueuse causait au toucher une impression rude et molle, un fourmillement gras qui horripilait. Ensuite il leur dit:

— Vous êtes bien tous les chefs des Barbares et vous avez juré pour eux?

— Oui! répondirent-ils.

— Sans contrainte, du fond de l'âme, avec l'intention d'accomplir vos promesses?

Ils assurèrent qu'ils s'en retournaient vers les autres pour les exécuter.

— Eh bien! reprit le Suffète, d'après la convention passée entre moi, Barca, et les ambassadeurs des Mercenaires, c'est vous que je choisis, et je vous garde!

Spendius tomba évanoui sur la natte. Les Barbares, comme l'abandonnant, se resserrèrent les uns près des autres: et il n'y eut pas un mot, pas une plainte.

Leurs compagnons, qui les attendaient, ne les voyant pas revenir, se crurent trahis. Sans doute, les parlementaires s'étaient donnés au Suffète.

Ils attendirent encore deux jours; puis, le matin du troisième, leur résolution fut prise. Avec des cordes, des pics et des flèches disposées comme des échelons entre des lambeaux de toile, ils parvinrent à escalader les roches; et, laissant derrière eux les plus faibles, trois mille environ, ils se mirent en marche pour rejoindre l'armée de Tunis.

Au haut de la gorge s'étalait une prairie clairsemée d'arbustes; les Barbares en dévorèrent les bourgeons. Ensuite ils trouvèrent un champ de fèves; et tout disparut comme si un nuage de sauterelles eût passé par là. Trois heures après ils arrivèrent sur un second plateau que bordait une ceinture de collines vertes.

Entre les ondulations de ces monticules, des gerbes couleur d'argent brillaient, espacées les unes des autres; les Barbares, éblouis par le soleil, apercevaient confusément, en dessous, de grosses masses noires. Elles se levèrent.

C'étaient des lances dans des tours, sur des éléphants effroyablement armés.

Outre l'épieu de leur poitrail, les poinçons de leurs défenses, les plaques d'airain qui couvraient leurs flancs et les poignards tenus à leurs genouillères, ils avaient au bout de leurs trompes un bracelet de cuir où était passé le manche d'un large coutelas; partis tous à la fois du fond de la plaine, ils s'avançaient de chaque côté, parallèlement.

Une terreur sans nom glaça les Barbares. Ils ne tentèrent même pas de s'enfuir. Déjà ils se trouvaient enveloppés.

Les éléphants entrèrent dans cette masse d'hommes; et les éperons de leur poitrail la divisaient, les lances de leurs défenses la retournaient comme des socs de charrues; ils coupaient, taillaient, hachaient avec les faux de leurs trompes; les tours, pleines de phalariques, semblaient des volcans en marche; on ne distinguait qu'un large amas où les chairs humaines faisaient des taches blanches, les morceaux d'airain des plaques grises, le sang des fusées rouges; les horribles animaux, passant au milieu de tout cela, creusaient des sillons noirs. Le plus furieux était conduit par un Numide couronné d'un diadème de plumes. Il lançait des javelots avec une vitesse effrayante, tout en jetant par intervalles un long sifflement aigu; les grosses bêtes, dociles comme des chiens, pendant le carnage tournaient un œil de son côté.

Leur cercle peu à peu se rétrécissait; les Barbares, affaiblis, ne résistaient pas; bientôt les éléphants furent au centre de la plaine. L'espace leur manquait; ils se tassaient à demi cabrés, les ivoires s'entrechoquaient. Tout à coup Narr'Havas les apaisa, et, tournant la croupe, ils s'en revinrent au trot vers les collines.

Cependant deux syntagmes s'étaient réfugiés à droite dans un pli du terrain, avaient jeté leurs armes, et tous à genoux vers les tentes puniques, ils levaient leurs bras pour implorer grâce.

On leur attacha les jambes et les mains; puis quand ils furent étendus par terre les uns près des autres, on ramena les éléphants.

Les poitrines craquaient comme des coffres que l'on brise; chacun de leurs pas en écrasait deux; leurs gros pieds enfonçaient dans les corps avec un mouvement des hanches qui les faisait paraître boiter. Ils continuaient, et allèrent jusqu'au bout.

Le niveau de la plaine redevint immobile. La nuit tomba. Hamilcar se délectait devant le spectacle de sa vengeance; soudain il tressaillit.

Il voyait, et tous voyaient, à six cents pas de là, sur la gauche, au sommet d'un mamelon, des Barbares encore! En effet, quatre cents des plus solides, des Mercenaires, Etrusques, Libyens et Spartiates, dès le commencement, avaient gagné les hauteurs, et jusque-là s'y étaient tenus incertains. Après ce massacre de leurs compagnons, ils résolurent de traverser les Carthaginois; déjà ils descendaient en colonnes serrées, d'une façon merveilleuse et formidable.

Un héraut leur fut immédiatement expédié. Le Suffète avait besoin de soldats; il les recevait sans condition, tant il admirait leur bravoure. Ils pouvaient même, ajouta l'homme de Carthage, se rapprocher quelque peu, dans un endroit qu'il leur désigna, et où ils trouveraient des vivres.

Les Barbares y coururent et passèrent la nuit à manger. Alors les Carthaginois éclatèrent en rumeurs contre la partialité du Suffète pour les Mercenaires.

Céda-t-il à ces expansions d'une haine irrassasiable, ou bien était-ce un raffinement de perfidie? Le lendemain il vint lui-même sans épée, tête nue, dans une escorte de Clinabares, et il leur déclara qu'ayant trop de monde à nourrir, son intention n'était pas de les conserver. Cependant, comme il lui fallait des hommes et qu'il ne savait par quel moyen choisir les bons, ils allaient se combattre à outrance; puis il admettrait les vainqueurs dans sa garde particulière. Cette mort-là en valait bien une autre; et alors, écartant ses soldats (car les étendards puniques cachaient aux Mercenaires l'horizon), il leur montra les cent quatre-vingt-douze éléphants de Narr'Havas formant une seule ligne droite et dont les trompes brandissaient de larges fers, pareils à des bras de géants qui auraient tenu des haches sur leurs têtes.

Les Barbares s'entre-regardèrent silencieusement. Ce n'était pas la mort qui les faisait pâlir, mais l'horrible contrainte où ils se trouvaient réduits.

La communauté de leur existence avait établi entre ces hommes des amitiés profondes. Le camp, pour la plupart, remplaçait la patrie; vivant sans famille, ils reportaient sur un compagnon leur besoin de tendresse, et l'on s'endormait, côte à côte, sous le même manteau, à la clarté des étoiles. Dans ce vagabondage perpétuel à travers toutes sortes de pays, de meurtres et d'aventures, il s'était formé d'étranges amours, unions obscènes aussi sérieuses que des mariages, où le plus fort défendait le plus jeune au milieu des batailles, l'aidait à franchir les précipices, épongeait sur son front la sueur des fièvres, volait pour lui de la nourriture; et l'autre, enfant ramassé au bord d'une route, puis devenu Mercenaire, payait ce dévouement par mille soins délicats et des complaisances d'épouse.

Ils échangèrent leurs colliers et leurs pendants d'oreilles, cadeaux qu'ils s'étaient faits autrefois, après un grand péril, dans des heures d'ivresse. Tous demandaient à mourir, et aucun ne voulait frapper. On en voyait un jeune, çà et là, qui disait à un autre dont la barbe était grise: «Non! non, tu es le plus robuste! Tu nous vengeras, tue-moi!» Et l'homme répondait: «J'ai moins d'années à vivre! Frappe au cœur, et n'y pense plus!» Les frères se contemplaient les deux mains serrées, et l'amant faisait à son amant des adieux éternels, debout, en pleurant sur son épaule.

Ils retirèrent leurs cuirasses pour que la pointe des glaives s'enfonçât plus vite. Alors parurent les marques des grands coups qu'ils avaient reçus pour Carthage; on aurait dit des inscriptions sur des colonnes.

Ils se mirent sur quatre rangs égaux à la façon des gladiateurs, et ils commencèrent par des engagements timides. Quelques-uns s'étaient bandé les yeux, et leurs glaives ramaient dans l'air, doucement, comme des bâtons d'aveugle. Les Carthaginois poussèrent des huées en leur criant qu'ils étaient des lâches. Les Barbares s'animèrent, et bientôt le combat fut général, précipité, terrible.

Parfois deux hommes s'arrêtaient tout sanglants, tombaient dans les bras l'un de l'autre et mouraient en se donnant des baisers. Aucun ne reculait. Ils se ruaient contre les lames tendues. Leur délire était si furieux que les Carthaginois, de loin, avaient peur.

Enfin ils s'arrêtèrent. Leurs poitrines faisaient un grand bruit rauque, et l'on apercevait leurs prunelles entre leurs longs cheveux qui pendaient comme s'ils fussent sortis d'un bain de pourpre. Plusieurs tournaient sur eux-mêmes, rapidement, tels que des panthères blessées au front. D'autres se tenaient immobiles en considérant un cadavre à leurs pieds; puis, tout à coup, ils s'arrachaient le visage avec les ongles, prenaient leur glaive à deux mains et se l'enfonçaient dans le ventre.

Il en restait soixante encore. Ils demandèrent à boire. On leur cria de jeter glaives; et quand ils les eurent jetés, on leur apporta de l'eau.

Pendant qu'ils buvaient, la figure enfoncée dans les vases, soixante Carthaginois, sautant sur eux, les tuèrent avec des stylets, dans le dos.

Hamilcar avait fait cela pour complaire aux instincts de son armée, et, par cette trahison, l'attacher à sa personne.

Donc la guerre était finie, du moins il le croyait; Mâtho ne résisterait pas; dans son impatience, le Suffète ordonna tout de suite le départ.

Ses éclaireurs vinrent lui dire que l'on avait distingué un convoi qui s'en allait vers la montagne de Plomb. Hamilcar ne s'en soucia. Une fois les Mercenaires anéantis, les Nomades ne l'embarrasseraient plus. L'important était de prendre Tunis. A grandes journées il marcha dessus.

Il avait envoyé Narr'Havas à Carthage porter la nouvelle de la victoire; et le roi des Numides, fier de ses succès, se présenta chez Salammbô.

Elle le reçut dans ses jardins, sous un large sycomore, entre des oreillers de cuir jaune, avec Taanach auprès d'elle. Son visage était couvert d'une écharpe blanche qui, lui passant sur la bouche et sur le front, ne laissait voir que les yeux; mais ses lèvres brillaient dans la transparence du tissu comme les pierreries de ses doigts, car Salammbô tenait ses deux mains enveloppées, et tout le temps qu'ils parlèrent, elle ne fit pas un geste.

Narr'Havas lui annonça la défaite des Barbares. Elle le remercia, par une bénédiction, des services qu'il avait rendus à son père. Alors il se mit à raconter toute la campagne.

Les colombes, sur les palmiers autour d'eux, roucoulaient doucement, et d'autres oiseaux voletaient parmi les herbes: des galéoles à collier, des cailles de Tartessus et des pintades puniques. Le jardin, depuis longtemps inculte, avait multiplié ses verdures; des coloquintes montaient dans le branchage des canéficiers, des asclépias parsemaient les champs de roses, toutes sortes de végétations formaient des entrelacements, des berceaux; et des rayons de soleil, qui descendaient obliquement, marquaient çà et là, comme dans les bois, l'ombre d'une feuille sur la terre. Les bêtes domestiques, redevenues sauvages, s'enfuyaient au moindre bruit. Parfois on apercevait une gazelle traînant à ses petits sabots noirs des plumes de paon dispersées. Les clameurs de la ville, au loin, se perdaient dans le murmure des flots. Le ciel était tout bleu; pas une voile n'apparaissait sur la mer.

Narr'Havas ne parlait plus; Salammbô, sans lui répondre, le regardait. Il avait une robe de lin, où des fleurs étaient peintes, avec des franges d'or par le bas; deux flèches d'argent retenaient ses cheveux tressés au bord de ses oreilles; et il s'appuyait de la main droite contre le bois d'une pique, orné par des cercles d'électrum et des touffes de poil.

En le considérant, une foule de pensées vagues l'absorbait. Ce jeune homme à voix douée et à taille féminine captivait ses yeux par la grâce de sa personne et lui semblait être comme une sœur aînée que les Baals envoyaient pour la protéger. Le souvenir de Mâtho la saisit; elle ne résista pas au désir de savoir ce qu'il devenait.

Narr'Havas répondit que les Carthaginois s'avançaient vers Tunis, afin de le prendre. A mesure qu'il exposait leurs chances de réussite et la faiblesse de Mâtho, elle paraissait se réjouir dans un espoir extraordinaire. Ses lèvres tremblaient, sa poitrine haletait. Quand il promit enfin de le tuer lui-même, elle s'écria:

— Oui! tue-le, il le faut!

Le Numide répliqua qu'il souhaitait ardemment cette mort, puisque, la guerre terminée, il serait son époux.

Salammbô tressaillit, et elle baissa la tête.

Mais Narr'Havas, poursuivant, compara ses désirs à des fleurs qui languissent après la pluie, à des voyageurs perdus qui attendent le jour. Il lui dit encore qu'elle était plus belle que la lune, meilleure que le vent du matin et que le visage de l'hôte. Il ferait venir pour elle, du pays des Noirs, des choses comme il n'y en avait pas à Carthage, et les appartements de leur maison seraient sablés avec de la poudre d'or.

Le soir tombait, des senteurs de baume s'exhalaient. Pendant longtemps ils se regardèrent en silence, et les yeux de Salammbô, au fond de ses longues draperies, avaient l'air de deux étoiles dans l'ouverture d'un nuage. Avant que le soleil se fût couché, il se retira.

Les Anciens se sentirent soulagés d'une grande inquiétude quand il partit de Carthage. Le peuple l'avait reçu avec des acclamations encore plus enthousiastes que la première fois. Si Hamilcar et le roi des Numides triomphaient seuls des Mercenaires, il serait impossible de leur résister. Donc ils résolurent, pour affaiblir Barca, de faire participer à la délivrance de la République celui qu'ils aimaient, le vieil Hannon.

Il se porta immédiatement vers les provinces occidentales, afin de se venger dans les lieux mêmes qui avaient vu sa honte. Les habitants et les Barbares étaient morts, cachés ou enfuis. Sa colère se déchargea sur la campagne. Il brûla les ruines des ruines, il ne laissa pas un seul arbre, pas un brin d'herbe; les enfants et les infirmes que l'on rencontrait, on les suppliciait; il donnait à ses soldats les femmes à violer avant leur égorgement; les plus belles étaient jetées dans sa litière, car son atroce maladie l'enflammait de désirs impétueux; il les assouvissait avec toute la fureur d'un homme désespéré.

Souvent, à la crête des collines, des tentes noires s'abattaient comme renversées par le vent, et de larges disques à bordure brillante, que l'on reconnaissait pour des roues de chariot, en tournant avec un son plaintif, peu à peu s'enfonçaient dans les vallées. Les tribus, qui avaient abandonné le siège de Carthage, erraient ainsi par les provinces, attendant une occasion, quelque victoire des Mercenaires pour revenir. Mais, soit terreur ou famine, elles reprirent toutes le chemin de leurs contrées, et disparurent.

Hamilcar ne fut point jaloux des succès d'Hannon. Cependant il avait hâte d'en finir; il lui ordonna de se rabattre sur Tunis; et Hannon, au jour fixé, se trouva sous les murs de la ville.

Elle avait pour se défendre sa population d'autochtones, douze mille Mercenaires, puis tous les Mangeurs de choses immondes, car ils étaient, comme Mâtho, rivés à l'horizon de Carthage, et la plèbe et le Schalischim contemplaient de loin ses hautes murailles, en rêvant par derrière des jouissances infinies. Dans cet accord de haines, la résistance fut lestement organisée. On prit des outres pour faire des casques, on coupa tous les palmiers dans les jardins pour avoir des lances, on creusa des citernes; et, quant aux vivres, ils péchaient aux bords du lac de gros poissons blancs, nourris de cadavres et d'immondices. Leurs remparts, maintenus en ruines par la jalousie de Carthage, étaient si faibles, que l'on pouvait, d'un coup d'épaule, les abattre. Mâtho en boucha les trous avec les pierres des maisons. C'était la dernière lutte; il n'espérait rien; cependant il se disait que la fortune était changeante.

Les Carthaginois, en approchant, remarquèrent, sur le rempart, un homme qui dépassait les créneaux de toute la ceinture. Les flèches volant autour de lui n'avaient pas l'air de plus l'effrayer qu'un essaim d'hirondelles. Aucune, par extraordinaire, ne le toucha.

Hamilcar établit son camp sur le côté méridional; Narr'Havas, à sa droite, occupait la plaine de Rhadès; Hannon, le bord du lac; et les trois généraux devaient garder leur position respective pour attaquer l'enceinte, tous en même temps.

Hamilcar voulut d'abord montrer aux Mercenaires qu'il les châtierait comme des esclaves. Il fit crucifier les dix ambassadeurs, les uns près des autres, sur un monticule, en face de la ville.

A ce spectacle, les assiégés abandonnèrent le rempart.

Mâtho s'était dit que s'il pouvait passer entre les murs et les tentes de Narr'Havas assez rapidement pour que les Numides n'eussent pas le temps de sortir, il tomberait sur les derrières de l'infanterie carthaginoise, qui se trouverait prise entre sa division et ceux de l'intérieur. Il s'élança dehors avec les vétérans.

Narr'Havas l'aperçut; il franchit la plage du lac et vint avertir Hannon d'expédier des hommes au secours d'Hamilcar. Croyait-il Barca trop faible pour résister aux Mercenaires? Était-ce une perfidie ou une sottise? Nul jamais ne put le savoir.

Hannon, par désir d'humilier son rival, ne balança pas. Il cria de sonner les trompettes, et toute son armée se précipita sur les Barbares. Ils se retournèrent et coururent droit aux Carthaginois; ils les renversaient, les écrasaient sous leurs pieds, et, les refoulant ainsi, ils arrivèrent jusqu'à la tente d'Hannon, qui était alors au milieu de trente Carthaginois, les plus illustres des Anciens.

Il parut stupéfait de leur audace; il appelait ses capitaines. Tous avançaient leurs poings sous sa gorge, en vociférant des injures. La foule se poussait, et ceux qui avaient la main sur lui le retenaient à grand-peine. Cependant il tâchait de leur dire à l'oreille:

— Je te donnerai tout ce que tu veux! Je suis riche! Sauve-moi!

Ils le tiraient; si lourd qu'il fût, ses pieds ne touchaient plus la terre. On avait entraîné les Anciens. Sa terreur redoubla.

— Vous m'avez battu! Je suis votre captif! Je me rachète! Ecoutez-moi, mes amis!

Et porté par toutes ces épaules qui le serraient aux flancs, il répétait:

— Qu'allez-vous faire? Que voulez-vous? Je ne m'obstine pas, vous voyez bien! J'ai toujours été bon!

Une croix gigantesque était dressée à la porte. Les Barbares hurlaient:

— Ici! ici!

Il éleva la voix encore plus haut; et, au nom de leurs dieux, il les somma de le mener au Schalischim, parce qu'il avait à lui confier une chose d'où leur salut dépendait.

Ils s'arrêtèrent, quelques-uns prétendant qu'il était sage d'appeler Mâtho. On partit à sa recherche.

Hannon tomba sur l'herbe; et il voyait autour de lui encore d'autres croix, comme si le supplice dont il allait périr se fût d'avance multiplié; il faisait des efforts pour se convaincre qu'il se trompait, qu'il n'y en avait qu'une seule, et même pour croire qu'il n'y en avait pas du tout. Enfin on le releva.

— Parle! dit Mâtho.

Il offrit de livrer Hamilcar, puis ils entreraient dans Carthage et seraient rois tous les deux.

Mâtho s'éloigna, en faisant signe aux autres de se hâter. C'était, pensait-il, une ruse pour gagner du temps.

Le Barbare se trompait; Hannon était dans une de ces extrémités où l'on ne considère plus rien, et d'ailleurs il exécrait tellement Hamilcar, que, sur le moindre espoir de salut, il l'aurait sacrifié avec tous ses soldats.

A la base des trente croix, les Anciens languissaient par terre; déjà des cordes étaient passées sous leurs aisselles. Alors le vieux Suffète, comprenant qu'il fallait mourir, pleura.

Ils arrachèrent ce qui lui restait de vêtements, et l'horreur de sa personne apparut. Des ulcères couvraient cette masse sans nom; la graisse de ses jambes lui cachait les ongles des pieds; il pendait a ses doigts comme des lambeaux verdâtres; et les larmes qui ruisselaient entre les tubercules de ses joues donnaient à son visage quelque chose d'effroyablement triste, ayant l'air d'occuper plus de place que sur un autre visage humain. Son bandeau royal, à demi dénoué, traînait avec ses cheveux blancs dans la poussière.

Ils crurent n'avoir pas de cordes assez fortes pour le grimper jusqu'au haut de la croix, et ils le clouèrent dessus, avant qu'elle fût dressée, à la mode punique. Mais son orgueil se réveilla dans la douleur. Il se mit à les accabler d'injures. Il écumait et se tordait, comme un monstre marin que l'on égorge sur un rivage, en leur prédisant qu'ils finiraient tous plus horriblement encore et qu'il serait vengé.

Il l'était. De l'autre côté de la ville, d'où s'échappaient maintenant des jets de flammes avec des colonnes de fumée, les ambassadeurs des Mercenaires agonisaient.

Quelques-uns, évanouis d'abord, venaient de se ranimer sous la fraîcheur du vent; mais ils restaient le menton sur la poitrine, et leur corps descendait un peu, malgré les clous de leurs bras fixés plus haut que leur tête; de leurs talons et de leurs mains, du sang tombait par grosses gouttes, lentement, comme des branches d'un arbre tombent des fruits mûrs, et Carthage, le golfe, les montagnes et les plaines, tout leur paraissait tourner, tel qu'une immense roue; quelquefois un nuage de poussière montant du sol les enveloppait dans ses tourbillons; ils étaient brûlés par une soif horrible, leur langue se retournait dans leur bouche, et ils sentaient sur eux une sueur glaciale couler, avec leur âme qui s'en allait.

Cependant ils entrevoyaient à une profondeur infinie des rues, des soldats en marche, des balancements de glaives; et le tumulte de la bataille leur arrivait vaguement, comme le bruit de la mer à des naufragés qui meurent dans la mâture d'un navire. Les Italiotes, plus robustes que les autres, criaient encore; les Lacédémoniens, se taisant, gardaient leurs paupières fermées; Zarxas, si vigoureux autrefois, penchait comme un roseau brisé; l'Ethiopien, près de lui, avait la tête renversée en arrière par-dessus les bras de la croix; Autharite, immobile, roulait des yeux; sa grande chevelure, prise dans une fente de bois, se tenait droite sur son front, et le râle qu'il poussait semblait plutôt un rugissement de colère. Quant à Spendius, un étrange courage lui était venu; maintenant il méprisait la vie, par la certitude qu'il avait d'un affranchissement presque immédiat et éternel, et il attendait la mort avec impassibilité.

Au milieu de leur défaillance, quelquefois ils tressaillaient à un frôlement de plumes, qui leur passait contre la bouche. De grandes ailes balançaient des ombres autour d'eux, des croassements claquaient dans l'air; et comme la croix de Spendius était la plus haute, ce fut sur la sienne que le premier vautour s'abattit. Alors il tourna son visage vers Autharite, et lui dit lentement, avec un indéfinissable sourire:

— Te rappelles-tu les lions sur la route de Sicca?

— C'étaient nos frères! répondit le Gaulois en expirant,

Le Suffète, pendant ce temps-là, avait troué l'enceinte, et il était parvenu à la citadelle. Sous une rafale de vent, la fumée tout à coup s'envola, découvrant l'horizon jusqu'aux murailles de Carthage; il crut même distinguer des gens qui regardaient sur la plate-forme d'Eschmoûn; puis, en ramenant ses yeux, il aperçut, à gauche, au bord du lac, trente croix démesurées.

Pour les rendre plus effroyables, les Barbares les avaient construites avec les mâts de leurs tentes attachés bout à bout; et les trente cadavres des Anciens apparaissaient tout en haut, dans le ciel. Il y avait sur leurs poitrines comme des papillons blancs: c'étaient les barbes des flèches qu'on leur avait tirées d'en bas.

Au faîte de la plus grande, un large ruban d'or brillait; il pendait sur l'épaule; le bras manquait de ce côté-là, et Hamilcar eut de la peine à reconnaître Hannon. Ses os spongieux ne tenant pas sous les fiches de fer, des portions de ses membres s'étaient détachées, et il ne restait à la croix que d'informes débris, pareils à ces fragments d'animaux suspendus contre la porte des chasseurs.

Le Suffète n'avait rien pu savoir: la ville, devant lui, masquait tout ce qui était au delà, par derrière; et les capitaines envoyés successivement aux généraux n'avaient pas reparu. Des fuyards arrivèrent, racontant la déroute; et l'armée punique s'arrêta. Cette catastrophe, tombant au milieu de leur victoire, les stupéfiait. Ils n'entendaient plus les ordres d'Hamilcar.

Mâtho en profitait pour continuer ses ravages dans les Numides.

Le camp d'Hannon bouleversé, il était revenu sur eux. Les éléphants sortirent. Mais les Mercenaires, avec des brandons arrachés aux murs, s'avancèrent par la plaine en agitant des flammes; les grosses bêtes, effrayées, coururent se précipiter dans le golfe, où elles se tuaient les unes les autres en se débattant, et se noyèrent sous le poids de leurs cuirasses. Déjà Narr'Havas avait lâché sa cavalerie; tous se jetèrent la face contre le sol; puis, quand les chevaux furent à trois pas d'eux, ils bondirent sous leur ventre qu'ils ouvraient d'un coup de poignard, et la moitié des Numides avait péri quand Barca survint.

Les Mercenaires, épuisés, ne pouvaient tenir contre ses troupes. Ils reculèrent en bon ordre jusqu'à la montagne des Eaux-Chaudes. Le Suffète eut la prudence de ne pas les poursuivre. Il se porta vers les embouchures du Macar.

Tunis lui appartenait; mais elle ne faisait plus qu'un amoncellement de décombres fumants, Les ruines descendaient par les brèches des murs, jusqu'au milieu de la plaine; tout au fond, entre les bords du golfe, les cadavres des éléphants, poussés par la brise, s'entrechoquaient, comme un archipel de rochers noirs flottant sur l'eau.

Narr'Havas, pour soutenir cette guerre, avait épuisé ses forêts, pris les jeunes et les vieux, les mâles et les femelles, et la force militaire de son royaume ne s'en releva pas. Le peuple, qui les avait vus de loin périr, en fut désolé; des hommes se lamentaient dans les rues en les appelant par leurs noms, comme des amis défunts:

— Ah! l'Invincible! la Victoire! le Foudroyant! l'Hirondelle!

Et même on ne parla, le premier jour, plus que des citoyens morts.

Le lendemain, on aperçut les tentes des Mercenaires sur la montagne des Eaux-Chaudes. Alors le désespoir fut si profond que beaucoup de gens, des femmes surtout, se précipitèrent, la tête en bas, du haut de l'Acropole.

On ignorait les desseins d'Hamilcar. Il vivait seul, dans sa tente, n'ayant près de lui qu'un jeune garçon, et jamais personne ne mangeait avec eux, pas même Narr'Havas. Cependant, il lui témoignait des égards extraordinaires depuis la défaite d'Hannon; mais le roi des Numides avait trop d'intérêt à devenir son fils pour ne pas s'en méfier.

Cette inertie voilait des manœuvres habiles. Par toutes sortes d'artifices, Hamilcar séduisit les chefs des villages; et les Mercenaires furent chassés, repoussés, traqués comme des bêtes féroces. Dès qu'ils entraient dans un bois, les arbres s'enflammaient autour d'eux; quand ils buvaient à une source, elle était empoisonnée; on murait les cavernes où ils se cachaient pour dormir, Les populations qui les avaient jusque-là défendus, leurs anciens complices maintenant les poursuivaient; ils reconnaissaient toujours dans ces bandes des armures carthaginoises.

Plusieurs étaient rongés au visage par des dartres rouges; cela leur était venu, pensaient-ils, en touchant Hannon. D'autres s'imaginaient que c'était pour avoir mangé les poissons de Salammbô; et, loin de s'en repentir, ils rêvaient des sacrilèges encore plus abominables, afin que l'abaissement des dieux puniques fût plus grand. Ils auraient voulu les exterminer.

Ils se traînèrent ainsi pendant trois mois le long de la côte orientale, puis derrière la montagne de Selloum et jusqu'aux premiers sables du désert. Ils cherchaient une place de refuge, n'importe laquelle. Utique et Hippo-Zaryte seules ne les avaient pas trahis; mais Hamilcar enveloppait ces deux villes. Puis ils remontèrent dans le nord, au hasard, sans même connaître les routes. A force de misères leur tête était troublée.

Ils n'avaient plus que le sentiment d'une exaspération qui allait en se développant; et ils se retrouvèrent un jour dans les gorges du Cobus, encore une fois devant Carthage!

Alors les engagements se multiplièrent. La fortune se maintenait égale; mais ils étaient, les uns et les autres, tellement excédés, qu'ils souhaitaient, au lieu de ces escarmouches, une grande bataille, pourvu qu'elle fût bien la dernière.

Mâtho avait envie d'en porter lui-même la proposition au Suffète. Un de ses Libyens se dévoua. Tous, en le voyant partir, étaient convaincus qu'il ne reviendrait pas.

Il revint le soir même.

Hamilcar acceptait leur défi. On se rencontrerait le lendemain, au soleil levant, dans la plaine de Rhadès.

Les Mercenaires voulurent savoir s'il n'avait rien dit de plus, et le Libyen ajouta:

— Comme je restais devant lui, il m'a demandé ce que j'attendais; J'ai répondu: "Qu'on me tue!" Alors il a repris: "Non! va-t'en! ce sera pour demain, avec les autres".

Cette générosité étonna les Barbares; quelques-uns en furent terrifiés, Mâtho regretta que le parlementaire n'eût pas été tué.

Il lui restait encore trois mille Africains, douze cents Grecs, quinze cents Campaniens, deux cents Ibères, quatre cents Etrusques, cinq cents Samnites, quarante Gaulois et une troupe de Naffur, bandits nomades rencontrés dans la Région des dattes, en tout, sept mille deux cent dix-neuf soldats, mais pas une syntagme complète. Ils avaient bouché les trous de leurs cuirasses avec des omoplates de quadrupèdes et remplacé leurs cothurnes d'airain par des sandales en chiffons. Des plaques de cuivre ou de fer alourdissaient leurs vêtements; leurs cottes de mailles pendaient en guenilles autour d'eux, et des balafres apparaissaient, comme des fils de pourpre, entre les poils de leurs bras et de leurs visages.

Les colères de leurs compagnons morts leur revenaient à l'âme et multipliaient leur vigueur; ils sentaient confusément qu'ils étaient les desservants d'un dieu épandu dans les cœurs d'opprimés, et comme les pontifes de la vengeance universelle! Puis la douleur d'une injustice exorbitante les enrageait, et surtout la vue de Carthage à l'horizon. Ils firent le serment de combattre les uns pour les autres jusqu'à la mort.

On tua les bêtes de somme et l'on mangea le plus possible, afin de se donner des forces; ensuite ils dormirent. Quelques-uns prièrent, tournés vers des constellations différentes.

Les Carthaginois arrivèrent dans la plaine avant eux. Ils frottèrent le bord des boucliers avec de l'huile pour faciliter le glissement des flèches, les fantassins, qui portaient de longues chevelures, se les coupèrent sur le front, par prudence; et Hamilcar, dès la cinquième heure, fit renverser toutes les gamelles, sachant qu'il est désavantageux de combattre l'estomac trop plein. Son armée montait à quatorze mille hommes, le double environ de l'armée barbare. Jamais il n'avait éprouvé une pareille inquiétude; s'il succombait, c'était l'anéantissement de la République et il périrait crucifié; s'il triomphait, au contraire, par les Pyrénées, les Gaules et les Alpes il gagnerait l'Italie, et l'empire des Barca deviendrait éternel. Vingt fois pendant la nuit il se releva pour surveiller tout, lui-même, jusque dans les détails les plus minimes. Quant aux Carthaginois, ils étaient exaspérés par leur longue épouvante.

Narr'Havas doutait de la fidélité de ses Numides. D'ailleurs les Barbares pouvaient les vaincre. Une faiblesse étrange l'avait pris; à chaque moment il buvait de larges coupes d'eau.

Mais un homme qu'il ne connaissait pas ouvrit sa tente, et déposa par terre une couronne de sel gemme, ornée de dessins hiératiques faits avec du soufre et des losanges de nacre; on envoyait quelquefois au fiancé sa couronne de mariage; c'était une preuve d'amour, une sorte d'invitation.

Cependant la fille d'Hamilcar n'avait point de tendresse pour Narr'Havas.

Le souvenir de Mâtho la gênait d'une façon intolérable; il lui semblait que la mort de cet homme débarrasserait sa pensée, comme, pour se guérir de la blessure des vipères, on les écrase sur la plaie. Le roi des Numides était dans sa dépendance; il attendait impatiemment les noces, et comme elles devaient suivre la victoire, Salammbô lui faisait ce présent afin d'exciter son courage. Alors ses angoisses disparurent, et il ne songea plus qu'au bonheur de posséder une femme si belle.

La même vision avait assailli Mâtho; il la rejeta tout de suite, et son amour, qu'il refoulait, se répandit sur ses compagnons d'armes. Il les chérissait comme des portions de sa propre personne, de sa haine, et il se sentait l'esprit plus haut, les bras plus forts; tout ce qu'il fallait exécuter lui apparut nettement. Si parfois des soupirs lui échappaient, c'est qu'il pensait à Spendius.

Il rangea les Barbares sur six rangs égaux. Au milieu, il établit les Etrusques, tous attachés par une chaîne de bronze; les hommes de trait se tenaient par derrière, et aux deux ailes il distribua des Naffur, montés sur des chameaux à poil ras, couverts de plumes d'autruche.

Le Suffète disposa les Carthaginois dans un ordre pareil. En dehors de l'infanterie, près des vélites, il plaça les Clinabares, au delà les Numides; quand le jour parut, ils étaient les uns et les autres ainsi alignés face à face. Tous, de loin, se contemplaient avec leurs grands yeux farouches. Il y eut d'abord une hésitation. Enfin les deux armées s'ébranlèrent.

Les Barbares s'avançaient lentement, pour ne point s'essouffler, en battant la terre avec leurs! pieds; le centre de l'armée punique formait une courbe convexe. Puis un choc terrible éclata, pareil au craquement de deux flottes qui s'abordent. Le premier rang des Barbares s'était vite entrouvert; et les gens de trait, cachés derrière les autres, lançaient leurs balles, leurs flèches, leurs javelots. Cependant la courbe des Carthaginois peu à peu s'aplatissait, elle devint toute droite, puis s'infléchit; alors les deux sections des vélites se rapprochèrent parallèlement, comme les branches d'un compas qui se referme. Les Barbares, acharnés contre la phalange, entraient dans sa crevasse; ils se perdaient. Mâtho les arrêta, et tandis que les ailes carthaginoises continuaient à s'avancer, il fit écouler les trois rangs inférieurs de sa ligne; bientôt ils débordèrent ses flancs, et son armée apparut sur une triple longueur.

Mais les Barbares placés aux deux bouts se trouvaient les plus faibles, ceux de la gauche surtout, qui avaient épuisé leurs carquois; et la troupe des vélites, enfin arrivée contre eux, les entamait largement.

Mâtho les tira en arrière. Sa droite contenait des Campaniens armés de haches; il la poussa sur la gauche carthaginoise; le centre attaquait l'ennemi, et ceux de l'autre extrémité, hors de péril, tenaient les vélites en respect.

Alors Hamilcar divisa ses cavaliers par escadrons, mit entre eux des hoplites, et il les lâcha sur les Mercenaires.

Ces masses en forme de cône présentaient un front de chevaux, et leurs parois plus larges se hérissaient toutes remplies de lances. Il était impossible aux Barbares de résister; seuls, les fantassins grecs avaient des armures d'airain; tous les autres, des coutelas au bout d'une perche, des faux prises dans les métairies, des glaives fabriqués avec la jante d'une roue; les lames trop molles se tordaient en frappant, et, pendant qu'ils étaient à les redresser sous leurs talons, les Carthaginois, de droite et de gauche, les massacraient commodément.

Les Etrusques, rivés à leur chaîne, ne bougeaient pas; ceux qui étaient morts, ne pouvant tomber, faisaient obstacle avec leurs cadavres; et cette grosse ligne de bronze tour à tour s'écartait et se resserrait, souple comme un serpent, inébranlable comme un mur. Les Barbares venaient se reformer derrière elle, haletaient une minute; puis ils repartaient, avec les tronçons de leurs armes à la main.

Beaucoup déjà n'en avaient plus, et ils sautaient sur les Carthaginois qu'ils mordaient au visage, comme des chiens. Les Gaulois, par orgueil, se dépouillèrent de leurs sayons; ils montraient de loin leurs grands corps tout blancs; pour épouvanter l'ennemi, ils élargissaient leurs blessures. Au milieu des syntagmes puniques on n'entendait plus la voix du crieur annonçant les ordres; les étendards au-dessus de la poussière répétaient leurs signaux, et chacun allait emporté dans l'oscillation de la grande masse qui l'entourait.

Hamilcar commanda aux Numides d'avancer. Mais les Naffur se précipitèrent à leur rencontre.

Habillés de vastes robes noires, avec une houppe de cheveux au sommet du crâne et un bouclier en cuir de rhinocéros, ils manœuvraient un fer sans manche retenu par une corde; et leurs chameaux, tout hérissés de plumes, poussaient de longs gloussements rauques. Les lames tombaient à des places précises, puis remontaient d'un coup sec, avec un membre après elle. Les bêtes furieuses galopaient à travers les syntagmes. Quelques-unes, dont les jambes étaient rompues, allaient en sautillant, comme des autruches blessées.

L'infanterie punique tout entière revint sur les Barbares; elle les coupa. Leurs manipules tournoyaient, espacées les unes des autres. Les armes des Carthaginois plus brillantes les encerclaient comme des couronnes d'or; un fourmillement s'agitait au milieu, et le soleil, frappant dessus, mettait aux pointes des glaives des lueurs blanches qui voltigeaient. Cependant des files de Clinabares restaient étendues sur la plaine; des Mercenaires arrachaient leurs armures, s'en revêtaient, puis ils retournaient au combat. Les Carthaginois, trompés, plusieurs fois s'engagèrent au milieu d'eux. Une hébétude les immobilisait, ou bien ils refluaient, et de triomphantes clameurs s'élevant au loin avaient l'air de les pousser comme des épaves dans une tempête. Hamilcar se désespérait; tout allait périr sous le génie de Mâtho et l'invincible courage des Mercenaires!

Mais un large bruit de tambourins éclata dans l'horizon. C'était une foule, des vieillards, des malades, des enfants de quinze ans et même des femmes qui, ne résistant plus à leur angoisse, étaient partis de Carthage; et, pour se mettre sous la protection d'une chose formidable, ils avaient pris, chez Hamilcar, le seul éléphant que possédât maintenant la République, celui dont la trompe était coupée.

Alors il sembla aux Carthaginois que la Patrie, abandonnant ses murailles, venait leur commander de mourir pour elle. Un redoublement de fureur les saisit, et les Numides entraînèrent tous les autres.

Les Barbares, au milieu de la plaine, s'étaient adossés contre un monticule. Ils n'avaient aucune chance de vaincre, pas même de survivre; mais c'étaient les meilleurs, les plus intrépides et les plus forts.

Les gens de Carthage se mirent à envoyer, par-dessus les Numides, des broches, des lardoires, des marteaux; ceux dont les consuls avaient eu peur mouraient sous des bâtons lancés par des femmes; la populace punique exterminait les Mercenaires.

Ils s'étaient réfugiés sur le haut de la colline. Leur cercle, à chaque brèche nouvelle, se refermait; deux fois il descendit, une secousse le repoussait aussitôt; et les Carthaginois, pêle-mêle, étendaient les bras; ils allongeaient leurs piques entre les jambes de leurs compagnons et fouillaient, au hasard, devant eux. Ils glissaient dans le sang; la pente du terrain trop rapide faisait rouler en bas les cadavres. L'éléphant, qui tâchait de gravir le monticule, en avait jusqu'au ventre; on aurait dit qu'il s'étalait dessus avec délices; et sa trompe écourtée, large du bout, de temps à autre se levait, comme une énorme sangsue.

Tous s'arrêtèrent. Les Carthaginois, en grinçant des dents, contemplaient le haut de la colline où les Barbares se tenaient debout.

Enfin ils s'élancèrent brusquement, et la mêlée recommença. Souvent les Mercenaires les laissaient approcher en leur criant qu'ils voulaient se rendre; puis, avec un ricanement effroyable, d'un coup, ils se tuaient, et à mesure que les morts tombaient, les autres pour se défendre montaient dessus. C'était comme une pyramide qui peu à peu grandissait.

Bientôt ils ne furent que cinquante, puis que vingt, que trois et que deux seulement, un Samnite armé d'une hache, et Mâtho qui avait encore son épée.

Le Samnite, courbé sur les jarrets, poussait alternativement sa hache de droite et de gauche, en avertissant Mâtho des coups qu'on lui portait.

— Maître, par-ci! par-là! baisse-toi!

Mâtho avait perdu ses épaulières, son casque, sa cuirasse; il était complètement nu, plus livide que les morts, les cheveux tout droits, avec deux plaques d'écume au coin des lèvres; et son épée tournoyait si rapidement, qu'elle faisait une auréole autour de lui. Une pierre la brisa près de la garde; le Samnite était tué et le flot des Carthaginois se resserrait, ils le touchaient. Alors il leva vers le ciel ses deux mains vides, puis il ferma les yeux, et ouvrant les bras, comme un homme du haut d'un promontoire qui se jette à la mer, il se lança dans les piques.

Elles s'écartèrent devant lui. Plusieurs fois il courut contre les Carthaginois. Mais toujours ils reculaient, en détournant leurs armes.

Son pied heurta un glaive. Mâtho voulut le saisir. Il se sentit lié par les poings et les genoux, et il tomba.

C'était Narr'Havas qui le suivait depuis quelque temps, pas à pas, avec un de ces larges filets à prendre les bêtes farouches; profitant du moment qu'il se baissait, il l'en avait enveloppé.

On l'attacha sur l'éléphant, les quatre membres en croix; et tous ceux qui n'étaient pas blessés, l'escortant, se précipitèrent à grand tumulte vers Carthage.

La nouvelle de la victoire y était parvenue, chose inexplicable, dès la troisième heure de la nuit; la clepsydre de Khamon avait versé la cinquième comme ils arrivaient à Malqua; alors Mâtho rouvrit les yeux. Il y avait tant de lumières sur les maisons que la ville paraissait toute en flammes.

Une immense clameur venait à lui, vaguement; et, couché sur le dos, il regardait les étoiles.

Une porte se referma, et des ténèbres l'enveloppèrent.

Le lendemain, à la même heure, le dernier des hommes restés dans le défilé de la Hache expirait.

Le jour que leurs compagnons étaient partis, des Zuaèces qui s'en retournaient avaient fait ébouler les roches, et ils les avaient nourris quelque temps.

Les Barbares s'attendaient toujours à revoir Mâtho, et ils ne voulaient point quitter la montagne par découragement, par langueur, par cette obstination des malades qui se refusent à changer de place; enfin les provisions épuisées, les Zuaèces s'en allèrent. On savait qu'ils n'étaient plus que treize cents à peine, et l'on n'eut pas besoin, pour en finir, d'employer des soldats.

Les bêtes féroces, les lions surtout, depuis trois ans que la guerre durait, s'étaient multipliés. Narr'Havas avait fait une grande battue, puis courant sur eux, après avoir attaché des chèvres de distance en distance, il les avait poussés vers le défilé de la Hache; et tous maintenant y vivaient, quand arriva l'homme envoyé par les Anciens pour savoir ce qui restait des Barbares.

Sur l'étendue de la plaine, des lions et des cadavres étaient couchés, et les morts se confondaient avec des vêtements et des armures. A presque tous le visage ou bien un bras manquait; quelques-uns paraissaient intacts encore; d'autres étaient desséchés complètement et des crânes poudreux emplissaient des casques; des pieds qui n'avaient plus de chair sortaient tout droit des cnémides, des squelettes gardaient leurs manteaux; des ossements, nettoyés par le soleil, faisaient des taches luisantes au milieu du sable.

Les lions reposaient la poitrine contre le sol et les deux pattes allongées, tout en clignant leurs paupières sous l'éclat du jour, exagéré par la réverbération des roches blanches. D'autres, assis sur leur croupe, regardaient fixement devant eux, ou bien, à demi perdus dans leurs grosses crinières, ils dormaient roulés en boule, et tous avaient l'air repus, las, ennuyés. Ils étaient immobiles comme la montagne et les morts. La nuit descendait; de larges bandes rouges rayaient le ciel à l'occident.

Dans un de ces amas qui bosselaient irrégulièrement la plaine, quelque chose de plus vague qu'un spectre se leva. Alors un des lions se mit à marcher, découpant avec sa forme monstrueuse une ombre noire sur le fond du ciel pourpre; quand il fut près de l'homme, il le renversa, d'un seul coup de patte.

Puis, étalé dessus à plat ventre, du bout de ses crocs, lentement il étirait les entrailles.

Ensuite il ouvrit sa gueule toute grande, et durant quelques minutes il poussa un long rugissement, que les échos de la montagne répétèrent, et qui se perdit enfin dans la solitude.

Tout à coup, de petits graviers roulèrent d'en haut. On entendit un frôlement de pas rapides, et du côté de la herse, du côté de la gorge, des museaux pointus, des oreilles droites parurent; des prunelles fauves brillaient. C'étaient les chacals arrivant pour manger les restes.

Le Carthaginois, qui regardait penché au haut du précipice, s'en retourna.

XV. — MÂTHO

Carthage était en joie, une joie profonde, universelle, démesurée, frénétique; on avait bouché les trous des ruines, repeint les statues des dieux, des branches de myrte parsemaient les rues, au coin des carrefours l'encens fumait, et la multitude sur les terrasses faisait avec ses vêtements bigarrés comme des tas de fleurs qui s'épanouissaient dans l'air.

Le continuel glapissement des voix était dominé par le cri des porteurs d'eau arrosant les dalles; des esclaves d'Hamilcar offraient, en son nom, de l'orge grillée et des morceaux de viande crue; on s'abordait; on s'embrassait en pleurant; les villes tyriennes étaient prises, les Nomades dispersés, tous les Barbares anéantis. L'Acropole disparaissait sous des vélariums de couleurs; les éperons des trirèmes, alignés en dehors du môle, resplendissaient comme une digue de diamants; partout on sentait l'ordre rétabli, une existence nouvelle qui recommençait, un vaste bonheur épandu: c'était le jour du mariage de Salammbô avec le roi des Numides.

Sur la terrasse du temple de Khamon, de gigantesques orfèvreries chargeaient trois longues tables où allaient s'asseoir les Prêtres, les Anciens et les Riches, et il y en avait une quatrième plus haute, pour Hamilcar, pour Narr'Havas et pour elle; car Salammbô par la restitution du voile ayant sauvé la Patrie, le peuple faisait de ses noces une réjouissance nationale, et en bas, sur la place, il attendait qu'elle parût.

Un autre désir, plus âcre, irritait son impatience: la mort de Mâtho était promise pour la cérémonie.

On avait proposé d'abord de l'écorcher vif, de lui couler du plomb dans les entrailles, de le faire mourir de faim; on l'attacherait contre un arbre, et un singe, derrière lui, le frapperait sur la tête avec une pierre; il avait offensé Tanit, les cynocéphales de Tanit la vengeraient. D'autres étaient d'avis qu'on le promenât sur un dromadaire, après lui avoir passé en plusieurs endroits du corps des mèches de lin trempées d'huile; et ils se plaisaient à l'idée du grand animal vagabondant par les rues avec cet homme qui se tordrait sous les feux comme un candélabre agité par le vent.

Mais quels citoyens seraient chargés de son supplice et pourquoi en frustrer les autres? On aurait voulu un genre de mort où la ville entière participât, et que toutes les mains, toutes les armes, toutes les choses carthaginoises, et que jusqu'aux dalles des rues et aux flots du golfe pussent le déchirer, l'écraser, l'anéantir. Donc les Anciens décidèrent qu'il irait de sa prison à la place de Khamon, sans aucune escorte, les bras attachés dans le dos; et il était défendu de le frapper au cœur, pour le faire vivre plus longtemps; de lui crever les yeux, afin qu'il pût voir jusqu'au bout sa torture; de rien lancer contre sa personne et de porter sur elle plus de trois doigts d'un seul coup.

Bien qu'il ne dût paraître qu'à la fin du jour, quelquefois on croyait l'apercevoir, et la foule se précipitait vers l'Acropole, les rues se vidaient, puis elle revenait avec un long murmure. Des gens, depuis la veille, se tenaient debout à la même place, et de loin ils s'interpellaient en se montrant leurs ongles qu'ils avaient laissés croître pour les enfoncer mieux dans sa chair. D'autres se promenaient agités; quelques-uns étaient pâles comme s'ils avaient attendu leur propre exécution.

Tout à coup, derrière les Mappales, de hauts éventails de plumes se levèrent au-dessus des têtes. C'était Salammbô qui sortait de son palais; un soupir d'allégement s'exhala.

Mais le cortège fut longtemps à venir; il marchait pas à pas.

D'abord défilèrent les prêtres des Patseques, puis ceux d'Eschmoûn, ceux de Melkarth et tous les autres collèges successivement, avec les mêmes insignes et dans le même ordre qu'ils avaient observé lors du sacrifice. Les pontifes de Moloch passèrent le front baissé; et la multitude, par une espèce de remords, s'écartait d'eux. Mais les prêtres de la Rabbet s'avançaient d'un pas fier, avec des lyres à la main; les prêtresses les suivaient dans des robes transparentes de couleur jaune ou noire, en poussant des cris d'oiseau, en se tordant comme des vipères; ou bien, au son des flûtes, elles tournaient pour imiter la danse des étoiles, et leurs vêtements légers envoyaient dans les rues des bouffées de senteurs molles. On applaudissait parmi ces femmes les Kedeschim aux paupières peintes, symbolisant l'hermaphrodisme de la Divinité; et, parfumés et vêtus comme elles, ils leur ressemblaient malgré leurs seins plats et leurs hanches plus étroites. D'ailleurs le principe femelle, ce jour-là, dominait, confondait tout; une lasciveté mystique circulait dans l'air pesant; déjà les flambeaux s'allumaient au fond des bois sacrés; il devait y avoir pendant la nuit une grande prostitution; trois vaisseaux avaient amené de la Sicile des courtisanes et il en était venu du désert.

Les collèges, à mesure qu'ils arrivaient, se rangeaient dans les cours du temple, sur les galeries extérieures et le long des doubles escaliers qui montaient contre les murailles, en se rapprochant par le haut. Des files de robes blanches apparaissaient entre les colonnades, et l'architecture se peuplait de statues humaines, immobiles comme les statues de pierre.

Puis survinrent les maîtres des finances, les gouverneurs des provinces et tous les Riches. Il se fit en bas un large tumulte. Des rues avoisinantes la foule se dégorgeait, des hiérodoules la repoussaient à coups de bâtons; et au milieu des Anciens, couronnés de tiares d'or, sur une litière que surmontait un dais de pourpre, on aperçut Salammbô.

Alors s'éleva un immense cri; les cymbales et les crotales sonnèrent plus fort, les tambourins tonnaient, et le grand dais de pourpre s'enfonça entre les deux pylônes.

Il reparut au premier étage. Salammbô marchait dessous, lentement; puis elle traversa la terrasse pour aller s'asseoir au fond, sur une espèce de trône taillé dans une carapace de tortue. On lui avança sous les pieds un escabeau d'ivoire à trois marches; au bord de la première, deux enfants nègres se tenaient à genoux, et quelquefois elle appuyait sur leur tête ses deux bras, chargés d'anneaux trop lourds.

Des chevilles aux hanches, elle était prise dans un réseau de mailles étroites imitant les écailles d'un poisson et qui luisaient comme de la nacre; une zone toute bleue serrant sa taille laissait voir ses deux seins, par deux échancrures en forme de croissant; des pendeloques d'escarboucles en cachaient les pointes. Elle avait une coiffure faite avec des plumes de paon étoilées de pierreries; un large manteau, blanc comme de la neige, retombait derrière elle, et les coudes au corps, les genoux serrés, avec des cercles de diamants au haut des bras, elle restait toute droite, dans une attitude hiératique.

Sur deux sièges plus bas étaient son père et son époux. Narr'Havas, habillé d'une simarre blonde, portait sa couronne de sel gemme d'où s'échappaient deux tresses de cheveux, tordues comme des cornes d'Ammon; et Hamilcar, en tunique violette brochée de pampres d'or, gardait à son flanc un glaive de bataille.

Dans l'espace que les tables enfermaient, le python du temple d'Eschmoûn, couché par terre, entre des flaques d'huile rose, décrivait en se mordant la queue un grand cercle noir. Il y avait au milieu du cercle une colonne de cuivre supportant un œuf de cristal; comme le soleil frappait dessus, des rayons de tous les côtés en partaient.

Derrière Salammbô se développaient les prêtres de Tanit en robes de lin; les Anciens, à sa droite, formaient, avec leurs tiares, une grande ligne d'or, et, de l'autre côté, les Riches, avec leurs sceptres d'émeraude, une grande ligne verte, tandis que, tout au fond, où étaient rangés les prêtres de Moloch, on aurait dit, à cause de leurs manteaux, une muraille de pourpre. Les autres collèges occupaient les terrasses inférieures. La multitude encombrait les rues. Elle remontait sur les maisons et allait, par longues files, jusqu'au haut de l'Acropole. Ayant ainsi le peuple à ses pieds, le firmament sur la tête, autour d'elle l'immensité de la mer, le golfe, les montagnes et les perspectives des provinces, Salammbô resplendissante se confondait avec Tanit et semblait le génie même de Carthage, son âme corporifiée.

Le festin devait durer toute la nuit, et des lampadaires à plusieurs branches étaient plantés, comme des arbres, sur les tapis de laine peinte qui enveloppaient les tables basses. De grandes buires d'électrum, des amphores de verre bleu, des cuillers d'écaillé et de petits pains ronds se pressaient dans la double série des assiettes à bordure de perles; des grappes de raisin avec leurs feuilles étaient enroulées comme des thyrses à des ceps d'ivoire; des blocs de neige se fondaient sur des plateaux d'ébène, et des limons, des grenades, des courges et des pastèques faisaient des monticules sous les hautes argenteries; des sangliers, la gueule ouverte, se vautraient dans la poussière des épices; des lièvres, couverts de leurs poils, paraissaient bondir entre les fleurs; des viandes composées emplissaient des coquilles; les pâtisseries avaient des formes symboliques; quand on retirait les cloches des plats, il s'envolait des colombes.

Cependant les esclaves, la tunique retroussée, circulaient sur la pointe des orteils; de temps à autre, les lyres sonnaient un hymne, ou bien un chœur de voix s'élevait. La rumeur du peuple, continue comme le bruit de la mer, flottait vaguement autour du festin et semblait le bercer dans une harmonie plus large; quelques-uns se rappelaient le banquet des Mercenaires; on s'abandonnait à des rêves de bonheur; le soleil commençait à descendre, et le croissant de la lune se levait déjà dans l'autre partie du ciel.

Mais Salammbô, comme si quelqu'un l'eût appelée, tourna la tête; le peuple, qui la regardait, suivit la direction de ses yeux.

Au sommet de l'Acropole, la porte du cachot, taillé dans le roc au pied du temple, venait de s'ouvrir; et, dans ce trou noir, un homme sur le seuil était debout.

Il en sortit courbé en deux, avec l'air effaré des bêtes fauves quand on les rend libres tout à coup.

La lumière l'éblouissait; il resta quelque temps immobile. Tous l'avaient reconnu et ils retenaient leur haleine.

Le corps de cette victime était pour eux une chose particulière et décorée d'une splendeur presque religieuse. Ils se penchaient pour le voir, les femmes surtout. Elles brûlaient de contempler celui qui avait fait mourir leurs enfants et leurs époux; et du fond de leur âme, malgré elles, surgissait une infâme curiosité, le désir de le connaître complètement, envie mêlée de remords et qui se tournait en un surcroît d'exécration.

Enfin il s'avança; l'étourdissement de la surprise s'évanouit. Quantité de bras se levèrent et on ne le vit plus.

L'escalier de l'Acropole avait soixante marches. Il les descendit comme s'il eût roulé dans un torrent, du haut d'une montagne; trois fois on l'aperçut qui bondissait, puis, en bas, il retomba sur les deux talons.

Ses épaules saignaient, sa poitrine haletait à larges secousses; et il faisait pour rompre ses liens de tels efforts que ses bras croisés sur ses reins nus se gonflaient comme des tronçons de serpent.

De l'endroit où il se trouvait, plusieurs rues partaient devant lui. Dans chacune d'elles, un triple rang de chaînes en bronze, fixées au nombril des Dieux Patasques, s'étendait d'un bout à l'autre, parallèlement; la foule était tassée contre les maisons, et, au milieu, des serviteurs des Anciens se promenaient en brandissant des lanières.

Un d'eux le poussa en avant, d'un grand coup; Mâtho se mit à marcher.

Ils allongeaient leurs bras par-dessus les chaînes, en criant qu'on lui avait laissé le chemin trop large; et il allait, palpé, piqué, déchiqueté par tous ces doigts; lorsqu'il était au bout d'une rue, une autre apparaissait; plusieurs fois il se jeta de côté pour les mordre, on s'écartait bien vite, les chaînes le retenaient, et la foule éclatait de rire.

Un enfant lui déchira l'oreille; une jeune fille, dissimulant sous sa manche la pointe d'un fuseau, lui fendit la joue; on lui enlevait des poignées de cheveux, des lambeaux de chair; d'autres, avec des bâtons où tenaient des éponges imbibées d'immondices, lui tamponnaient le visage. Du côté droit de sa gorge, un flot de sang jaillit; aussitôt le délire commença. Ce dernier des Barbares leur représentait tous les Barbares, toute l'armée; ils se vengeaient sur lui de leurs désastres, de leurs terreurs, de leurs opprobres. La rage du peuple se développait en s'assouvissant; les chaînes trop tendues se courbaient, allaient se rompre; ils ne sentaient pas les coups des esclaves frappant sur eux pour les refouler; d'autres se cramponnaient aux saillies des maisons; toutes les ouvertures dans les murailles étaient bouchées par des têtes; et le mal qu'ils ne pouvaient lui faire, ils le hurlaient.

C'étaient des injures atroces, immondes, avec des encouragements ironiques et des imprécations; et comme ils n'avaient pas assez de sa douleur présente, ils lui en annonçaient d'autres plus terribles encore pour l'éternité.

Ce vaste aboiement emplissait Carthage, avec une continuité stupide. Souvent une seule syllabe, une intonation rauque, profonde, frénétique, était répétée durant quelques minutes par le peuple entier. De la base au sommet les murs en vibraient, et les deux parois de la rue semblaient à Mâtho venir contre lui et l'enlever du sol, comme deux bras immenses qui l'étouffaient dans l'air.

Cependant il se souvenait d'avoir, autrefois, éprouvé quelque chose de pareil. C'était la même foule sur les terrasses, les mêmes regards, la même colère; mais alors il marchait libre, tous s'écartaient, un dieu le recouvrait; et ce souvenir, peu à peu se précisant, lui apportait une tristesse écrasante. Des ombres passaient devant ses yeux; la ville tourbillonnait dans sa tête, son sang ruisselait par une blessure de sa hanche, il se sentait mourir; ses jarrets plièrent, et il s'affaissa tout doucement sur les dalles.

Quelqu'un alla prendre, au péristyle du temple de Melkarth, la barre d'un trépied rougie par des charbons, et, la glissant sous la première chaîne, il l'appuya contre sa plaie. On vit la chair fumer; les huées du peuple étouffèrent sa voix; il était debout.

Six pas plus loin, et une troisième, une quatrième fois encore il tomba; toujours un supplice nouveau le relevait. On lui envoyait avec des tubes des gouttelettes d'huile bouillante; on sema sous ses pas des tessons de verre; il continuait à marcher. Au coin de la rue de Satheb, il s'accota sous l'auvent d'une boutique, le dos contre la muraille, et n'avança plus.

Les esclaves du Conseil le frappèrent avec leurs fouets en cuir d'hippopotame, si furieusement et pendant si longtemps que les franges de leur tunique étaient trempées de sueur. Mâtho paraissait insensible; tout à coup, il prit son élan, et il se mit à courir au hasard, en faisant avec ses lèvres le bruit des gens qui grelottent par un grand froid. Il enfila la rue de Boudés, la rue de Sœpo, traversa le Marché aux herbes et arriva sur la place de Khamon.

Il appartenait aux prêtres, maintenant; les esclaves venaient d'écarter la foule, il y avait plus d'espace. Mâtho regarda autour de lui, et ses yeux rencontrèrent Salammbô.

Dès le premier pas qu'il avait fait, elle s'était levée; puis involontairement, à mesure qu'il se rapprochait, elle s'était avancée peu à peu jusqu'au bord de la terrasse; et bientôt, toutes les choses extérieures s'effaçant, elle n'avait aperçu que Mâtho. Un silence s'était fait dans son âme, un de ces abîmes où le monde entier disparaît sous la pression d'une pensée unique, d'un souvenir, d'un regard. Cet homme qui marchait vers elle l'attirait.

Il n'avait plus, sauf les yeux, d'apparence humaine; c'était une longue forme complètement rouge; ses liens rompus pendaient le long de ses cuisses, mais on ne les distinguait pas des tendons de ses poignets tout dénudés; sa bouche restait grande ouverte; de ses orbites sortaient deux flammes qui avaient l'air de monter jusqu'à ses cheveux; et le misérable marchait toujours.

Il arriva juste au pied de la terrasse. Salammbô était penchée sur la balustrade; ces effroyables prunelles la contemplaient, et la conscience lui surgit de tout ce qu'il avait souffert pour elle. Bien qu'il agonisât, elle le revoyait dans sa tente, à genoux, lui entourant la taille de ses bras, balbutiant des paroles douces; elle avait soif de les sentir encore, de les entendre; elle allait crier. Il s'abattit à la renverse et ne bougea plus, Salammbô, presque évanouie, fut reportée sur son trône par les prêtres s'empressant autour d'elle. Ils la félicitaient: c'était son œuvre. Tous battaient des mains et trépignaient, en hurlant son nom.

Un homme s'élança sur le cadavre. Bien qu'il fût sans barbe, il avait à l'épaule le manteau des prêtres de Moloch, et à la ceinture l'espèce de couteau leur servant à dépecer les viandes sacrées et que terminait, au bout du manche, une spatule d'or. D'un seul coup il fendit la poitrine de Mâtho, puis en arracha le cœur, le posa sur la cuiller et Schahabarim, levant son bras, l'offrit au Soleil.

Le soleil s'abaissait derrière les flots; ses rayons arrivaient comme de longues flèches sur le cœur tout rouge. L'astre s'enfonçait dans la mer à mesure que les battements diminuaient; à la dernière palpitation, il disparut.

Alors, depuis le golfe jusqu'à la lagune et de l'isthme jusqu'au phare, dans toutes les rues, sur toutes les maisons et sur tous les temples, ce fut un seul cri; quelquefois il s'arrêtait, puis recommençait; les édifices en tremblaient; Carthage était comme convulsée dans le spasme d'une joie titanique et d'un espoir sans bornes.

Narr'Havas, enivré d'orgueil, passa son bras gauche sous la taille de Salammbô, en signe de possession; et, de la droite, prenant une patère d'or, il but au Génie de Carthage.

Salammbô se leva comme son époux, avec une coupe à la main, afin de boire aussi. Elle retomba, la tête en arrière, par-dessus le dossier du trône, blême, raidie, les lèvres ouvertes, et ses cheveux dénoués pendaient jusqu'à terre.

Ainsi mourut la fille d'Hamilcar pour avoir touché au manteau de Tanit.

Made in the USA